Ulrich Maier

Das Geheimnis der schwarzen Löwen

Ulrich Maier

Das Geheimnis der schwarzen Löwen

Abenteuerroman

Silberburg-Verlag

Ulrich Maier, Jahrgang 1951, ist in Karlsruhe geboren und in Heilbronn aufgewachsen. Er studierte in Stuttgart Geschichte, Sprach- und Literaturwissenschaft, arbeitet als Gymnasiallehrer, Landeskundebeauftragter des Kultusministeriums von Baden-Württemberg und in der Lehrerbildung. Er schreibt Fach- und Jugendbücher zur Geschichte, malt Landschaftsbilder und lebt abwechselnd in den Löwensteiner Bergen und am Bodensee.

1. Auflage 2011

Umschlaggestaltung: Christoph Wöhler, Tübingen.
Lektorat: Bettina Kimpel, Tübingen.
Druck: CPI books, Leck.
Printed in Germany.

ISBN 978-3-8425-1150-7

Inhalt

Stationen der Zeitreise

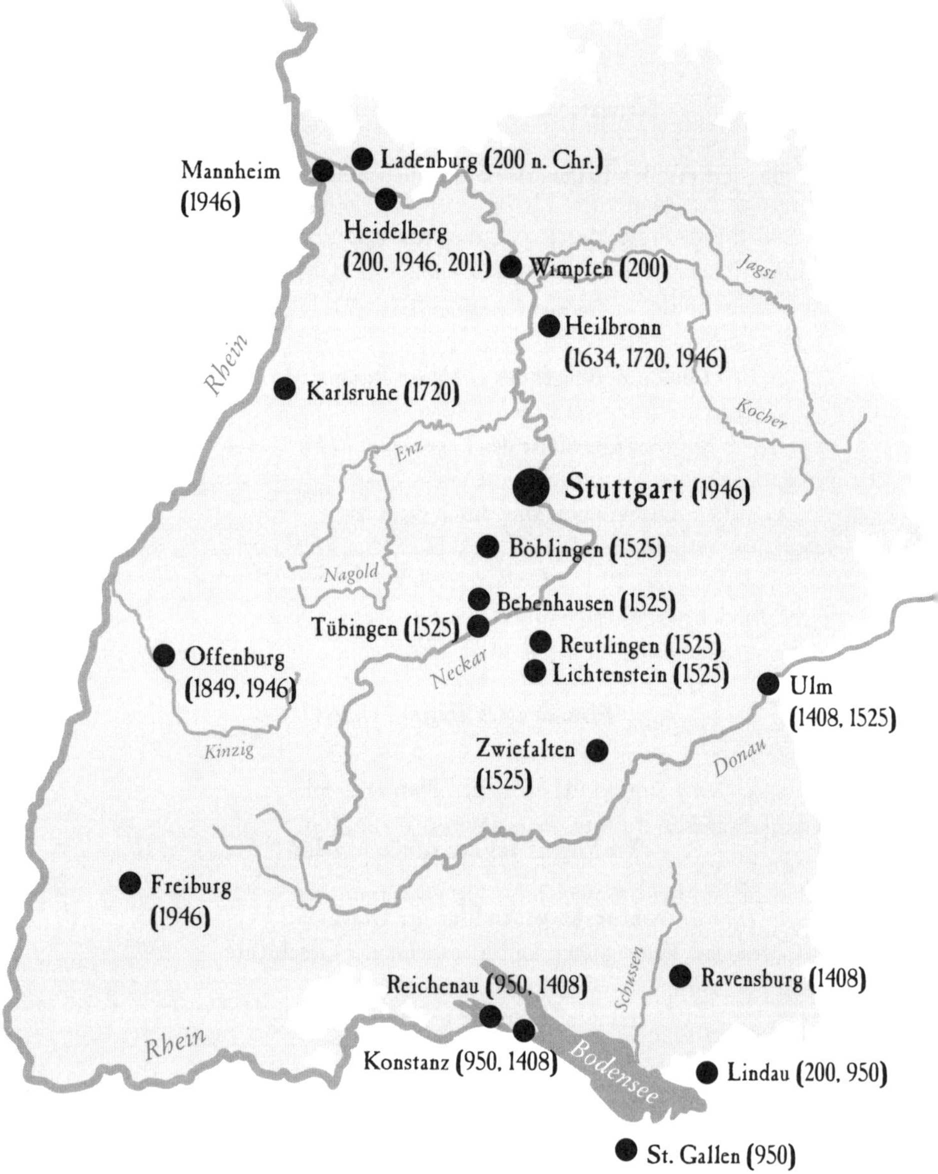

Niemals kehrt die Zeit zurück

Mit drei Eistüten in der Hand balancierte Jonas zwischen den Tischen des voll besetzten Straßencafés zu Tina hinüber, die mit Tim an der Mauer der Heiliggeistkirche lehnte. Erst gestern hatten sich die drei auf der Eröffnungsparty kennengelernt und sich spontan für den folgenden Abend zu einem kleinen Trip nach Heidelberg verabredet.

Die Reise mit der Bahn von Konstanz über Karlsruhe nach Heidelberg hatte sich gelohnt, dachte Jonas, während er sich mit erhobenem Arm zwischen zwei kinderreichen Familien durchschlängelte. Seine hoch aufgeschossene, etwas schlaksig wirkende Gestalt kam ihm dabei zugute. Eigentlich hatte er die Strecke durch den Schwarzwald vor allem deshalb gewählt, um möglichst viel von der Mittelgebirgslandschaft mitzubekommen. Aber dann war Tina in Schwenningen zugestiegen. Per Zufall war sie in sein Abteil gekommen, und als das Mädchen, das etwa in seinem Alter sein mochte, den Prospekt der Ferienakademie, zu der er eben unterwegs war, aus ihrer Tasche zog, hatte er sich ein Herz gefasst und sie angesprochen.

Sie sah wunderschön aus. Ihr langes braunes Haar fiel locker über ihre Schultern, zwei strahlend blaue Augen blickten neugierig auf und sie lächelte ihn an, dass er für einen Augenblick keinen klaren Gedanken fassen konnte. Von da an war die Zeit wie im Fluge vergangen und von der schönen Landschaft da draußen hatten die beiden wenig mitbekommen. Sie waren zusammen mit dem Taxi vom Bahnhof zu dem herrlich gelegenen Schlösschen in der Nähe von Ladenburg gefahren und Jonas hatte sich mit seinem Schicksal wieder versöhnt gefühlt.

Vierzehn Tage Workshops, nachmittags und abends ein abwechslungsreiches Freizeitangebot und das alles in landschaftlich reizvoller Umgebung – seine Eltern waren begeistert gewesen. Die Ausschreibung der Ferienakademie wandte sich an junge Leute, die sich während der Ferien weiterbilden und dabei etwas erleben wollten. Freunde kennenlernen, gemeinsame Unternehmungen und so ganz nebenbei zu neuen geistigen Horizonten aufbrechen, das war ganz nach dem Geschmack seiner Eltern.

Jonas hatte eigentlich die Sommerferien, die so unermesslich lang und beruhigend vor ihm lagen, richtig ausspannen wollen. Aber die Aussicht auf ewig nervige Auseinandersetzungen in der Familie hatte ihn schließlich nachgeben lassen. Diese vierzehn Tage würden vorbeigehen.

»Wow, ein Hoch dem edlen Spender!« Tim stand in einem Schwung auf, mit einer Eleganz, die man seinem eher gedrungenen Körper nicht zugetraut hätte, verbeugte sich wie ein Schauspieler nach einer Theatervorstellung und griff nach einer der Eiswaffeln.

»Pistazie mit Nuss war für mich«, protestierte Tina und schnappte sich die Tüte.

Mit gespielter Trauer blickte Tim auf seine leere Hand, bevor ihm Jonas ein neues Eishörnchen reichte: »Erdbeer-Vanille für dich und Zitrone-Banane für mich.«

Sie bummelten durch die Gassen der Altstadt zur Neckarbrücke hinunter und setzten sich auf eine Bank am Uferweg.

»Da vorn, der merkwürdige Typ, der kommt mir doch bekannt vor!« Tim sprach mit unterdrückter Stimme. Er hatte Jonas am Ärmel gepackt und wies mit dem Daumen in Richtung Fluss.

Im Gegenlicht der grell leuchtenden Sonne, die tief über den Bergzügen stand, sahen sie einen ganz in Schwarz gekleideten Mann. Mit erhobenen Händen hatte er sich dem Wasser zugewandt.

»Ich fass es nicht. Der Dozent von heute Morgen!« Tina flüsterte und schaute Tim verwirrt an.

Sachte näherten sich die drei der bizarr wirkenden Figur, die nun keine zehn Schritte mehr von ihnen entfernt an der Ufermauer stand. Eine seltsame Anziehungskraft schien von ihr auszugehen oder war es nur die reine Neugier, die sie dazu trieb, einfach stehen zu bleiben und ihn anzustarren?

Der Himmel hatte sich verdüstert, Wolken ballten sich um die Berge jenseits des Flusses, ein einzelner, letzter Sonnenstrahl traf die Wasseroberfläche am Ufer, als die dunkle Gestalt beschwörend die

Arme erhob. Da! Wie auf ein Zeichen drehte sich der Schwarzgekleidete um. Die Sonne war wieder durch die Wolken gebrochen und blendete sie jetzt so stark, dass sie sein Gesicht nicht erkennen konnten. Jonas machte einen Schritt auf ihn zu, wollte ihn ansprechen, da setzte ein ungeheures Brausen und Tosen ein. Jonas bemerkte gerade noch, wie die Gestalt abwehrend die Hände gegen ihn richtete. Dann wurde es für einen Augenblick finsterste Nacht.

Als das fahle Abendlicht nach wenigen Sekunden wieder einsetzte, sah Jonas, wie sich der Mann wegduckte und verschwand. Es war, als ob er sich in der Dämmerung aufgelöst hätte.

»Weg, einfach weg, wie vom Erdboden verschluckt«, stieß Jonas heiser zwischen den Zähnen hervor. »Hey Leute«, rief er dann lauter. »Wo ist die Brücke, die Ufermauer …?«

Er stand an derselben Stelle am Heidelberger Neckarufer, wo sie bei ihrem Bummel durch die Stadt auf die rätselhafte Gestalt gestoßen waren. Drüben konnte Jonas die vertrauten Silhouetten der Berge erkennen, rechts den Königstuhl, links die Höhenzüge des Heiligenbergs – und doch war alles anders. Er befand sich mitten in einer Wildnis, stand auf einem sandigen Uferstreifen, wo noch vor wenigen Sekunden die Uferpromenade war. Die ganze Stadt hatte sich in nichts aufgelöst.

»Sagt, dass das alles nicht wahr ist!«

Aber es kam keine Antwort. Ein jäher Schreck durchzuckte ihn, er drehte sich um. Wo waren Tina und Tim? Was war geschehen? War das alles ein böser Traum? Hatten sie sich etwa nur verlaufen, waren in irgendeinem verlassenen Winkel gelandet, ohne es zu merken, und Tim und Tina waren weitergegangen, während er die seltsame Gestalt betrachtet hatte? Jonas wollte sich zu Ruhe und Besonnenheit zwingen, aber da war ein gähnendes Gefühl der Angst, wie er es bisher noch nie gespürt hatte.

»Jonas, bist du das? Wo sind wir?«

Jonas erschrak – und war zugleich ungeheuer erleichtert. »Tina!« Er drehte sich um und sah sie keine zwei Meter vor sich auf dem Boden kauern. »Alles in Ordnung?«

»Nichts ist in Ordnung!« Tina rappelte sich mühsam hoch. Auf ihrem Gesicht erschien ein leises Lächeln, das nach wenigen Sekunden erstarb. Ihre Augen weiteten sich. Erschrocken betrachtete sie ihre Umgebung. »Mir geht's ganz gut, aber warum sieht hier alles so anders aus? Wo ist Tim? Wieso ist die ganze Stadt weg?«

»Keine Ahnung!«, antwortete Jonas irritiert. »Da ist was nicht geheuer. Wir stehen am Heidelberger Neckarufer, sieh dir den Fluss an, die Berge! Sie haben sich nicht verändert!«

Tina blickte ihn mit weit aufgerissenen Augen an: »Wo ist Tim?«

Sie riefen nach ihm, suchten die ganze Umgebung nach Spuren ab – vergeblich. Tim blieb verschwunden wie die Welt, die sie auf unbegreifliche Weise verlassen hatten, um hier in dieser Einöde zu landen.

Jonas stöhnte. Was nun? Sich alleine auf den Weg machen? Darauf warten, dass Tim irgendwann doch noch auftauchen würde? Jedenfalls mussten sie so schnell wie möglich in Erfahrung bringen, was hier los war.

Sie bahnten sich einen Weg durch das dichte Ufergestrüpp, überquerten einige Lichtungen und machten schließlich im Halbdunkel einen schmalen Fußpfad aus, dem sie folgten. So eine unberührte Natur hatten sie noch nie gesehen. Kletterpflanzen wanden sich um uralte Bäume, entwurzelte Baumstämme versperrten den Weg, sumpfige Teiche spiegelten das schwache Licht der Dämmerung. Nur mühsam kamen sie voran, erreichten immer wieder das Neckarufer, aber auf die Stadt stießen sie nicht.

Bald begann sich tiefe Dunkelheit über den Wald zu legen. Mutlos und erschöpft sahen sie sich nach einem geschützten Plätzchen für die Nacht um. Da machten sie auf einer von hohen Kiefern umgebenen Waldwiese eine niedrige Hütte aus.

Tina zögerte einen Augenblick, als Jonas vorschlug, die Umgebung des Häuschens zu erkunden. Doch als Jonas ihre Hand ergriff und sie mit sich zog, leistete sie keinen Widerstand. Vorsichtig näherten sie sich, vermieden jedes laute Geräusch und suchten Deckung hinter Bäumen und Büschen. Bald standen sie vor der kleinen Lichtung, in deren Mitte sich die Hütte mit ihrem steilen, mit Binsen gedeckten Dach zeltartig erhob. Ein flackerndes Feuer zeigte ihnen an, dass sie nicht allein waren. Sollten sie es wagen, aus der Deckung des Waldes zu treten, und auf die Hütte zugehen?

Als sie näher kamen, erkannten Tina und Jonas eine in sich versunkene Gestalt in einem weiten, hellen Umhang. Sie saß auf einer Bank vor der Hütte. Schlohweiße Haare hingen wirr in ein bärtiges

Gesicht, auf dem die zuckenden Flammen des Feuers tanzten und die gespenstische Erscheinung magisch erleuchteten.

Der Alte sah ihnen mit glühenden Augen entgegen. Es war ihnen, als ob er sie erwartet hätte, und doch konnte man in seinen Gesichtszügen, in seiner ganzen Haltung auch so etwas wie Ablehnung und Befremden erkennen.

Noch ehe sich Tina und Jonas auf zwanzig Schritte genähert hatten, stand der Alte auf und bedeutete ihnen mit vorgestreckten Händen und gespreizten Fingern stehen zu bleiben. Fürchtete er sich etwa vor ihnen? Jetzt lag nur noch das Feuer zwischen ihm und den beiden. Da, jetzt kreuzte er beide Arme über der Brust, neigte leicht seinen Kopf und sprach sie mit klangvoller Stimme an.

»Bleibt, wo ihr seid, Fremde, tretet nicht näher!«

»Das gibt es doch alles nicht. Ich glaube, ich bin im falschen Film.« Jonas lachte trocken und versuchte seiner Stimme einen witzigen Klang zu geben, was ihm allerdings nicht recht gelingen wollte.

Tina packte eine grenzenlose Angst. Mit zitternder Stimme sprach sie den Alten an: »Was wird hier gespielt? Wer sind Sie?«

Doch der runzelte nur leicht die Stirn und schaute Tina so eindringlich in die Augen, dass sie ihr Gesicht von ihm abwenden musste und den Blick zu Boden schlug. Er nahm einen langen Stab, der an der Hüttenwand lehnte, und zog einen Kreis um sich. Dann hob er seine Arme und sprach mit anschwellender Stimme seltsame Worte, die sich wie eine Zauberformel anhörten. Mit einer bedeutungsvollen Geste ließ er sich in seinem Kreis nieder. Tina und Jonas blickten sich unschlüssig an, bis ihnen der seltsame Mann mit einer lockeren Handbewegung bedeutete, sich ebenfalls zu setzen. Wie unter einem geheimnisvollen Zwang folgten sie seiner Aufforderung. Jetzt schloss er die Augen und begann den Oberkörper rhythmisch hin und her zu wiegen. Er sprach in einem melodischen Singsang, langsam und eindringlich und mit einem seltsamen Akzent.

»Wie sich der heilige Vogel Benu aus seiner eigenen Asche erhebt und zur Sonne fliegt, so erneuert sich das Leben, Tag für Tag, Mond für Mond, Jahr um Jahr. Dies ist die Botschaft von Chronicus an die Verlorenen in der Zeit. Sprecht sie mir nach, prägt sie euch ein und folgt ihrem Wort.«

Wie gebannt starrten Tina und Jonas auf seine Lippen und lauschten seiner Stimme.

»Cari amici …«

»Cari amici«, hörten sich beide mit rauchigen Stimmen antworten.

Und nun begann eine seltsame Zeremonie. Alle Sätze, die der Alte ihnen vorsprach, wiederholten sie im Chor, als wenn sie unter einem Bann stünden, den Blick starr auf ihn gerichtet. Jonas fühlte, wie sein eigener Wille dabei immer schwächer wurde. Vergeblich bemühte er sich, geistig wach zu bleiben, sein Verhalten zu kontrollieren. Aber plötzlich kam er sich vor, als ob er neben seinem eigenen Körper stünde. Sein Bewusstsein erhob sich in die Lüfte, als ob er über allem schwebte. Er sah sich, Tina und den alten Zauberer wie auf einer Theaterbühne unter sich. Schweiß stand auf seiner Stirn, er zitterte, die Luft schien wie elektrisch aufgeladen zu knistern – dann war mit einem Mal der ganze Spuk vorbei. Die Spannung löste sich, der Alte stand umständlich auf und verwischte hastig den Kreis, den er um sich gezogen hatte.

Er schien es nun sehr eilig zu haben. Ohne noch ein Wort an Jonas oder Tina zu verlieren, wandte er sich um und verschwand in seiner Hütte. Sie hörten noch, wie er von innen geräuschvoll einen schweren Riegel vorlegte, dann versank alles in absoluter Stille. Nur das Feuer knisterte noch leise und versetzte die Umgebung in ein unruhiges Licht.

»Was war das jetzt?«, flüsterte Jonas wie benommen und griff sich an den Kopf. »Was redete der Alte da? Hast du etwas davon verstanden? Irgendwas mit einem heiligen Vogel, der sich aus der Asche erhebt – ich war wie in Trance.«

Tina blickte ihn verstört an und nickte. Sie runzelte die Stirn und begann die Worte zu zitieren. »Cari amici – das ist lateinisch und heißt: liebe Freunde – Verlorene in der Zeit, venite ad portas Lopoduni – ist Lopodunum nicht der lateinische Name für Ladenburg? Dann heißt die geheimnisvolle Botschaft: Kommt zu den Toren der Stadt Lopodunum!«

Jonas erinnerte sich in allen Einzelheiten an den folgenden Teil der Botschaft, als wenn er sie auswendig gelernt hätte: »Wir sollen alles vergraben, was an unsere Zeit erinnert. In Ladenburg sollen wir uns bis zum nächsten Vollmond verstecken und wieder hierherkommen. Zum Schluss hat er seinen Namen erwähnt, Conux, der Druide, und dann die merkwürdigen Worte hinzugefügt: *Niemals kehrt die Zeit zurück, doch es gibt einen Weg durch die Zeiten. Dies spricht Chronicus, der Wanderer zwischen den Zeiten.*«

»Chronicus, wer ist Chronicus? Was bedeutet dieser seltsame Name?« Tina stieß die Worte mit heiserer Stimme aus.

Jonas legte seine Stirn in Falten und grübelte. »Chronos ist griechisch und hat etwas mit Zeit zu tun. Das Wort steckt in Chronometer und in Chronik. Aber der Reihe nach.« Er zwang sich dazu, in diesem wirren Chaos mit klarem Kopf nachzudenken. »Da lässt jemand, der sich ›Chronicus‹ nennt, durch einen geheimnisvollen Alten eine Botschaft an uns ausrichten. Er redet uns mit ›liebe Freunde‹ an, das heißt, er will Vertrauen erwecken. Er streut in seine Botschaft lateinische Zitate ein – was will er damit zum Ausdruck bringen? Und was soll die merkwürdige Bezeichnung ›Verlorene in der Zeit‹?«

Jonas unterbrach seine Worte, stierte über Tina hinweg ins Leere, dann schlug er sich die Hand vor die Stirn und stöhnte. »Wenn das alles nicht ein böser Traum ist, dann ... dann sind wir die ›Verlorenen in der Zeit‹, wie es in der Botschaft heißt. Deshalb ist hier alles so anders trotz der gleichen Landschaft, dem Fluss, den Bergzügen. Deshalb die Wildnis, deshalb der merkwürdige Alte, deshalb seine Furcht vor uns.«

Tina schaute ihn entsetzt an. »Aber weshalb konnte ich seine Worte verstehen? Er sprach doch unsere Sprache, abgesehen von den paar lateinischen Brocken.«

Jonas ging auf ihre Frage gar nicht ein. Nach kurzem Grübeln fuhr er fort: »Und da war noch was! Diese merkwürdigen Worte von der Zeit, die niemals zurückkehren würde, und einem Weg, den es durch die Zeiten gäbe. Da will uns doch jemand einen Hinweis geben.«

Aber diese Botschaft war schrecklich – lebendig begraben in einer Zeit, die ihnen völlig fremd war, in der sie sich wohl niemals zurechtfinden konnten. Doch es gab nur eine Möglichkeit, nämlich den Strohhalm zu ergreifen, den diese Botschaft ihnen bot. Tina und Jonas mussten sich auf diesen Chronicus einlassen. Durch irgendein geheimnisvolles Geschehen waren sie hierher versetzt worden, jetzt galt es, einen Weg zurückzufinden!

Jonas schüttelte energisch den Kopf. Dann versuchte er Bilanz zu ziehen. Sie mussten also irgendwie nach Ladenburg zurück, das heißt in das römische Lopodunum. Aber – gab es da nicht noch einen Hinweis? Jonas dachte angestrengt nach. Doch! Sie sollten alles vergraben, was an ihre Zeit erinnerte.

»Der Mann hat Nerven!« Jonas blickte Tina mit einem Anflug von Galgenhumor an. »Am besten buddeln wir uns gleich selbst mit ein.«

Tina lächelte etwas gequält. Dann wies sie zum Haus des Alten hinüber. »Dieser Chronicus wusste, dass wir hierherkommen würden. Auf der Bank dort liegen zwei Umhänge aus grobem Wollzeug mit weiten Ärmeln und Kapuzen, die Hosen, diese Ledersandalen da – die Sachen sind vermutlich für uns bestimmt!« Nach einer kurzen Pause meinte sie: »Wer so für uns sorgt, könnte es ernst meinen mit seinem Hilfsangebot.«

»Oder es ist eine Falle!«, setzte Jonas mürrisch hinzu. »Aber darüber können wir uns wohl jetzt keine Gedanken machen! Wir haben keine Wahl. Los, an die Arbeit!«

Er nahm den mit einem dünnen Eisenblech verstärkten Holzspaten, der neben einer leeren, einfach gezimmerten Truhe am Haus lehnte, und begann ein Loch auszuheben. Sie zogen die Umhänge über und grinsten sich an. Besonders schick sahen sie nicht darin aus. Ihre Uhren, Socken und Schuhe und sonstiges Kleinzeug legten sie sorgsam und mit gemischten Gefühlen in die Truhe und versenkten sie in der Grube unter dem Baum gleich neben dem Haus. Ihr Goldkettchen mit dem Kreuz, das sie um den Hals trug, vergrub Tina nicht.

Erschöpft sank Jonas auf die Bank. Was für ein Tag! Er musste daran denken, wie heute Morgen alles begonnen hatte. Wie in einem Film sah er sich in der Mensa der Ferienakademie stehen …

… Er schlang in aller Eile sein Frühstücksbrötchen hinunter und kippte im Stehen ein Glas Orangensaft hinterher. Energisch knallte er das Glas auf den Tisch und blickte um sich. Das Büfett im Speisesaal war fast leergeräumt. Kein Mensch mehr zu sehen, nur aus der Küche tönte entferntes Klappern und Klirren von Geschirr. Ein mechanischer Blick auf die Uhr – wenn er sich jetzt nicht beeilte, würde er zu spät kommen.

Er stellte sein Glas und seinen Teller mit einer fahrigen Bewegung auf den Geschirrwagen, schnappte seinen Rucksack und lief los.

Die Nacht war einfach zu kurz gewesen. Nach dem offiziellen Empfang am Abend hatte er mit seinen neuen Freunden gefeiert, ziemlich ausgiebig. Wie ein Stein hatte er geschlafen, den Handywecker lange nicht wahrgenommen und nur mit Überwindung war er aus den Federn gekrochen. Sein Schädel brummte nun wie ein Bienenkorb. Er stürzte die breiten Marmortreppen zum Vortragssaal hinauf, hastete den Flur entlang, hielt kurz inne, versuchte sich zu orientieren, die Augen an die Türschilder geheftet. Da! – Er stockte einen Augenblick, atmete kurz durch und öffnete behutsam eine der großen Flügeltüren. Der Vortrag hatte bereits begonnen. Jonas spürte hundert Augenpaare auf sich gerichtet, als er die Tür mit einem leisen Knacken schloss und über das knarrende Parkett zu einem freien Platz navigierte.

Eine helle und klangvolle Stimme erfüllte den Saal. Der Redner, ein Mann so um die dreißig, trug eine schwarze Kutte. Sie schien irgendwie nicht zu ihm zu passen. Mit seinen breiten Schultern und seiner athletischen Figur konnte man ihn eher für einen Zehnkämpfer halten, wenn er nicht dieses Mönchsgewand trüge. Ein Ordensmann hier in dieser Akademie? Von seinen ersten Eindrücken etwas verwirrt erinnerte sich Jonas nur mit Mühe an das Thema des Vortrags, mit dem das Seminar beginnen sollte. Es sollte wohl um Geschichte gehen, darum, ob die Geschichte der Menschheit einen »verborgenen Sinn« hätte. Jonas musste grinsen. Verborgener Sinn! Für einen Geistlichen dürfte das eigentlich keine Frage sein! Oder zweifelte der etwa am göttlichen Heilsplan?

Jonas ließ sich in einen der gepolsterten Klappstühle fallen, blickte kurz um sich, um den Raum in sich aufzunehmen, und begann, dem Vortrag zu folgen.

»Der deutsche Philosoph Immanuel Kant sagte vor über zweihundert Jahren, dass in der Geschichte der Völker und Kulturen ein verborgener Plan existiere, der sich schrittweise verwirkliche.

Damit meint Kant, dass die Geschichte nicht einfach zufällig verläuft, sondern sich nach einem ganz bestimmten Muster entwickelt, das uns vielleicht verborgen erscheint, aber auf ein bestimmtes Ziel zusteuert. Ganz ähnlich ist der Naturwissenschaftler Charles Darwin vorgegangen. Er hat den verborgenen Plan der Natur in der Entwicklung der einzelnen Tierarten vom Einzeller bis zum Menschen gesucht und seine großartige Lehre der Evolution daraus entwickelt. Ein weit verzweigter Stammbaum der heute lebenden Geschöpfe lässt sich aus einer einzigen Wurzel ableiten. Wie wäre es nun, wenn auch der menschliche Geist, der in der Geschichte der Menschheit uns allen sichtbar wird, sich nicht zufällig, sondern planmäßig entwickelte, und was stünde dann am Ende dieses Prozesses? Auf welches Ziel liefe die Geschichte der Menschheit dann hinaus? Eine faszinierende Frage – und doch müssen wir kritisch einwenden, dass Kant vielleicht etwas zu optimistisch war. Hat die Geschichte nicht selbst seine Theorie widerlegt? Betrachten wir nur die letzten hundert Jahre: Wie viel Dummheit, wie viel satanische Bosheit haben den Gang der Geschichte bestimmt! Könnte dies tatsächlich einem verborgenen Plan der Natur entsprechen?«

Jonas stutzte. Dieser erste Gedanke des Vortrags über den Sinn der Geschichte, den er ganz mitbekommen hatte, zog ihn an und befremdete ihn zugleich. Man konnte viele Theorien aufstellen, schoss es ihm durch den Kopf, aber weshalb einen verborgenen Plan in der Geschichte suchen? Vielleicht wenn man die ganz großen Linien der Entwicklung betrachtete – im Bereich der Forschung und der Erfindungen, welche die Welt grundlegend seit Kant verändert hatten. Die Menschheit hatte sich zweifellos in den letzten zweihundert Jahren gewaltig weiterentwickelt. Aber war die Welt dadurch besser oder perfekter geworden?

Er tauchte aus seinen Gedanken auf und schaute sich nach seinen Sitznachbarn um. Gleich hinter ihm saß der Kotzbrocken von gestern Abend und grinste ihn spöttisch an. Jonas erinnerte sich langsam. Tim hieß der Typ mit dem blonden Lockenkopf und den vielen Sommersprossen, ein Schweizer aus Zürich. Den ganzen Abend hatte er mit dem Mädchen geflirtet, das Jonas auf der Anreise kennengelernt hatte. Und Tina saß jetzt auch noch neben ihm. Jonas spürte einen Klaps auf der Schulter und fuhr herum.

»Na, endlich ausgeschlafen?«

Er schaute Tim für einen kurzen Moment fest in die Augen, dann schüttelte er den Kopf. Er hätte zerspringen können. Warum diese spöttische Bemerkung über sein Zuspätkommen?

Betont beiläufig murmelte er: »Morgenstund ist aller Laster Anfang.«

Er gähnte demonstrativ und versuchte möglichst lässig zu wirken. Dann wandte er sich ab, um den Eindruck zu erwecken, sich ganz auf den Vortrag konzentrieren zu wollen. Wie zufällig blickte er dabei zu Tina hinüber. Sie schrieb eifrig mit, als wollte sie kein Wort des Dozenten auslassen.

Der fuhr mit seinem Vortrag fort, nachdem er einen Moment mit einer Mischung aus gespieltem Interesse und Sorge, aber zugleich auch leicht spöttisch zu Jonas und Tim geblickt und sich anschließend vernehmlich geräuspert hatte.

»Hören wir dazu den deutschen Philosophen Schelling. Schelling weist uns darauf hin, dass nur der menschliche Geist die Fähigkeit habe, sich mit der Vergangenheit auseinanderzusetzen. Der Mensch hat sozusagen die Mauern der Zeit durchbrochen und kann sich – zumindest in Gedanken und in seiner Phantasie – in allen Zeitepochen der Geschichte frei bewegen.«

Jonas seufzte. Die Ferienakademie, an der er und andere junge Leute aus Süddeutschland, Österreich und der Schweiz gelandet waren, schien recht anspruchsvoll zu sein. Trotzdem, der lebhafte Vortrag des Dozenten sprach ihn an. Sein Blick fiel hinaus auf die Höhenzüge des Odenwalds, die sonnigen Hügel der Bergstraße, die sich vor den Fenstern des Vortragssaales entfalteten. Auf der weiten Fläche der Rheinebene flimmerte das Sonnenlicht. Dieses Bild hatte sich seit Jahrtausenden kaum verändert! Die Menschen kamen und gingen, bauten Städte, rodeten Wälder – und doch blieben die großen Linien, Berge, Seen, das wechselnde Licht der Sonne … Das alles hatten die Menschen vor tausend Jahren vermutlich ganz ähnlich gesehen – wie er jetzt in diesem Augenblick.

Mittagessen im Speisesaal. Jonas nahm sein Tablett und steuerte an einen freien Tisch an der Fensterfront. Kaum hatte er Platz genommen, sah er Tim mit Tina im Schlepptau auf seinen Tisch zukommen.

»Hallo Jonas, was dagegen, wenn wir uns dazusetzen? Was hältst du von einem kleinen Ausflug heute Nachmittag mit dem Schiff hinüber nach Heidelberg?«

Jonas schaute Tim erstaunt und mit großen Augen an, als dieser ihn so offen und fröhlich anlächelte.

»Etwas frische Luft wird uns sicher guttun, nach dem langen Vortrag heute Morgen ..., den du ja hingebungsvoll mitgeschrieben hast«, stichelte Jonas mit einem Blick zu Tina und hätte sich im gleichen Moment am liebsten die Zunge abgebissen.

Warum war er so aggressiv? Warf er etwa Tina vor, sich mit Tim abzugeben? War er eifersüchtig?

Tina schaute ihn erstaunt an. »So, hab ich das?«, antwortete sie etwas spitz, fügte dann aber versöhnlich hinzu: »Das ist so eine Schwäche von mir. Ich schreib viel zu viel auf. Aber tatsächlich hat mich das Thema interessiert. Ist das nicht cool? Alle Menschen sind – auch über die Zeiten hinweg – gedanklich miteinander verbunden. Lies einen Brief, den jemand vor hundert oder gar fünfhundert Jahren geschrieben hat, und du kannst dich in die Gedanken und Gefühle des Briefschreibers hineinversetzen, ihn verstehen, seine Sorgen und seine Wünsche begreifen.« Tina geriet in Eifer, ihre Wangen begannen zu glühen. »Wartet einen Augenblick!« Sie kramte aus ihrer Umhängetasche einige zusammengefaltete Blätter heraus. »Da, jetzt hab ich's: *Unser menschliches Jahrhundert herbeizuführen haben sich – ohne es zu wissen – alle vorhergehenden Zeitalter angestrengt.* Das sagte Friedrich Schiller.« Triumphierend schaute sie zu Jonas hinüber, der ungerührt seine Suppe löffelte, dann aber plötzlich innehielt.

»Unser menschliches Jahrhundert, wenn ich das schon höre! Was an unserem Jahrhundert ist denn menschlich? Jeden Tag verhungern Menschen auf der Erde. Jeden Tag sterben Kinder in grausamen Kriegen und jeden Tag werden riesige Flächen von Regenwald abgeholzt.«

Tim legte seinen Löffel aus der Hand. »Stopp, stopp, stopp. Das ist aber nur die halbe Wahrheit, Jonas. Schau doch mal, jeden Tag kümmern sich Hilfsorganisationen um Menschen, die in Not sind, setzen sich Menschen auf der ganzen Welt für Friedensprojekte ein. Jeden Tag engagieren sich Wissenschaftler, Bürgerinitiativen und zumindest einzelne Politiker für bessere Umweltbedingungen.«

Jonas spürte, wie ihm das Blut in den Kopf stieg. Warum musste Tim ihm vor Tina so vehement widersprechen? Und – was ihn noch mehr berührte, Tim hatte recht. Mit etwas Überwindung und diesmal ohne Spott in der Stimme antwortete er: »Das war gut gekontert, Tim. Wie heißt es so schön? Die Hoffnung stirbt zuletzt.« Dann hielt er inne. Die ganze Diskussion behagte ihm nicht. Er fragte sich, was Tina ihm da vorspielte. Wollte sie Eindruck schinden mit ein paar Klassikerzitaten? Während der Zugfahrt nach Ladenburg hatte er sich wirklich gut mit ihr verstanden. Sie hatte von ihrer Familie erzählt, dass sich ihre Eltern zurzeit ständig stritten und sie ganz froh wäre, mal für vierzehn Tage wegzukommen. Aber jetzt? Man konnte es auch übertreiben! Einen Moment zögerte er, ob er auf ihr Zitat antworten sollte, aber er entschied sich anders, lächelte Tina freundlich zu und wechselte das Thema. »Nach Heidelberg, heute Nachmittag? Ich bin dabei.«

Tina schreckte ihn aus seinen Gedanken auf. Sie hatte inzwischen das Loch zugeschaufelt, in dem sie ihre Sachen vergraben hatten, und die lockere Erde festgestampft.

»Und was jetzt?«, fragte sie, indem sie beide Arme verschränkte und sich vor ihm aufbaute.

»Auf nach Lopodunum! Wir müssen nur den Fluss entlangwandern«, antwortete Jonas mit gespielter Leichtigkeit, ergriff ihre ausgestreckte Hand und ließ sich von ihr hochziehen.

In der Dunkelheit, die nur vom matten Licht eines fast unwirklich strahlenden Sternenhimmels durchbrochen war, folgten sie dem schmalen Pfad, der sie durch das verwachsene Ufergehölz hierhergeführt hatte. Sie gingen recht vorsichtig in den ungewohnten Kapuzenmänteln und den geschnürten Ledersandalen, die vor den Ästen, die quer über dem Weg lagen, kaum Schutz boten. Es war ganz still, bis auf das Geräusch der knackenden Zweige, an denen sie vorbeistreiften. Gelegentlich vernahmen sie einen langgezogenen melancholischen Vogelruf, der sie die ganze Zeit über begleitete. War es ein Käuzchen?

Je weiter sie ans Ufer kamen, desto feuchter wurde es. Ab und zu verwandelte das schwarze Wasser zwischen den Schilfhalmen den Weg in eine morastige Bahn, der sie nur widerwillig folgten. Ölige Blasen stiegen dann auf, wenn sie auftraten. Knöcheltief sanken sie in die klitschig schmatzende Erde. Der Weg war kaum noch auszumachen und doch trieb sie eine innere Energie an, die ihnen gleichzeitig Mut gab, nicht aufzugeben.

Endlich hatten sie den Waldrand erreicht und erblickten im fahlen Morgenlicht einen Uferstreifen, an dem sich das dunkle Wasser des Neckars in rhythmischen Abständen sanft brach. Ein klobiger Kahn mit langen Ruderstangen lag da vor ihnen im Schilf, halb ans Ufer hochgezogen.

»Unser Dampfer nach Ladenburg.« Jonas sprach die Worte mit bemühter Heiterkeit aus.

Er schob das Boot ins Wasser, bis es nur noch leicht am Boden aufsaß, sprang hinein und ergriff die Ruder. Tina stieg zu und gab mit einem Bein dem Kahn einen leichten Schubs. Als er Wasser unter den Kiel bekam, setzte sie sich mit elegantem Schwung auf das hintere Sitzbrett.

»Das war gekonnt!« Jonas nickte ihr anerkennend zu.

Tina wehrte ab. »Übungssache«, meinte sie mit einem überlegenen Lächeln. »Zu Hause haben wir ein ähnliches Boot. Wir wohnen an einem kleinen See. Was meinst du, wie oft ich schon auf diese Weise eingestiegen bin!«

Ein zarter Violetthauch zeigte sich über den Bergen und im Zwielicht des frühen Morgens erkannten sie in der Ferne die Mauern einer Stadt. Mit langsamen, aber kräftigen Stößen steuerte Jonas das Boot durch den Fluss.

Als sie den Heiligenberg und den Gaisberg hinter sich gelassen hatten und der Neckar in die Rheinebene überging, tauchten plötzlich im Zwielicht der Dämmerung Häuser auf.

»Ist das schon Ladenburg?«, wollte Jonas wissen.

Tina schaute mit gerunzelter Stirn auf die gleichförmigen Häuser, die hinter den Gärten am Neckarufer zu sehen waren. »So schnell können wir doch nicht gefahren sein. Vorsicht, da vorn ist eine Brücke.«

Im letzten Moment gelang es Jonas, das Boot durch einen der Steinbögen zu manövrieren.

»Das war knapp«, stöhnte er.

Jetzt tauchten am rechten Ufer hohe Mauern auf.

»Das sieht eher aus wie eine Kaserne«, meinte Tina. »Sollen wir an Land gehen?«

Jonas schüttelte den Kopf. »Dieser Ort müsste noch zu Heidelberg gehören. Vermutlich befand sich hier auch eine römische Siedlung. Schau, da vorne macht der Neckar eine Biegung. Ich schätze, wir müssen noch ein Stück weiterfahren.«

Er hätte es wissen müssen. Warum hatte er sich nicht vergewissert, dass er wirklich allein war. Wenigstens hatte er den kurzen Zeitvorsprung nutzen und mit Conux reden können. Dabei hatte er Wichtigeres zu tun. Er schwang sich auf den Rappen, den ihm der Druide zur Verfügung gestellt hatte und galoppierte in der Abenddämmerung über die Via Ulpia auf Lopodunum zu, das römische Ladenburg. Er befand sich auf dem Gebiet der Civitas Ulpia Sueborum Nicrensium, der Bürgerschaft der Neckarschwaben. Unwillkürlich musste Chronicus grinsen. Er stellte sich vor, wie die Heidelberger und Ladenburger im 21. Jahrhundert reagieren würden, wenn man sie als Neckarschwaben bezeichnen würde. Aber es war nun einmal so, vor einigen Jahrzehnten hatte ein swebischer Volksstamm die Römer gebeten, sich in der Provinz Obergermanien niederlassen zu dürfen. Sie siedelten nun in einem Gebiet zwischen Odenwald und Rheinebene. Lopodunum war die Hauptstadt ihrer Bürgerschaft.

Schon vor der Stadtmauer kam der schwarze Reiter an vielen römischen Handwerkerhäusern vorbei. Lopodunum war bekannt für seine Töpfereien. An einer *mansio*, einer Raststätte vor dem Stadttor, machte er halt, überließ sein Pferd einem Knecht, sah sich kurz um und versicherte sich, dass niemand ihn weiter beachtete. Dann betrat er die Schänke.

Es dauerte einige Augenblicke, bis seine Augen sich an das Zwielicht gewöhnt hatten. Der Wirt musterte ihn neugierig. Seine schwarze Benediktinerkutte fiel hier zwar nicht sonderlich auf, entsprach aber nicht der üblichen Kleidung. Die Männer trugen meist die keltische Tracht, über den Hosen einen Umhang aus grobem Wollstoff mit Kapuze. Aber innerhalb des Römischen Reiches hatte man sich an Reisende aus allen Provinzen gewöhnt.

Der Wirt begrüßte ihn freundlich, fragte nach seinen Wünschen. Chronicus verlangte einen Becher Mulsum, einen leichten, gewürzten Wein, und fragte den Wirt, ob in den vergangenen Tagen eine Gruppe Gaukler angekommen sei.

Spielleute seien in Lopodunum nichts Ungewöhnliches, antwortete dieser und zog dabei die Augenbrauen hoch. Ob ein junger Kerl dabei sei, der sich aufs Jonglieren verstünde, fragte Chronicus nach. Ihm sei nichts bekannt, sagte der Wirt und stellte den bestellten Würzwein auf den Schanktisch. Chronicus nahm ihn, bezahlte mit einigen Kupfermünzen und setzte sich zu einer Gruppe von Fuhrleuten an einen der grob gezimmerten Tische. Sein Tischnachbar begrüßte ihn freundlich wie einen alten Bekannten, wandte sich dann aber wieder seinen Gesprächspartnern zu.

Er musste ihn finden. Vermutlich ahnte er gar nicht, in welcher Gefahr er sich befand. Wenn ihn Holofernes in seine Gewalt bringen würde, war alles verloren. Wie lange war er schon hinter diesem Verbrecher her! Seit Wochen verfolgte er ihn durch Zeit und Raum und war immer erst auf seine Spuren gestoßen, wenn er bereits Unheil angerichtet hatte. Chronicus schloss die Augen und sah die Szene genau vor sich ...

Er steht in den Gärten des Heidelberger Schlosses. Längst haben die Besucher die Anlage verlassen. Ein kalter Wind treibt hoch aufgetürmte Wolken über den Himmel, der vom Mond gespenstisch erleuchtet wird. Hier irgendwo muss Holofernes seine Beute vergraben haben. Da sieht er zwischen zwei Blumenschalen im fahlen Licht etwas aufblitzen. Er bückt sich, will zugreifen. Plötzlich spürt er, dass er nicht allein ist, dreht sich um und blickt in das von Bosheit verzerrte Gesicht von Holofernes. Ein schwerer Hammer saust auf ihn nieder und erst im letzten Augenblick gelingt es ihm, sich auf die Seite zu werfen. Sein Gegner schwankt durch die Wucht des Schlages, der ins Leere geht. Chronicus kann sein linkes Bein ergreifen, drückt mit seiner Schulter dagegen und bringt ihn zu Fall. Er will sich auf ihn stürzen, aber Holofernes ist schneller. Er springt auf die Beine, versetzt ihm einen groben Fußtritt und verschwindet mit einem boshaften Lachen in der Dunkelheit. Ganz benommen vom Kampf kniet Chronicus am Boden und sieht vor sich den glitzernden Gegenstand liegen. Er hebt ihn auf und erkennt eine römische Goldmünze.

»Ist dir nicht gut?«, fragte der Mann neben ihm besorgt, als er mit einem Stöhnen wieder die Augen öffnete.

»Geht schon wieder«, antwortete Chronicus, trank mit einem Zug seinen Becher aus und stand auf. Er war sich ganz sicher. Holofernes war hier. Die Zeitschleuse öffnete sich nur für einige Stunden und nur in eine bestimmte Richtung. Er musste hier gelandet sein.

Chronicus war todmüde. Er verhandelte mit dem Wirt wegen eines Nachtlagers, sah nach seinem Pferd und setzte sich auf eine Bank vor der Schänke. Morgen würde er Genaueres erfahren.

Er jongliert mit den Bällen, als ob sie Jahrtausende darstellten

Im fahlen Licht der Morgendämmerung begannen sich bald die Konturen der Bergzüge des Odenwalds abzuzeichnen.

»Da vorne scheint eine größere Stadt zu liegen.«

Tina fröstelte. Ihre Riemensandalen waren völlig durchnässt, Feuchtigkeit kroch in das grobe Wollzeug ihres Umhangs. Sie war todmüde von der durchwachten Nacht und hätte sich am liebsten auf dem Boden des Schiffes ausgestreckt und ausgeruht. Doch sie zwang sich dazu, wach zu bleiben. Sie versuchte ihre Lage zu begreifen. Das war doch alles total verrückt. Wenn es ihr tatsächlich gelingen sollte, aus dieser Situation wieder heil herauszukommen, würde ihr kein Mensch glauben. Da saß sie in diesem Boot und fuhr auf das römische Ladenburg zu mit einem Jungen, den sie erst seit vorgestern kannte. Dabei hatte sie nur einmal für vierzehn Tage von zu Hause weg sein wollen, und als ihre Mutter mit dem Prospekt der Ferienakademie gekommen war, hatte sie die Chance dankbar genutzt.

Tim und Jonas waren eigentlich beide ganz nett. Jonas schien etwas eifersüchtig auf Tim zu sein, aber sie mochte ihn. Er war etwas zurückhaltender als Tim, der immer recht cool wirkte – oder so wirken wollte. Wo er jetzt wohl war? Wenn er in ihrer Zeit geblieben, nicht in diesen Zeitsog geraten war – was würde er jetzt über ihr plötzliches Verschwinden denken?

»Besser, wir gehen hier schon an Land«, meinte Jonas.

Langsam steuerten sie das Ufer an. Tina beobachtete konzentriert die aus dem Morgennebel auftauchende Landschaft. Dabei ertappte sie sich, dass sie nach Gebäuden suchte. Eigentlich müssten hier bereits die Häuser von Ladenburg zu erkennen sein. Doch sie machte nur einen breiten bewaldeten Uferstreifen aus. Endlich lag in weiter Ferne hinter einer langgezogenen Steinmauer die römische Stadt.

Als sie mit einem leisen Knirschen auf dem Kies aufsetzten, sprang Tina leichtfüßig ans Ufer. Ihre Müdigkeit war wie weggeblasen. Jonas balancierte das Boot aus und folgte vorsichtig nach. Dann zog er den schweren Bootskörper die Böschung hoch, so dass er knapp zur Hälfte aus dem Wasser ragte. Tina schaute leicht skeptisch zuerst das Schiff, dann Jonas an.

»Wir sollten den Kahn besser im Schilf verstecken. Vermutlich müssen wir ja wieder zurück, wenn ich mich richtig an die Botschaft erinnere.«

Jonas kratzte sich am Hinterkopf. »Aye aye, Mylady.«

Er watete bis zu den Knien in das eiskalte Wasser und schob es einige Meter weit in den Schilfgürtel hinein, bevor er es wieder mit voller Kraft auf die Uferböschung hievte. Tina hatte bereits einen Arm voll Schilf gesammelt. Langsam verschwand das Boot unter dem losen Röhricht, so dass es aus einiger Entfernung kaum noch zu entdecken war.

»Wir könnten den Platz so markieren, dass wir zurückfinden«, murmelte sie und sah sich flüchtig um. Dann nickte sie zufrieden. »Der morsche Baum dort drüben!«

Eine uralte Weide wies einen ihrer abgestorbenen Äste direkt in ihre Richtung. Der perfekte Wegzeiger! Diesen Baum wollten sie sich als Orientierung merken und den Weg dahin so kennzeichnen, dass sie ihn wiederfinden würden, am besten durch abgeknickte Zweige.

Sie bahnten sich eine Pfadspur durch die Wildnis und nach einiger Zeit trafen sie auf einen breiten Weg. Die Morgendämmerung war inzwischen einem strahlenden Sommertag gewichen. Der Weg führte sie schnurgerade durch den Auenwald und nach einiger Zeit erreichten sie eine weite Ebene mit Wiesen, Feldern und Obstgärten und einigen mit roten Ziegeln gedeckten Häusern.

»Schau doch, dort drüben!« Tina zeigte mit ausgestrecktem Arm auf die ummauerte Stadt.

»Das römische Ladenburg. Kein Zweifel, es stimmt also doch.«

Tina nickte. »Das heißt, wir sind jetzt etwa 1800 Jahre vor unserer Zeit«, fügte sie mit belegter Stimme hinzu.

»Wieso?«, fragte Jonas erstaunt. Die Sicherheit, mit der Tina die Zeit festlegte, verwirrte ihn etwas.

Tina musterte ihn nur mit einem spöttischen Lächeln und begann zu dozieren wie eine Geschichtslehrerin: »Im ersten Jahrhundert vor Christus fingen die Römer mit der Durchquerung der Alpen an und richteten später in Süddeutschland die Provinzen Obergermanien und Rätien ein. Da die römische Stadt dort drüben schon ziemlich komplett aussieht, dürften wir uns nicht mehr im ersten, eher im zweiten Jahrhundert, vielleicht auch im dritten Jahrhundert befinden. Viel später kann es nicht sein, denn da begannen die Alamannen die Römer zurückzudrängen. Also, vom dritten bis zum 21. Jahrhundert, das macht so ungefähr 1800 Jahre.«

Jonas war beeindruckt. Aber er wollte und konnte das Tina nicht zeigen. Dass sie so messerscharf die richtigen Schlüsse zog, während er hier nur dumme Fragen stellte, ärgerte ihn maßlos. So gab er sich recht einsilbig: »Schon gut, wahrscheinlich hast du recht.« Er bemühte sich, ruhig zu bleiben, obwohl er fühlte, dass er mit den Nerven fast am Ende war. Immer deutlicher wurde ihm bewusst, in welche Lage sie geraten waren. Doch mit gespielter Ruhe wandte er sich Tina zu und sagte gelassen: »Fassen wir noch einmal zusammen, was geschehen ist. An einem Sommerabend verschwanden zwei Gäste einer Ferienakademie in der Nähe von Ladenburg während eines Ausflugs nach Heidelberg plötzlich spurlos ..., so könnte es in einer Nachrichtensendung heißen.«

»... um dann 1800 Jahre vor ihrer Zeit am selben Platz wieder aufzutauchen«, ergänzte Tina trocken. »Lass uns noch einmal scharf nachdenken, was vor unserem Verschwinden geschehen ist.«

Jonas schloss die Augen und versuchte, die Szenerie, die sein und Tinas Leben so entscheidend verändert hatte, noch mal vorüberziehen zu lassen. »Ich sah diese schwarze Gestalt am Neckarufer, die so merkwürdig die Hände erhoben hatte.«

Tina fiel ihm ins Wort: »Du gingst auf sie zu, ich war direkt hinter dir. Der Typ erinnerte mich an den Dozenten mit seiner schwarzen Mönchskutte. Aber sein Gesicht konnte ich nicht erkennen. Die Sonne blendete so stark.«

Jonas nickte und sah gedankenversunken in die Ferne.

Tina runzelte die Stirn und fragte: »Aber dann? Was geschah dann! Verflixt, hier setzt meine Erinnerung aus.«

Jonas erinnerte sich dagegen genau. Wie in einer Filmszene liefen die Bilder vor seinem inneren Auge ab: »Ein starker Wind kam auf und mit einem Mal wurde es finster, ich dachte, es käme ein Erdbeben, ich duckte mich, um Schutz zu suchen, und – dann war alles weg.« Er stockte einen Augenblick und fügte nachdenklich hinzu: »Ob die schwarze Gestalt etwas damit zu tun hat?« Er starrte auf den Boden, als suchte er dort seine Gedanken zu finden. »Ja, jetzt erinnere ich mich wieder. Er sah ganz erschrocken aus, als er bemerkte, dass ich auf ihn zuging.«

»Die schwarze Gestalt an der Heidelberger Neckarbrücke, der Dozent der Ferienakademie und dieser seltsame Chronicus – glaubst du, dass es da einen Zusammenhang gibt?«, bohrte Tina nach.

Jonas blickte auf. Er sah über sie hinweg und fixierte den Horizont. »Vermutlich ja«, murmelte er dann. »Wir müssen jedenfalls versuchen, Kontakt mit diesem Chronicus aufzunehmen. Es ist wohl die einzige Möglichkeit, etwas darüber zu erfahren, was mit uns geschehen ist.«

Tina nickte zustimmend. »Und hat er nicht angedeutet, dass es eine Hoffnung für uns gibt? Was immer das auch bedeuten mag. In der Botschaft hieß es: *Niemals kehrt die Zeit zurück. Aber es gibt einen Weg durch die Zeiten.*«

»Richtig!«, unterbrach sie Jonas. »Die Zeit kann nicht zurückkehren. Sie entwickelt sich konstant immer weiter. Aber wir sind nach diesem seltsamen Vorgang in Heidelberg in die Vergangenheit zurückgefallen und müssen nach einem Weg suchen, der uns wieder in unsere Gegenwart bringt.«

Tina verschränkte die Arme und blickte auf die Stadt, die dort drüben im Sonnenlicht lag. »Wir werden nach Lopodunum gehen und dort einfach abwarten. Der Alte sagte etwas von Vollmond und dass wir uns dann wieder auf den Weg machen sollten.«

Jonas fasste sich an den Kopf und rief entnervt: »Einfach abwarten? Wie stellst du dir das vor? Wie taucht man bitteschön als Zeitreisender in einer römischen Stadt unter? Und dann sollen wir beim nächsten Vollmond zurück nach Heidelberg? Die Stadt ist doch verschwunden!« Er schüttelte den Kopf, aber er folgte Tina, die bereits durch die Felder in Richtung Lopodunum losgezogen war.

Es war noch nicht Mittag, als sie das römische Ladenburg erreicht hatten. Im geschäftigen Treiben, das bereits einige hundert Meter vor den Toren eingesetzt hatte, fielen sie in ihrer Kleidung gar nicht weiter auf. Und sie machten eine seltsame Entdeckung. Es war wie bei dem merkwürdigen Alten im Wald. Sie verstanden, was die Leute redeten, obwohl deren Sprache recht merkwürdig klang und mit dem klassischen Schullatein wenig zu tun hatte. Sie mussten auch nicht erst versuchen, die aufgeschnappten Sätze und Rufe zu übersetzen. Es ging wie von selbst. Sie verstanden die Menschen, als ob diese in ihrer eigenen Sprache redeten. Verwundert sahen sie sich an, verloren aber kein Wort darüber. Eine innere Unsicherheit war über sie gekommen und hemmte sie, in dieser fremden Umgebung unbefangen miteinander zu plaudern. Es schien ihnen nichts dringlicher, als nicht weiter aufzufallen. So passten sie sich den Schritten der Leute an, die der Stadt zuströmten, und bemühten sich, möglichst gleichgültig dreinzuschauen.

Hinter einer Gruppe von Bauersleuten, die einen hoch bepackten Karren mit Körben von Äpfeln, Zwetschgen und Birnen zogen, betraten sie das römische Ladenburg. Einstöckige Fachwerkhäuser säumten eine kerzengerade Straße, die auf einen Platz zulief, aus dessen Mitte ein gewaltiger viereckiger Bau hervorragte. In seiner Mitte öffnete sich über alle drei Stockwerke ein riesiger Torbogen. Sie befanden sich auf dem Forum mit der Marktbasilika. Auf dem Platz hatten Händler ihre Verkaufstische aufgestellt. Neugierig betrachteten die beiden die Auslagen. Obst und Gemüse wurde angeboten, frische Backwaren, Fische und allerlei Fleischwaren. Ein Töpfer hatte seine Schüsseln und Teller auf einer Decke am Boden ausgelegt, am Stand daneben konnte man Gerätschaften aus Holz kaufen. Mit einem Male spürten sie, dass sie mächtigen Hunger hatten. Seit gestern hatten sie nichts mehr gegessen.

»Wir sterben vor all diesen Köstlichkeiten!«, stöhnte Jonas, während sich Tina über einen Tisch mit Ringen und Halsketten beugte.

Wie präzise die Schmuckstücke gearbeitet waren! Sie lagen auf einem blauen Samtstoff, wie sie auf Jahrmärkten oder bei Straßenhändlern im Süden angeboten wurden.

Da kam blitzartig ein Mädchen auf sie zu, stockte kurz und musterte Tina mit besorgtem Blick. Dann ergriff sie ihre Hand und zog sie beiseite, indem sie ihr zuraunte: »Ihr seid in Gefahr, Fremde, schnell, kommt mit!«

Tina wollte sich zuerst losreißen, aber das Mädchen sah sie so eindringlich an, dass sie nachgab und sich mitziehen ließ. Weshalb sollten sie in Gefahr sein? Dieses Mädchen kannte sie doch gar nicht! Wurden sie verwechselt?

Jonas sah den beiden erschrocken nach. Was wollte die denn von Tina? Irritiert folgte er ihnen in die an den Marktplatz grenzende Gasse. Da standen sie im Schutz eines Tores, das zu einem Hinterhaus führte. Jonas sah, wie das Mädchen erregt auf Tinas Halskettchen mit dem goldenen Kreuz deutete, das sich blendend vom dunklen Wollstoff des Umhangs abhob. Neugierig trat Jonas hinzu.

»Ihr seid Christen?«, fragte das Mädchen atemlos. Ohne eine Antwort abzuwarten, blickte sie unsicher um sich, dann senkte sie ihre Stimme und sprach weiter. »In unserer Stadt ist es nicht ratsam, das offen zu zeigen. Ich bin Julia. Sagt, woher kommt ihr, dass ihr so unbesorgt seid?«

Tina zögerte. Sie verstand zwar die Sprache des Mädchens, aber konnte sie ihr einfach antworten? Schließlich begann sie zu reden und wie durch ein Wunder verstand das Mädchen sie ebenfalls.

»Ich bin Tina und das ist Jonas. Wir kommen von weit her und wollen zurück in unsere Heimat. Wir sind hier nur auf der Durchreise. Ja, wir sind Christen – aber warum sollten wir das nicht laut sagen?«

Verständnislos musterte sie Julia. Kannten die beiden die Gefahr nicht, die Christen drohte, wenn sie ihren Glauben in der Öffentlichkeit zeigten? Mit gerunzelter Stirn antwortete sie: »Unser Glaube war doch noch vor kurzem im ganzen Römischen Reich verboten, jedenfalls hier bei uns in der Provinz.«

Jonas und Tina sahen sich betreten an. Hatten sie sich durch ihre Unwissenheit verraten?

Doch Julia schien keinen Verdacht geschöpft zu haben, denn sie zog Tina mit sich und flüsterte verschwörerisch: »Kommt mit, ich bringe euch zu meinen Eltern, da seid ihr in Sicherheit.«

Hastig steckte Tina das Kreuz in ihren Umhang und folgte ihr. Jonas schloss sich den beiden an. Durch verwinkelte Gassen erreichten sie nach kurzer Zeit ein kleines, unbewachtes Tor, das sie aus der

Stadt führte. Etwa zwanzig Schritte dahinter blieb Julia stehen und wartete, bis Jonas aufgeholt hatte.

»Was ist denn das für ein riesiges Gebäude?«, fragte Jonas und wies auf eine hohe Fassade, die sich aus steinernen Bogenreihen aufbaute.

»Das ist unser Theater und dort drüben liegt unser Hof.« Sie zeigte stolz auf ein stattliches Anwesen inmitten von Gärten.

Dort lag der Gutshof auf einer kleinen Anhöhe, kaum zehn Gehminuten von der Stadt entfernt. Zwei Eckhäuser waren durch einen Säulengang miteinander verbunden. Sie strahlten weiß durch das Grün der sie umgebenden Obstbäume. Die Mauern der *villa rustica* stachen grell vom hellen Ziegelrot des Daches ab. Eine Gruppe kleinerer Holzgebäude umgab das Haupthaus, auf das ein breiter Weg zuführte.

Julia schaute sie mit einem stolzen Lächeln an: »Mein Vater baut Getreide, Gemüse und Obst an, das wir in der Stadt verkaufen«, erklärte sie, während sie auf das Gut zugingen.

Der Kies knirschte unter ihren Füßen, als sie die Vorderfront des Hauses erreicht hatten. Die beiden Eckhäuser glichen nun wuchtigen Türmen. Sie schlossen rechts und links die langgezogene Säulenhalle ab, zu der eine breite Treppe hinaufführte.

Im Schatten der Vorhalle saß ein kräftiger Mann mit schwarzem Kraushaar und schmalem Backenbart. Er döste vor sich hin und schien sie noch gar nicht wahrgenommen zu haben. Tina schätzte sein Alter auf etwa vierzig Jahre. Als Julia ihn lautstark begrüßte, schreckte er hoch und musterte die beiden Begleiter seiner Tochter mit verwunderten Augen.

Julia stellte sie ihm vor. »Das sind Reisende, die ich in der Stadt kennengelernt habe, Tina und Jonas.«

Sie erzählte, wie sie die beiden getroffen und spontan den Entschluss gefasst hatte, sie mit herzubringen. Währenddessen musterte ihr Vater Tina und Jonas abwechselnd mit sorgenvoller und zunächst leicht misstrauischer Miene.

Dann wandelte sich mit einem Male sein Gesichtsausdruck und er begrüßte sie mit einem offenen, herzlichen Lächeln: »Ich bin Marcus Flavius, seid willkommen in meinem Haus.«

Jonas spürte, dass es nun an ihnen sei, etwas über sich zu sagen. Aber was sollte er jetzt erzählen? Zögernd begann er sich Worte zurechtzulegen, die ihm passend schienen, den freundlichen Willkommensgruß zu erwidern: »Wir freuen uns sehr, auf unserer Reise ...«

Tina fiel ihm ins Wort. »Wir sind auf dem Weg zu unseren Eltern, oben im Norden an der Provinzgrenze, so kamen wir durch Lopodunum, wo wir Julia getroffen haben. Als sie sah, dass ich mein Kreuz an der Halskette vielleicht etwas zu sorglos auf dem Markt zeigte, nahm sie uns kurzerhand mit.« Entschuldigend lächelte sie und hob abwartend die Schultern.

Marcus Flavius runzelte die Stirn, dann reichte er ihnen die Hand. Er lud sie ein, ein paar Tage auf dem Landgut zu verweilen, um sich von den Strapazen der Reise zu erholen. Dann führte er sie ins Haus, zeigte ihnen eine Kammer, in der sie schlafen konnten, bevor er sich verabschiedete. »Dann bis zum Abendessen. Ich muss jetzt auf die Felder, um nach den Arbeitern zu sehen.«

Julia erklärte ihnen, dass ihr Vater nur freie Landarbeiter beschäftigte, Sklaven zu halten, lehne er ab. Er selbst sei kein Christ, aber er dulde, dass sie und ihre Mutter dem christlichen Glauben anhingen.

»Wenn ihr wollt, zeige ich euch unseren Andachtsraum.«

Sie führte die beiden nach draußen zur Rückseite des Gebäudes, die mit hohen Büschen fast zugewachsen war, schob einige Zweige beiseite und öffnete eine bisher verborgene Tür. Ein paar Treppenstufen führten nach unten in einen von wenigen hochgelegenen Fensteröffnungen spärlich beleuchteten Raum. An der rechten Wand erkannte Tina ein Fischzeichen.

»Das kenne ich doch!«, rief sie aus. »Ich weiß sogar, was es bedeutet!«

Julia sah sie lächelnd an.

Dann wandte Tina sich an Jonas, der etwas ratlos dreinschaute. »Das Zeichen für Christus – hat mir mal mein Religionslehrer erklärt. Das griechische Wort für Fisch ist ›Ichthys‹, darin sind die Anfangsbuchstaben seines Namens enthalten: *J*esus *Ch*ristus *Th*eou *Y*ios *S*oter, das ist ebenfalls griechisch und heißt Jesus Christus, Gottes Sohn, Heiland.«

Jonas nickte anerkennend.

Neben dem Fischzeichen war ein goldener Vogel abgebildet, der sich aus den Flammen erhob. Jonas zögerte einen Augenblick. Er dachte fieberhaft nach. Dann fielen ihm die Worte ein, die der Alte am Feuer zu Beginn seiner Ansprache an sie gerichtet hatte. »Der heilige Vogel Benu, der sich aus seiner eigenen Asche erhebt und zur Sonne fliegt.« Seine Stimme klang leise und heiser. Mit einem fragenden Blick wandte er sich an Julia, die ihm zunickte.

»Wir nennen ihn Phönix. Er steht für die Unsterblichkeit der Seele, die nach dem Tod zum Vater kommt.«

Jonas und Tina sahen sich überrascht an. An der gegenüberliegenden Wand entdeckte Jonas eine Reihe von Buchstaben. Untereinander standen die Worte:

S A T O R
A R E P O
T E N E T
O P E R A
R O T A S

Irgendwo hatte er diese Worte doch schon einmal gesehen! Nach kurzem Grübeln kam die Erinnerung. Über das Geheimnis dieses rätselhaften Textes hatte er in einem Buch über die Christen im alten Rom gelesen.

»Stammt die Inschrift nicht aus Pompeji?«, fragte er.

Julia blickte ihn etwas unsicher an. »Das weiß ich nicht, aber vermutlich weißt du auch, was sie bedeutet?«, antwortete sie und warf einen prüfenden Blick auf ihn.

Ja, ihm fiel wieder ein, dass dies ebenfalls ein Geheimzeichen der frühen Christen war. Scheinbar gaben die Worte keinen klaren Sinn. Von einem Sämann namens Arepo schien die Rede zu sein, von Werken und Rädern, die er hält. Aber die Buchstaben hatten eine besondere, regelmäßige Anordnung. »Tenet« stand in Kreuzform in der Mitte. Alle Worte ließen sich auch von unten nach oben und von rechts nach links lesen. Und die Buchstaben konnte man wie bei einem Anagramm neu zusammensetzen.

»Der Sinn der Inschrift zeigt sich«, begann Jonas langsam und konzentriert, »wenn du die Buchstaben herausnimmst und in eine andere Reihenfolge bringst. Dann ergibt sich zweimal das Wort ›Pater noster‹, der Beginn des Gebets, das uns der Herr gelehrt hat. Nur den Buchstaben ›n‹ musst du doppelt verwenden.«

»Er steht in der Mitte des Kreuzes, das aus ›tenet‹ gebildet wird«, ergänzte Julia, »und gehört deshalb zu beiden Wörtern, zu dem senkrechten wie zu dem waagrechten.«

»Prüfung bestanden«, raunte Tina leise, so dass Julia sie nicht hören konnte.

Jonas nickte ihr kurz zu, bevor er hinter Julia den Andachtsraum wieder verließ.

»Viele Leute hier in Lopodunum verehren Mithras«, erläuterte Julia, als sie nach oben gingen. »Mein Vater auch«, fügte sie nachdenklich hinzu.

»Das hat doch irgendetwas mit einem Stier zu tun«, meinte Jonas.

Julia blickte ihn fragend an, dann erzählte sie: »Mithras wurde von Gottvater ausgeschickt, um das Böse in der Welt zu besiegen. Das wird verkörpert in einem Stier, den er tötete, damit aus ihm die Erde fruchtbar wird. Papa sagt, dass es große Ähnlichkeiten zum Christentum gibt. Auch die Mithrasjünger feiern Weihnachten als Geburtstag ihres Retters. Es gibt auch bei ihnen die Taufe und der Sonntag gilt ebenfalls als Tag des Herrn. Sie glauben wie wir an Himmel und Hölle, an ein Jüngstes Gericht und die Wiederkehr von Mithras zur Rettung der Welt. Allerdings dürfen sich nur Männer ihrem Bund anschließen. Ganz in der Nähe steht ein Mithrasheiligtum. Dort treffen sich die Mithrasjünger zu ihren Gottesdiensten. Wir wenigen Christen müssen uns dagegen im Geheimen treffen.«

Nach dem Abendessen, das aus reichlich Obst, Käse und Fladenbrot bestand, verzogen sich Tina und Jonas bald in ihre Kammer. Sie seien müde von der Reise, sagten sie und bedankten sich überschwänglich für die freundliche Aufnahme und die Gastfreundschaft.

»Das hast du geschickt eingefädelt«, lobte Jonas Tina, als sie allein waren. »Wir beide als Geschwister auf dem Weg in das unbekannte Grenzgebiet der Provinz, gar keine schlechte Idee, könnte von mir sein.«

»Es hätte aber auch kräftig danebengehen können, wenn Marcus Flavius weiter nachgefragt hätte«, entgegnete Tina mit gerunzelter Stirn. »Wir sollten uns eine Lebensgeschichte ausdenken, die in diese Zeit passt, damit wir glaubwürdig bleiben. Aber irgendwie möchte ich die Leute, die so freundlich zu uns sind, nicht belügen.«

»Du kannst ihnen aber auch nicht die reine Wahrheit sagen. Die würden sie erstens nicht glauben und zweitens würden wir uns damit bloß verdächtig machen. Julia und ihre Mutter nehmen schon jetzt ein großes Risiko auf sich, zwei völlig fremde Menschen bei sich wohnen zu lassen, wo sie doch selbst als Christen nicht sicher sind.«

»Bevor ich mich von Julia verabschiede, werde ich ihr vorsichtig die Wahrheit beibringen«, sagte Tina entschlossen und begann mit einem anderen Thema: »Was ich nicht begreifen kann, ist, warum wir die Menschen alle verstehen und fließend in ihrer Sprache reden, als ob es unsere Muttersprache wäre.«

Jonas erwiderte nachdenklich: »Ich habe auch keine Erklärung dafür, höchstens eine Vermutung: Wir sind zurückgefallen in die Zeit – vielleicht sprechen wir die Sprache unserer Ahnen? Wir tragen die Gene unserer Vorfahren in uns. Vielleicht ist durch den Zeitsprung ein verborgenes Sprachgedächtnis aktiviert worden, das in diesen Genen vorhanden ist? Jedenfalls scheint das unsere Lage entschieden zu erleichtern. Sie ist rätselhaft genug. Morgen sollten wir uns in der Stadt umsehen. Vielleicht stoßen wir auf eine Spur.«

»Gute Idee«, antwortete Tina. »Aber ich glaube, es ist besser, wenn du alleine nach Lopodunum gehst. Ich werde Marcus Flavius fragen, ob ich mich in Haus und Garten etwas nützlich machen kann.«

Sie mochte Jonas, aber sie zögerte, sich zu sehr auf ihn einzulassen. Dass sie in dieser Kammer gemeinsam übernachten mussten, störte sie doch etwas und sie sehnte sich danach, für einige Stunden allein zu sein. Jonas hatte es sich, so gut es ging, in seinen Kleidern auf seiner Liege bequem gemacht und bald hörte sie an seinem gleichmäßigen Atem, dass er eingeschlafen war.

Am nächsten Morgen ergab sich tatsächlich eine günstige Gelegenheit, nach Lopodunum zu kommen. Julia sollte Obst auf den Markt in die Stadt bringen. Jonas bot seine Hilfe beim Auf- und Abladen der Kisten an und fuhr mit ihr auf einem zweirädrigen Eselskarren los, während Marcus Flavius Tinas Angebot, in Haus und Garten mitzuhelfen, gerne annahm.

Auf dem Markt richtete Julia mit Jonas' Hilfe schnell den Obststand auf und nach einer Weile ermunterte sie ihn, sich die Stadt anzusehen.

Planlos streifte er durch die Gassen und entdeckte an einer Straßenecke eine Gruppe von Gauklern, die von Neugierigen umstellt war. Einer von ihnen stand auf einem Holzpodest, grellbunt angezogen mit einer Narrenkappe, und jonglierte mit vier Bällen. Um ihn herum scharte sich eine johlende Menschenmenge. Der Gaukler konzentrierte sich auf die Bälle, doch er sprach Jonas an, der direkt vor dem Podest stand.

»Holla, junger Mann, er sieht aus wie aus der Zeit gefallen. Wo sind denn seine Freunde geblieben?«

Jonas wurde es heiß und kalt. Meinte er etwa ihn? Was wollte dieser Bursche mit seiner Anspielung sagen? Wusste er von ihrem Schicksal?

Zögernd trat er auf ihn zu. »Ich denke nicht, dass wir uns schon mal gesehen hätten.«

Der Jongleur lachte laut auf und machte einen Luftsprung, wobei er weiter mit den Bällen jonglierte. »Wenn ich jetzt sagen würde, das ist noch gar nicht lange her, dann wäre das nur die halbe Wahrheit. Ein Sturz aus der Zeit weit zurück in die Vergangenheit, das verbindet uns beide.«

Jonas schluckte. Ein Gedanke durchzuckte ihn. Dieser Mann wusste etwas, kannte sein Schicksal. Konnte er ihm weiterhelfen? Sollte er ihn einfach darauf ansprechen? Aber wie? Er konnte ihm doch nicht seine ganze Geschichte erzählen. Doch diese Chance konnte er sich nicht entgehen lassen. Er musste ihn fragen!

Aufgeregt rief er ihm zu: »Aus der Zeit gefallen? Wie kann ich zurückkommen?«

Da hörte er die rätselhaften Worte: »Folge dem Zeichen des schwarzen Löwen!« Der Gaukler sprang abermals in die Luft, fing alle Bälle nacheinander auf, verneigte sich, machte einen Salto rückwärts vom Podest herab und verschwand in der Menschenmenge.

Jonas versuchte ihm zu folgen, doch bis er sich an der Bühne vorbeigedrängt hatte, war plötzlich keine Spur mehr von ihm zu sehen. Planlos lief Jonas weiter durch die Straßen, immer auf der Suche nach dem grellbunten Kostüm. Er fragte zahllose Passanten nach dem Jongleur in den bunten Kleidern, doch er sah nur Achselzucken, erntete einige misstrauische Blicke und unwirsche Zurückweisungen.

Müde und niedergeschlagen kehrte er zum Marktstand zurück. Julia war gerade dabei, die leeren Obst- und Gemüsekisten auf den Karren zu laden. Jonas beeilte sich, ihr zu helfen.

»Wo hast du denn so lange gesteckt? Du musst ja die ganze Stadt besichtigt haben. Aber du siehst nicht gerade begeistert aus.«

Als Julia ihn mit neugierigen Blicken musterte, erzählte ihr Jonas von dem Jongleur.

»An Markttagen ist immer was los und immer wieder treten komische Gestalten auf. Die Menge will unterhalten werden und die Spielleute sind darauf aus, einige Münzen einzuheimsen«, antwortete Julia gleichmütig, während sie den Esel vor den Karren spannte.

»Hast du ihn schon mal hier gesehen?«, fragte Jonas aufgeregt.

»Kann schon sein«, lächelte Julia. »Hast du denn noch nie einen gesehen, der mit Bällen jongliert?«

»Doch, schon, aber etwas ist zumindest seltsam gewesen.«

»Und das wäre?«

»Er hat gar nicht abgewartet, bis die Leute Münzen auf die Bühne warfen. Mit einem Salto hat er sich verabschiedet und schon war er in der Menge verschwunden.«

»Das ist allerdings ungewöhnlich. Diese Spielleute sind sonst ganz versessen aufs Geld.«

Julia lachte kurz auf, schnalzte mit der Zunge und gab dem Esel damit das Zeichen anzuziehen. Mit einem leichten Ruck setzte sich der Wagen mit den beiden in Bewegung. Von den Worten des Gauklers sagte Jonas Julia nichts.

Jonas musste den Gaukler unbedingt wiedertreffen. Am nächsten Abend, nach der Feldarbeit, lief er los. Für den Weg in die Stadt brauchte er nur wenige Minuten. Dennoch würde ihm nicht viel Zeit bleiben, denn bei Sonnenuntergang schlossen die Tore. Jonas überlegte, wie er den Burschen finden könnte, den offensichtlich kaum jemand kannte. Er beschloss, auf dem Marktplatz anzufangen. Vielleicht konnte er in einer der Schänken Hinweise bekommen? Er streifte durch die Straßen, die sich zum Abend hin füllten. Einstöckige Fachwerkhäuser standen eng aneinandergepresst, nur wenige schmale Seitengässchen zweigten nach links und rechts ab. Handwerker legten ihre Waren aus, Tavernen boten Wein, Bier und allerlei fremdartige Speisen an. Ab und zu ratterte ein Wagen durch die Gassen, dem die Passanten mürrisch Platz machten.

Vieles erinnerte Jonas an frühere Urlaubsreisen. Eigentlich kam er sich vor wie in der Fußgängerzone einer Kleinstadt irgendwo in einem südlichen Land. Die Menschen plauderten miteinander, einige hasteten eilig vorüber, andere blieben bei den Auslagen der kleinen Geschäfte stehen und begutachteten die Waren. Und doch merkte Jonas, dass alles ganz anders war. Er fühlte sich ungeheuer einsam, verloren unter all den Menschen, deren Sprache er zwar merkwürdigerweise verstand, mit denen er sich auch selbst verständigen konnte, deren Verhalten ihm aber doch fremd vorkam. Die kritischen Blicke, mit denen er gemustert wurde, wenn er nach den Gauklern fragte, konnte er nicht deuten. Bisweilen lachten die Leute nur, manchmal funkelten ihre Augen böse, dann wieder schienen sie ihn teilnahmsvoll zu betrachten. Konkrete Hinweise konnte ihm keiner geben. Mutlos machte er sich auf den Rückweg.

Da traf es ihn plötzlich wie ein Blitz aus heiterem Himmel. Ein Stich fuhr ihm mitten durchs Herz. Dort vorne, neben dem massigen Steinbau der Thermen des öffentlichen Badegebäudes, lehnte der Jongleur an einer Hauswand und spielte mit seinen bunten Bällen. Jonas zwang sich, ruhigen Schrittes auf ihn zuzugehen. Am liebsten wäre er ja auf ihn zugerannt, doch es erschien ihm besser, Gelassenheit vorzutäuschen. Vielleicht würde ihn der Mann wie gestern einfach von sich aus ansprechen?

Tatsächlich! Als Jonas auf gleicher Höhe mit ihm war und scheinbar ungerührt auf das Stadttor zusteuerte, legte sich eine Hand auf seine Schulter.

»Na, junger Mann, auf dem Nachhauseweg? Hoffe doch, er wird ihn finden, so nah und doch so fern?«

Jonas fuhr herum und blickte in ein junges Gesicht, das zwar spöttisch lächelte, aber eigentlich doch freundlich wirkte. Erstaunt bemerkte er, dass der Gaukler nicht viel älter als er selbst zu sein schien.

Entschlossen spach er ihn an, versuchte sein spöttisches Lächeln zu erwidern und seine rätselhafte Sprechweise nachzuahmen: »Ich hoffe doch, er fühlt sich wohl, so weit weg von seiner eigentlichen Zeit. Vermutlich kennt er den Heimweg besser als ich.«

Da erlosch plötzlich das Lächeln auf dem Gesicht des Gauklers und ein trauriger Zug umspielte seine Augen und Mundwinkel, bevor er mit seiner gewohnt spöttischen Art antwortete:

»*Wer nicht von dreitausend Jahren*
sich weiß Rechenschaft zu geben,
bleib' im Dunkeln unerfahren,
mag von Tag zu Tage leben.

Weißt du, von wem diese Verse stammen?« Er blickte Jonas geringschätzig an. »Ach, vermutlich nicht, sie stammen von unserem großen Dichter Johann Wolfgang von Goethe. Aber was sind dreitausend Jahre Geschichte in verstaubten Lehrbüchern? Was wirklich gewesen war, kann nur selbst erlebt werden.«

Jonas war sprachlos. Mit einem Goethezitat hätte er in diesem Augenblick am wenigsten gerechnet. Aber was war los mit dem Kerl, der hier in einer römischen Landstadt kluge Sprüche von sich gab? Was hatte der mit seinem Schicksal zu tun?

Jonas baute sich vor dem Gaukler auf und legte los: »Offensichtlich gehörst du ebenso wenig in diese Zeit wie ich. Wenn du einen Weg weißt, wie ich zurückkommen kann, dann rede nicht in Rätseln, sondern hilf mir lieber.«

»Sachte, sachte, junger Mann, so einfach ist das nicht.« Wieder setzte der Spielmann seine Trauermiene auf, bevor er fortfuhr: »*Allwissend bin ich nicht, doch viel ist mir bewusst.*«

Jonas antwortete spöttisch: »Das sagt Mephisto, der Teufel, zu Faust. Was soll dieses zweite Goethezitat?«

»Respekt, Respekt, so ganz unerfahren ist er ja doch nicht. Übrigens habe ich mich ja noch gar nicht vorgestellt, mein Name ist Caspar.«

Jonas ließ sich zu einer bissigen Antwort hinreißen: »Wie sonst sollte einer wie du heißen.« Doch dann fügte er besänftigend hinzu: »Ich heiße Jonas.«

»Auch ein passender Name!« Caspars Augen funkelten schelmisch. »Du kennst doch sicher die biblische Geschichte?« Caspar ließ ein glockenhelles Lachen erklingen, dann fügte er mit dunkler Stimme hinzu: »Vom Wal verschluckt und wieder in die Welt gespuckt.«

Als Caspar ihm seine Hand hinhielt, schlug Jonas zögernd ein.

»Aber nun müssen wir uns beeilen, das Tor wird gleich geschlossen.« Mit diesen Worten legte Caspar ihm seinen Arm auf die Schulter und drängte ihn aus der Stadt hinaus.

Jonas war diese Vertraulichkeit unangenehm. Er schüttelte den Arm ab und beschleunigte seinen Schritt, doch der Gaukler blieb an seiner Seite.

»Ich darf dich doch ein Stück begleiten?«, fragte der wieder mit seinem spöttischen Lächeln.

»Wenn du hier draußen übernachten willst?«, antwortete Jonas ebenso trocken.

»Ein Wanderer zwischen den Zeiten findet überall ein Fleckchen«, bemerkte da Caspar wie beiläufig.

Jonas war wie elektrisiert. Ein Wanderer zwischen den Zeiten? Hatte dieser rätselhafte Chronicus sich nicht ebenso genannt? Von Zeitreisen hatte er schon gehört, aber das war doch Phantasie, bestenfalls Science-Fiction. Andererseits schien er ja tatsächlich selbst davon betroffen zu sein. Doch wenn es wirklich so etwas wie Zeitreisen gab, müsste dann dieser Caspar nicht wissen, wie man wieder in seine eigene Zeit zurückkehren konnte?

Jonas startete einen neuen Versuch, seinen Begleiter zum Reden zu bringen: »Wie du sicher weißt, bin ich unfreiwillig aus meiner Zeit gefallen – so ähnlich hast du es bei unserem ersten Zusammentreffen ja wohl ausgedrückt. Kannst du mir nicht sagen, wie ich zurückkommen kann?«

Caspar blieb stehen und sah ihn ernst an. »Nein, das kann ich nicht. Auch ich kann nicht zu jeder beliebigen Zeit und in jedem beliebigen Augenblick aufbrechen. Aber wir werden uns wiedersehen und vielleicht finden wir gemeinsam einen Weg – für dich, für mich und für deine kleine Freundin. Denke daran: Folge dem Zeichen der schwarzen Löwen!«

Mit diesen rätselhaften Worten verabschiedete sich der Spielmann, lief wie der Wind in die angrenzenden Weinberge und war im Nu verschwunden.

Kopfschüttelnd sah ihm Jonas nach. Einstweilen schien ihm wieder nichts anderes übrig zu bleiben, als weiter abzuwarten. Einerseits hatte er den Eindruck, dass Caspar ihm helfen wollte, andererseits warnte ihn eine innere Stimme, sich ihm ganz anzuvertrauen. Aber was sollte er denn sonst tun? Ganz in Gedanken versunken nahm er den Weg zum Landhaus seiner Gastgeber.

Schon von Weitem sah er Tina. Sie lief auf ihn zu. Aufgeregt gab sie ihm Zeichen, stehen zu bleiben. Als sie ihn erreicht hatte, fasste sie ihn an der Hand und zog ihn zu einer Baumgruppe abseits des Weges.

»Sie suchen nach dir. Ein Beamter mit zwei Wachleuten ist gekommen und hat Marcus Flavius befragt. Es hat sich herumgesprochen, dass er einen Fremden bei sich hat. Von mir ist seltsamerweise keine Rede gewesen. Was sollen wir jetzt tun?«

Jonas überlegte fieberhaft. »Wir besprechen alles in Ruhe mit Marcus Flavius. Ich kann mir nicht vorstellen, weshalb nach mir gesucht werden soll. Mich kennt hier doch keiner. Das muss eine Verwechslung sein. Aber wenn er von den Soldaten befragt worden ist, weiß er sicher mehr.«

Marcus Flavius zog sorgenvoll die Brauen hoch, als sie bei ihm eintraten. »Du hast dich in der Stadt immer wieder nach den Spielleuten erkundigt?«, fragte er Jonas. »Diese Leute sollen in den letzten Tagen eine Reihe von Einbrüchen begangen haben. »Das ist eine unangenehme Geschichte für dich und für uns.«

Jonas überlegte, wie er seinem Gastgeber antworten sollte. Er wollte möglichst bei der Wahrheit bleiben, ohne von seinem wahren Schicksal reden zu müssen. »Ein Jongleur in einem Narrenkostüm hat mich angesprochen, als ich mit Julia auf dem Markt war. Er hätte wichtige Nachrichten für mich aus der Heimat. Aber dann ist er einfach verschwunden und ich habe nach ihm gesucht.«

Tina blickte ihn entgeistert an. »Was? Warum hast du mir nichts davon erzählt?«, fuhr sie ihn an, aber Marcus Flavius hob beschwichtigend die Hand, dann klopfte er Jonas auf die Schulter.

»Nur die Ruhe bewahren. Das Beste wäre, wenn du morgen beim Magistrat in Lopodunum die Sache klärst. Dann ist die Angelegenheit sicher bald aus der Welt geschafft.«

Jonas nickte ernst, während Marcus Flavius ihm zulächelte und das Zimmer verließ.

»Bist du verrückt? Was ist in der Stadt geschehen und warum diese Heimlichkeiten?«, zischte ihn Tina an.

Jonas zuckte mit den Schultern und versuchte es ihr zu erklären: »Ich habe eine Spur gefunden. Aber die ist so rätselhaft und so unklar, dass ich der Sache zunächst auf den Grund gehen wollte.«

Tina zeigte kein Verständnis. »Wenn wir uns nicht vertrauen und gemeinsam vorgehen, werden wir kaum weiterkommen. Nun erzähl schon, was passiert ist!«

Als Jonas ihr von seinem Zusammentreffen mit Caspar berichtet hatte, von dessen merkwürdigen Andeutungen und von seinem Angebot, mit ihnen den Weg durch die Zeiten zu suchen, schwieg Tina betroffen.

Dann sagte sie: »Ich weiß nicht, was ich von diesem Caspar halten soll. Aber anscheinend steckt er mit Chronicus unter einer Decke. Es sind noch einige Tage bis zum Vollmond. Wir müssen diese Zeit irgendwie überbrücken. Auf keinen Fall solltest du dich den Behörden stellen. Die würden alles Mögliche wissen wollen, Fragen, auf die du vermutlich nicht überzeugend antworten kannst.«

Obwohl ihr Jonas zustimmte, konnte er sich nicht vorstellen, dass Caspar etwas mit den Einbrüchen, die den Spielleuten zur Last gelegt wurden, zu tun haben könnte. Wenn er wirklich ein Zeitreisender war, würde er nie ein solches Risiko auf sich nehmen. Vermutlich hatten die Gaukler gar nichts mit dieser Sache zu tun. Sie wurden verdächtigt, weil sie zum fahrenden Volk gehörten. Das waren Vorurteile. Doch das half jetzt alles nichts. Sie mussten irgendwo untertauchen und sich von ihrer Gastfamilie verabschieden, um sie nicht weiter in Gefahr zu bringen.

Nach dem Abendessen erklärten sie Marcus Flavius, dass es wohl das Beste sei, wenn sie am nächsten Tag zu ihrer Weiterreise aufbrechen würden. Julias Vater gab ihnen viele Ratschläge mit auf den Weg nach Mogontiacum, das sie als nächste Etappe ihrer Reise angegeben hatten. Jonas war eingefallen, dass Mainz in der Römerzeit eine wichtige Provinzhauptstadt gewesen war. Während er mit Marcus Flavius redete, sah Julia sie mit einem seltsamen Lächeln an und bedeutete ihnen mit einem versteckten Wink, mit nach draußen zu kommen. Sie setzten sich in einen Winkel der Säulenhalle und Julia sprach Jonas mit gedämpfter Stimme an.

»Tina hat mir vorhin von eurem Schicksal erzählt. Wenn ich auch nicht alles verstehen kann, ich glaube, dass ihr nichts mit den Einbrüchen zu tun habt. Wenn ihr euch einige Zeit verstecken wollt, kann ich euch helfen. Ich kenne ein nettes älteres Ehepaar, das am anderen Ende der Stadt wohnt. Ich glaube, die würden euch aufnehmen. Sie gehören ebenfalls zu unserer kleinen Gemeinde.« Sie machte eine kleine Pause, räusperte sich und fuhr fort: »Na ja, sie sind fast taub. Viele Fragen würden die euch nicht stellen. Ich könnte mit ihnen reden.«

Jonas ergriff ihre Hand. »Das würdest du für uns tun? Du hilfst uns schon zum zweiten Mal aus einer schwierigen Lage, danke.«

Mit einem Lächeln zog Julia ihre Hand zurück. »Ich helfe euch gern. Tina hat mir erzählt, dass in der Zukunft, aus der ihr gekommen seid, fast alle Menschen getauft sind. Das macht mich froh und zuversichtlich.«

Am nächsten Morgen brachen sie in aller Frühe auf. Julia begleitete sie in die Stadt, in deren Gassen und Straßen gerade das Leben erwachte, und führte sie zum Haus ihrer Bekannten. Die beiden Alten saßen auf einer Bank neben der Eingangstür unter einem Vordach und genossen die Strahlen der Morgensonne. Als sie Julia sahen, winkten sie ihr fröhlich zu.

»Julia, was führt dich so früh zu uns?« Die würdige weißhaarige Dame erhob sich langsam und gab Julia die Hand.

»Seid herzlich gegrüßt, auch von meinem Vater«, sagte Julia mit lauter Stimme und wies auf ihre beiden Begleiter. »Das sind Tina und Jonas, zwei gute Freunde von mir. Sie sind auf der Durchreise.« Sie verbeugte sich leicht vor der alten Dame und wandte sich den beiden zu. »Das ist Cornelia, von der ich euch schon erzählt habe.« Dann blickte sie sich scheu nach rechts und links um. Niemand war zu sehen, der Zeuge ihres Gesprächs hätte sein können. Dennoch zog sie Cornelia zur offen stehenden Haustür. »Wir können hier nicht weiterreden«, sagte sie.

Die alte Dame seufzte, gab ihrem Mann ein Zeichen, ihnen zu folgen, und als sie im Haus waren, schloss sie die Tür und legte einen Riegel vor.

Noch in der Vorhalle platzte Julia los. »Entschuldigt bitte, wenn wir euch so einfach überfallen.« Sie legte ihren Arm um Tinas Schultern. »Jonas und Tina sind Christen wie wir und sie sind in Gefahr. Tina ist auf dem Markt aufgefallen, weil sie ihr Kettchen mit dem

Kreuz versehentlich offen trug, Jonas soll morgen vor dem Magistrat aussagen, aber er fürchtet, dass er wegen der Einbrüche, die in den letzten Tagen vorkamen, verdächtigt wird. Dabei ist er so unschuldig wie ich.«

»Wer in Christi Namen verfolgt wird, ist uns willkommen!«, ließ sich da Cornelias Gatte mit polternder Stimme vernehmen, der bisher schweigend dabeigestanden war. »Macht euch keine Sorgen, wir bekommen wenig Besuch und niemand wird euch bei uns vermuten.«

Julia umarmte ihn. »Ich wusste, dass ihr uns helfen würdet.«

Tina und Jonas standen etwas verlegen daneben.

Mit unsicherer Stimme ergriff Jonas das Wort. Er versuchte, Julias Ton zu treffen, wie sie mit dem Ehepaar redete: »Gott möge es euch vergelten.«

»Schließt uns in euer Gebet ein«, antwortete die Alte mit einem feinen Lächeln und führte sie in die angrenzenden Wohnräume. »Ihr könnt in der Kammer neben der Küche schlafen. Dort stehen zwei Betten. Früher, als wir noch einen größeren Haushalt führten, war dies unser Gästezimmer.«

Jonas betrachtete erstaunt die geschmackvolle Gestaltung. Die Wände waren in einem warmen Rot gehalten, hohe Holztüren führten zu weiteren Räumen. Von außen sahen die niedrigen Gebäude, die sich den ganzen Straßenzug entlang Giebel an Giebel aneinanderreihten und mit ihren Vordächern den Gehweg teilweise überdachten, wie bescheidene Reihenhäuschen aus.

»Was für ein schönes Haus, von der Straßenseite hätte ich das nicht erwartet«, sagte Jonas zum Hausherrn gewandt.

Dieser lächelte stolz. »Auch in der Provinz lässt es sich leben.« Mit sorgenvoller Miene fügte er hinzu: »Manchmal sogar besser und unbehelligter als in Rom, wo man nie sicher ist, wann es wieder losgeht mit der Verfolgung der Christen.«

Die nächsten Tage vergingen wie im Flug. Tina freundete sich mit Cornelia an und half ihr bei der Hausarbeit, Jonas übernahm es, einen Berg Holzklötze zu spalten, die im Schuppen hinter dem Wirtschaftsraum im angrenzenden ummauerten Hinterhof für den kommenden Winter aufgeschichtet werden mussten. Bei dieser Arbeit hatte er Erfahrung. Sein Großvater hatte einen Bauernhof und schmunzelnd erinnerte er sich daran, wie er ihm vor Jahren gezeigt hatte, wie die Axt beim Holzspalten anzusetzen war. Seine Mutter hatte ihrem Vater damals große Vorwürfe gemacht. Das sei doch viel zu gefährlich für einen Jungen von zwölf Jahren. Aber Großvater hatte nur gelacht.

Nachts schlichen sie in den Hinterhof des römischen Streifenhauses und schauten zum Himmel. Ungeduldig warteten sie auf den Vollmond. Eines Abends fehlte nur noch ein schmaler Bogen. Groß, leuchtend und fast rund stand er über dem Fluss. Morgen würde es so weit sein. So beschlossen sie, sich am nächsten Tag von ihren Gastgebern zu verabschieden.

»Am besten gehen wir am Abend kurz vor Torschluss aus der Stadt«, sagte Tina. »Dann müssen wir uns tagsüber nicht lange verstecken.«

Jonas antwortete mit leiser Stimme: »Das ist gut, in dem Feierabendtrubel werden wir kaum auffallen. Wir schließen uns dem letzten Zug der Landleute an. Hoffentlich finden wir den Weg zurück zu unserem Kahn.«

So unauffällig, wie sie vor vierzehn Tagen in die Stadt hineingekommen waren, verließen sie nun wieder Lopodunum. Den kritischen Blicken der Torwache wichen sie aus. Zwischen zweirädrigen Bauernkarren, von Eseln, manchmal auch von Ochsen gezogen, und Bauernfamilien gingen sie durch das Stadttor die breite Straße nach Süden, um bald Richtung Neckar abzuzweigen. Sie folgten dem schmalen Pfad, entdeckten auch einige der abgeknickten Zweige und erreichten das Ufer in der Abenddämmerung. Drüben zeichneten sich die Umrisse des Odenwalds ab.

»Wir sind aber an einer ganz anderen Stelle gelandet.« Tina blickte sich besorgt um.

»Da drüben wächst Schilf, dort könnte unser Boot liegen«, antwortete Jonas und zog Tina mit sich.

Sie teilten mit beiden Händen das Rohr, um hindurchzuschlüpfen, wateten durch seichtes Wasser und versuchten, einen Hinweis auf das versteckte Boot zu finden. Dabei wurde es immer dunkler. Schon längst war die Sonne im Westen als glühender Feuerball über der Rheinebene versunken.

Tinas Stimme klang mutlos. »Meinst du, wir könnten den Fluss aufwärts wandern?«

»Das wäre zu riskant«, meinte Jonas.

»Aber wenn wir die Zeit verpassen? Unsere einzige Hoffnung liegt darin, rechtzeitig in Heidelberg zu sein.«

Da knackste es plötzlich im Schilfrohr.

»Da kommt wer!« Jonas legte den Zeigefinger an die Lippen und schaute Tina eindringlich an.

Das Rascheln wurde immer lauter, die Schritte kamen näher. Es war zwecklos zu flüchten.

»Tu so, als ob wir Schilfrohr sammeln«, zischte Jonas und begann selbst, Schilf aus dem feuchten Boden zu ziehen.

»So spät noch bei der Arbeit?«

Tina und Jonas schreckten auf und wandten sich um.

Jonas blickte in das Gesicht des Spielmanns. »Caspar, was für eine Überraschung!«

»Für mich eigentlich nicht«, antwortete dieser und lachte. »Ihr wollt doch nicht aus diesen Binsen ein Boot flechten und damit flussaufwärts fahren?«

»Durchschaut, wie Moses auf dem Nil«, witzelte Jonas und versuchte zu grinsen. Dabei blickte er auf und sah in einiger Entfernung hinter Caspar wie zufällig den abgestorbenen Baum, dessen Ast in Richtung See ragte. »Wir sind auf dem Weg zu unserer Yacht, möchtest du mitkommen?«

Tina blickte zuerst Jonas, dann Caspar erstaunt an. War es nicht zu gefährlich, einen wildfremden Menschen in ihre Unternehmung einzuweihen? War dieser Caspar nicht der Jongleur, der Jonas angesprochen hatte? Aber weshalb sprach Jonas so vertraut mit ihm? Und wieso redete Jonas so selbstbewusst von ihrem Boot, das sie bisher vergeblich gesucht hatten? Jonas zog einfach ohne weitere Worte der Erklärung los, gefolgt von Caspar! Sie schienen sich gar nicht um sie zu kümmern! Immer noch misstrauisch schloss sie sich den beiden an.

Dann endlich drehte sich Jonas Tina zu: »Siehst du dort unseren Baum? Dort liegt es, wenn mich nicht alles täuscht.«

An der Stelle aber, an der das Boot liegen sollte, fanden sie nur einen Haufen Schilf.

»Irgendjemand hat unser Boot geklaut!« Jonas sah fassungslos auf die Spuren im Ufersand, die noch deutlich den Abdruck des Kiels zu erkennen gaben.

»Na ja, euer Boot …«, versetzte Caspar spöttisch und zeigte auf den Stamm des Baumes.

Dort war eine Figur zu sehen, Umrisse eines Tieres. Es sah aus wie eine gestreckte Raubkatze.

»Folge dem Zeichen des schwarzen Löwen«, lachte Caspar. »Das ist eine Botschaft von Chronicus.«

Tina blickte wie gebannt auf das Zeichen. »Was weißt du von Chronicus?«, keuchte sie und sah Caspar mit funkelnden Augen an. »Was für ein Spiel treibt ihr mit uns?«

Caspar schob die Schultern hoch, drehte die Handflächen nach oben und sagte: »Ich kann dir nur so viel sagen: Ohne Chronicus kommt weder ihr noch ich in die Gegenwart zurück. Es ist wohl das Beste, wenn wir umkehren und nach einem weiteren Zeichen suchen.«

Mutlos und niedergeschlagen folgten sie Caspar, der ihnen voraus in Richtung Stadt ging. Es war schon fast dunkel, als sie an einem Rasthaus vorbeikamen. Da ergriff Tina Jonas' Hand und deutete auf einen Wagen. Eine mit weißer Kreide bestrichene Fläche leuchtete hell in der Dämmerung, aus deren Mitte sich ein schwarzer Löwe abhob.

Caspar klopfte ihr auf die Schulter. »Was habe ich gesagt, da steht euer Reisewagen. Man sieht sich.«

Er schlug aus dem Stand einen Salto und verschwand hinter der Taverne, aus der in eben diesem Moment ein Mann auf sie zutrat.

»Seid gegrüßt, Gefährten von Chronicus. Ich bin Brennus, ein Freund von ihm. Ihr könnt mit uns fahren, wenn ihr wollt. Morgen geht's los.«

Fünf große Fuhrwerke, beladen mit sorgfältig verpackter *terra sigillata*, Töpferware aus Ladenburg, bewegten sich gemächlich über die gut ausgebaute Römerstraße. Tina und Jonas saßen auf dem letzten Wagen gegen die Fahrtrichtung. Der Fuhrmann hatte sie gebeten, sofort zu melden, wenn sie etwas Auffälliges bemerkten. Zwei Wochen sollte die Reise nach Brigantium, dem römischen Bregenz, dauern. Sie fuhren durch eine hügelige Landschaft mit Wiesen und Feldern.

Immer wieder tauchten die ziegelroten Dächer von römischen Gutshöfen auf, die sich aus einer Vielzahl von kleineren Holzgebäuden deutlich abhoben.

Am zweiten Tag erreichten sie bei Vicus Alisinensium, dem römischen Bad Wimpfen, das Neckartal. Die ummauerte Stadt lag direkt am Fluss, über den eine hölzerne Brücke führte. Gleich daneben schloss sich ein kleiner Hafen an.

Brennus erklärte ihnen, dass früher der Limes, die Grenze des Römischen Reiches, hier am Neckar verlaufen sei. Jetzt war Vicus Alisinensium ein wichtiger Verkehrsknotenpunkt zu den Militärlagern am obergermanischen Limes, der sich rund dreißig Kilometer östlich des Neckars schnurgerade nach Südosten bis zum Reiterkastell der Ala II Flavia zog. Jonas vermutete, dass der Ort in seiner Zeit Aalen sein könnte; er hatte einmal mit seinen Eltern das römische Museum dort besucht.

Sie folgten der Straße durch das Neckartal, passierten zwei Tage später Grinario, das römische Köngen. Tina erinnerte sich an ihren Lateinlehrer, der ihnen immer wieder begeistert die klangvollen römischen Städtenamen deklamiert hatte: Sumelocenna – Rottenburg, Arae Flaviae – Rottweil, die älteste Stadt Baden-Württembergs. Schließlich erreichten sie den Bodensee, der in römischer Zeit nach dem hier lebenden keltischen Volksstamm der Veneter *Lacus Venetus* genannt wurde. Am Nordufer entlang verlief die Straße nach Brigantium, also nach Bregenz.

Noch bevor sie die Stadt erreicht hatten, entdeckte Jonas auf einem römischen Meilenstein rechts neben der Straße wieder das Zeichen. Mit einem Stück Holzkohle waren die Umrisse eines schwarzen Löwen auf den Sandstein gezeichnet.

Brennus lächelte vielsagend: »Eure Fahrt mit uns ist zu Ende und doch beginnt für euch die Reise eigentlich erst jetzt. Runter vom Wagen, ich bringe euch zum Ufer.«

Er führte sie zu einem Ruderboot und in rund hundert Metern Entfernung sahen sie eine dicht bewaldete Insel.

»Ihr werdet erwartet«, sagte Brennus geheimnisvoll. »Auf der Insel findet ihr euch leicht zurecht, wenn ihr das folgende Rätsel löst: Welches Tier gilt als geheimes Zeichen eines im Römischen Reich bis vor kurzem verbotenen Kultes?«

Er lachte, reichte ihnen die Hand zum Abschied, half ihnen ins Boot und winkte ihnen nach, bevor er wieder zurück zur Straße ging.

Als sie an Land waren, blickten sie sich ratlos um. Da sah Tina in einiger Entfernung eine verfallene Hütte, vor der einige Netze aufgehängt waren.

»Fischernetze!«, rief sie atemlos und schlug sich mit der flachen Hand an die Stirn. »Es ist der Fisch, den ja die Christen im Römischen Reich als Geheimzeichen benutzten!«

Sie liefen rasch über den Uferkies zur Hütte. Inzwischen war die Dunkelheit hereingebrochen. Gleich hinter der Hütte am Waldrand flackerte ein kleines Lagerfeuer. Jonas ließ sich auf den Boden nieder und hielt seine kalten Hände über die Glut.

»Das tut gut nach der Bootsfahrt. Ich glaube …«

Doch bevor er ausreden konnte, trat hinter dem Baum eine schwarz gekleidete Gestalt hervor, kreuzte die Arme vor der Brust, schloss die Augen und verharrte in völliger Reglosigkeit. Plötzlich war auch Caspar wieder da. Er schlich geduckt auf die beiden zu und kauerte sich im Schutz eines Busches ebenfalls auf den Boden, als ob er sich verstecken wollte. Gespenstisch zuckten die Flammen und malten tanzende Schatten auf ihre Gesichter. Tina glaubte, unter der Kapuze, die weit in die Stirn der schwarzen Gestalt gezogen war, die Gesichtszüge des Dozenten der Ferienakademie zu erkennen. Aber all das spielte sich in Sekundenschnelle ab.

Da begannen plötzlich die Bäume zu rauschen. Das Rauschen wuchs zu einem ohrenbetäubenden Tosen, das Feuer, die schwarze Gestalt und die Hütte verschwanden in einem dichten Nebel und es wurde so finster, dass Tina Jonas nicht mehr erkennen konnte.

»Na, das hätte ja geklappt«, ließ sich schließlich Caspar vernehmen. »Ich schlage vor, wir suchen uns ein trockenes Plätzchen und warten, bis die Sonne aufgeht.«

Jonas konnte diese scheinheilige Gelassenheit Caspars nicht mehr ertragen. Er packte Caspar an der Schulter. »Was soll das? Wenn du so selbstsicher tust, dann erkläre mir bitte, was da gespielt wird!«

Caspar schüttelte seine Hand ab. Er wirkte, als ob ihn nichts aus der Ruhe bringen könnte.

»Du kennst doch Goethes Faust, wie du mir in Ladenburg bewiesen hast. Zu ihm sagt der Erdgeist:

So schaff ich am sausenden Webstuhl der Zeit
und wirke der Gottheit lebendiges Kleid.

Unser gemeinsamer Freund Chronicus ist zwar nicht Goethes Erdgeist, aber er macht sich dessen Wirken zu Nutze. Denk dir einfach, gerade wäre wieder ein Weberschiffchen durch den Webstuhl der Zeit geschossen worden. Am Webstuhl der Zeit wird Gottes lebendiges Kleid gewoben. Ist das nicht ein wunderschönes Bild für das Leben, das aus der Vergangenheit kommt und in die Zukunft führt? Bei uns ging das heute Abend etwas schneller, wir werden wohl ein paar Jahrhunderte übersprungen haben.«

Jonas war wie vor den Kopf gestoßen, ärgerlich und wütend zugleich. »Was soll der Quatsch, komm mir nicht wieder mit deinen Goethezitaten! Sag mir lieber, was du weißt. Wer ist Chronicus und weshalb nennst du ihn unseren Freund?«

Tina hatte dem Wortwechsel aufmerksam zugehört und ergriff jetzt das Wort. »Warum bist du vorhin so plötzlich verschwunden, als dein sogenannter Freund auftrat?«

Caspar lachte laut auf und versuchte die beiden zu beschwichtigen. »Das ist eine lange Geschichte, die erzähle ich euch ein andermal. Aber jetzt sollten wir versuchen, ein bisschen zu schlafen. In dieser Dunkelheit können wir sowieso nichts weiter unternehmen und der neue Tag wird uns einiges an Überraschung bringen.«

Ohne eine Antwort abzuwarten, drehte er sich um und setzte sich wenige Schritte von den beiden entfernt an einen dicken Baum, zog die Knie hoch und schlang die Arme um den Kopf. Jonas und Tina setzten sich Rücken an Rücken auf den weichen Grasboden.

»Was ist das nur für ein Typ, dieser Caspar. Ich werd nicht schlau aus ihm«, begann Tina flüsternd.

Jonas stimmte ihr zu: »Die Sache kommt mir auch immer rätselhafter vor, aber ich denke, damit hat er Recht, dass wir vor morgen früh nichts weiter tun können.«

Er gähnte wie zur Bestätigung und brach das Gespräch ab. Es dauerte nicht lange, da war er tatsächlich eingeschlafen. Hätte Jonas gewusst, was ihn und Tina am nächsten Morgen tatsächlich erwartete, hätte er wohl in dieser Nacht kein Auge zugetan.

In einer Seitennische der großen Marktbasilika, die das Forum in Lopodunum majestätisch abschloss, sah er ihn. Holofernes war in ein Gespräch vertieft. Sein Gegenüber schien unwillig und redete auf ihn ein. Chronicus sah zu, dass Holofernes ihn nicht erkennen konnte. Er nutzte die erregte Auseinandersetzung, um sich von hinten zu nähern. Dabei gab er sich betont unbeteiligt, schlenderte zu einer der großen Arkaden hinüber, blieb direkt hinter den beiden wie zufällig stehen und schaute auf das Markttreiben hinaus.

»Das ist doch viel zu gefährlich. Deine Unternehmungen in den letzten Tagen haben die Beamten wachgerüttelt. Das musste doch nicht sein! Was gibst du dich mit diesem Kleinkram ab! Sie verdächtigen zwar die Spielleute, aber wir müssen vorsichtig an die Sache herangehen. Die Aedilen haben die Wachen verstärken lassen. Die Kasse wird Tag und Nacht bewacht.«

Chronicus hatte genug gehört, Zeit, sich unbemerkt davonzumachen!

Da drehte sich Holofernes um und grinste ihm spöttisch ins Gesicht. »Wen haben wir denn da? Was machen deine beiden Schützlinge und was ist mit dem dritten? Da ist wohl was schiefgelaufen?«

Sein Gesprächspartner blickte Chronicus mit gerunzelter Stirn an. Holofernes lachte, wandte sich von Chronicus ab: »Eine alte Reisebekanntschaft. Wen man nicht alles trifft, hier in Lopodunum!«

Er ließ ihn einfach stehen, kümmerte sich nicht weiter um ihn.

»Wenn du dich nur nicht verrechnet hast!«, murmelte Chronicus halblaut vor sich hin, aber so, dass ihn Holofernes hören konnte.

Der nahm seinen Gesprächspartner am Arm und beide entfernten sich plaudernd.

Holofernes hatte seine Leute. Er selbst zog im Hintergrund die Fäden. So viel war klar. Chronicus lächelte leise. Auch wenn sich sein Gegner sehr sicher fühlte, würden ihm seine dunklen Geschäfte keine Freude bereiten. Ganz in Gedanken verließ er die Markthalle und stürzte sich in das Treiben auf dem Forum.

Es war wohl schon um Mitternacht. Dunkle Wolken hatten sich vor den Mond geschoben, nur wenige Fackeln an den Wänden verstreuten ihr unruhiges Licht im Inneren der Basilika. Sechs Wachsoldaten näherten sich dem Raum, in dem die Truhe mit den Einnahmen aus den Marktgebühren verwahrt wurde. Der Anführer der Truppe pochte an die Tür.

»Parole?«, erklang es von innen.

»Mercurius schläft nicht«, erklang die Antwort.

Da öffnete sich die Tür. »Weshalb kommt ihr denn jetzt schon? Könnt ihr nicht schlafen? Ist euch langweilig?«

»Befehl von oben«, grunzte der Anführer. »Seid froh, dass ihr noch eine Mütze Schlaf bekommt.«

War das nicht der Kerl, mit dem Holofernes heute Morgen so eindringlich diskutiert hatte? Jetzt betrat er zusammen mit der Wache den Raum.

»Jeder nimmt sich die ausgemachte Summe, keinen Sesterz mehr, verstanden? Niemand wird so Verdacht schöpfen. Die Wachablösung kommt in einer halben Stunde. So lange kein Wort. Wir treffen uns morgen zur ausgemachten Zeit.«

Der Deckel einer Truhe fiel mit einem lauten Knall zu.

Da hallte plötzlich eine gespenstische Stimme durch die Basilika: »Mercurius schläft nicht ... schläft nicht ... schläft nicht ...«

Unterdrückte aufgeregte Stimmen – ein leiser Fluch, das Quietschen eines schlecht geölten Scharniers – kurz darauf ein dumpfes Klacken des schweren Truhendeckels, der möglichst leise verschlossen wurde. Da erschien der Kerl in der Tür, sein von den Fackeln fahl beleuchtetes Gesicht war ängstlich verzerrt. Er schaute sich verunsichert um, schloss das Tor leise und verschwand wie ein Schatten in der Dunkelheit.

Diesmal hatte er Holofernes' Pläne durchkreuzt. Aber er musste auf der Hut sein. Holofernes würde keine Gelegenheit auslassen, sich dafür zu rächen. Und offensichtlich wusste er über die unfreiwillige Zeitreise des Mädchens und ihres Freundes Bescheid. Aber seine merkwürdige Bemerkung! Gab es noch einen dritten Zeitreisenden?

Tausend Jahre sind wie ein Tag

Tina erwachte, als die Sonne am nächsten Morgen durch die Baumkronen blitzte. Jonas schlief friedlich neben ihr und hatte seinen Arm um ihre Schulter gelegt. Sanft befreite sie sich und setzte sich auf. Caspar war nirgends zu sehen. Sie strich sich die Haare zurecht und versuchte aufzustehen. Alle Knochen taten ihr weh. Kaum hatte sie sich erhoben, als Jonas ebenfalls wach wurde.

»Guten Morgen, du Langschläfer!«

Jonas blinzelte ins Sonnenlicht. Schlagartig kam ihm wieder ins Bewusstsein, was gestern geschehen war. Das flackernde Feuer, die schwarze Gestalt, das Tosen in den Bäumen und dann die völlige Finsternis, sein Streit mit Caspar. Er blickte sich um.

»Wenn du deinen Spielmann suchst, der ist verschwunden«, sagte Tina. »Steh auf, wir sollten uns hier etwas umschauen. Caspar sprach gestern Abend davon, dass wir ein paar Jahrhunderte weitergekommen sind.«

Sie reichte ihm die Hand und zog ihn hoch. Mit der Sonne im Rücken suchten sie einen Weg durch das Dickicht. Nach kurzer Zeit hatten sie den Saum des Wäldchens erreicht und blickten über einen schmalen Wiesenstreifen zum Seeufer. Ein Häuflein niederer Hütten duckte sich in einer Mulde hinter der etwas erhöhten Uferböschung.

Jonas war grenzenlos enttäuscht und hatte allen Mut verloren. »Der ganze Zauber gestern Abend hat überhaupt nichts gebracht.« Er stieß wütend einen Ast beiseite und konnte sich nur mühsam beherrschen.

»Da, sieh doch«, fiel ihm Tina ins Wort, »eine der Hütten trägt ein Kreuz über dem Giebel. Wenn mich nicht alles täuscht, ist das eine Kapelle. Wir sind nicht mehr in der Römerzeit!«

»Aber genauso verloren wie gestern«, antwortete Jonas mürrisch.

Tina blickte ihn aufmunternd an. »Was hat der Druide damals gesagt? Erinnerst du dich an die Botschaft? ›Niemals kehrt die Zeit zurück, doch es gibt einen Weg durch die Zeiten!‹ Wenn es in diesem Dorf eine Kirche gibt, dann sind wir tatsächlich ein paar Jahrhunderte weitergekommen.«

Jonas zuckte mit den Schultern. Aber er fasste neuen Mut. »Na, dann los! Schauen wir uns das Kirchlein mal an!«

Auf dem Weg hinunter ins Dorf begegneten sie misstrauisch knurrenden Hunden und aufgeregt gackernden Hühnern, die verschreckt vor ihnen davonstoben. Hinter aus Ästen geflochtenen Zäunen grasten friedlich Ziegen und Schafe. Menschen sahen sie nicht.

»Eigenartig«, meinte Tina, »wo sind die Bewohner des Dorfes?«

Da hörten sie entfernten Gesang.

»Er kommt aus dieser Richtung«, sagte Tina entschieden und wies auf das aus festen Baumstämmen gefügte Gebäude, dessen vorstehendes Giebeldach auf einfachen Holzsäulen ruhte.

»Schau, da oben!« Jonas zeigte auf das Dach, wo das Kreuz aus dem Giebelgebälk ragte.

Es war einfach gearbeitet, glatt gehobelt und sauber gefügt.

»Das hab ich doch vorhin schon entdeckt!«, antwortete Tina gleichgültig.

»Nein, ich meine nicht das Kreuz.«

Als Tina noch einmal nach oben blickte, entdeckte sie über der Tür eine runde, mit Asche geschwärzte Holzscheibe, in die eine Zeichnung eingeritzt war, deren Konturen sich hell hervorhoben. Der schwarze Löwe!

»Folge dem Zeichen der schwarzen Löwen«, murmelte Jonas. Einen Augenblick starrte er wie geistesabwesend auf die Zeichnung, dann wandte er sich Tina zu. »Schon wieder dieser Löwe – und Caspars merkwürdige Aufforderung, diesem Zeichen zu folgen. Meinst du, wir sollten eintreten?«

Tina zögerte, doch Jonas schritt entschieden auf die Tür zu.

Ohne Tinas Meinung abzuwarten, gab er sich selbst die Antwort auf seine Frage: »Das Beste, was wir tun können. Wir geben uns als Wanderer aus und feiern mit den Dorfleuten den Gottesdienst, das macht uns unverdächtig.«

Vorsichtig öffneten sie die Tür und schlüpften ins Innere der Kirche. An die dreißig Männer, Frauen und Kinder knieten vor ihnen auf dem blank gestampften Erdboden. Ein Priester in schwarzer Kutte breitete die Arme aus und sprach ein Gebet, in das die Gemeinde in regelmäßigen Abständen einfiel.

Tina bekreuzigte sich und kniete ebenfalls nieder. Jonas tat es ihr etwas schwerfällig nach. Ihm war nicht ganz wohl dabei, aber er musste seine Rolle spielen, so gut es ging. Verstohlen hob er seinen Blick, der sich mit dem des Priesters traf. Jonas war erleichtert, als er erkannte, dass dieser ihm zunickte und lächelte, bevor er fortfuhr mit seinem Ritual. Er segnete den Wein und das Brot, brach es in kleine Stücke und reichte es der Gemeinde. Als sie dann das Vaterunser in einem wohlklingenden, aber etwas fremdartigen Latein sprachen, war es wie im römischen Ladenburg. Jonas verstand die Worte des Priesters, wenn er sich in der Volkssprache an die Gemeinde wandte, ganz selbstverständlich.

Bis zum Ende des Gottesdienstes verharrten die beiden auf den Knien in gekauerter Haltung. Dann erhoben sie sich mit der Gemeinde, die Tür wurde geöffnet und die Dorfleute verließen das Gotteshaus. Einige sahen Tina und Jonas verwundert an, andere eher misstrauisch, wieder andere schienen sie gar nicht zur Kenntnis zu nehmen.

Unentschlossen blieben die beiden im Innern der Kirche zurück. Hier schienen sie zumindest im Augenblick sicher zu sein. Doch wie sollten sie dem Priester oder den Dorfleuten ihre Lage erklären?

Da trat dieser unerwartet auf sie zu und sprach sie an: »Gottes Segen mit euch. Euer Kommen wurde mir angekündigt von einem Bruder im Herrn. Er hat eine Nachricht für euch hinterlassen.«

Noch während er sprach, zog er aus einer Tasche seiner Kutte ein Wachstäfelchen und reichte es Jonas. »Ihr könnt doch lesen?«, fragte er mit prüfendem Blick.

Jonas nahm es und las halblaut vor: »Der schwarze Löwe hat euch den Weg gewiesen. Ihr seid mehr als ein halbes Jahrtausend vorwärtsgekommen und befindet euch an einem großen See, der mitten in Alamannien liegt. Über dem See, in südwestlicher Richtung, liegt ein Kloster, dessen Mönche seit über hundert Jahren das Land der Wildnis entreißen. Begebt euch auf dem schnellsten Weg dorthin.«

Mit erhobenen Augenbrauen blickte der Priester Jonas in die Augen. »Versteht ihr die rätselhaften Worte?«

Jonas versuchte ein Lächeln, obwohl ihn die Nachricht verwirrte. Was sollte er antworten?

Tina kam ihm zuvor. »Mit diesen Worten gibt sich unser Freund zu erkennen, damit wir seinem Rat folgen und mit Gottes Hilfe unser nächstes Reiseziel erreichen.«

Da verschwanden die Falten von der Stirn des Priesters und er lud die beiden in seine Hütte ein, wo er ihnen aus einem großen irdenen Tonkrug Wasser in Holzbecher einschenkte und Brot und Käse vorsetzte. Dankbar nahmen sie die Einladung an, denn sie hatten einen mächtigen Hunger.

»Hast du eine Ahnung, in welcher Zeit wir uns befinden?«, fragte Tina Jonas, als der Priester sie für einen Augenblick allein ließ.

Jonas antwortete, mit vollen Backen kauend: »Die einfache Holzkirche, die Fischerhütten, das Kloster, wohin wir reisen sollen, ich denke, wir sind im Mittelalter gelandet. Dann wären wir tatsächlich auf dem Weg durch die Zeiten ein gutes Stück weitergekommen, eigentlich ein Grund, diesem Chronicus zu vertrauen.«

»Du meinst, er steckt hinter dieser merkwürdigen Nachricht?«

»Wer sonst? Oder dieser seltsame Caspar mit seinen Goethezitaten. Aber wir sollten in jedem Fall die Botschaft entschlüsseln, damit wir weiterkommen. Der große See mitten im Herzogtum Schwaben, den wir gestern auf der Reise nach Brigantium erreicht haben, das muss der Bodensee sein.«

Tina fiel ihm ins Wort: »Und die Insel, auf der wir jetzt sind, ist bestimmt Lindau und das Kloster über dem See in südwestlicher Richtung ... Da müsste doch die Schweiz liegen!«

»Die gibt es zu dieser Zeit noch gar nicht. Das ganze Gebiet bis hinunter nach Oberitalien gehörte im Mittelalter zum Herzogtum Schwaben.« Jonas überlegte weiter: »Wenn unsere Insel im Bodensee gegenüber dem römischen Bregenz Lindau ist, dann müsste das bedeutende Kloster über dem See Sankt Gallen sein.«

»Woher weißt du das?« Tina schaute Jonas erstaunt an.

»Wir haben irgendwann einmal in der Schule einen mittelalterlichen Klostergrundriss bearbeitet, der hieß ›Sankt Galler Klosterplan‹. Und Sankt Gallen liegt doch ungefähr südwestlich von Lindau? Auf nach Sankt Gallen!«

Tina blickte ihn fragend an: »Und wie kommen wir dahin?«

Inzwischen war der Priester wieder in die Stube getreten. Die letzten Worte hatte er mitgehört. »Ihr habt Glück. Ich weiß einen Fischer, der euch mit seiner Lädine über den See nach Sankt Gallen bringen kann.«

Tinas Einwände, dass sie den Fischer nicht bezahlen könnten, tat er schmunzelnd ab. Dafür hätte schon ihr Freund gesorgt. Um die Mittagszeit sollten sie losfahren.

Unten am Ufer sahen Tina und Jonas an einer einfachen Mole aus Holzpalisaden ein bauchiges Schiff vertäut liegen, mit Segelmasten und Steuerruder, vor dem ein grauhaariger Mann bereits auf sie wartete. Noch bevor die beiden sich vorstellen und ihr Anliegen vorbringen konnten, zog er das Boot an die Mole heran und brummelte etwas von »keine weitere Zeit verlieren, weiter Weg nach Sankt Gallen«. Tina sah Jonas fragend an. Konnten sie dem Fischer vertrauen? Sie kamen sich allmählich wie Figuren in einem Schachspiel vor.

Ja, irgendjemand plante ihre weiteren Schritte, fällte für sie die Entscheidungen, griff in ihr Leben ein. Was würde passieren, wenn sie sich einfach weigerten, in dieses Boot zu steigen? Andererseits – konnten sie es sich leisten, in dieser völlig fremden Welt Hilfe, die ihnen angeboten wurde, auszuschlagen?

Der Fischer trieb sie zur Eile an, half ihnen beim Einsteigen und löste ohne weitere Fragen die Taue. Mit einer langen Stange stakte er das Boot in den See hinaus. Dann setzte er das Segel und begab sich zum Ruder. Jonas versuchte ein Gespräch zu beginnen, doch der Mann blieb mürrisch und wortkarg. So verzog sich Jonas zu Tina in den Bug des Schiffes.

»Der Griesgram ist mir nicht geheuer.«

»Der hat sicher einen guten Preis für unseren Transport erhalten und will die Fahrt mit den beiden fremdartigen Passagieren bald hinter sich bringen«, antwortete Tina. »Wer weiß, was der über uns gehört hat.«

Bei diesen Gedanken wurde Jonas nervös. Er stand auf und hielt sich mit beiden Händen an der Bugreling fest Sie beide waren ihm doch ausgeliefert – mitten auf dem See. Und dieses merkwürdige Boot, war es für eine Fahrt quer über den See überhaupt geeignet? Es war roh gezimmert, recht kurz, aber bauchig gebaut. Es erinnerte ihn etwas an ein Wikingerschiff, nur war es breiter, ausladender, aber viel kürzer. Doch das Segel hatte beinahe dieselbe Form. Es war an einer waagrechten Querstange am Mast befestigt, zwei Taue links und rechts hielten es. Damit konnte man es nach dem Wind ausrichten. Trotz seiner Bedenken musste Jonas zugeben, dass es sich sicher bewegte. Es gewann zügig an Fahrt und teilte die Wellen am Bug mühelos. Dabei legte es sich kaum auf die Seite und lag behäbig und sicher im Wasser.

Der Uferhorizont der Insel entfernte sich zusehends und am Spätnachmittag hatten sie endlich das gegenüberliegende Ufer erreicht. Der Fischer manövrierte das Schiff mit sicheren Handgriffen an die Längsseite des kleinen Hafenbeckens, verabschiedete sich, indem er sich bekreuzigte und »Gott sei mit euch« in seinen Bart murmelte.

Als Tina und Jonas endlich an Land waren, kamen sie sich recht verlassen vor. Kein Mensch weit und breit! Außer zwei Schuppen gab es hier keine Gebäude. Jonas ging auf die größere der beiden Hütten zu und klopfte laut gegen die Tür. Nichts regte sich. Er rüttelte an der Tür. Auch der kleinere Schuppen war fest verschlossen. Er versuchte mit aller Kraft den Riegel zu lösen, vergeblich. Er war mit Keilen festgepflockt und ließ sich keinen Millimeter bewegen. Tina begann zu rufen, doch alles blieb wie ausgestorben. Schließlich drehte sie sich um und versuchte den Fischer zurückzuwinken. Der war inzwischen aber schon weit vom Ufer entfernt und kümmerte sich nicht um sie.

Jonas fühlte eine schleichende Angst in sich hochsteigen. Ganz allein in einer völlig unbekannten Umgebung. Keine Hinweise, wie es nun weitergehen sollte. Mehr zu sich selbst als zu Tina murmelte er leise vor sich hin: »Wohin? Verflixt, wo soll es hier zu einem Kloster gehen?«

Tina strich sich nachdenklich die Haare aus der Stirn: »Wenn ich mich recht erinnere, liegt das Sankt Gallen unserer Zeit nicht direkt am See, sondern etwas im Hinterland.«

»Das wird ja immer besser«, antwortete Jonas. »Wie sollen wir denn den Weg dorthin finden?«

»Es gibt nur einen«, gab Tina trocken zur Antwort und zeigte auf einen breiten Karrenweg, der sich in den Uferwiesen verlor.

Er führte sie an einem Bach entlang durch Felder und Obstgärten und nach einem Marsch von gut drei Stunden, immer leicht bergauf, sahen sie im warmen Licht der untergehenden Sonne das Kloster vor sich liegen. Es war von einer Steinmauer umgeben, hinter der man viele mit Stroh gedeckte Häuser erkennen konnte, die von einer großen Kirche überragt wurden. Rund um das Kloster scharten sich Handwerker- und Bauernhäuser, dahinter lagen Felder und Wiesen. Apfelbäume säumten den Hauptweg, der zur Klosterpforte führte. Ein gutes Dutzend Männer und Frauen waren damit beschäftigt, Korngarben auf einen Wagen zu laden, vor den zwei Ochsen gespannt waren. Ein Mönch stand dabei und gab ihnen Anweisungen.

Tina und Jonas liefen auf die Gruppe zu und kaum waren sie auf gleicher Höhe, kam ihnen der Ordensmann entgegen. Es war wieder fast so, als ob er auf sie gewartet hätte.

»Gott grüß euch«, begann er sie anzusprechen. »Was führt euch zwei Wanderer zu unserem Kloster?«

Jonas legte sich gerade eine Antwort zurecht, doch der Mönch kam ihm zuvor. »Ihr seid wohl auf Pilgerreise, darf ich euch einladen, in unserer Gästeherberge zu übernachten?« Ohne ihre Antwort abzuwarten, wandte er sich um, rief den Bauersleuten etwas zu, was weder Tina noch Jonas verstanden, und drehte sich wieder zu ihnen. »Ihr kommt von weit her, man sieht es an eurer Kleidung.«

Tina wusste, dass er spätestens jetzt eine Erklärung erwartete, denn ihre einfachen Umhänge unterschieden sich zwar nicht sonderlich von der Kleidung des Klosterbruders, sahen aber doch ziemlich anders aus als das, was die Bauern auf dem Feld trugen.

»Wir kamen heute mit dem Schiff über den See«, begann Tina vorsichtig. »Mein Bruder ist auf dem Weg nach Konstanz und ich begleite ihn.«

Sie war froh, dass ihr gerade noch eingefallen war, dass Konstanz ebenfalls eine uralte Stadt am Bodensee war, die vermutlich zu der Zeit, in der sie sich befanden, bereits existierte und als Ziel für Reisende, die von Lindau über den See nach Sankt Gallen kamen, plausibel erschien.

Jonas sah sie erstaunt an, begriff aber schnell. »Wir danken von Herzen für die Einladung. Der Weg war beschwerlich und eine Rast in eurem Kloster wird uns guttun.«

Nachdenklich blickte sie der Mönch an, dann wandte er sich um und ging auf das Kloster zu, während die beiden ihm in einigem Abstand folgten.

Die Klosterherberge stellte sich als ein niedriges, strohgedecktes Fachwerkhaus heraus, mit einem großen Innenraum, der mit langen Tischen und Bänken ausgestattet war. An der Rückwand waren einfache Holzpritschen aufgebaut, auf denen Strohsäcke lagen. Die Mitte des Raumes wurde beherrscht von einem riesigen gemauerten Herd. In ihm brannte ein kleines Feuer. Der Rauch zog durch den Raum nach oben ab und fand seinen Weg durch eine Klappe im Dachgiebel. Es war düster, denn es gab nur kleine Fensteröffnungen in den Wänden. Im Halbdunkel sahen Tina und Jonas drei verhüllte Gestalten, die sich über einen Tisch beugten und leise miteinander sprachen. Die beiden verzogen sich in den Hintergrund und setzten sich auf eine der Holzpritschen. Tina nahm in Gedanken Jonas' Hand. Ein bisschen unheimlich war ihr schon zumute, doch sie versuchte ihre Angst zu unterdrücken.

»In einem Fünfsternehotel sind wir hier nicht gelandet«, sagte Jonas mit gedämpfter Stimme zu Tina.

»Aber immer noch besser, als draußen irgendwo zu übernachten. Mir reicht's noch von gestern Nacht.« Tina wies mit erhobenem Kinn in Richtung der anderen Gäste. »Was hältst du von denen da drüben?«

Jonas zuckte mit den Achseln. »Es werden fromme Pilger sein, die wie wir ein Nachtquartier angeboten bekamen. Mach dir mal keine Sorgen. Immerhin sind wir in einem Kloster.«

Tinas Bedenken schienen damit nicht ausgeräumt zu sein. Mit gerunzelter Stirn schaute sie sich in der Herberge um, dann sagte sie: »Was für eine seltsame Botschaft, die uns der Priester auf dem Wachstäfelchen gezeigt hat – was für ein Spiel wird mit uns getrieben? Was steckt dahinter?«

Da erhob sich eine der Gestalten und kam auf die beiden zu. Im düsteren Licht konnten sie sein Gesicht nicht sehen, als er sie ansprach. »Na, ihr zwei Hübschen, wie war die Fahrt über den See?«

»Caspar«, stieß Jonas überrascht aus. Nun erkannte er die Gesichtszüge des Spielmanns. Er fasste sich ein Herz und fragte ihn: »Warum bist du heute Morgen so heimlich und leise verschwunden und weshalb hast du dich in diese dunkle Kutte gehüllt?«

Caspar verzog sein Gesicht zu einem Grinsen. »Hier sieht man das Narrenkostüm nicht so gern«, raunte er mit unterdrückter Stimme.

»Hast du uns diese seltsame Nachricht ausrichten lassen?«, fragte Jonas etwas gereizt nach.

Der Gaukler blickte ihn spöttisch an und meinte ausweichend: »Wer viel fragt, der viel irrt. Seit gestern seid ihr ein großes Stück weitergekommen, nur noch etwas mehr als tausend Jahre von eurer Zeit entfernt.« Dann grinste er mit vielsagender Miene und fuhr fort: »Niemals kehrt die Zeit zurück. Doch es gibt einen Weg durch die Zeiten.«

Jonas sprang auf. »Woher kennst du diesen Spruch?«

Gelassen setzte sich Caspar neben Tina, schlug die Beine übereinander. »Was geschehen ist, ist geschehen. Sorgen macht mir nur euer armer Freund Tim. Aber schließlich bin ich ja auch noch da.« Vertraulich legte er seine Hand auf Tinas Arm, die ihn jedoch wegschob und Caspar anzischte: »Lass das! Auf deine dummen Sprüche können wir ganz gut verzichten.«

»Oho, kleine Dame, sei dir da nicht so sicher!«, ließ sich Caspar vernehmen, stand auf und sagte noch im Weggehen: »Dann will ich nicht länger stören. Gute Nacht, ihr beiden, schlaft gut und träumt was Schönes.« Mit einem heiseren Lachen schlenderte er zu seinem Tisch hinüber.

»Widerlicher Kerl«, zischte Tina, immer noch ganz aufgebracht.

Jonas sah sie erstaunt an. »Was hast du gegen ihn? Zugegeben, er ist etwas sonderbar, aber er hat uns doch auch geholfen.«

»Da stimmt was nicht«, meinte Tina entschieden. »Ich hab ein ungutes Gefühl. Er meint es nicht ehrlich. Spürst du nicht seinen beißenden Spott?«

Jonas versuchte beschwichtigend zu lächeln, dann antwortete er mit bemühter Gelassenheit: »Wir werden wohl noch eine Weile mit ihm auskommen müssen.«

Doch Tina ließ sich nicht so leicht beruhigen. »Was meinte er wohl mit seiner Bemerkung über Tim? Der ist doch in der Gegenwart geblieben!«

Bei diesen Worten blickte Jonas erschrocken auf, dann setzte er sich neben sie und legte seinen Arm um ihre Schultern. Diesmal ließ es Tina geschehen.

Am nächsten Morgen schaute Tina sich in dem großen Schlafsaal um. Sie schienen allein in der Gästeherberge des Klosters zu sein. Die Tür stand offen und durch die Fensteröffnungen verirrten sich ein paar vereinzelte Sonnenstrahlen. Die beiden dunklen Gestalten und Caspar waren wohl bereits aufgebrochen. Sie war erleichtert, als sie daran dachte, dass sie sich nun nicht mit Caspar zusammen auf den Weg machen mussten. Würde er irgendwann wieder bei ihnen auftauchen? Aber was er gestern Abend über Tim gesagt hatte, beunruhigte sie. War Tim doch wie sie vom Zeitsog erfasst worden? Er war ja ganz nah bei ihnen gewesen – damals, an jenem Abend in Heidelberg. Aber warum war er dann nicht mit ihnen zusammen in der Römerzeit angekommen? Konnte es sein, dass er in irgendeiner anderen Zeit allein herumirrte?

Sie war froh, dass Jonas bei ihr war. Mit einem versonnenen Blick schaute sie zu ihm hinüber. Jonas atmete tief und gleichmäßig. Ein Lächeln huschte über ihr Gesicht. Er hatte sich eingekugelt und schlief noch wie ein Murmeltier. Draußen war bereits heller Tag. Sollte sie ihn schlafen lassen? Er sah so glücklich, so entspannt aus. Sie brachte es nicht übers Herz, ihn aufzuwecken. Stattdessen beschloss sie, allein vors Haus zu gehen, um sich etwas die Beine zu vertreten. Von der harten Pritsche taten ihr noch alle Knochen weh.

Es war ein herrlicher Morgen, die Vögel zwitscherten um die Wette und über die Obstgärten spannte sich ein strahlend blauer Himmel. Vorgestern noch im römischen Ladenburg – Tina kam es bereits wie eine Ewigkeit vor. Sie schmunzelte. Na ja, es waren ja auch an die achthundert Jahre, wenn man genau nachrechnete.

Plötzlich packte jemand von hinten ihre Arme und drehte sie auf den Rücken. Bevor sie sich umwenden konnte, wurde ihr ein Sack über den Kopf gestülpt und in wenigen Augenblicken lag sie gefesselt am Boden. Sie wollte schreien, aber ein Tuch, das ihr jetzt schmerzhaft fest über den Mund gebunden wurde, ließ ihr dazu keine Möglichkeit. Da hob sie jemand hoch, warf sie sich über die Schulter und schleppte sie weg. Wie sie sich auch wand und dagegen wehren wollte, er hatte sie in seinem eisernen Griff. Wenige Augenblicke später wurde sie auf einen Wagen geworfen, der sich mit einem kurzen Ruck in Bewegung setzte und mit ihr davonfuhr.

Ihr Blut hämmerte in ihren Schläfen. Jonas! Sie musste ihn zu Hilfe rufen, ihm wenigstens ein Zeichen geben, was mit ihr geschehen war. Aber bald wurde ihr klar, dass niemand ihr helfen konnte. Sie war verloren. Wenn sie in dieser fremden Umgebung an einen unbekannten Ort gebracht wurde, hatte sie wohl keine Chance mehr, zu Jonas oder zu Chronicus zurückzufinden, und was das bedeutete, ahnte sie.

In ihrer Verzweiflung versuchte sie auf der leicht schrägen Ladefläche des Wagens nach hinten zu rutschen. Vielleicht konnte sie sich vom Wagen fallen lassen? Ihre Beine waren frei, sie konnte weglaufen. Aber kaum hatte sie sich bewegt, fühlte sie den harten Griff ihres Entführers. Jeder Versuch, mit den Beinen um sich zu treten, wurde mit kräftigen Faustschlägen und Flüchen beantwortet. Der Wagen rumpelte gnadenlos weiter. Sie spürte jeden Stoß, so dass sie bald ganz benommen war. Dennoch versuchte sie, sich vorsichtig zu drehen und zu wenden. Vielleicht konnte sie dadurch die Fesseln, die ihre Arme an den Leib pressten, über die Schultern streifen? Ihre Finger konnte sie bewegen, ihre Beine und Füße auch, doch oben war sie verschnürt wie ein Paket. Zu fest saßen die Seile. Wenn sie die Arme nach vorne schieben könnte, müssten sich die Fesseln lockern. Doch die Erschütterungen des Wagens, die sie nicht voraussehen konnte, die sie einfach ertragen musste, versetzten sie nach einiger Zeit in einen Zustand, der sie jede Hoffnung, sich selbst befreien zu können, vergessen ließ.

Der muffige Sack über ihrem Kopf nahm ihr allmählich fast den Atem. Nur mühsam bekam sie Luft durch die Nase. Das Tuch, das über dem Sack um ihren Mund gebunden war, presste sich unerträglich auf ihre Lippen. Sie hatte keine Kraft mehr, versuchte nur noch Luft zum Atmen zu bekommen. Willenlos ließ sie sich davontragen. Jedes Orientierungsgefühl hatte sie inzwischen verloren.

Sie wusste nicht, wie viel Zeit vergangen war, als der Wagen stehen blieb. Wie ein Kartoffelsack wurde sie abgeladen und weggetragen. Eine Tür quietschte. Tina bemerkte, dass sie einige Holztreppen abwärts getragen wurde, bevor sie unsanft auf dem Boden landete.

Dann spürte sie, wie ihre Beine mit einem groben Strick gefesselt wurden. Sie erhielt einen heftigen Stoß in den Rücken, hörte, wie der Mann sich entfernte und nicht weit von ihr eine Tür hinter sich zuschlug.

Sie war allein. Alle Versuche, ihre Fesseln zu lockern oder abzustreifen, blieben auch dieses Mal ohne Erfolg. Mühsam versuchte sie sich zu orientieren. Sie schien auf einer Schütte Stroh zu liegen, ab und zu hörte sie ein leises Rascheln und Fiepen. Kaltes Grauen kroch ihr über den Rücken zum Nacken. Teilte sie ihr Verlies mit Mäusen und Ratten?

Sie hatte keine Ahnung, wie lange sie da gelegen hatte, als sie plötzlich Schritte hörte, die langsam und ungelenk die Holztreppe abwärtsstapften. Dann machte sich jemand an dem Tuch zu schaffen, das über ihren Mund gebunden war. Als der Knoten endlich gelöst war, atmete Tina zunächst tief durch, dann begann sie lautstark zu schreien.

»Brüll nur, hier unten hört dich niemand, höchstens die Ratten«, hörte sie ein krächzendes Kichern. »Nun halt doch endlich still, damit ich dich mit dem Messer nicht verletze.«

Tina spürte, wie der Sackboden über ihrem Scheitel durchtrennt wurde und wie ein Kragen nach vorne und hinten fiel. Im trüben Dämmerlicht erkannte sie eine alte Frau, die neben ihr kniete.

»Wo bin ich, wer hat mich weggebracht, wer bist du?« Die Worte sprudelten nur so aus ihrem Mund.

Doch die Alte schaute sie nur mit einem blöden Grinsen an. »Hier drüben steht ein Krug mit Wasser. Ich lockere jetzt deine Fesseln etwas, den Rest kannst du selber besorgen, aber mach hier unten keinen Radau, es würde dir sowieso nichts nützen.«

Die Alte fummelte an den Seilen, die Tina einschnürten, dann humpelte sie die kurze steile Holztreppe hoch. Sie öffnete eine Tür aus groben Brettern, die sich quietschend in ihren Angeln bewegte, und zog die Holztreppe mit Ächzen und Fluchen nach oben. Tina hörte, wie sie die Tür von außen zuschlug und einen schweren Riegel vorlegte.

Einerseits war sie etwas erleichtert, als die Frau endlich weg war, andererseits aber spürte sie jetzt in vollem Ausmaß, wie verzweifelt ihre Lage war. Jonas würde sie hier niemals finden. Doch zunächst musste sie sich Bewegung verschaffen. Ihre Arme konnte sie bald befreien. Anschließend streifte sie den Sack ab und versuchte die Knoten ihrer Fußfesseln zu lösen. Das dauerte eine halbe Ewigkeit!

Endlich war sie frei. Sie massierte ihre Hand- und Fußgelenke und versuchte aufzustehen. Ihre Hände und Füße begannen zu nadeln, als das Blut, das durch die Fesseln fast abgeschnürt gewesen war, wieder in die Glieder strömte. Dann sah sie sich ihr Verlies genauer an. Sie war in einem Raum, dessen Wände und Boden aus blanker, gestampfter Erde bestanden. Etwa in Kopfhöhe ging die Erdwand in eine Mauer aus groben Steinen über, die sich nochmals etwa einen Meter hochzog. Darüber lag eine dicke Balkendecke. Die Tür befand sich knapp anderthalb Meter über dem Boden. Dort war die schmale Holzstiege eingehängt gewesen, welche die Frau entfernt hatte, bevor sie die Tür verschloss. Durch die Ritzen der Tür drang karges Licht, das gerade ausreichte, um sich hier unten zurechtzufinden.

Tina ging auf die Tür zu, versuchte sich hochzuziehen, doch der schmale Absatz reichte dazu nicht aus. Sie fand keinen Halt und rutschte immer wieder ab. Es war aussichtslos, an die Tür heranzukommen. Mit zitternden Fingern untersuchte sie die Wand, ob sie nicht doch ein Loch, einen kleinen Absatz erkennen könnte, um hochzuklettern. Dann begann sie mit blanken Fingern an der Erdwand zu kratzen, sah aber bald ein, dass es keinen Weg gab, um sich aus diesem Kellerverlies zu befreien. So setzte sie sich mutlos aufs Stroh und begann ihre Lage zu überdenken. Was Jonas wohl glauben würde? Dass sie sich verlaufen hätte? Dass ihr etwas zugestoßen sei? Würde er sie suchen? Könnte dieser Chronicus ihm dabei helfen? Was würden ihre Entführer mit ihr anstellen? Und immer wieder dieses Rascheln und Fiepen. Tina graute davor, wenn sie an die Nacht dachte. Aber schließlich döste sie doch ein.

Von einem zaghaften Klopfen, das immer wieder in kurzen Abständen erfolgte, wurde sie wach. Es war stockfinster. Dann hörte sie leise ihren Namen rufen. Mit einem Satz war sie auf den Beinen und lief zur Tür: »Jonas?!«

»Pst, leise, ich versuche jetzt die Tür zu öffnen.«

Tina hörte, wie draußen der Riegel entfernt wurde. Ganz langsam und ächzend bewegten sich die Scharniere. Im fahlen Mondlicht wurde eine Gestalt sichtbar, aber sie konnte nur ihre Umrisse erkennen. Das war nicht Jonas! Das war Caspar! Zögernd trat sie einen Schritt zurück.

»Ich gebe dir jetzt meine Hand. Versuche dann an der Wand hochzuklettern.«

Tina überlegte kurz. Sollte sie diesem Caspar vertrauen? Sollte sie lieber hier unten bleiben? Schnell verwarf sie den Gedanken. Jetzt musste sie zunächst einmal raus aus diesem Erdloch. So ergriff sie Caspars Hand und ließ sich hochziehen. Die frische Nachtluft tat gut. Caspar verriegelte wieder vorsichtig die Tür. Er drängte zur Eile, packte ihre Hand und zog Tina mit sich fort zum nahen Waldrand.

»Wir müssen Zeit gewinnen, lauf, so schnell du kannst.«

Tina stolperte hinter Caspar über Wurzeln und Äste. Trotz dieser Hindernisse kamen sie gut voran, denn es ging durch einen lockeren Laubwald, in dem die Bäume nicht so dicht standen, wie Tina es von den Wäldern ihrer Zeit kannte. Sogar etwas Mondlicht drang durch die Äste, so dass sie Caspars Schatten erkennen konnte. Er lief nun etwa fünfzig Schritte vor ihr, blieb immer wieder stehen und wartete, bis sie aufgeschlossen hatte, machte aber deutlich, dass sie sich beeilen sollte. Endlich erreichten sie einen Weg und Caspar hielt an. Tina hatte ein seltsames Gefühl. Ausgerechnet dieser Caspar, der ihr gestern noch so unausstehlich erschienen war, hatte sie jetzt befreit. Mit gemischten Gefühlen reichte sie ihm die Hand.

»Danke«, murmelte sie und mit etwas lauterer Stimme fügte sie hinzu: »Wie hast du mich gefunden?«

Caspar ließ sein undurchsichtiges Lachen hören und wackelte mit dem Kopf hin und her. »Ein schlaues Köpfchen weiß sich immer zu helfen. Als ich Jonas in der Herberge allein schlafend fand und dich nirgends in der Umgebung antraf, sah ich mich etwas um und bemerkte frische Wagenspuren, die quer durch die Apfelwiese gingen. So früh am Morgen kam mir das seltsam vor. Also bin ich den Spuren gefolgt, die mich bald zu diesem alten Gehöft am Wald führten. Tagsüber beobachtete ich die Umgebung. Aber außer einer alten Frau, die hin und wieder das Haus verließ, um am Brunnen Wasser zu holen, fiel mir zunächst nichts weiter auf. Aber dann sah ich einen zweirädrigen Karren hinter dem Haus, von dem die Spuren stammen konnten. Als kurze Zeit später die Alte mit großer Mühe aus der Kellertür eine Holzstiege zog, war für mich die Sache klar. Ich wartete die Nacht ab, um nachzusehen, ob mein Verdacht sich bestätigte ... und so fand ich dich.«

»Wir müssen zurück zu Jonas, zum Kloster!«, sagte Tina bestimmt.

Caspar sah sie nur mitleidig an und schüttelte den Kopf. »Das wäre alles andere als gut. Jonas ist in derselben Gefahr wie du. Chronicus will ihn in seine Gewalt bringen. Vermutlich ist er schon längst nicht mehr in der Herberge.«

»Chronicus?«, stieß Tina hervor. »In seine Gewalt bringen? Was hat denn Chronicus damit zu tun?«

»Mehr, als du dir denken kannst. Vermutlich steckt er auch hinter deiner Entführung. Wer sonst könnte ein Interesse daran haben, unbekannte und mittellose Reisende gefangen zu nehmen? Mit einem Lösegeld vom Kloster konnte niemand rechnen, denn ihr seid ja Fremde, kein Mensch kennt euch. Nein, der Einzige, der daraus Nutzen ziehen könnte, ist Chronicus.«

Tina schüttelte unwillig den Kopf. »Was könnten wir ihm nützen?«

Caspar sah sie mit einem traurigen Blick an und antwortete: »Glaube mir, ich hab da meine Erfahrungen. Auch mich hat Chronicus aus meiner Zeit gerissen und schleppt mich durch die Jahrhunderte. Immer wieder hat er mich vertröstet, ich würde bestimmt wieder zurückkommen und dann sei für mich keine Sekunde verloren, ich würde genau dort wieder auftauchen, wo ich mit ihm verschwunden sei. Aber so geht das schon eine Ewigkeit. Ich bin an ihn gebunden und er kann mich ausnützen, wie er nur will.«

»Chronicus nützt dich aus?«

Tina erschauerte, als ihr klar wurde, was dies für sie und Jonas bedeuten würde. Müssten sie nun auf unabsehbare Zeit wie Caspar von Chronicus gesteuert durch die Zeiten irren, womöglich einmal irgendwo zurückgelassen werden, ohne Hoffnung, wieder zurückzukommen?

Caspar antwortete nach kurzem Zögern: »Chronicus weiß, dass ich auf ihn angewiesen bin und ihm dann diesen und jenen Gefallen tun muss.«

»Was denn zum Beispiel?«

»Meist sind es nur Kleinigkeiten, Leute ausspionieren, Informationen sammeln für den großen Herrn. Sein Wissensdurst ist unermesslich und seine Machtgier auch.«

»Und du meinst, er hat uns nicht unabsichtlich auf die Zeitreise mitgenommen?«

Mit einem bedeutungsvollen Lächeln wandte sich Caspar Tina zu. »Der große Meister hätte euch längst wieder in eure Zeit zurückbringen können, so wie mich auch. Warum, glaubst du, hat er das nicht längst getan?«

Tina musste sich geschlagen geben. Dieses Argument leuchtete ihr ein. Aber wie sollte es nun weitergehen?

Offensichtlich las Caspar ihre Frage von ihren Augen ab, denn er antwortete sofort: »Wir sollten uns so lange von ihm fernhalten, bis die Zeit für die nächste Reise wieder gekommen ist. Dann sehen wir zu, dass wir in seiner Nähe sind. Auf diese Weise muss er uns mitnehmen. Mehr können wir nicht tun.« Caspar zuckte achtlos mit den Schultern und lief dann weiter.

Tina folgte ihm nachdenklich. Wenn sie sich vor Chronicus in Acht nehmen musste und nur auf diesen undurchsichtigen Caspar angewiesen war, erschien ihre Lage noch aussichtsloser.

»Du hast gestern Abend Tim erwähnt«, sagte sie vorsichtig. »Dass du dir Sorgen um ihn machen würdest.«

Caspar blieb stehen. Über sein Gesicht lief ein unheilvoller Schatten. »Er müsste eigentlich bei uns sein, denn er war in unserer Nähe, damals in Heidelberg, er ist es auch, ich spüre es, aber irgendwie doch nicht. Ich weiß selbst nicht, was mit ihm geschehen ist, aber ich ahne es.«

Tina lief es eiskalt über den Rücken. Sie blieb abrupt stehen und flüsterte: »Und was ist mit Jonas?«

Caspar schwieg einen Moment, bevor er antwortete: »Chronicus wird sich seiner annehmen. Er hat seine Leute, die sich um ihn kümmern. Vielleicht gelingt es uns irgendwie, an Jonas heranzukommen. Wir werden jedenfalls die Augen offenhalten.«

Bei einsetzender Morgendämmerung erreichten sie den See. Einige flache Kähne lagen am Ufer, leichter Nebel hatte sich über der spiegelglatten Seeoberfläche ausgebreitet. Tina war hundemüde. Caspar entfachte am Ufer ein kleines Feuer. Sie setzte sich und genoss die Wärme der prasselnden Flammen.

Ganz in Gedanken starrte sie in das lodernde Feuer, bis Caspar das Schweigen brach, indem er vorschlug, am Morgen allein zum Kloster Sankt Gallen zurückzugehen, um sich nach Jonas umzusehen. Doch was sollte inzwischen mit Tina geschehen?

Sie fühlte sich außerstande, ihn zu begleiten, wollte nur noch schlafen.

Caspar wiegte nachdenklich den Kopf. Das sei hier nicht ganz ungefährlich, aber wenn die Sonne aufgegangen sei und sie das Feuer löschte, könnte sie sich im angrenzenden Ufergebüsch verstecken. Am besten wäre es, meinte er anschließend, wenn sie dann am Mittag mit einem der Boote am Ufer nach Westen rudern könnte.

Tina äußerte Zweifel, zwar sei es für sie kein Problem, mit dem Boot umzugehen, darin hätte sie Übung, aber so einfach ein Boot nehmen, das einem gar nicht gehörte?

Caspar lachte bitter. Sie würde es sich ja lediglich ausleihen und ein paar Kilometer weiter westlich wieder zurücklassen. Er zählte die Gründe auf, weshalb dies die beste Lösung sei: Erstens sei sie auf dem Wasser relativ sicher, zweitens würde sie ein Stück auf ihrem Weg vorwärtskommen und drittens könnte sie Caspar leicht finden, wenn sie sich nahe am Ufer hielt. Er wolle am Abend mit oder ohne Jonas wieder bei ihr auftauchen.

Doch Tina zögerte immer noch. Sie wusste nicht, was auf sie zukam. Konnte sie Caspar bitten, sie in seine Pläne einzuweihen, oder sollte sie sich lieber zurückhalten? Schließlich rang sie sich zu einer kurzen Frage durch: »Wohin geht denn unsere Reise?«

Als ob Caspar darauf gewartet hätte, erklärte er hastig: »Wir müssen auf dem schnellsten Weg nach Konstanz. Chronicus hält sich dort auf, vielleicht auch auf der Reichenau. Diese Insel liegt nur wenige Stunden hinter Konstanz.«

»Woher weißt du denn, wo Chronicus hingehen wird?«

»Ich kenne seine Wege und Plätze, seine Freunde und seine Vorlieben.« Caspar warf einen dürren Ast ins Feuer, dass die Funken stoben. »Wenn wir ihn nicht zur rechten Zeit gefunden haben, bleiben wir in diese Zeit gebannt und kommen hier nie wieder weg. Wir dürfen keine Zeit verlieren. Der Weg ist zwar nicht sehr weit, in wenigen Tagesetappen müssten wir es bis Konstanz schaffen, aber man kann nie wissen, was einem unterwegs alles widerfährt.«

Inzwischen war die Sonne als roter Ball über dem See aufgestiegen und Caspar hatte sich alleine auf den Weg gemacht. Tina warf große Kiesel auf das Feuer und schüttete ein paar Hände voll Sand auf die Glut, bis der Rauch sich verzogen hatte. Dann setzte sie sich mit dem Rücken an eine alte Weide, wo sie auch etwas Sonne abbekam, und bald war sie eingenickt.

Sie schlief unruhig und wurde von schlimmen Träumen geplagt. Da war Tim. Wie hinter einer Nebelwand stand er da mit vor Schreck verzerrtem Gesicht. Sie wollte auf ihn zugehen, aber sie kam keinen Schritt vorwärts. Er ruderte mit den Armen. Er redete auf sie ein, doch sie verstand kein Wort, sah nur undeutlich seine Mundbewegungen. Wollte er sie warnen? Aber wovor? Mit einem Mal war sie hellwach und setzte sich ruckartig auf.

Der Traum lastete noch auf ihr und sie brauchte einige Zeit, bis sie sich wieder zurechtfand. Inzwischen war die Sonne hinter dunklen Wolken verschwunden. Der Seespiegel war recht bewegt, kleine Schaumkronen kräuselten sich in der Ferne. Sollte sie jetzt eines der Boote nehmen, wie Caspar gesagt hatte? Wenn der Wind aber zunahm, ein Gewitter aufzog? Unentschlossen starrte sie auf die bleigraue Wasserfläche. Würde Caspar sie hier suchen, wenn sie blieb, oder würde er nicht viel eher davon ausgehen, dass sie wie vereinbart mit dem Schiff ein Stück am Ufer entlanggefahren war? Verlöre sie nicht viel zu viel Zeit, wenn sie einfach hier sitzen blieb? Schließlich raffte sie sich doch auf und schob einen der Kähne ins Wasser, aber sie wollte nicht weit hinausfahren, damit sie jederzeit wieder anlegen konnte.

Langsam und mit kräftigen Zügen bewegte sie die Ruder. Das Boot machte einen recht soliden Eindruck, doch der Wind nahm stetig zu. Er blies von Süden und trieb das Boot immer weiter in den See hinaus. Tina wusste, dass Föhnstürme auf dem See recht unangenehm werden können, weshalb sie versuchte, das Boot so nah wie möglich am Ufer zu halten. Eine Weile ging das ganz gut und Tina fand sogar Gefallen daran, wie sie über die Wellen glitt. Wenn sie jetzt die Bucht abschnitt und auf die Landzunge dort vorne zuhielt, würde sie ein gutes Stück vorwärtskommen. Der Wind hatte zwar etwas zugenommen, aber die Halbinsel müsste in einer halben Stunde zu erreichen sein. Sie legte sich ins Zeug und ruderte mit voller Kraft. Der Wind fegte in Böen über die stark gekräuselte Wasserfläche und immer häufiger peitschten Wassertropfen in ihr Gesicht. Würde sie dieses Tempo durchhalten können? Ihre Oberarme begannen zu schmerzen, immer wieder wandte sie ihren Kopf, um zu sehen, wie weit sie noch vom Ufer entfernt war.

Da bemerkte sie mit Entsetzen, dass Wasser unter dem Bodenbrett hervorquoll. Das Boot war nicht dicht und sie hatte nichts, um das Wasser auszuschöpfen! So schnell sie konnte, ruderte sie weiter und beobachtete dabei ängstlich, wie das Wasser langsam, aber stetig anstieg. Schon war das Bodenbrett bedeckt. Bald würde das Gewicht des eindringenden Wassers das Boot langsamer machen. Die Entfernung zum Ufer und zur Landzunge schätzte Tina auf jeweils etwa fünfhundert Meter. Sollte sie das Boot aufgeben und schwimmen? Der Wind hatte inzwischen fast Sturmstärke erreicht und sie trieb immer weiter vom Ufer weg. Mit aller Energie, die sie aufbringen konnte, legte sich Tina in die Riemen und versuchte der Landzunge näher zu kommen. Sie musste es schaffen! Das Wasser umspülte bereits ihre Knöchel. Sie ruderte nur noch auf einer Seite, um dem Wind gegenzusteuern, noch etwa fünfzig Meter! Mit letzter Kraft bewegte sie mit beiden Händen das Ruder. Da spürte sie plötzlich Kies unter dem Kiel, es knirschte und das Boot saß fest.

Tina zögerte nicht lange und stieg über die linke Bootsseite in die Wellen, die sich an der Kiesbank brachen. Sie stand bis zu den Knien im Wasser und stemmte sich gegen den Bug. Zögernd gab der schwere Bootskörper nach und nun ließ sich das Boot wieder bewegen. Tina schob es keuchend die letzten Meter bis zum Ufer.

Völlig erschöpft setzte sie sich auf einen umgefallenen Baumstamm und sah auf den See hinaus. Das Wasser hatte seine bleigraue Farbe behalten, doch nun sah es noch gespenstischer aus, denn von der windgepeitschten Fläche hoben sich die weißen Schaumkronen grell ab. Das gegenüberliegende Ufer hatte sich inzwischen in einer bedrohlichen Wolkenwand versteckt. Ein letzter Sonnenstrahl fand irgendwo den Weg durch die geballten graublauen Wolken und setzte den See in ein unwirkliches Licht.

Wo war sie gelandet? Im Osten erkannte sie eine Siedlung mit einem kleinen Hafen. Palisaden zogen sich bis in den See hinaus. Weiter westlich am Ende der langgestreckten Bucht machte sie ebenfalls Dächer aus, aber sie gehörten eher zu kleineren Fischerhütten. Hinter ihr dehnte sich nach einem wenige Meter breiten Uferstreifen ein niederes Gehölz aus. Sollte sie hier auf Caspar warten? Mit dem Schiff konnte sie nicht weiter, aber würde er sie hier finden? Der Wind hatte sich inzwischen wieder gelegt, der See beruhigte sich langsam und die Sonne drang häufiger durch die Wolken. Wenn sie das Schiff mit einigen schweren Kieselsteinen beladen draußen auf die Kiesbank legen könnte? Das müsste Caspar auffallen, wenn er das Ufer absuchte. Also schob sie das Boot noch einmal ins Wasser, bis zu der Stelle, wo es auf Grund gelaufen war, schleppte Steine hinüber und warf sie hinein, bis es sich nicht mehr bewegte. Dann verzog sie sich erschöpft ans Ufer zu einem geschützten Plätzchen und döste bald darauf ein.

Plötzlich rüttelte jemand an ihrer Schulter. »Na, kleine Seejungfrau, schon müde von der Seefahrt?«

Tina setzte sich mit einem Ruck auf und rieb sich die Augen. Caspar war zurück, aber ohne Jonas.

»Das Boot leckt. Ich konnte nicht weiterfahren.«

Caspar nickte und meinte anerkennend: »Bei diesem Sturm heute Mittag war das sicher kein Vergnügen. Gut, dass du den Kahn so auffällig platziert hast, so hab ich dich gleich finden können. Allerdings hätten auch andere aufmerksam werden können.«

Er watete hinaus, warf die Steine über Bord und zog das Schiff ans Ufer. Dann sammelte er Treibholz, das überall am Ufer zu finden war, baute aus faustgroßen Kieseln eine kleine Feuerstelle, legte Zunder unter die trockenen Hölzchen, die er sorgfältig aufgeschichtet hatte, und schlug mit zwei Steinen Feuer.

Tina war neugierig zu ihm getreten. »Wie machst du das?«

Caspar schaute kurz hoch und strahlte über sein ganzes Gesicht. »In unserer Zeit geht das schneller, ich weiß. Aber so hat man schon seit Jahrtausenden Feuer gemacht. Man braucht dazu zwei Steine, einen Schwefelkies und einen harten Feuerstein. Wenn ich die beiden aneinanderschlage, entstehen Funken. Die Funken müssen auf den Zunder fallen. Dafür kann man einen trockenen Baumpilz nehmen oder ein Stück Rohrkolben, der fein zerbröselt wird. Wenn ein Funke übergesprungen ist, so wie jetzt ...«. Caspar verstummte und blies behutsam auf den Funken, der sich in den trockenen Zunder fraß. Eine feine Rauchsäule stieg nach oben. Er wartete einen Augenblick und blies erneut, sachte, langsam und anhaltend. Es dauerte wieder eine Weile, dann begannen die ersten kleinen Hölzchen zu knacken und nach kurzer Zeit loderten die ersten Flämmchen auf. Caspar betrachtete stolz sein Werk. »Jetzt müssen wir das Feuerchen füttern, damit es uns erhalten bleibt.« Er legte kleine Äste kreuzweise über die Flammen, die bald an ihnen emporzüngelten.

Sie setzten sich ans Feuer und Caspar zog aus seinem Reisesack einen Brotfladen und einige runzlige Äpfel hervor. »Mehr habe ich heute nicht auftreiben können, aber morgen werden wir uns was Besseres leisten können.« Er machte eine vielsagende Miene, brach den Brotfladen und reichte Tina das größere Stück. »Vermutlich hast du heute noch nichts gegessen, du wirst ganz schön Hunger haben.«

Tina nickte. Ein bisschen hatte sie ein schlechtes Gewissen und dass sie von Caspar so versorgt wurde, behagte ihr ganz und gar nicht. Schnell wollte sie davon ablenken. »Hast du in Sankt Gallen etwas herausgefunden?«

Caspar zuckte mit den Schultern. Er sei im Kloster gewesen, dort hätte sich aber niemand an Jonas erinnern können. Allerdings sei am selben Tag ein Schiff von der Anlegestelle des Klosters zur Insel Reichenau gefahren. Er sei sich ziemlich sicher, dass Jonas von Chronicus auf dieses Schiff gelotst worden sei, jedenfalls sei er nicht mehr im Kloster.

Tina schwieg bedrückt. Nun war sie also diesem Caspar ganz und gar ausgeliefert. Allein würde sie wohl kaum rechtzeitig zu Chronicus finden – und ohne Chronicus keine Rückkehr.

Eine Frage musste sie Caspar aber unbedingt stellen: »Du begleitest Chronicus doch schon seit einiger Zeit. Weißt du, wie er diese Zeitreisen durchführt, ich meine, es ist doch eine Art Zauberei im Spiel?«

Caspar verfolgte ihre Frage aufmerksam. Er hob die Augenbrauen und eine senkrechte Falte erschien auf seiner Stirn. »Was meinst du, wie sehr mich diese Frage beschäftigt. Wenn ich ihm doch auf die Schliche käme! Ich weiß nur, dass der Mondphasenwechsel dabei eine wichtige Rolle spielt. Bei Neumond und Vollmond herrschen Kräfte, die Chronicus irgendwie nutzt. Er muss dann mit äußerster

Konzentration und Willenskraft einen Zeitsog erzeugen oder einen solchen für sich nutzen können, der ihn und diejenigen, die um ihn sind, in eine andere Zeit versetzen kann. Mehr kann ich dir dazu nicht sagen.«

Tina dachte einen Augenblick nach. Sie schob einen Ast weiter ins Feuer, dann sagte sie leise: »Ich kann mir nicht helfen, aber es will mir nicht einleuchten, warum er uns auf diese Reise mitgenommen hat. Was hat er davon, drei Begleiter bei sich zu haben, deren einziger Wunsch es ist, so schnell wie möglich wieder in ihre eigene Zeit zurückzukommen?«

»Das müsstest du ihn selber fragen«, entgegnete Caspar mit ausdrucksvollem Ton in der Stimme.

Am nächsten Morgen zogen sie in aller Frühe los. Bald fanden sie einen breiten Karrenweg, der sie am Ufer entlang durch Wiesen, Obstgärten und kleine Äcker zu einem Dorf führte.

»Nun pass mal auf, was gleich geschieht!«, verkündete mit einem Mal Caspar und zeigte ein geheimnisvolles Lächeln.

Er blieb stehen, zog aus seinem Reisesack eine bunte Mütze und eine kleine Flöte hervor und begann ein fröhliches Lied zu spielen. Es dauerte gar nicht lange, bis die ersten Kinder herbeigerannt kamen, auch einige ältere Frauen und Männer fanden sich nach und nach ein und Caspar begrüßte sie mit tiefen Verbeugungen und ausladenden Gebärden. Dann steckte er seine Flöte weg und zog vier bunte Bälle hervor, mit denen er zu jonglieren begann. Dabei warf er die Bälle in die Luft, drehte sich um seine eigene Achse und fing sie geschickt wieder auf. Er warf sie unterschiedlich hoch, klatschte in beide Hände und fuhr mit dem Jonglieren fort, ohne dass einer der Bälle auf den Boden fiel. Dann fing er sie alle wieder auf und betrachtete erwartungsvoll die Schar seiner Zuschauer, die begeistert Beifall klatschten.

Einige Kinder drängten sich an ihn heran und wollten es auch versuchen. Caspar zeigte ihnen langsam mit drei Bällen, wie es gemacht werden musste. Es erschien ganz leicht, die Bälle tanzten in der Luft und fanden wie von selbst den Weg in seine Hände, aus denen sie wieder elegant emporstiegen. Dann ließ er die Kinder ran, aber keines schaffte es, auch nur zwei davon in der Luft zu behalten.

Auffordernd streckte Caspar auch Tina die Bälle hin. Sie zögerte kurz, dann reizte sie es doch, nahm drei von ihnen und jonglierte sie geschickt durch die Luft. Caspar verfolgte ihre Bewegungen mit gebannten Augen, die Zuschauer klatschten und Tina warf nach und nach die Bälle zu Caspar, der sie auffing und wieder in seinem Sack verstaute, bevor er sich erneut mit tiefen Verbeugungen an sein Publikum wandte.

»Liebe Leute, wir haben heute noch nichts gegessen, hättet ihr nicht für einen armen Spielmann und seine Begleiterin einen kleinen Bissen?«

Einige Kinder rannten sofort los, ein alter Mann fragte sie freundlich, woher sie kämen und wohin sie wollten. Nach Konstanz, in die Stadt, so so. Was es denn Neues gäbe in der Welt. Caspar erzählte vom Kloster Sankt Gallen, vom Föhnsturm gestern Nachmittag und allerlei Belanglosigkeiten, die er mit bedeutender Stimme vorbrachte, was seine Zuhörer offensichtlich belustigte.

Dann fragte er nach dem Leben im Dorf, wie es den Menschen gehe, was sie bedrücke. Eine Frau klagte, dass einige Kinder erkrankt seien, hohes Fieber hätten. Caspar sah sie ernst an und fragte, ob er sie sehen könnte. Bereitwillig führte sie ihn zu einem stattlichen Gebäude, einem großen strohgedeckten Fachwerkhaus. Tina folgte in einigem Abstand, ebenso die anderen Leute. Vor dem Tor rief Caspar Tina zu sich und betrat mit ihr das Haus. Ein kräftiger Mann mit dichtem Haar und Kinnbart empfing sie mit fragendem Blick. Als ihre Begleiterin erklärte, Caspar wolle nach den kranken Kindern sehen, wies er mit stummer Gebärde in eine Ecke des hohen Raumes, wo drei kleine Jungen unter dicken Schaffellen still nebeneinanderlagen. Sie mochten wohl fünf bis sieben Jahre alt sein und ihre Augen glänzten fiebrig. Caspar ging mit beruhigenden Worten auf sie zu, fühlte bei ihnen den Puls, legte seine Hand auf die Stirn und sein Ohr auf die Brust. Misstrauisch beobachtete ihn der Vater, ließ in aber gewähren.

Dann richtete sich Caspar auf und winkte ihn zu sich. »Du hast Glück gehabt, dass ich ins Dorf gekommen bin. Ich kann etwas für sie tun und mit Gottes Hilfe werden sie bald wieder auf den Beinen sein.«

Bei diesen Worten zog er aus seinem Reisesack einen ledernen Beutel, schüttete seinen Inhalt in ein kleines Körbchen und reichte es dem Vater. Die Arznei solle er in einen Krug mit kochendem Wasser tun, schärfte er ihm ein, sie eine Weile ziehen lassen und dann das Wasser vorsichtig abgießen. Mehrmals am Tag sollten die Kinder etwas davon trinken. Außerdem soll er ihnen heiße Milch mit Honig geben und kalte Wadenwickel machen.

Der Vater bedankte sich schwerfällig, rief eine Magd zu sich und schickte sie in die Vorratskammer, etwas zu essen zu holen. Bald erschien sie wieder mit Käse, geräuchertem Fisch und einem Laib Brot. Caspar bedankte sich mit einer Verbeugung, steckte alles in seinen Reisesack und verabschiedete sich.

Als sie aus der Hütte traten, wurden sie von den Kindern umringt. Mit ihren kleinen Händen streckten sie ihnen Äpfel, Birnen und Nüsse entgegen. Alle schauten fröhlich und erwartungsvoll auf Caspar, der seinen Sack abstellte, seine Flöte und Bälle hervorholte und noch einmal eine Vorstellung gab, bevor er sich mit vielen Verbeugungen verabschiedete und über die Dorfstraße zog, verfolgt von der fröhlichen Kinderschar.

»Was hast du dem Mann denn für seine Kinder gegeben?«, fragte Tina neugierig.

Caspar lachte. »Ich könnte jetzt sagen, es war Aspirin, du würdest mir das vermutlich nicht glauben, aber es trifft die Sache ziemlich genau. In dem kleinen Beutel war Rinde von der Salweide. Darin ist derselbe Wirkstoff enthalten wie in Aspirin. Als Tee aufgebrüht wird er seit Jahrhunderten als Mittel gegen Fieber verwendet. Etwas Birkenporling, ein Baumpilz, der ein natürliches Antibiotikum enthält, war auch dabei. Die Kinder haben eine schwere fiebrige Erkältung. Da hilft der Aufguss ganz gut. Das Übrige wird die Natur schon schaffen.«

Was sie eben erlebt hatte, verwirrte Tina etwas. Caspar als Menschenfreund und hilfreicher Arzt – hatte sie sich doch in ihm getäuscht?

Caspar dagegen war fröhlich und lächelte zufrieden über sein ganzes Gesicht. »Für diese kleine Vorstellung haben wir jetzt Verpflegung, die uns für heute und morgen reichen wird. Nun bist du mir aber auch eine Erklärung schuldig. Deine Jonglierkünste haben mich ehrlich überrascht.«

Tina wurde verlegen. »Ach, das war mal eine Lieblingsbeschäftigung von mir, als ich noch ein Kind war. Aber über drei Bälle bin ich nie hinausgekommen.«

An einem sonnigen Plätzchen auf einer mit Apfelbäumen bestandenen Wiese machten sie Rast. Unter ihnen breitete sich der See in einer azurnen Bläue aus, die mit dem Blau des Himmels wetteiferte.

Caspar wies nach Osten. »Dort hinten liegen Bregenz und Lindau. Die kleine Siedlung da vorne ist Arbon, Arbor felix nannten sie die Römer, was so viel heißt wie ›glücklicher Baum‹. Wir sind schon ein gutes Stück vorwärtsgekommen.«

Tina kaute an dem geräucherten Fisch. Er war etwas trocken für ihren Geschmack, doch hatte sie das Gefühl, dass es ihr guttat, nach den vielen Äpfeln und dem bisschen Brot in den vergangenen Tagen wieder etwas anderes zwischen den Zähnen zu haben. Mit vollen Backen kauend fragte sie Caspar: »Wie weit ist es noch bis zur Reichenau?«

Caspar kniff die Augen zusammen und blickte nach Westen. »Konstanz können wir heute leider nicht sehen, es müsste dort hinten am Horizont liegen, gleich dahinter ist die Reichenau. Wir könnten es in drei Tagen schaffen, aber wir haben noch viel Zeit bis zum Neumond.«

Er gähnte und legte sich unter den Baum. Im Nu war er eingeschlafen und Tina hörte nur noch seinen gleichmäßigen, tiefen Atem.

Kurz vor Sonnenuntergang erwachte sie. Sie musste ebenfalls eingeschlafen sein. Als sie sich umblickte, war Caspar nirgends zu sehen. Was war das nur für ein Mensch? Obwohl sie ihn heute ganz anders erlebt hatte, konnte sie den Verdacht nicht loswerden, dass er es doch nicht ganz ehrlich mit ihr meinte. Aber hatte er sich nicht rührend um die kranken Kinder gekümmert? Und die fröhliche Art, die er im Umgang mit den Jungen und Mädchen im Dorf gezeigt hatte! Eigentlich müsste man ihn schon allein deshalb gern haben. Er hatte sie aus dem Gefängnis ihrer Entführer befreit und kümmerte sich um sie wie ein guter Freund. Nachdenklich schaute sie in die untergehende Sonne. Wenn er nun doch ohne sie weitergezogen war? Hatte er ihr nicht heute Mittag den Weg nach Konstanz und zur Reichenau erklärt? Sollte sie sich womöglich alleine auf den Weg machen? In zwei Stunden würde es finster sein. Bis dahin müsste sie einen halbwegs sicheren Unterschlupf gefunden haben. Sie stand auf, strich ihre braune Kutte zurecht und schnürte ihre Sandalen, dann machte sie sich auf den Weg nach Westen, immer am See entlang, so würde sie ihr Ziel wohl nicht verfehlen. Irgendwann müsste sie Konstanz erreichen.

Sie war nur ein kurzes Stück gegangen, als mit einem Mal Caspar nach einer Wegbiegung im Uferwald vor ihr auftauchte. Er kam ihr entgegen und zeigte sein rätselhaftes Lächeln, ein Lächeln, das Tina nie genau deuten konnte. Machte er sich lustig über sie oder versuchte er nur freundlich zu sein?

»Schon munter? Ich hab mich inzwischen etwas umgesehen. Nicht weit von hier steht ein Heuschober, dort können wir übernachten.«

Sie fanden eine geräumige Scheune, gefüllt mit duftendem Heu. Nachdem sie sich ein Plätzchen für die Nacht zurechtgemacht hatten, setzten sie sich zum Abendessen vor die Hütte. Inzwischen war es fast dunkel geworden, aber von der weiten Seefläche, die sich etwas unterhalb vor ihnen ausbreitete, ging noch ein matter Lichtglanz aus. Es war, als ob der See die letzte Helligkeit des Tages gesammelt hätte.

Caspar war recht schweigsam und schaute in Gedanken versunken auf die Wasserfläche. Tina fühlte plötzlich eine tiefe Traurigkeit in sich. Was war mit Jonas geschehen? Würden sie in Konstanz wieder zusammentreffen? Und was war mit Tim? Da fiel ihr ein, dass sie Caspar gar nicht weiter gefragt hatte, was er mit seiner schrecklichen Ahnung gemeint hatte. Sie nahm sich vor, dies bei nächster Gelegenheit nachzuholen.

Am nächsten Tag strahlte bereits in aller Frühe die Sonne von einem wolkenlosen Himmel und Tina fühlte sich gut, alle Schwermut war wie weggeblasen. Zuversichtlich machte sie sich auf den Weg, plauderte mit Caspar unbefangen über den vergangenen Tag und fast hätte sie ihre verworrene Lage vergessen. Bald sahen sie in einiger Entfernung umzäunte Gärten und Hütten. Während sie auf das Dorf zugingen, liefen ihnen die Kinder bereits entgegen.

»Der Spielmann, der Spielmann«, riefen sie alle durcheinander, umringten Caspar und zogen an seinen Armen.

»Dem echten Künstler eilt sein Ruf voraus!«, lachte Caspar, holte seine Flöte und seine Bälle heraus und gab den Kindern eine Extravorstellung.

Als sie das Dorf betraten, hatten sie die Kinder bereits längst angekündigt. Die Leute strömten auf dem kleinen Dorfplatz zusammen und Caspar unterhielt sich mit ihnen wie ein alter Bekannter. Die Hütte des verstorbenen Fischers würde leer stehen. Ja, dort könnten sie ein paar Tage unterkommen. Ob es denn wahr sei, dass er im Nachbardorf die Kinder des Schultheißen geheilt hätte? Ob er auch ein Mittel gegen Zahnweh und Kreuzschmerzen hätte? Caspar lachte nur freundlich und lud die Leute ein, ihn im alten Fischerhaus zu besuchen.

Sie hatten die Hütte etwas abseits des Dorfes direkt am See schnell gefunden und waren begeistert. Ihr strohgedecktes Dach reichte auf den Seiten fast bis zum Boden. Über dem Eingang hing ein löchriges Fischernetz, das sich bis zum Giebelbalken zog, wo es festgeknotet war. Vorsichtig schob Tina den Riegel zurück, öffnete die in ihren Angeln ächzende Tür und spähte in den dunklen Raum. Durch zwei schmale mit Holzläden verschlossene Fensteröffnungen drang etwas Licht in die Dunkelheit. Sie erkannte eine kleine gemauerte Feuerstelle ohne Kamin, einen grob gezimmerten Tisch, zwei niedere Hocker und in der Ecke eine Bettstelle. Eine schmale Stiege führte ins Dachgeschoss. Tina öffnete die Fensterläden, bevor sie die ausgetretenen Holzstufen vorsichtig betrat, und steckte neugierig den Kopf durch die Luke. Der Dachraum war leer bis auf einen kleinen Holzvorrat, einige Gerätschaften und hinten in der Ecke einen Haufen Stroh. Sie beschloss, sich hier einzurichten. Caspar war damit einverstanden.

Die folgenden Tage vergingen wie im Flug. Tina ruderte morgens mit dem Fischerboot hinaus auf den See, döste in der Sonne und leistete anschließend Caspar Gesellschaft, wenn er gerade nicht von den Dorfkindern in Beschlag genommen war. Hin und wieder meldete sich ein Patient und Caspar versorgte ihn aus der »Wiesenapotheke«, wie er es nannte.

»Woher kennst du nur so viele Heilkräuter?«, fragte ihn Tina eines Abends.

Caspar neigte den Kopf und sah Tina etwas von der Seite an. Dann antwortete er völlig unerwartet und scheinbar ohne Zusammenhang: »*Wer die Welt vernünftig ansieht, den sieht sie auch vernünftig an.* Das stammt von Hegel. Wer mit offenen Augen durch die Welt geht, kann manches erkennen und sich zu Nutze machen. Es steckt so viel Vernunft in der Natur. Gegen jedes Leiden ist ein Kraut gewachsen.

Aber die Natur vermag noch mehr. Indem wir uns mit ihr befassen, entdecken wir Zusammenhänge, und wenn wir darüber nachdenken, kann sich uns mit einem Mal der Sinn der Schöpfung erschließen, denn unser Geist kann sich nur in der Auseinandersetzung mit unserer Welt entfalten, mit unserer gegenwärtigen genauso wie mit der vergangenen, vielleicht auch mit der zukünftigen.

Aber um auf deine Frage zurückzukommen: Dass ich mich mit Heilkräutern auskenne, hat mit meinem eigentlichen Leben zu tun. Ich bin in unserem Kloster für den Heilkräutergarten zuständig.«

»Du bist Mönch, wie Chronicus?«, unterbrach ihn Tina erstaunt.

»Na ja, nicht ganz«, antwortete Caspar. »Ich bin Laienbruder, aber im selben Kloster wie Chronicus. Doch der hohe Herr hält sich natürlich für etwas Besseres. Ich brenne auf den Augenblick, an dem ich es ihm zeigen kann.« Caspar sprach die letzten Worte leise, als seien sie nicht für Tinas Ohren bestimmt. Als wenn er diese Bemerkung bereut hätte, wechselte er sofort das Thema. »Schau, der Mond! Nur noch eine dünne Sichel. Morgen müssen wir uns auf den Weg machen, um Chronicus und Jonas zu finden.«

Dann verzog er sich ins Haus, während Tina noch eine Weile vor der Hütte sitzen blieb und die laue Abendluft am See genoss. Chronicus und Caspar – zwischen diesen beiden bestand offensichtlich ein gespanntes Verhältnis und das nicht erst seit Kurzem, so viel war sicher. Der geheimnisvolle Chronicus, der als Dozent in der Ferienakademie einen so spannenden Vortrag über die Geschichte gehalten hatte, dieser Chronicus gab Caspar Anlass, ihn von ganzer Seele zu hassen. Und Caspar? Was wusste sie von ihm? Er hatte eine merkwürdige Art, mit einem zu reden, man wurde nicht schlau aus ihm. Nie fühlte man sich ganz ernst genommen. Hatte Chronicus ihn aus seiner Zeit entführt oder war es umgekehrt, verfolgte Caspar ihn durch die Zeiten, um hinter sein Geheimnis zu kommen? Was verband und trennte die beiden wirklich? Hatte ihr und Jonas' Schicksal damit zu tun?

Konstanz. Tina betrachtete die Mauern, welche die Stadt an einigen Seiten bereits umgaben. An anderen Stellen wurde noch gebaut, teilweise waren die Mauern notdürftig durch Holzzäune fortgesetzt worden. Sie sah auch einige Steingebäude und überall Baustellen. Kleinere Holzfachwerkhäuser lehnten sich an die Mauern.

»Konstanz war einst eine Römerstadt. Was du hier an Bausteinen siehst, stammt zum Großteil von den Resten des ehemaligen Kastells. Nach und nach wurden die einst dreizehn Meter hohen Mauern abgerissen, sozusagen als Steinbruch verwendet für neue Gebäude. Konstanz ist nach wie vor ein wichtiger Seehafen und dazu Sitz eines Bischofs.«

»Aber warum riss man denn die Gebäude aus der Römerzeit ab?«

»Das Römische Reich besteht bereits seit Jahrhunderten nicht mehr. Alamannen und Franken zerstörten die römischen Städte und eroberten die ehemaligen Provinzen. Erst nach und nach bildeten sich wieder städtische Zentren heraus. Aber mit der Zivilisation der Römerzeit lässt sich das noch lange nicht vergleichen.«

Caspar hatte wieder seine Mönchskutte übergezogen. Er machte vor einem kleinen Kirchengebäude halt, dessen Längsseite mit dem angrenzenden Haus zusammengebaut war, in das eine hohe Tür aus glatt gehobeltem Holz führte. Sie war in einzelne Kassetten gegliedert und wirkte recht vornehm.

»Hier sind wir wohl an der richtigen Adresse. Wenn ich mich nicht irre, wohnen hinter dieser Tür geistliche Herren. Da werde ich mich nach Chronicus erkundigen. Es ist besser, wenn man uns hier nicht zusammen sieht, man könnte falsche Schlüsse ziehen, am besten, du schaust dir inzwischen die Kirche an.«

Tina ärgerte sich ein bisschen über seine Worte, aber sie hatte verstanden, weshalb sie ohne Zögern zur Kirche hinüberging und leise die Tür öffnete. Sie stand vor einem leeren, fast fensterlosen Saal, der durch einen halbrunden, etwas niedrigeren Chor mit einfachem Altar abgeschlossen wurde. An den weiß getünchten Wänden erkannte sie bunte Fresken, die Szenen aus der Bibel darstellten. Eine einfache Holzbalkendecke überspannte den Raum. Wie karg das kleine Kirchlein aussah! Sie erinnerte sich daran, was Caspar über den Kulturzerfall seit der Römerzeit gesagt hatte. Da keine Stühle oder Bänke vorhanden waren, kauerte sie sich in eine Ecke, und es dauerte nicht lange, da öffnete sich die Tür und Caspar trat ein.

»Keine Spur von Jonas und Chronicus – weiter zur Reichenau! Bis morgen müssen wir die beiden gefunden haben.«

Er keuchte. Seine Stimme klang unruhig, nervös. Ungeduldig schien er darauf zu warten, dass Tina sich erhob und ihm folgte. Während sich Caspar rasch und zielsicher durch das Gewirr der Häuser bewegte, hatte Tina Mühe, ihm zu folgen.

Sie verließen die Stadt über eine hölzerne Brücke, die sich über den Rhein spannte, der hier den Obersee mit dem Untersee verband. Zwischen Schilfgürtel und Uferwald führte sie der Weg dem See entlang westwärts. Caspar legte ein immer schärferes Tempo vor und Tina konnte kaum Schritt halten. Auf ihre Bitte, ob sie nicht etwas langsamer gehen könnten, antwortete Caspar einsilbig, sie müssten sich beeilen.

Die Abenddämmerung hatte bereits eingesetzt, als Tina eine Insel mit einem kleinen Kirchengebäude entdeckte, die Reichenau.

Über dem See erschien die dünne Sichel des Mondes, als Caspar erleichtert nach oben schaute und mit ruhiger Stimme sagte: »Wir haben noch Zeit. Morgen müssen wir jemand finden, der uns übersetzt.«

Sie rasteten an einem trockenen Plätzchen unter einer alten Weide, deren Zweige bis auf den Boden reichten. Vor ihnen dehnte sich dichtes Schilf aus.

»Die Nacht wird kalt und ungemütlich werden«, sagte Caspar. »Ein Feuer können wir hier nicht machen, das wäre zu gefährlich. Ich möchte auch nicht, dass man es von der Insel aus sieht.«

Mit einigen Armen voll zusammengerafftem Schilf bauten sie sich ein Nachtlager. Tina schlief unruhig und träumte wirr. Da war wieder Tim. Er war völlig verzweifelt. Als sie auf ihn zugehen wollte, prallte sie plötzlich auf eine durchsichtige Wand, die sie keinen Schritt weitergehen ließ. Tim streckte ihr die Arme entgegen und verblasste dabei zusehends. »Du musst mir helfen!«, rief er mit immer leiser werdender dünner Stimme. Dann war er ganz verschwunden. Tina war mit einem Mal hellwach. Sie hatte wohl nur geträumt, aber diesen Traum hatte sie wie Wirklichkeit empfunden. Als endlich die Morgendämmerung anbrach und Caspar zum Aufbruch mahnte, war sie erleichtert. Dennoch ging ihr der Traum nicht aus dem Sinn.

»Ich hab heut Nacht von Tim geträumt«, begann sie zaghaft. »Es war schrecklich. Verzweifelt bat er mich um Hilfe, doch ich konnte nichts für ihn tun. Als ich zu ihm hingehen wollte, verschwand er vor meinen Augen.«

Caspar hatte begonnen, seine Sachen zusammenzupacken. Jetzt hielt er inne und betrachtete sie scharf aus den Augenwinkeln. »Er ist dir im Traum erschienen?«, fragte er atemlos. »Dann haben sich meine düsteren Ahnungen also bestätigt.«

Tina sah ihn fragend an.

»Ich kann dir jetzt nicht mehr dazu sagen.« Caspar begann wieder hektisch seinen Reisesack zu packen. »Vielleicht ergibt sich heute Abend eine Lösung«, setzte er noch hinzu, schwang sein Bündel über die Schulter und machte sich auf den Weg.

Etwas abseits entdeckten sie ein Ruderboot, in das Caspar kurzerhand sprang und ihr bedeutete, ebenfalls einzusteigen.

»Wir fahren ja nur die paar hundert Meter über den See damit«, beschwichtigte er Tina, die ihm nur unwillig folgte.

Sie landeten im flachen Uferschilf. Unruhig blickte Caspar sich um. Auf der Insel war niemand zu sehen. Ein dicker steinerner Turm, der über das Gebüsch ragte, deutete an, wo das Kloster lag. Er schob das Boot in das schilfbewachsene Ufer und winkte Tina zu sich. Dann schritt er zu einem kleinen Schuppen, der etwas erhöht am Ufer stand und öffnete die Tür. Tina sah einige gestapelte Körbe und hölzerne Heugabeln, die ungeordnet an der Wand lehnten oder am Boden lagen.

»Du bleibst am besten hier. Ich suche inzwischen nach den beiden.« Caspar machte eine kleine Pause, dann fuhr er Tina mit einem Mal in scharfem Ton an: »Du gehst hier erst raus, wenn ich dich hole.« Nach diesen groben Worten sah er ihr starr und eindringlich in die Augen und strich mit seiner Hand über ihr Gesicht.

Tina befiel eine bleierne Müdigkeit. Arme und Beine wurden schwer, sie fühlte sich leer. Sie wollte schreien, weglaufen, aber sie brachte keinen Ton heraus und alles drehte sich vor ihren Augen. Caspar stieß sie ungeduldig auf einen der umgekehrt am Boden liegenden Körbe und warf krachend die Tür hinter sich zu. Unfähig, einen klaren Gedanken zu fassen, schloss Tina die Augen.

Du bist Chronicus!

Jonas schlief unruhig auf seinem Strohsack. Üble Träume plagten ihn. Caspar steht über ihn gebeugt und betrachtet ihn mit hämischem Grinsen. Er will weglaufen, kann sich aber nicht bewegen. Er will nach Tina rufen, aber kein Ton kommt aus seinem Hals. Dann ist plötzlich Tim da. Aber wie sieht er denn aus? Jonas nimmt nur sein Gesicht wahr, mal blass, dann wieder ganz scharf. Tim will zu ihm sprechen, formt die Lippen zu einem Wort, seine Augen blicken verzweifelt, als ob sie sagen wollten: »Hilf mir doch!« Dann verblasst das Gesicht ganz und Jonas vernimmt nur ein schwaches Stöhnen. Als die Morgensonne durch eine der Fensteröffnungen fiel, erwachte er schweißnass.

Mit einem Ruck setzte er sich auf. Wo war er? Hatte er alles nur geträumt, die Zeitreise, die Tage im römischen Ladenburg? Er rieb sich die Augen und sah sich um. Er hatte nicht geträumt! Er saß in diesem harten Bett in der Klosterherberge von Sankt Gallen. Was hatte Caspar gestern Abend gesagt? Tausend Jahre entfernt von seiner eigenen Zeit? Er versuchte sich an Daten aus dem Geschichtsunterricht zu erinnern. Das Jahr 1000 nach Christus. Kaiser Otto III., der letzte Ottone, regierte das Heilige Römische Reich. Sankt Gallen gehörte in dieser Zeit zum Herzogtum Schwaben. Die Klöster waren Stützpunkte kaiserlicher Macht und sie dienten dazu, das Land zu kultivieren.

Jonas war stolz, dass ihm so viel zu dieser Zeit einfiel. Das musste er Tina erzählen. Er schaute zu ihrem Strohsack hinüber und erschrak. Tina war weg. Auch die anderen Gäste waren verschwunden. Er saß allein in der Herberge.

»Tina!« Jonas rannte durch den Saal nach draußen. Unruhig sah er sich um, keine Menschenseele! Was sollte er nur tun? Wo sollte er sie suchen? Er lief auf die große Kirche zu, die zwischen den vielen einstöckigen Gebäuden des Klosters herausragte. Die Tür war geöffnet, doch auch hier war niemand zu sehen. Vielleicht war sie ja wieder in der Herberge, vielleicht hatten sie sich verfehlt, vielleicht suchte sie ihn jetzt ebenso wie er sie? Oder steckte Caspar dahinter? Mutlos trottete er zurück zur Gästeherberge und wartete. Tina blieb verschwunden.

»Du bist noch hier? Suchst du deine Schwester? Heute Morgen habe ich sie noch gesehen. Sie ist wohl schon mit dem Wandermönch, der hier mit euch übernachtet hat, losgezogen. Ich dachte, du wärst mit den beiden schon längst auf dem Weg nach Konstanz.« Verwundert schaute ihn der Klosterbruder an, der sie gestern aufgenommen hatte.

»Tina zusammen mit Caspar? Wann ist sie aufgebrochen, warum hat sie mir nichts gesagt?«

Der Mönch zuckte die Schultern. »Am besten, du machst dich gleich auf, vielleicht holst du sie noch ein. Aber warte noch einen Augenblick.« Er suchte in seinem weiten Umhang ein Wachstäfelchen hervor und zögerte einen Moment. »Ich bin Bruder Martin.« Er wartete einen Augenblick und fuhr dann fort: »Du kannst lesen?«

Jonas nickte. »Mein Vater hat mir das Lesen beigebracht. Warum fragst du?«

»Ein Mitbruder, der von Zeit zu Zeit vorbeikommt, hat mich gebeten, dir eine Nachricht zu geben. Ich sagte ihm, du wärst schon aufgebrochen, aber er beharrte darauf und bat mich, die Nachricht wenigstens einen Tag lang aufzubewahren.« Martin reichte Jonas das Wachstäfelchen.

Da war es wieder, dieses seltsame Zeichen! Der schwarze Löwe streckte sich wie eine zum Sprung bereite Katze. Darunter war in feinen Buchstaben folgender Text eingeritzt: *Das Samenkorn aus der Asche des Guten ging in der Zukunft desto schöner hervor. Johann Gottfried Herder.*

Mache dich auf den Weg dorthin, wo die schönsten Bücher hergestellt werden. Frag nicht nach Caspar und Tina. Chronicus.

»Wer ist dieser Chronicus? Was weißt du von ihm?« Jonas schleuderte dem Mönch seine Fragen ins Gesicht, so dass dieser erschrocken einen Schritt zurückwich.

»Keine guten Nachrichten?«, fragte der daraufhin mit leiser Stimme.

Beharrlich und mit Nachdruck wiederholte Jonas seine Frage: »Wer ist Chronicus?«

Mit erhobenen Augenbrauen blickte ihn Bruder Martin an. »Wie ich schon sagte, ein Mitbruder, der uns gelegentlich besucht, ich kenne ihn nicht weiter. Was schreibt er denn?«

Wortlos reichte ihm Jonas das Täfelchen. Zögernd nahm Bruder Martin es und las mit gerunzelter Stirn die seltsame Botschaft. »Ein schöner Spruch«, bemerkte er dann, »aber ein merkwürdiger Name: Johann Gottfried Herder. Wer ist das?«

»Keine Ahnung, wohl irgendein Philosoph aus der Goethezeit«, antwortete Jonas spontan.

Entgeistert starrte ihn Bruder Martin an und wich dann einen Schritt zurück. Er sagte mit leiser, aber eindringlicher Stimme: »Ich verstehe dich nicht. Wer du auch immer sein magst, aber dieser Chronicus meint es wohl sehr ernst. Ich denke, es handelt sich auch um eine Warnung, dass du in Gefahr bist.« Er steckte das Täfelchen wieder in seinen Umhang und fuhr mit der Hand über sein Gesicht, als wollte er dunkle Gedanken wegwischen. »Die schönsten Bücher werden bei uns im Kloster Sankt Gallen gemacht. Aber das kann Chronicus nicht gemeint haben.«

Jonas schaute ihn fragend an. »Vielleicht gibt es noch ein Kloster, auf das dies zutreffen könnte?«

Bruder Martin überlegte nicht lange, dann sagte er freundlich: »Ja, wenn du zur Reichenau möchtest, hast du Glück. Noch heute Morgen fahre ich mit einem Schiff unseres Klosters zu unseren Brüdern auf die Insel. Sie sind für ihre Buchmalereien fast so berühmt wie Sankt Gallen. Wir liefern ihnen Honig und sie versorgen uns mit Wein. Wenn du willst, nehme ich dich mit. Ich könnte sowieso noch jemand mit zwei starken Armen brauchen.«

Jonas zögerte. Er konnte doch nicht so einfach ohne Tina von hier weg! Aber war sie nicht ebenfalls mit diesem Caspar fortgegangen, ohne ihm ein Wort zu sagen? Und wenn es wirklich eine Warnung war, die ihm Chronicus geschrieben hatte? Konnte er sie einfach in den Wind schlagen? Bruder Martin fuhr zur Reichenau – war das wirklich der Ort, zu dem ihn Chronicus bestellte? Er hatte keine Ahnung. Schließlich reichte er nach kurzem Zögern Bruder Martin die Hand.

»Ich komme mit. Danke für das Angebot und entschuldige, dass ich so aufbrausend war.«

Der Mönch nickte ihm freundlich zu, dann fragte er neugierig: »Eines verstehe ich aber immer noch nicht. Weshalb schickt dir Chronicus eine Botschaft, wenn du ihn nicht einmal kennst?«

Jonas seufzte. »Das ist es ja gerade. Ich weiß es selbst nicht.«

Bruder Martin sah ihm eindringlich in die Augen. Nach kurzem Schweigen sagte er dann mit unsicherer Stimme: »Wer bist du und woher kommst du wirklich? Verstehe mich nicht falsch, aber du verhältst dich ganz anders, auch redest du ganz anders als wir.«

Jonas wusste nicht, was er ihm antworten sollte. Er suchte nach einer Erklärung, die der Mönch verstehen konnte. Ausweichend antwortete er: »Ich komme von weit her, fast könnte man sagen, aus einer anderen Welt. Und dieser Chronicus muss mir helfen, den Weg zurück zu finden.«

Bruder Martin blickte ihn daraufhin mit einem leisen, aber unergründlichen Lächeln an, als wüsste er mehr von seinem Schicksal. Dann legte er wie tröstend seine Hand auf Jonas' Arm und meinte: »Es wird der Tag kommen, wo du heimfindest. Und jetzt komm, wir müssen das Schiff beladen.«

Es nieselte, als sie gemeinsam den Weg durch das kleine Tal zurückgingen, den Tina und Jonas am Vortag gekommen waren. Bruder Martin sprach von der Landwirtschaft im Kloster, erklärte ihm, wie die Apfelbäume gepflanzt, gepflegt und geschnitten wurden, sprach von der Schafzucht und den Bienenvölkern, die dem Kloster Honig lieferten. Jonas blieb einsilbig, bis ihn der Mönch mit der Bemerkung zuversichtlicher stimmte, dass Tina vielleicht eine ähnliche Botschaft von Chronicus erhalten hätte. Vielleicht hatte sie ihr Caspar selbst überbracht. Aber weshalb sollten sie getrennt werden? Jonas dachte mit Sorge an die kleine Auseinandersetzung, die Tina letzten Abend mit Caspar gehabt hatte. Hatte er sich nicht recht merkwürdig verhalten?

Ein kleines Lastschiff lag am Hafenbecken. Es sah ganz ähnlich aus wie das Fischerboot, mit dem sie gestern von Lindau herübergesegelt waren. Bruder Martin ging auf einen der beiden Holzschuppen zu und löste mit einem kleinen Steinhammer die Pflöcke, die den Riegel festhielten. Dann öffnete er die Tür und rief Jonas zu sich. Vorsichtig rollten sie die Honigfässchen zum Schiff. Ein stämmiger Mann mit langen strähnigen Haaren und struppigem Kinnbart begrüßte sie. Martin sprach kurz mit ihm, dann beluden sie gemeinsam das Boot und wenig später fuhren sie los. Es hatte aufgehört zu regnen und der Wind blies günstig aus Nordost, so dass sie schnell an Fahrt gewannen. Nach kurzer Zeit verteilten sich bereits die Wolken und Jonas sah in der Ferne die bekannten Bergzüge.

Versonnen erklärte ihm Bruder Martin: »Mons sanctus, der heilige Berg. Wir nennen ihn Säntis.«

Jonas nickte stumm. Dann zeigte er auf die Landspitze, die immer näher rückte. »Das müsste der Bodanrück sein und dort die Einfahrt nach Konstanz.«

Martin runzelte etwas die Stirn, nickte aber zustimmend. Schon von weitem erkannten sie die Stadtbefestigungen. Baumstämme umgaben als mächtige Palisaden den Uferbereich. Sie schützten die Stadt auf der Seeseite. Ankommende Schiffe mussten enge Wassertore passieren. Dahinter lagen strohgedeckte Häuser, teils aus Holz, teils mit einfachem Fachwerk, wenige aus Stein. Sie fuhren unter einer hohen Brücke hindurch. Dazu musste der Segelmast umgelegt werden. Der See verengte sich jetzt zu einem breiten Fluss.

»Der Rhein«, erläuterte Bruder Martin. »Ein kurzes Stück verbindet den Obersee mit dem Untersee, dann werden wir auch schon die Reichenau sehen.«

Sie segelten der untergehenden Sonne entgegen, die rot über dem Horizont der Bergzüge stand. Vor ihnen erstreckte sich die langgezogene Insel. Hinter einem dichten Wald aus Schilf und uralten Weiden, deren Zweige weit hinab ins Wasser reichten, erkannte Jonas den massigen Turm einer Kirche.

An einem kleinen Holzsteg, der aus dem Schilf herausführte, machten sie fest. Martin bat Jonas mitzukommen und so gingen sie über den Steg zum Ufer. Niedrige Fischerhütten duckten sich hinter den Bäumen, zwischen denen einige Netze aufgehängt waren. Ein breiter Feldweg führte auf das Kloster zu, das von einem dichten Zaun aus geflochtenem Reisig umgeben war. Zielstrebig steuerte Martin die Kirche an. Sie war von einer hohen Steinmauer umgeben, doch das Tor zum Kirchhof stand offen.

»Die Zeiten sind unsicher«, erklärte Martin, »gut, wenn man Schutz hinter steinernen Mauern findet.«

Durch eine kleine Vorhalle gelangten sie ins Innere der Kirche. Bunte Malereien bedeckten die Wände. Im Chor stand ein einfacher Altartisch, ansonsten war der Innenraum sehr spärlich eingerichtet, keine Kirchenbänke, kein Chorgestühl. Martin kniete sich auf den blanken Boden und faltete die Hände zum Gebet. Jonas überlegte kurz, wie er sich verhalten sollte, dann kniete er sich ebenfalls hin. Als sie sich nach kurzer Zeit wieder erhoben, wurden sie von einem würdigen Geistlichen mit wallendem weißem Haar begrüßt.

»Bruder Martin, ich hoffe, Ihr hattet mit Gottes Segen eine gute Fahrt. Wie steht es drüben in Sankt Gallen?«

Martin verneigte sich und antwortete: »Seid gegrüßt, Vater Abt. Gott sei gedankt, die Fahrt verlief ohne Zwischenfälle. In unserem Kloster ist alles wohlauf. Ich danke Euch für die freundliche Aufnahme.«

Dann wandte er sich Jonas zu und wollte ihn vorstellen.

Doch der Abt kam ihm zuvor. »Sei gegrüßt, Jonas, Wanderer aus fernen Welten.« Er reichte ihm die Hand.

Jonas war völlig verwirrt. Woher kannte der Abt seinen Namen? Offensichtlich wusste er von seinem Schicksal, so, wie er ihn bezeichnet hatte. Was wurde hier gespielt?

Bevor Jonas seine Gedanken ordnen konnte, fuhr der Abt fort: »Wenn du willst, führe ich dich durch unser Kloster, solange Bruder Martin mit einigen unserer Mitbrüder das Schiff entlädt.«

Jonas blickte Martin fragend an, doch dieser nickte freundlich und bestimmt, also drehte er sich um und verließ mit dem Abt die Kirche, immer noch sprachlos. Wieso redete ihn der Abt des Klosters auf der Reichenau an, als würde er ihn seit langer Zeit kennen? Chronicus musste dahinterstecken!

Schließlich fasste er sich ein Herz und fragte: »Woher wisst Ihr meinen Namen?«

Doch der Abt winkte nur ab. »Es ist noch nicht die Zeit Fragen zu stellen und erst recht nicht die Zeit für Antworten. Komm mit in unsere Schreibschule, dort wirst du eine Menge Interessantes entdecken.« Mit einem strahlenden Lächeln schaute er ihn einen Augenblick an.

Jonas war immer noch ganz durcheinander. Er hatte so viele Fragen, der Abt verweigerte ihm die Antworten und doch vertraute er diesem Alten und fühlte in sich die Bereitschaft, sich ihm einfach anzuschließen. So trottete er hinter ihm aus der Kirche hinüber zu einem weiß gekalkten Fachwerkhaus, in das der Abt sogleich eintrat.

Unter der Tür drehte er sich um und winkte Jonas zu sich. »Hier entstehen unsere Bücher. Es sind Kostbarkeiten, für die mancher Edelmann ein Vermögen bezahlt.«

Der Raum erinnerte Jonas an ein Klassenzimmer. Über niedere Schreibpulte gebeugt saßen an die zehn Mönche und schrieben mit kratzenden Federn. An der Stirnseite des Raumes saß etwas erhöht ein weiterer Mönch, der langsam und eindringlich einen Text vorlas, den er mehrmals wiederholte. Er diktierte den Schreibern aus einem dicken Band. Der Abt führte Jonas durch die Reihen. Jonas staunte, wie sauber und zügig sie mit der Feder die Buchstaben setzten. Nach ihrem kurzen Durchgang nickte der Abt dem Vorleser zu und sie verließen den Saal durch eine niedrige Tür in eine Kammer, in der sich auf langen Tischen beschriebene Bögen stapelten.

»Hier werden die Seiten geordnet und zu Büchern zusammengefügt. Eine ziemlich verantwortliche Aufgabe. Da darf kein Fehler passieren. Denn in jedem dieser Blätter steckt eine Menge Arbeit.« Er nahm ein Blatt von einem Stapel und zeigte es Jonas. Mit bunten Farben waren einzelne Buchstaben in Übergröße kunstvoll verziert. »Das sind die Initialen. Die Herstellung der Farben ist sehr aufwendig. Einige Farben beziehen wir aus fernen Ländern. Je nach den Wünschen unserer Auftraggeber werden auch ganze Bildseiten eingefügt, schau her.« Er nahm ein Blatt, auf dem mit bunten Farben eine Szene aus der biblischen Geschichte gemalt war. Golden und purpur schimmerte das Gewand eines Königs, der mit großen Schriftrollen in einem Tempel abgebildet war.

Jonas fuhr vorsichtig mit der Hand über das Blatt. Es war glatt, hatte aber doch eine etwas raue Oberfläche.

»Das ist Pergament, es wird aus der Haut von Schafen hergestellt. Jeder einzelne Bogen muss sorgfältig glatt geschabt, gereinigt, gepresst und geschnitten werden.«

Jonas zog seine Hand zurück. »Wer kann sich denn so etwas leisten?«

Der Abt schmunzelte. »Wie ich schon sagte, Edelleute bezahlen uns dafür gut. Aber ist es nicht besser, sie geben ihr Geld für diese schönen Gebetbücher und heiligen Schriften aus, als dass sie damit für den Krieg rüsten?«

Jonas dachte an die Not der Armen, an die Abgaben der Bauern, aus denen die Edelleute ihren Reichtum zogen, aber er wollte nicht widersprechen und nickte nur stumm, während der Abt das Pergament zurücklegte und sich wieder Jonas zuwandte.

»Wenn du willst, kannst du unserem Buchbinder etwas zur Hand gehen. Du kannst auch bei uns wohnen und essen und schlafen. Wir beschäftigen einige Leute, die nicht zu uns Mönchen gehören, aber bei uns leben.«

Das wäre sicher sehr interessant, dachte Jonas. Doch weshalb war er denn hier? Chronicus hatte ihn hergeschickt, aber doch nicht, um einem Buchbinder zu helfen! Was sollte er dem Abt entgegnen, der merkwürdigerweise seinen Namen kannte, aber keine Fragen beantworten wollte?

Schließlich rang er sich zu einer Antwort durch, die gleichzeitig eine Frage beinhaltete: »Wenn es meinem Weg entspricht, den Ihr vermutlich besser kennt als ich, will ich Euer Angebot gerne annehmen.«

Der Abt hob die Augenbrauen, sah ihn überrascht an und meinte: »Das war klug gesprochen, Jonas. Gottes Wege sind zwar unergründlich. Doch wirst du hier den Weg finden, den du suchst.« Mit diesen Worten schritt er aus dem Saal und ließ ihn allein zurück.

Jonas wusste nicht, ob er ihm folgen sollte. Was bedeutete die rätselhafte Bemerkung, dass er hier seinen Weg finden würde? Ratlos schaute er sich in diesem Raum um. Niemand war zu sehen. Und doch hatte er das unbestimmte Gefühl, nicht allein zu sein. Er blickte auf Holzregale, die bis zur Decke reichten, voll von beschriebenen und unbeschriebenen Bögen, dicke Buchrücken an Buchrücken, dazwischen flache Bretter zu einfachen Tischen gefügt – und über allem lag ein seltsamer Geruch von Leder, Leim und Tinte. Da tauchte plötzlich hinter einem Berg von gestapelten Büchern eine zierliche kleine Gestalt auf. Die grauen Haare hingen ihm wirr ins Gesicht, das von unzähligen kleinen Falten bedeckt war. Zwei freundliche, wasserblaue Augen blitzten ihn fröhlich an.

»Willkommen, Jonas. Ich bin Josephus.«

Alle schienen ihn hier zu kennen. Anscheinend wussten hier alle Bescheid, nur er nicht. Ein dunkles, unheimliches Gefühl stieg in ihm hoch. War es Furcht? Hatte er Angst? Irritiert gab er Josephus die Hand. Er zwang sich ein freundliches Lächeln ab und fragte unsicher: »Ihr kennt meinen Namen?«

Bruder Josephus erwiderte sein Lächeln, spitzte die Lippen und sagte geheimnisvoll: »Dein Ruf eilte dir voraus, aber nun komm, ich zeige dir, was deine Aufgabe sein wird.«

Er führte Jonas zu einem der langen Tische, auf denen sich die Bögen stapelten. Jonas sollte jeweils ein Blatt vom Stapel nehmen und in bereitstehende Holzkisten einsortieren.

»Achte auf die Reihenfolge, die Bögen dürfen nicht durcheinanderkommen«, schärfte ihm Josephus ein.

Anschließend sollte er die Kisten in einen Nebenraum bringen, wo sie wiederum in Holzregalen aufbewahrt wurden. Jonas gewöhnte sich rasch an die etwas eintönige Arbeit. Die freundliche Art, wie er im Kloster behandelt wurde, erleichterte ihm, sich in sein Schicksal zu fügen. Er aß zusammen mit den Laienbrüdern im Speisesaal des Klosters, während die zu Priestern geweihten Mönche unter sich im Refektorium des inneren Klosterbezirkes ihr Essen zu sich nahmen. Nachts schlief er in einer kleinen Kammer in der Buchbinderei. In seiner Freizeit erkundete er die Insel oder versuchte, wenn ihm Josephus dies gestattete, in den Büchern zu lesen. Die Schrift war etwas fremdartig, doch das Latein, in dem die Texte abgefasst waren, machte ihm merkwürdigerweise keinerlei Schwierigkeiten. Wenn das in der Schule so einfach wäre, dachte er verblüfft. Es waren meist Bibeltexte, aber auch klassische Schriften römischer Autoren.

Er fühlte sich eigentlich nicht unzufrieden und dennoch erfasste ihn mehr und mehr eine innere Unruhe, wenn er daran dachte, wie es weitergehen sollte. Was war mit Tina geschehen? Warum meldete sich Chronicus nicht? Sollte er sein künftiges Leben in einem mittelalterlichen Kloster zubringen?

Eines Abends blätterte er in einem Band Livius, Römische Geschichte. Als er ihn zurückstellen wollte, fiel ihm das bekannte Zeichen ins Auge: der schwarze Löwe, auf einem Buchrücken, zwei, drei Bücher weiter. Hastig griff er nach dem schweren Band und nahm ihn aus dem Regal. Da fiel sein Blick auf einen Zettel, der etwas zwischen den Buchseiten hervorstand. Solche Zettel waren nichts Ungewöhnliches, häufig waren sie zwischen die Buchseiten geschoben und markierten bestimmte Stellen, die der Benutzer schnell wiederfinden wollte. Doch dieser erschien Jonas recht auffällig, er war viel dünner, weißer als das gewohnte Pergament in der Buchbinderei. Hastig schlug er die Stelle auf. Das Papier war beschrieben, mit Druckbuchstaben, wie er sie kannte.

Er nahm das Blatt heraus und las: *Weil die Weltgeschichte von dem Reichtum und der Armut an Quellen abhängig ist, so müssen ebenso viele Lücken in der Weltgeschichte entstehen, als es leere Strecken in der Überlieferung gibt. Den Gang der Welt möchte man mit einem ununterbrochenen fortfließenden Strom vergleichen, wovon aber in der Weltgeschichte nur hie und da eine Welle beleuchtet wird. Friedrich Schiller.*

Jonas nahm den Zettel an sich und klappte hastig das Buch wieder zu. Das war eine Botschaft für ihn, das musste Chronicus ihm zugespielt haben! Aber gleichzeitig war er auch enttäuscht. Kein Hinweis darauf, wie die Zeitreise weitergehen sollte, dass er endlich aus diesem Alptraum herausfinden könnte. Nachdenklich überflog er noch einmal das Zitat von Schiller. Wenn er die Worte richtig verstand, wollte Schiller sagen, dass es einen Unterschied gab zwischen dem, was tatsächlich geschehen war und dem, was dann in den Geschichtsbüchern stand. Nur Weniges, was zufällig oder absichtlich von den Menschen früherer Zeit aufgeschrieben, berichtet oder unabsichtlich zurückgelassen worden war, bestimmte das Bild von der Geschichte. Die Wirklichkeit sah vermutlich ganz anders aus.

Ob diese Bücher, die hier im Kloster auf der Reichenau gerade entstanden, in seiner Zeit noch vorhanden waren? Vermutlich nur ein Bruchteil davon!

Jonas wollte den Band schon wieder zurückstellen, da kam ihm ein Gedanke. Schnell schaute er sich nach Feder und Tinte um und schrieb auf das Blatt unter das Schillerzitat: »Wann geht es weiter auf dem *ununterbrochen fortfließenden Strom* der Zeit?« Unter die Frage setzte er seinen Namen.

Er wusste nicht sicher, ob Chronicus diesen Band noch einmal in die Hand nehmen würde, aber er wollte ihm auf jeden Fall zeigen, dass er die Botschaft gefunden hatte und darauf wartete, dass er sich ihm stellen würde.

Am nächsten Abend machte Jonas einen Spaziergang auf den höchsten Punkt der Insel. Es war eine kleine Anhöhe, von der man einen weiten Blick über den See und zu den Alpen hatte. Der Säntis schaute über den Vorbergen hervor und machte Jonas schmerzlich klar, dass er sich in einer Welt aufhielt, die ihm so nah und doch so fern lag. Wie oft war er mit seinen Eltern hier gewandert. Einige Berge der Alpenkette konnte er benennen. Da leuchtete die Rote Wand im Abendlicht, dort ragte der Altmann auf.

Es dämmerte bereits, als er sich auf den Heimweg machte. Nach wenigen Minuten erreichte er das Ufer, setzte sich auf einen querliegenden Baumstamm und warf einzelne Kieselsteine ins Wasser. Da bemerkte er plötzlich einen Schatten neben sich. Hastig drehte er sich um und sah einen Mönch, der auf ihn zuschritt. Zwei Schritte vor Jonas blieb er stehen.

»Darf ich mich zu dir setzen?«, fragte er mit leiser Stimme.

Jonas nickte und rutschte etwas zur Seite.

Der Mönch streifte seine Kutte zurecht und setzte sich. Nach einigen Augenblicken, die er schweigend neben Jonas verweilte, räusperte er sich: »Wie fandest du das Schillerzitat?«

Jonas sprang auf. Ja, jetzt erkannte er die Gesichtszüge des Dozenten!

»Du bist Chronicus!«, stieß er außer Atem hervor.

»Nun setz dich wieder«, sagte dieser, aber Jonas blieb stehen.

»Wo ist Tina? Weshalb sind wir aus unserer Zeit gerissen worden?«

Chronicus stand nun ebenfalls auf. »Glaub mir, was geschehen ist, tut mir aufrichtig leid. Ihr beide, ich meine, Tina und du, seid rein zufällig in diese Geschichte verwickelt worden.«

Jonas fuhr ihn an. »Was ist das für eine Geschichte?« Er nahm einen Stein vom Boden und warf ihn mit aller Kraft in den See.

Chronicus betrachtete eine Weile die Kreise, die sich auf der Wasseroberfläche ausbreiteten, schweigend, als wüsste er nicht, was er antworten sollte. Dann setzte er sich wieder auf den Baumstamm und begann. »Ich mache mir die ganze Zeit Gedanken, wie ich euch beide wieder in eure Zeit bringen könnte. Die Chancen stehen nicht schlecht, bis auf Kleinigkeiten hat bisher alles recht gut geklappt.«

»Du weichst mir aus!«, rief Jonas aufgebracht. »Ich denke, zunächst bist du mir eine Erklärung schuldig. Beantworte mir bitte meine Fragen!«

Chronicus schlug unsicher die Augen zu Boden und antwortete mit leiser Stimme: »Wenn das so einfach wäre.«

Doch Jonas bemühte sich kaum noch, seine Erregung im Zaum zu halten. Er spürte, dass diese Begegnung entscheidend für ihn war. Fieberhaft kreisten seine Gedanken, dann stieß er mit gepresster Stimme die Worte hervor: »Sage mir einfach die Wahrheit!«

Chronicus blickte ihm nun offen in die Augen und bedeutete ihm, sich wieder neben ihn zu setzen. »Ich werde dir alles sagen, wenn die Zeit für die Antworten auf deine Fragen gekommen ist. Ich hoffe, es wird nicht mehr allzu lange dauern. Bis dahin vertrau mir, auch wenn es dir schwerfällt.«

»Wie soll ich dir vertrauen, nach dem, was du uns angetan hast!«

Chronicus schaute ihn mit gerunzelter Stirn an, nahm einen Kiesel und warf ihn in den See. »Es hängt viel davon ab, dass du zumindest für einige Zeit deine Zweifel überwindest. Kannst du dir nicht vorstellen, was geschieht, wenn das Geheimnis der Zeitreisen in falsche Hände gerät?«

Jonas konnte sich die Antwort nicht verkneifen: »Und du bist sicher, dass sie bei dir in den richtigen Händen ist?«

Betroffen sah ihm Chronicus in die Augen. »Bisher schien ich mir sicher. Nun zweifle ich allerdings daran.«

»Was ist mit Tim? Caspar meinte, er sei in höchster Gefahr.«

Chronicus sprang auf, seine Augen funkelten erregt. »Wie weit war er von euch entfernt, als ihr beide mir entgegenkamt?«

»Wenige Schritte, höchstens drei, es hat sich ja alles in Sekunden abgespielt.«

Chronicus setzte sich und schlug die Hände vors Gesicht. In sich zusammengesunken saß er da. Nach einiger Zeit richtete er sich wieder auf. »Es gibt zwei Möglichkeiten. Entweder er ist tatsächlich in der Gegenwart geblieben, was ich von ganzem Herzen nur hoffen kann. Dann wird er von all dem nichts bemerken, und wenn es uns gelingt, wohlbehalten zurückzukehren, werden wir ihn an derselben Stelle wiederfinden.« Er zögerte weiterzusprechen.

Jonas wurde ungeduldig. »Oder? Spann mich nicht auf die Folter!«

»Oder …« Chronicus breitete die Arme aus und ließ sie wieder auf seine Knie fallen. Dann fuhr er leise fort: »Oder nur sein Geist hat sich gelöst und ist mit uns gekommen. Das wäre schrecklich. Niemand kann das lange durchstehen.«

Jonas stöhnte auf. »Vor ein paar Tagen ist er mir im Traum erschienen. Ich sah nur sein Gesicht. Er wollte mir etwas sagen, schien völlig verzweifelt. Ich glaube, er wollte mich um Hilfe bitten. Dann wurde sein Gesicht blasser und blasser und verschwand.«

Chronicus starrte Jonas fassungslos an. »Dann wäre er ganz nah bei uns, sähe alles, könnte sich uns aber nicht mitteilen. Doch das wäre nicht alles. Er müsste dazu die Trennung von seinem Körper ertragen.«

Jonas wurde übel. Lähmendes Entsetzen hatte ihn gepackt. Drohte ihm und Tina ein ähnliches Schicksal? Wenn ihnen bei der sehnlichst erhofften Zeitreise zurück in ihre eigene Zeit dasselbe passieren würde? Kaum gedacht, schämte er sich für diesen Gedanken. Es ging jetzt um Tim. Er durfte jetzt nicht an sich denken.

»Was können wir tun?«, fragte er zaghaft.

»Zunächst gar nichts. Ich werde versuchen, zu ihm Kontakt aufzunehmen, vielleicht machen wir uns ohne Grund Sorgen um ihn. Und wenn du doch Recht haben solltest mit deiner Befürchtung, kann ich vielleicht bei der nächsten Zeitreise seinen Körper und seinen Geist wieder vereinen.« Chronicus schwieg, als suchte er nach weiteren Worten.

Jonas wartete ungeduldig. Als Chronicus weiterhin stumm blieb, platzte er los: »Was meinst du damit? Sag mir endlich, was Sache ist!«

Chronicus antwortete immer noch nicht, doch seine Gesichtszüge bewegten sich, als müsse er sich die Worte mühsam zurechtlegen. Seine Augen schweiften in die Ferne, über den See zu den Bergen, deren Konturen sich vor dem Abendhimmel sanft abzeichneten.

»Was ich dir jetzt sage, darfst du niemandem weitererzählen. Es hängt viel davon ab, dass das Geheimnis der Zeitreisen erhalten bleibt. Beim Wechsel der Mondphasen öffnet sich für wenige Augenblicke ein Zeitfenster, durch das man die eigene Zeit verlassen und in eine andere sozusagen hineinsteigen kann. Wer das Geheimnis kennt, spürt genau, wann es so weit ist. Das kann auch einmal mitten am Tag sein, wenn der Mond gar nicht sichtbar ist. Es kommt auf den Zeitpunkt an, auf den Augenblick, wenn der Mond die Phasen wechselt. Dann beginnt die Meditation, mit der man sich aus der einen in die andere Zeit gleiten lassen kann. Man konzentriert sich auf die Zeit, in die man gelangen möchte, baut in sich die Bereitschaft auf, die eigene Zeit zu verlassen und spricht eine bestimmte Formel. Ich habe das hundertmal so gemacht. Dass aber mehrere Menschen, die sich im engen Umkreis befinden und sich gedanklich ebenfalls auf ein Verlassen der Zeit eingestellt haben, mitgenommen werden, ist eine neue Erfahrung für mich. Körper und Geist lösen sich voneinander und wenn die Meditation nicht mit der vollen Konzentration durchgeführt wird, kann eine Rückkehr misslingen.«

Er stockte, bevor er fortfuhr: »Bisher glaubte ich, das Risiko, andere Menschen mitzureißen, ausschalten zu können, wenn ich mich weit genug von ihnen entfernte.« Wieder schwieg er eine Zeitlang und schaute über den See in die Ferne. Dann raffte er sich auf und fuhr fort: »Was geschehen ist, kann ich nicht rückgängig machen. Ich möchte aber, dass du mir vertraust. Nur so haben wir eine Chance, dass alles zu einem guten Ende kommt. Und was Tim angeht, ich weiß nicht, ob ich ihm helfen kann, werde aber alles tun, was in meiner Macht steht.«

Jonas versuchte sich zu erinnern. »Als wir dich in Heidelberg in deiner schwarzen Kutte am Ufer sahen, waren wir uns nicht ganz sicher, ob du der Dozent unserer Ferienakademie bist. Wir wollten dich fragen …«

Chronicus scharrte verlegen mit dem Fuß im Uferkies und unterbrach ihn einfach. »Ja, es hat mich gereizt, den Auftrag anzunehmen. Zufällig bin ich in Ladenburg der Akademieleiterin begegnet. Wir kamen ins Gespräch und sie erzählte mir, dass der Redner für den Einführungsvortrag kurzfristig krankheitshalber abgesagt hatte. Ich erkundigte mich nach dem Thema des Vortrags und erzählte der Dame so viel von Geschichte, Geschichtsphilosophie und vergangenen Kulturen, dass sie mich kurzerhand fragte, ob ich nicht den Vortrag übernehmen könnte. Ich zögerte etwas, aber es reizte mich doch sehr, vor jungen Leuten über ein Thema zu sprechen, das zu meinem Lebensinhalt geworden ist. Da habe ich zugesagt. Außerdem war ich kurz vor der Abreise, es war Neumond ...«

»Und da hast du dich dann in Heidelberg auf den Weg gemacht und uns so ganz zufällig mitgenommen«, unterbrach ihn Jonas.

Chronicus seufzte. »Leider auch meinen Verfolger, den ich nicht abschütteln kann, diesen Burschen, der mir auf den Fersen ist. Caspar hat wohl Tina als Geisel genommen und sucht mich damit zu erpressen.«

Jonas sprang auf. Caspar hatte Tina in seiner Gewalt! Sie war gar nicht freiwillig mit ihm gegangen! »Weißt du, wo sie sind? Was können wir tun, um Tina zu helfen?«

Chronicus zuckte die Achseln. »Ich habe keine Ahnung.« Mühsam kramte er aus seinem Umhang ein Stück geglättete Birkenrinde heraus, rollte sie auf und reichte sie Jonas. »Das hat ein Bote aus Sankt Gallen vor wenigen Tagen bei mir abgegeben.«

Die Buchstaben waren fast verwischt. Dennoch konnte Jonas die ungelenke Schrift entziffern: Tina ist bei mir, wenn du mir das Geheimnis verrätst, wird ihr nichts geschehen.

Chronicus deutete auf die Schriftzeichen. »Er hat sie mit einem Stück spitzer Holzkohle und etwas Tinte auf die feine Innenseite der Rinde geschrieben. Wir können zur Zeit nicht viel mehr tun als abzuwarten, bis er sich wieder meldet.«

Jonas sah Chronicus entgeistert an. »Abwarten? Tina ist seit Tagen bei diesem Schurken und du sagst, wir sollen einfach abwarten?«

Doch Chronicus versuchte ihn zu beruhigen. »Er wird ihr nichts tun. Ich kenne ihn seit langer Zeit. Er ist hinter dem Geheimnis der Zeitreise her, aber er ist nicht gewalttätig. Er wird sich morgen, spätestens übermorgen melden.«

Jonas schüttelte den Kopf. »Wir müssen sie suchen, jede Minute kann es zu spät sein. Was macht dich denn so sicher, dass Caspar von sich aus zu dir Kontakt aufnehmen wird?«

Chronicus lächelte, was Jonas noch mehr in Rage versetzte. »Übermorgen ist wieder Neumond. Bei Mondphasenwechsel können wir die Zeit verlassen. Das weiß Caspar und deshalb wird er zur Stelle sein und Tina mitbringen. Ihn jetzt zu suchen, hätte wenig Aussicht auf Erfolg und würde Tina eher in Gefahr bringen. Was mir mehr Sorgen macht, ist, wie wir Tina in unsere Hand bekommen können, ohne dass ich Caspar das Geheimnis preisgeben muss.«

Jonas war nicht wohl bei dem Gedanken, die Zeit untätig verstreichen zu lassen, aber er musste ihm Recht geben.

Chronicus stand auf. »Gehen wir zurück zum Kloster, es ist schon spät, Zeit für das Abendessen.«

Jonas sah ihn erstaunt an. »Du wohnst die ganze Zeit hier im Kloster?«, fragte er Chronicus ungläubig. »Ich habe dich hier nie gesehen!«

Chronicus schmunzelte. »Wo sonst sollte einer wie ich wohnen? Aber du hast sicher bemerkt, dass die Mönche von den Laienbrüdern und Dienstleuten im Kloster abgesondert leben. Der Abt ist ein guter Freund von mir. Von Zeit zu Zeit besuche ich ihn und wir unterhalten uns über Gott und die Welt. Er ist ein großer Freund der Wissenschaften.«

Jonas unterbrach ihn. »Weiß er Bescheid?«

Chronicus antwortete ausweichend: »Er weiß, dass ich durch die Zeiten reise, aber das Geheimnis kennt er nicht und will es auch nicht kennenlernen. Er hat dafür gesorgt, dass du auf die Reichenau kamst, und er wird uns vielleicht auch helfen können, Caspar abzuschütteln und Tina zu befreien.«

Es war fast schon Nacht, als sie zum Kloster zurückgingen.

Am nächsten Morgen wachte Jonas mit einem unangenehmen Gefühl auf. In der Nacht hatte er wieder einen dieser Albträume gehabt: Immer wieder war ihm Caspar erschienen, der ihn hinterhältig angrinste. Tina stand regungslos neben ihm und schaute wie versteinert zu Jonas. Er wollte auf sie zugehen, doch er kam nicht von der Stelle. Er wollte sie rufen, brachte aber keinen Ton heraus. Dafür lachte Caspar schallend, wandte sich um und führte Tina weg.

Mit einem Satz war Jonas aus dem Bett. Er war schweißgebadet, lief hinunter zum Brunnen und ließ sich das kalte Wasser über den Kopf laufen. Das tat gut! Etwas erfrischt machte er sich auf ins Laienrefektorium, wo ihn ein bescheidenes Frühstück erwartete. Ständig musste er an das Gespräch mit Chronicus denken. Tina war in Gefahr und er konnte nichts tun. Ob er nicht doch auf eigene Faust …?

Bei der Arbeit konnte er sich nur schwer konzentrieren. Bruder Josephus musste ihn mehr als einmal zurechtweisen, wenn er beim Sortieren der beschriebenen Pergamentbögen die Stapel verwechselt hatte. Schließlich gab er es auf und schickte Jonas mit einer Kiste fertiger Bücher in die Abtei. Dort wurde er vom Abt persönlich empfangen.

»Ah, unser junger Freund! Wie gefällt dir die Arbeit bei Bruder Josephus?«

Jonas antwortete nur knapp. Er versuchte ein freundliches Gesicht zu machen, was ihm nicht recht gelingen wollte.

Der Abt blinzelte ihm zu. »Reisefieber? Ich denke, ihr werdet bald aufbrechen?«

Jonas erschrak. Was sollte er antworten? Chronicus hatte gesagt, der Abt wüsste Bescheid, aber war er auch in die Einzelheiten eingeweiht? Jonas blieb vorsichtig. »Ihr kennt Chronicus schon lange?«

Der Abt sah ihn prüfend an. »Er ist mir stets ein lieber Gast«, antwortete er mit einem rätselhaften Lächeln. »Warum fragst du?«

Jonas überlegte einen Moment. »Du kennst sein Geheimnis?« Ohne eine Antwort abzuwarten fuhr er fort: »Er hat mich und Tina gegen unseren Willen mit auf die Reise genommen ...«

Mit einem mitleidigen Lächeln unterbrach ihn der Abt. »Und jetzt zweifelst du an eurer Rückkehr? Ich kann dich gut verstehen. Aber es gibt keinen Grund, mutlos zu werden. Unser aller Schicksal liegt in Gottes Hand. Die Zeiten mögen noch so verschieden sein, die Menschen noch so verschieden denken, Gottes Plan liegt allem zugrunde.

Denke dir einen Baum, der jedes Jahr seine Blätter verliert, um nach dem Winter wieder zu grünen. Jedes Mal sind wir von Neuem überrascht, wenn im Frühling die Bäume wieder austreiben, aber all das verläuft nach einem ganz bestimmten Plan. Dieser Baum überdauert die Jahreszeiten, manchmal auch ganze Zeitepochen. Es gibt Bäume, die seit mehr als tausend Jahren in jedem Frühling neu blühen. Und doch hat sich jedes Mal etwas verändert. Die Zeit ist vorangeschritten und hat auch ihn verändert. Die Denkweisen der Menschen in verschiedenen Jahrhunderten sind so verschieden wie die Blätter der verschiedenen Jahresläufe und doch liegt beiden derselbe Bauplan zugrunde. Die Gedanken der Menschen in allen Zeitepochen und Kulturen sind Spielarten des menschlichen Geistes, der sich ständig weiterentwickelt und Gottes Schöpfung zur Vollendung bringen wird.«

Blitzartig fiel Jonas das Symbol des Phönix ein, der verbrennt und sich aus seiner eigenen Asche erhebt. Er sprach den Abt darauf an. Der hob die Augenbrauen, blickte Jonas überrascht an und fragte ihn, was er von diesem Fabeltier wüsste. Jonas antwortete, dass der Vogel die Unsterblichkeit der Seele darstellte, die Überwindung des Todes durch den Glauben an Christus.

Der Abt lächelte. »Das auch. Aber das Symbol ist viel älter. Die alten Ägypter verehrten Benu, den Leuchtenden. Dieser Vogel wohnte nach ihrem Glauben fern in Arabien auf einem Baume, der nur einmal in der Welt ist, so, wie es auch keinen zweiten Phönix gibt. Wenn er sich alt fühlt, trägt er aus Balsam und Weihrauch ein Nest zusammen, zündet es an und verbrennt sich selbst. So stirbt er singend, und aus der duftenden Asche schwingt sich dann der verjüngte Phönix mit neuer Schönheit wieder auf. Bei der Erschaffung der Welt soll er einst über dem Urhügel erschienen sein.« Der Abt nickte Jonas aufmunternd zu. »Kannst du das Symbol nicht deuten?« Er lächelte ihn an. »Es ist ganz einfach: Was erscheint über dem Horizont, steigt auf, verbrennt nach seinem Lauf und steigt wieder neu empor?«

»Die Sonne!«, antwortete Jonas nach einigem Zögern.

»So ist es. Ursprünglich ist der Feuervogel Benu, oder Phönix, wie ihn die Griechen nannten, die Verkörperung des Sonnengottes. Aber er gilt auch als Symbol der Unsterblichkeit und des ewigen Lebens. Er verjüngt sich nicht einfach. Er trägt alles Wissen mit sich, wenn er neu entsteht. So wie die Sonne, die am Morgen aufgeht, all das gesehen hat, was Tage, Jahre, Jahrtausende zuvor unter ihr geschehen ist. Und so ist es mit der Entfaltung des menschlichen Geistes. Auch er entwickelt sich immer weiter. Wenn Menschen gestorben sind, wirkt ihr Wissen, das sie erworben und vermittelt hatten, weiter, von Generation zu Generation. Der Tod trifft nur den Körper, nicht ihren Geist und nicht ihre Seele.

Nimm von dieser Reise deine Eindrücke mit, erinnere dich an das, was du gesehen und erfahren hast, dann kannst du dieser Schätze teilhaftig werden. Denke daran, dass du in einer unendlich langen Kette des menschlichen Lebens als ein Kettenglied deinen Platz und deine Aufgabe hast – alle Kettenglieder vor dir halten dich, so wie du als Kettenglied den folgenden Halt geben kannst. Jakob Burckhardt, ein kluger Kopf, der nicht lange vor deiner Zeit gelebt hat, sagt: *Es gibt keinen Weg um die Welt herum, sondern nur durch die Welt, keinen Weg um die Geschichte herum, sondern nur durch die Geschichte.* Ich wünsche dir eine glückliche Reise!« Der Abt segnete Jonas mit einer flüchtigen Handbewegung, dann verließ er den Raum und ließ Jonas mit seinen Gedanken alleine zurück.

Woher kannte der Abt Worte, die erst Jahrhunderte später gedacht und geschrieben wurden? Arbeitete er so eng mit Chronicus zusammen? War er doch auch selbst ein Zeitreisender? Jonas musste Chronicus zur Rede stellen. Besonders über das letzte Zitat musste er lange nachdenken. Lautete Chronicus' erste Botschaft an Tina und ihn nicht ganz ähnlich? Niemals kehrt die Zeit zurück, doch es gibt einen Weg durch die Zeiten. Chronicus kannte anscheinend diesen Weg. Der Abt riet ihm, Chronicus zu vertrauen. Aber sagte er nicht auch, dass jedes Schicksal in Gottes Hand liege?

Jonas spazierte in der Nacht mit dem schwarzen Mönch durch den Klostergarten. Ihm ging das Gespräch mit dem Abt nicht aus dem Kopf. Da fragte er Chronicus: »Was hältst du von dem Gedanken, dass die Menschen in den verschiedenen Zeiten der Geschichte zwar verschiedene Ansichten haben, aber doch einer vorherbestimmten Entwicklung folgen? Gibt es eine solche Weltvernunft, ein vorgegebenes Ziel der Schöpfung?«

Chronicus antwortete vorsichtig. Er sprach von Immanuel Kant, dem großen Philosophen der Zeit der Aufklärung, der ebendies behauptet hatte. Aber er zweifelte an dieser Theorie. Seit Kant, der im 18. Jahrhundert gelebt hatte, sei die Welt nicht wirklich besser geworden. Er zitierte zur Bestätigung einen anderen Philosophen der Zeit, David Hume: »*Wenn ich jetzt die Nationen im Krieg gegeneinander begriffen sehe, so ist es, als ob ich zwei besoffene Kerle sähe, die sich in einem Porzellanladen mit Prügeln herumschlagen. Denn nicht genug, dass sie an den Beulen, die sie sich wechselseitig geben, lange zu heilen haben, so müssen sie hinterher noch allen den Schaden bezahlen, den sie anrichteten.* Trifft dieser Satz nicht für alle Zeiten zu?« Chronicus blieb stehen und ergriff Jonas' Hand. »Darauf kommt es an, auf das wahre Verdienst wirkender Humanität, was nichts anderes heißt, als menschlich zu handeln. Es setzt sich nur so viel Gutes in der Welt durch, als wir selbst durch unser Handeln durchsetzen.«

Plötzlich war Caspar da. Allein. Tina war nicht bei ihm.

»Guten Abend zusammen, darf ich mich der gelehrten Gesellschaft anschließen?«

Jonas hielt das nicht aus. Diese Arroganz, diese Kaltschnäuzigkeit! Er packte Caspar am Arm. »Wo ist Tina?«

Caspar streifte ihn ab und lachte. »Sie ist wohlbehalten und wartet nur darauf, ihren kleinen Freund in die Arme schließen zu dürfen.«

Chronicus ging auf ihn zu und sprach mit ruhiger Stimme. »Bring sie her, du weißt, dass wir nicht mehr viel Zeit haben.«

Caspar lachte wieder, aber diesmal klang sein Lachen eher gequält. »Der Herr hat einen Wunsch geäußert, den ihm sein gelehriger Schüler gerne erfüllen wird.« Dann wandte er sich an Jonas. »Hat dir der große Meister Vorlesungen über die Geschichte gehalten? Glaub ihm ja nicht alles, was er so von sich gibt. Denk an Goethe:

Was man den Geist der Zeiten heißt,
das ist im Grund der Herren eigener Geist,
in dem die Zeiten sich bespiegeln.
Die Zeiten der Vergangenheit
sind uns ein Buch mit sieben Siegeln.

Im Grunde spielt er nur mit dir, so wie er mit mir immer gespielt hat. Frag ihn doch einmal, weshalb er dich nicht längst zurückgebracht hat? Frag ihn nach Tim! Frag ihn doch, wo denn heute Nacht die Reise hingehen wird!«

Chronicus schien Caspars Worte gar nicht wahrzunehmen. Er schaute einen Augenblick konzentriert in die Ferne, wartete ab, als müsste er sich seinen Entschluss lange überlegen, dann wandte er sich wieder Caspar zu: »Bring endlich Tina her.«

»Du weißt, was du mir dafür schuldig bist«, grinste Caspar.

Chronicus nickte unwillig. »Du zwingst mich dazu, etwas zu tun, was eigentlich unverantwortlich ist. Aber wenn es keinen anderen Weg gibt, werde ich mich fügen. Auf deine eigene Verantwortung. Doch wenn du dann in der Patsche sitzt, vergiss nicht, dass ich dich gewarnt habe. Du versuchst mich zu erpressen.«

»Du gibst mir nur, was du mir schon lange schuldest.«

Bei diesen Worten mischte sich Jonas ein. »Du willst ihm das Geheimnis der Zeitreise verraten? Aber du hast doch selbst gesagt, dass er damit viel Unheil anrichten wird.«

Chronicus sah ihn traurig an. »Du möchtest doch auch, dass Tina mitkommt. Also gib dich zufrieden, die Zeit drängt.«

Caspar verabschiedete sich mit einem hämischen Lachen. Er war nur kurze Zeit weg, als Jonas Tina am Ende des Klostergartens auftauchen sah. Sie war allein, schaute weder nach rechts noch nach links, sondern steuerte mit starrem Blick auf Chronicus zu. Jonas sprach sie freudig an, doch sie reagierte nicht darauf. Als sie wenige Schritte vor Chronicus stehen blieb, bewegte dieser sachte seine Hand vor ihrem Gesicht, als wenn er einen bösen Geist von ihr nehmen wollte.

Tina erwachte wie aus einem langen Traum und blickte verwirrt auf Chronicus, dann auf Jonas. »Wo ist Caspar?«, fragte sie. Dann streckte sie Jonas beide Hände entgegen und lächelte.

Chronicus hatte inzwischen seine Arme erhoben, schloss die Augen und murmelte leise vor sich hin. Dann wurde es finster, ein Rauschen setzte ein, wurde stärker und stärker und Jonas fühlte, wie sich alles um ihn drehte.

Die Bruderschaft des goldenen Phönix

»Wo ist Caspar?« Tinas Stimme klang drohend. Sie ging auf Chronicus zu und schrie ihn an: »Was machst du mit uns, weshalb schleppst du uns von einer Zeit in die andere?« Dann blickte sie zu Jonas. »Caspar hat mir alles erzählt. Chronicus geht es nur um die Macht über seine Mitmenschen!« Sie wollte mit beiden Fäusten auf ihn einschlagen, aber Jonas hielt sie zurück.

Chronicus blickte sie nur ein wenig erstaunt an, bevor er ihr antwortete: »Ich weiß nicht, was dir Caspar über mich gesagt hat. Fest steht aber, dass er dich um ein Haar im tiefen Mittelalter zurückgelassen hätte. Ich habe dich im letzten Moment zu mir befohlen und dich von deiner Hypnose gelöst.«

Verwirrt schwieg Tina und sah zu Jonas. Sie wusste tatsächlich nicht, wie sie hergekommen war. Mit aller Kraft versuchte sie sich zu erinnern. Da war diese Hütte. Caspar hatte sie auf den Boden gestoßen und sie angebrüllt, dann war sie so schrecklich müde geworden. Was war mit ihr geschehen? Wollte sich Caspar tatsächlich ohne sie aus dem Staub machen?

Jonas nahm ihre Hand. Sie sahen über sich einen mit Sternen übersäten Himmel. Es waren so viele, die da am klaren Himmel funkelten, dass es ihnen schwerfiel, ein Sternbild zu entdecken. Jonas fühlte sich unendlich erleichtert, dass Tina wohlbehalten neben ihm stand und die Zeitreise sie wieder ein Stück vorangebracht hatte. Sie befanden sich zwar noch immer im Klostergarten auf der Reichenau, aber er sah verändert aus, trotz des matten Sternenlichts konnte er das erkennen.

Doch eine Frage musste er Tina jetzt stellen: »Wieso bist du im Kloster Sankt Gallen plötzlich weggegangen, ohne mir etwas zu sagen?« Seine Stimme klang nicht vorwurfsvoll, er wollte Tina nur Gelegenheit geben, zu erzählen, was geschehen war.

Tinas Augen hatten sich mit Tränen gefüllt. »Jemand hat mich entführt und in ein Kellerloch geschleppt. Caspar hat mich erst nach Stunden befreit.«

Sie berichtete, wie sie mit Caspar am See entlang nach Konstanz und weiter zur Reichenau gezogen war, wie Caspar sich um die Kinder gekümmert und die Kranken in den Dörfern versorgt hatte. Doch was ihr Caspar über Chronicus gesagt hatte, verschwieg sie.

Der hörte aufmerksam zu. Er schien verwundert und nachdenklich.

Jonas dagegen wurde wütend. »Er hat dir die ganze Zeit etwas vorgemacht! Erinnerst du dich an den Abend in der Klosterherberge von Sankt Gallen, als er mit den beiden schwarzen Gestalten zusammensteckte, bevor er zu uns rübergekommen ist? Ich habe noch sein falsches Lachen im Ohr. Ich bin mir sicher, Caspar steckte hinter deiner Entführung.«

»Aber er hat mich doch aus meinem Gefängnis geholt!«

»Damit du ihm umso williger bis hierher gefolgt bist! Denk doch mal nach! Wie sollte er so schnell dein Versteck finden und dich unbemerkt befreien können, wenn er nicht ganz genau gewusst hätte, wohin dich deine Entführer gebracht hatten!«

Tina schwieg verblüfft. Dann machte sie ein entschlossenes Gesicht. »Ich werde ihn zur Rede stellen.«

»Das wird vermutlich nicht mehr möglich sein«, schaltete sich Chronicus ein.

Jonas horchte auf. War Caspar nicht gegangen, um Tina zu holen, als Chronicus plötzlich mit der Meditation begann? Hieß das etwa, dass Chronicus ihn absichtlich nicht auf die Zeitreise hatte mitnehmen wollen?

Chronicus schien seinen fragenden Blick zu verstehen. Bevor ihn Jonas ansprechen konnte, sagte er: »Ich weiß nicht, wo Caspar jetzt ist. Ich hatte ihn davor gewarnt, mich erpressen zu wollen. Jedenfalls scheint er nicht hier zu sein und das Geheimnis habe ich ihm nicht preisgeben müssen.«

»Welches Geheimnis?«, fragte Tina, »und was hat das mit Caspar zu tun?«

Jonas erklärte ihr, wie Caspar Chronicus unter Druck setzen wollte. Er berichtete von Caspars Botschaft, dass er sie in seiner Gewalt hätte und nur zurückbringen würde, wenn ihn Caspar in das Geheimnis der Zeitreise einweihen würde.

»Aber das hat er doch nur getan, weil er endlich wieder in seine Zeit zurück will, anstatt sich von Chronicus durch die Jahrhunderte schleppen zu lassen.« Tina blickte Chronicus wütend an.

Dieser jedoch lächelte grimmig. »Ich glaube kaum, dass er da jetzt hin will.« Nach einer kurzen Pause setzte er hinzu. »Es tut mir leid, dass ich euch heute noch nicht in eure Gegenwart bringen konnte. Aber die Zeitreisen müssen in bestimmten Abständen geschehen. Sich in die Zeit zurückfallen zu lassen geht beliebig schnell, aber sich in der Zeit vorwärts zu bewegen, das geht eben nur in kleineren Schritten. Aber wir sind wenigstens wieder gute vierhundert Jahre weitergekommen. Und von Tim habe ich nichts wahrnehmen können. Wir haben uns wohl grundlos Sorgen gemacht. Jetzt sollten wir uns aber etwas die Beine vertreten. Es wird langsam Morgen und ganz schön kalt. Ins Kloster können wir so früh nicht kommen. Am besten, wir treffen uns wieder hier bei Sonnenaufgang.« Mit diesen Worten drehte sich Chronicus um und verließ den Klostergarten durch eine kleine Pforte in Richtung See.

Tina und Jonas blieben zurück.

»Was meinte er mit Tim?«, fragte Tina aufgeregt.

Jonas winkte ab. »Ach nichts. Ich habe nur von Tim geträumt. Vermutlich hat Caspars Bemerkung den Traum ausgelöst.«

»Ich habe auch von Tim geträumt«, antwortete Tina besorgt. »Er hat mich im Traum um Hilfe gebeten. Er schien mir völlig verzweifelt.«

Jonas blickte sie betroffen an und schwieg.

»Wo wollen wir den Rest der Nacht verbringen? Sollen wir schauen, ob die Kirchentür offen ist?«, fragte Tina.

Jonas war einverstanden und so machten sie sich auf den Weg zum Eingangsportal der mächtigen Klosterkirche. Manches konnte Jonas noch erkennen, aber das Gebäude war inzwischen viel größer geworden. Die Häuser, die sich an die Kirche anschlossen, waren nun aus Stein und bezogen das Münster in einen ganzen Gebäudekomplex ein.

Die Kirchentür stand tatsächlich offen, und sie traten ein. Jonas war hundemüde. Er legte sich auf eine Bank gleich neben dem Eingang und murmelte Tina noch schwach zu: »Ich bin gleich wieder wach.« Dann war er eingeschlafen.

Er durchmaß mit raschen Schritten den Kreuzgang und schritt auf den Kapitelsaal zu. Hier würde er den Abt treffen, wenn nicht, könnte ihm ein Bruder weiterhelfen. Chronicus pochte mit der Faust dreimal kurz an das schwarz glänzende Holz, dann öffnete er – ohne eine Antwort abzuwarten – die schwere Eichentür.

Ein großer, kräftiger Mann in schwarzer Kutte stand am Fenster, drehte ihm den Rücken zu. »Ich habe dich erwartet, du kommst spät.«

Chronicus war etwas verwundert über diese Begrüßung. »Hochwürdiger Vater Abt«, begann er, dann stockte ihm der Atem.

Die hohe Gestalt hatte sich nun ihm zugewandt.

»Holofernes«, zischte Chronicus und versuchte einen Schritt rückwärts zu machen. Über die Schulter blickte er zur Tür.

Hohngelächter ertönte. Sieben Mönche standen drohend hinter ihm und bildeten einen weiten Halbkreis. Ihre Kapuzen fielen tief über die Stirn, ihre Arme hatten sie gegenseitig untergehakt. Er würde diese Reihe nicht durchbrechen können, das wurde ihm mit einem Schlag klar. Er saß in der Falle.

»Das ist er, der schlimme Ketzer, der schwarze Zauberer, der gemeine Dieb, der die Klöster im Auftrag des Teufels heimsucht, die Mönche umgarnt, ihr Vertrauen missbraucht, um sich am Schatz der Kirche zu bereichern.« Holofernes trat auf ihn zu, schlug mit der rechten Hand ein Kreuz. »Weiche, Satan, aus dieser Kreatur!«, brüllte er, so dass sich seine Stimme überschlug.

Chronicus versuchte ruhig zu bleiben. »Ich bin ein Bruder in Christo, ist das die Art, wie ihr einen reisenden Mönch empfangt?«, sprach er mit gespielter Gelassenheit zu den schwarzen Kapuzenträgern hinter ihm. »Das ist nicht euer Abt, ich will euren Abt sprechen.«

»Habe ich euch sein Kommen nicht angekündigt? Ich als Visitator der Klöster des heiligen Benedikt befehle euch, ergreift ihn und bringt ihn in Sicherheit.«

Stumm rückten die sieben auf Chronicus zu. Widerstand war zwecklos. Sie ergriffen seine Arme, nahmen ihn in ihre Mitte und schoben ihn aus dem Saal. Ein kurzes grimmiges und gleichzeitig triumphierend wirkendes Lachen tönte in seinen Ohren, als er über den Kreuzgang zu einem kleinen Torbogen geschoben wurde, der eine steile Kellertreppe freigab. Er wurde brutal hinuntergestoßen. Einer der Mönche entzündete eine Fackel, ein weiterer öffnete mit einem großen Schlüssel eine Tür. Chronicus sah in ein Kellerloch, vier Schritte lang, drei Schritte breit. Verfaultes Stroh lag in einer Ecke, ein kleines vergittertes Fenster unter der gewölbten Decke erhellte spärlich den Raum. Er erhielt einen derben Stoß von hinten, dass er zu Boden fiel, dann wurde die Tür zugeschlagen und geräuschvoll verschlossen.

Als Visitator hatte Holofernes sich ausgegeben, dieser gerissene Halunke. Ein Visitator besuchte im Auftrag des Benediktinerordens von Zeit zu Zeit die Klöster, um nach dem Rechten zu sehen. Bestimmt hatte er ein sorgsam gefälschtes Schreiben vorgewiesen. Aber wie war er darauf gekommen, dass Chronicus ausgerechnet hier auftauchen würde? Ein Zufall war das nicht. Gewiss, er benutzte dieselbe Zeitschleuse und musste deshalb auch genau zur der Stunde angekommen sein wie Chronicus und seine Mitreisenden. Ob Caspar mit ihm in Verbindung stand? Aber jetzt musste er hier erst einmal herauskommen. Tina und Jonas! Nicht auszudenken, wenn Holofernes sie als Geiseln in die Hand bekäme!

Er musterte das Gewölbe. Die Steine waren exakt behauen und mit nur schmalen Mauerfugen ohne Mörtel aufeinandergeschichtet, eine Bauweise, die schon die Römer beherrschten. Jede Mauerfuge griff er ab, drückte gegen die Steine, prüfte, ob nicht einer locker saß. Da, neben der Tür, als er schon resigniert aufgeben wollte, fiel ihm eine merkwürdige Verfugung auf. Ein Stein saß hier genau über dem anderen, wo sonst die Steine jeweils in der Mitte der unteren Steine angesetzt waren. Vorsichtig arbeitete sich Chronicus mit den Fingerspitzen vor, da sah er das Steinmetzzeichen: ein Dreieck mit einem Kreis in der Mitte, kaum größer als eine Daumenspitze, schwach in den Stein geritzt! Er drückte mit Kraft dagegen und tatsächlich – eine unsichtbare Tür schwang wie von Geisterhand auf. Die Steine waren in sich verfugt und vermauert und ließen sich wie bei einer Drehtür um eine unsichtbare Achse schwingen. Vermutlich zog sich eine dicke Eisenstange durch die Steinquader. Es war nur ein schmaler Spalt, der sich da auftat, aber seitlich konnte man sich hindurchdrücken. Sein Herz schlug bis zum Hals, als er es wagte. Ein dumpfer Geruch nach feuchter Erde und Moder schlug ihm entgegen. Es dauerte einige Zeit, bis sich seine Augen an die Dunkelheit gewöhnt hatten. Der Raum hatte noch einmal die Größe seines Verlieses, aber keine Tür führte in die Freiheit, nicht einmal ein Fenster gab es.

Einige Holztruhen standen in der Ecke. Chronicus hob einen Deckel an und tastete vorsichtig hinein. Dann zog er eine sorgsam versiegelte Pergamentrolle heraus. Hier also war das Geheimarchiv des Klosters! Aber was nützte ihm diese Entdeckung? Ob er sich hier verstecken sollte, so dass es den Anschein hätte, er wäre aus seinem Gefängnis entflohen? Schnell verwarf er den Gedanken wieder. Dann würde sich niemand mehr um ihn kümmern und er wäre bei lebendigem Leibe begraben. Irgendwann würden sie kommen, ihm vielleicht den Prozess machen, auf Ketzerei stand der Tod durch Verbrennen. Er müsste aus dem Gefängnis geführt werden und vielleicht böte sich ihm dann eine Chance freizukommen? Vielleicht könnte er die Zeit hinauszögern bis zur nächsten Möglichkeit, die Zeitreise anzutreten? Sorgsam schloss er die Steintür wieder.

Es war heller Morgen, als er von schweren Schritten auf der Treppe wach wurde. Der Schlüssel drehte sich ächzend im Schloss. Holofernes stand ihm gegenüber. Sein höhnisch verzerrtes Gesicht wurde vom flackernden Licht einer Fackel beleuchtet. »So sehen wir uns also wieder, komm ja nicht auf dumme Gedanken, sonst stoße ich dir meine Fackel in dein edles Angesicht. Der neunmalkluge Chronicus. Fürs Erste bist du wohl außer Gefecht gesetzt. Meine Pläne wirst du nicht mehr durchkreuzen, dafür habe ich gesorgt.«

Chronicus blieb demonstrativ auf seinem Strohlager liegen, täuschte Ruhe und Gelassenheit vor. Für einen kurzen Moment wägte er ab, ob er es nicht doch wagen könnte, den Kampf mit seinem Widersacher aufzunehmen. Aber dann kam ihm eine bessere Idee. »Ich scheine dir ja sehr wertvoll zu sein, wenn du mich im Vorraum der Schatzkammer des Klosters einquartierst«, witzelte er.

Holofernes stutzte einen Moment.

»Sag bloß, du kennst die Geheimtür nicht, die zu den Truhen mit Gold und Edelsteinen führt«, setzte Chronicus hinzu.

»Mach keine dummen Witze, mir kannst du nichts vormachen.« Holofernes beugte sich herab und hielt die Fackel vor sein Gesicht, so dass Chronicus die Hitze der Flammen spürte.

Noch einen Millimeter, dann würde das Feuer seine Augenbrauen versengen. Jetzt hieß es Ruhe bewahren.

»Leuchte mit deiner Fackel doch an die Wand neben der Tür, da siehst du das geheime Zeichen, das den Weg zur Schatzkammer weist«, sagte Chronicus leise.

Holofernes lachte spöttisch. Er trat aber einen Schritt zurück. »Du willst wohl Versteck spielen mit mir? Das kannst du haben, steh auf, rüber mit dir an die Wand, zeig mir dein Geheimzeichen, aber mach keine Dummheiten!« Drohend richtete er die Fackel auf Chronicus.

Chronicus stand in aller Ruhe auf, klopfte das Stroh von seiner Kutte, ging die zwei Schritte hinüber und drückte seelenruhig auf das Steinmetzzeichen. Die Tür schwang auf und Holofernes ächzte überrascht.

Chronicus machte eine einladende Handbewegung, doch Holofernes grunzte: »Das hast du dir wohl so ausgedacht. Hinein mit dir!«

Chronicus schlüpfte, ohne zu zögern, durch den schmalen Mauerspalt.

Neugierig leuchtete Holofernes in das Gelass. »Rüber mit dir, mit dem Gesicht zur Wand und nimm die Hände hoch.«

Chronicus gehorchte und erkannte am Lichtschein der Fackel, dass Holofernes ihm durch die Geheimtür gefolgt war. Er hörte den Deckel einer der Holztruhen quietschen. Jetzt war seine Zeit gekommen. Er warf sich herum, stürzte zur Steintür, schlüpfte blitzschnell hindurch, schlug sie zu und war in weniger als zwei Atemzügen an der Tür seines Verlieses. Holofernes brüllte und folgte ihm auf dem Fuß. Offensichtlich konnte man die Geheimtür von innen öffnen, wenn man sich dagegenwarf. Im letzten Augenblick konnte Chronicus die Tür des äußeren Raumes zuschlagen und den Riegel vorlegen. Holofernes trommelte dagegen, während Chronicus die Treppe hochhetzte.

Da! Eine Gestalt schleicht von hinten auf Tina zu, presst ihr die Hand auf den Mund und setzt ihr mit der anderen ein Messer an die Kehle.

Jonas will schreien, doch irgendetwas hindert ihn daran. Plötzlich ist er völlig unfähig, sich zu bewegen. Die Gestalt wendet ihm langsam ihr Gesicht zu. Es ist Caspar. Mit hämischem Lachen zieht er Tina Schritt für Schritt von Jonas weg.

Jonas fuhr hoch, es war heller Tag. Sonnenlicht drang durch die Bogenfenster in die Kirche, neben ihm sitzt Tina.

»Was ist denn los?«, fragte sie noch ganz schlaftrunken.

Jonas atmete kurz durch. Dann rüttelte er Tina: »Wir müssten längst draußen im Klostergarten sein. Die Sonne ist schon aufgegangen!«

Rasch verließen sie die Kirche und suchten den Weg zum Klostergarten. Als sie den Chor der Kirche erreicht hatten, kam ein Mönch mit rudernden Armen auf sie zu. »Halt, Diebsgesindel, stehen bleiben!«

Sie wichen aus und rannten, was sie konnten, davon. Atemlos keuchend erreichten sie den Klostergarten. Chronicus war nirgends zu sehen, dafür kamen eine Menge Leute auf sie zu, angeführt von dem Mönch in wehender Kutte, dem sie eben erst entwischt waren.

»Bloß weg hier!«

Tina rannte auf das Ufer zu, wo sie bald im Schutz von Büschen und Bäumen war. Jonas folgte ihr dicht auf den Fersen. An welcher Stelle war sie gestern mit Caspar gelandet? Das Boot! Hier musste es irgendwo liegen. Da! Tina sprang hinein, Jonas folgte ihr, schob es ins Wasser, sprang ebenfalls hinein und ergriff die Ruder.

Sie waren schon gut fünfzig Meter vom Ufer entfernt, als die ersten ihrer Verfolger den See erreichten. Gott sei Dank blieben sie stehen. Der Mönch schüttelte seine Faust und rief ihnen noch Schimpfworte nach. Der Seearm, der die Insel vom Festland trennte, war hier nicht breit. Bevor die Verfolger sie in einem anderen Boot eingeholt hätten, würden sie drüben sein. Bald hatten sie den Schilfgürtel am anderen Ufer erreicht, zogen das Boot etwas ins Rohr und wateten an Land.

»Das war knapp!« Tina strich sich die Haare aus dem Gesicht. »Und jetzt? Zur Insel können wir nicht mehr, um Chronicus zu suchen.«

Jonas zuckte ratlos die Schultern. »Wir müssen uns gedulden und hoffen, dass er uns irgendwann findet.«

»Glaubst du wirklich, dass wir ihm trauen können? Vielleicht spielt er nur mit uns, vielleicht dienen wir ihm nur als Werkzeug für irgendwelche Machenschaften.«

Jonas ergriff sie an beiden Schultern und sah ihr wütend in die Augen. »Begreifst du immer noch nicht, in welcher Lage wir sind? Ob es Chronicus ehrlich mit uns meint oder nicht, wir sind doch völlig von ihm abhängig. Wir wissen doch nicht einmal genau, in welcher Zeit wir jetzt sind, und ohne ihn können wir nicht in unsere Gegenwart zurückkehren.«

Tina schüttelte seine Arme ab und antwortete unwillig: »Das weiß ich selbst, aber wir sollten aufpassen. Vielleicht täuscht er uns ebenso, wie Caspar mich getäuscht hat.«

»Du hast ja recht«, antwortete Jonas besänftigt. »Aber wir müssen mit Chronicus in Verbindung bleiben.«

»Gehen wir doch nach Konstanz. Bestimmt wird er uns zuerst in der Stadt suchen, wenn er herausbekommen hat, dass sie uns von der Insel vertrieben haben.«

Jonas nickte zustimmend. Sie wateten aus dem Schilfgürtel des Uferrieds und erreichten bald die höhergelegenen Wiesen. Vor ihnen dehnte sich jenseits des schmalen Seestreifens die langgestreckte Insel aus, dahinter glitzerte der Untersee vor den Uferbergen, die sich in diesigem Blau vor dem blassen Morgenhimmel abhoben.

Der Weg zur Stadt war leicht zu finden. In der Ferne sahen sie bald das Münster, dessen Kuppeln hoch in den Himmel ragten.

»Wenn Chronicus mit seiner Prognose Recht hat, dass wir pro Zeitschub ein paar hundert Jahre schaffen können, dann müssten wir jetzt im Spätmittelalter angelangt sein.«

Tina sah Jonas unsicher an. »Wenn das da vorne das Konstanzer Münster sein soll, sieht es aber ganz anders aus, als ich es in Erinnerung habe.«

»Es hat noch keinen spitzen Turm, der kam erst im 19. Jahrhundert dazu, und Kuppeln hat es in unserer Zeit keine mehr.« Jonas runzelte die Stirn und überlegte einen Augenblick, bevor er fortfuhr: »Konstanz wird in dieser Zeit als reiche Stadt bezeichnet. Sie gilt als Hauptstadt von Schwaben. Sie profitiert vor allem von dem Handel mit Italien. Reiche Kaufleute haben sich hier niedergelassen. Die Ravensburger Handelgesellschaft hat in der Stadt eine wichtige Faktorei.«

»Woher weißt du das alles?«, fragte Tina staunend.

Jonas zuckte nur die Achseln. »Hab mal ein Buch darüber gelesen. Eine wilde Geschichte, in der es um Machtkämpfe während des Konstanzer Konzils ging. Das fand hier zwischen 1414 und 1418 statt. Ein neuer Papst wurde damals in Konstanz gewählt, außerdem hat die Kirche während des Konzils hier den tschechischen Reformator Jan Hus als Ketzer verbrannt.«

Inzwischen hatten sie einen breiten Karrenweg erreicht, der durch Weingärten und Obstwiesen führte. Die ersten Äpfel waren reif, einige lagen unter den Bäumen verstreut und warteten darauf, aufgelesen zu werden. Tina und Jonas probierten sie unbefangen durch, bis sie von einem wütenden Bauern verjagt wurden. Im letzten Augenblick gelang es ihnen, über eine Böschung ein nahes Wäldchen zu erreichen, wo sie sich in Sicherheit bringen konnten.

»Zum zweiten Mal getürmt.« Tina lachte leise, während Jonas die Lage sondierte.

Der Bauer hatte die Verfolgung endlich aufgegeben und sie hatten wohl nichts mehr zu befürchten. Sicherheitshalber streiften sie noch einige Zeit durch die niederen Büsche, bevor sie es wagten, wieder dem offenen Weg zu folgen. Dieser führte sie bald an Landhäusern vorbei, die inmitten von Gärten und Weinhügeln lagen.

»Hier wohnen wohl die reichen Kaufleute«, meinte Jonas. »Hier lässt sich's leben.«

»Aber eben nur als Reicher«, antwortete Tina. »Soviel ich weiß, leben in den mittelalterlichen Städten über die Hälfte der Einwohner in bitterster Armut.«

Jonas gab ihr Recht. »Sie sind auf Tagelohnarbeit, Bettelei und Almosen angewiesen und viele haben nicht einmal ein Dach über dem Kopf. Aber das gibt es auch in unserer Zeit. Denk nur an die Slums der Millionenstädte in Asien oder Südamerika. Geld regiert die Welt. Und das gilt wohl auch für das Spätmittelalter. – Da vorne liegt die Rheinbrücke, der Zugang zur Stadt.«

Inzwischen hatten sie die Benediktinerabtei Petershausen erreicht. Sie blickten auf die Mauern und Türme von Konstanz. Ein Strom von Menschen wälzte sich über die Brücke und durch das Tor in die Stadt. Wagen, von Pferden und Ochsen gezogen, versperrten sich gegenseitig den Weg. Ein zweirädriger Karren, vor den ein Esel gespannt war, suchte sich zwischen den drängenden Menschen hindurchzuschieben, man hörte wütende Rufe, Lachen und Kommandos der Fuhrleute.

»Dann mal los.« Jonas klatschte unternehmungslustig in die Hände und machte sich auf den Weg.

Tina folgte ihm langsam. Sie ließen sich von der Menschenmenge treiben. Kaum hatten sie das Tor erreicht, als ein Wachsoldat auf sie zusteuerte. Was denn mit ihnen sei, Bettelvolk gäbe es in der Stadt schon genug. Tina gab Jonas ein Zeichen und ehe der Soldat ihnen den Weg versperren konnte, waren sie bereits losgelaufen. Ein großes Fuhrwerk schob sich an der Wache vorbei und bot ihnen Schutz. Sie hielten sich dicht an seiner Seite. Als der Wagen das Tor passiert hatte, waren sie schon in dem Gewirr der Altstadtgässchen von Konstanz untergetaucht.

»Bettelvolk nannte er uns.« Tina schaute zunächst an sich hinab, dann musterte sie Jonas. Ihre Kutten sahen inzwischen sehr mitgenommen aus.

Jonas betrachtete sie schelmisch und flachste: »Na ja, unsere Kleider stammen ja auch noch aus der Römerzeit. Nach dem neuesten Schick sind wir nicht gekleidet. Aber vielleicht ist das ganz praktisch. Als Bettelleute fallen wir vermutlich weniger auf.«

Mit einer kurzen Kinnbewegung wies er auf die gegenüberliegende Straßenseite, wo sich ein kleiner Platz öffnete und den Blick auf ein Kirchenportal freigab. Auf den Stufen der Kirche saßen einige Bettler in abenteuerlicher Kleidung, bunt zusammengewürfelt, vielfach geflickt und starr vor Schmutz. Sie hielten den Passanten auffordernd ihre Holzschalen hin mit flehenden Blicken und mitleiderregenden Gebärden. Lief jemand achtlos an ihnen vorüber, schüttelten sie die Fäuste hinter ihm her und schimpften.

Tina schaute mit einer Mischung aus Entsetzen und Mitleid hinüber. Jonas zögerte einen Augenblick, dann überquerte er die Straße und ging auf die Bettler zu. Tina konnte sich nicht entschließen, ihm zu folgen. Sie sah, wie ein großer, kräftiger Bursche Jonas ansprach, dabei die Hände in die Hüften stemmte und ein zorniges Gesicht machte. Jonas schien beschwichtigend auf ihn einzureden, schließlich senkte er den Kopf und trottete zu Tina zurück.

»Was war denn los?«

»Er hat mich angefahren, was ich hier suche. Das Betteln scheint hier streng organisiert zu sein. Er hatte wohl Angst, dass wir ihm und seiner Gruppe in die Quere kommen.«

»Wolltest du dich tatsächlich den Bettlern anschließen?«

»Nie im Leben, aber ich wollte ihn fragen, ob er irgendeinen Unterschlupf weiß. Es wird hier nicht leicht werden, was für die Nacht zu finden.«

Sie bummelten durch die Straßen, die von meist dreistöckigen Häusern gesäumt waren, die nicht mit der Giebelseite, sondern mit ihrer Breitseite zur Straße standen und teilweise vorgebaute Lauben hatten, in denen Waren verkauft wurden. Vor einem Haus blieben sie stehen und schauten beeindruckt nach oben. Es zählte fünf Stockwerke. Schließlich gelangten sie an den See. In der Nähe des Hafens erhob sich ein wuchtiger Bau mit einem mächtigen Dach.

»Das müsste das Konzilsgebäude sein«, sagte Jonas. »Aber so wird es erst genannt werden, wenn hier das Konzil zur Papstwahl stattfinden wird. Es ist das sogenannte Kaufhaus beim Hafen, ein Lagerplatz für Waren, die für den Verkauf bestimmt sind.«

Einige Wagen standen davor und wurden entladen.

»Ob ich meine Hilfe anbieten soll? Vielleicht springt ein kleiner Lohn dabei heraus?«

Tina stimmte sofort zu. »Ich könnte doch auch mithelfen.«

»Ich glaube, das ist keine so gute Idee. Frauen und Mädchen spielen in dieser Zeit eine andere Rolle als in unseren Tagen«, meinte Jonas. »Aber bleib hier in der Nähe.«

Er lief hinüber und nach kurzer Zeit sah Tina, wie er mit dem ersten Packen auf dem Rücken im Gebäude verschwand. Sie fand ein geschütztes Sonnenplätzchen am Ufer und döste vor sich hin. Bald war sie eingenickt.

Die Sonne stand schon tief, als Jonas sie wachrüttelte. Er stand vor ihr mit einem halben Laib Brot.

»Mein Lohn für stundenlange Schufterei. Aber ich weiß jetzt, wo wir übernachten können. Es gibt da ein Fenster, nur einen Meter über dem Erdboden. Der Fensterladen ist eigentlich mit einem Riegel verschlossen. Ich hab ihn zurückgeschoben, der Laden ist jetzt nur angelehnt. Dahinter liegen Hunderte von Tuchballen. Bestes

Leinen. Dort werden wir ein warmes und weiches Plätzchen finden.«

Das Brot war hart und trocken, man musste es kräftig kauen, aber es schmeckte würzig. Wasser tranken sie aus einem der Brunnen. Beim Münster entdeckten sie ein Haus mit prächtigen Malereien, daneben sahen sie durch eine offene Laube hindurch Frauen, die bunt gefärbte Tücher zusammenlegten.

Tina triumphierte. »Siehst du, Frauen arbeiten auch, sie stehen nicht nur am Herd.«

Jonas sah sie skeptisch an. »Ich habe nie behauptet, dass Frauen im Mittelalter nicht arbeiten würden. Sie leisten sicher schwerste Arbeit, zum Beispiel in der Landwirtschaft oder im Haushalt. Aber sonst spielen Frauen im öffentlichen Leben keine große Rolle und du als Tagelöhnerin bei schwerer Arbeit – das wäre unvorstellbar.«

Als es dunkel wurde, gingen sie zum Hafen zurück. Jonas schlich um das Lagerhaus und öffnete den Fensterladen. Sie kletterten hinein, schlossen den Laden wieder sorgsam und suchten sich zwischen den Leinwandballen ein geschütztes Lager für die Nacht.

Vom Lärm der Arbeiter am Morgen wurden sie wach. Stimmen tönten durcheinander, Tore wurden geräuschvoll geöffnet, Kommandorufe waren zu hören.

»Wir müssen schleunigst hier weg!« Jonas rüttelte Tina, die noch schlaftrunken auf ihrem Polster aus gestapelter Leinwand saß.

Im Halbdunkel tasteten sie sich zu einem der Fensterläden. Jonas öffnete ihn einen Spalt und fuhr sofort wieder zurück. »Da draußen, direkt unter dem Fenster, steht ein Fuhrwerk. Wir müssen es woanders versuchen.«

Sie tasteten sich an der Wand entlang zum nächsten Fenster. Behutsam schlug Jonas den Laden zurück und machte ein zufriedenes Gesicht. Es führte auf die Rückseite des Gebäudes, kein Mensch war zu sehen. Rasch kletterten sie hinaus und liefen stadteinwärts.

Auf dem Fischmarkt herrschte reges Treiben. In Zubern und Bottichen wurden noch lebende Fische feilgeboten. Hatte sich ein Käufer entschieden, holte der Fischhändler das Tier mit einem geschickten Griff heraus und schlug dessen Kopf auf die Tischkante. Angewidert liefen die beiden weiter. In einer der angrenzenden Gassen duftete es angenehm nach Brot. Plötzlich wurde ihnen klar, was für einen Hunger sie hatten. Vor einer Bäckerei stand ein Karren, voll beladen mit Mehlsäcken. Kurz entschlossen fragte Jonas im Laden, ob er helfen könnte und hatte wieder Glück. Nachdem er das Mehl in der Backstube abgeladen hatte, kam er mit einem noch warmen Brot auf die Straße zurück.

Die Dämmerung hatte bereits eingesetzt, als Tina und Jonas sich auf den Rückweg zum Konzilsgebäude machten. Auf dem Platz davor drängten sich viele Wagen mit Pferden, die gerade abgeschirrt wurden. Kaufleute, Fuhrleute, Soldaten standen beieinander und unterhielten sich.

Plötzlich lief ein Junge auf sie zu, nur wenig jünger als Jonas. »Seid ihr die beiden Reisenden nach Ravensburg? Ein Mönch hat vorhin das für euch abgegeben.« Der Junge hielt ihnen eine kleine versiegelte Papierrolle hin.

Jonas zögerte, nahm die Rolle und brach das Siegel auf. Er stutzte. Der schwarze Löwe! Darunter stand in Druckbuchstaben geschrieben: *Macht euch mit den Kaufleuten auf den Weg. Sie werden euch bis Ravensburg mitnehmen. Dann geht es weiter nach Norden in die große Stadt an der Donau, die einmal den höchsten Kirchturm der Welt haben wird.*

Jonas reichte Tina das Schreiben, die es kurz überflog, zusammenrollte und einschob. »Vielen Dank«, sagte sie mit einem freundlichen Lächeln zu dem Jungen. »Ich bin Tina und das ist Jonas.« Sie streckte ihm zur Begrüßung ihre Hand hin.

»Ich bin Niklas, mein Vater führt den Kaufmannszug. Morgen soll es losgehen. Wenn ihr wollt, stell ich euch jetzt gleich meinem Vater vor.«

Der Zug der »Oberschwäbischen Kompanie«, wie sich die Ravensburger Handelsgesellschaft nannte, war auf dem Rückweg nach Ravensburg. Leinwand, Papier und Leder wurden nach Italien und Spanien ausgeführt, Gewürze, Weine und Seidenstoffe nach Deutschland mitgebracht. Eine Gruppe bewaffneter Landsknechte begleitete den Zug.

Die Reise ging zunächst am See entlang über Radolfzell und Stockach nach Überlingen, wo sie zwei Tage Station machten. Tina und Jonas wurden von Bartholomäus Ettishofer, Niklas' Vater, wie persönliche Gäste behandelt. Chronicus hatte sich als ihr Onkel ausgegeben und die Reise im Voraus bezahlt. Jonas hatte sich wieder als fahrender Schüler und Tina als seine Schwester vorgestellt.

In der Reichsabtei Salem, wohin die Reise anschließend führte, luden sie Fässer mit italienischem Wein ab und Ettishofer kaufte säckeweise Salz, das die Abtei aus eigenen Salzbergwerken in Österreich bezog.

Die Reise auf den schwankenden, voll beladenen Planwagen war sehr beschwerlich. Glücklicherweise hatten sie trockenes Wetter, denn die Handelsstraßen, auf denen sie unterwegs waren, glichen eher breiten Feldwegen und führten immer wieder durch kleine Bachläufe. Wo Jonas und Tina Brücken erwartet hatten, fanden sich oft nur seichte Stellen, die als Furten dienten. Die beiden konnten sich kaum vorstellen, wie die Straße bei Regen und Hochwasser ausgesehen hätte.

Er traute seinen Augen nicht. Die Gestalt im hellen Mondlicht, die soeben das Konstanzer Dominikanerkloster auf der Insel verlassen hatte, war Holofernes. Mit raschen Schritten steuerte er den Hafen an. Chronicus hielt sich im Schatten der Häuser und folgte ihm mit einigem Abstand. Als er die Hafenmole erreicht hatte, zögerte Holofernes einen kurzen Augenblick, dann bestieg er einen Lastkahn. Zwei schwarz vermummte Gestalten schienen ihn bereits zu erwarten. Sollte er es wagen, ihm zu folgen? Er stand im Schatten der Stadtmauer und spähte hinüber. Vielleicht zwanzig Schritte trennten ihn von der Mole, wo der Kahn vertäut lag. Die beiden Kapuzenträger machten sich nun daran, das Schiff zu verlassen, Holofernes blieb zurück. Chronicus wartete, bis sie im Dunkel der Nacht verschwunden waren. Der Mond hatte sich inzwischen hinter eine dicke Wolke zurückgezogen. Jetzt oder nie! Chronicus lief halb geduckt zum Schiff hinüber und sprang hinein. Holofernes, der sich gerade an einer Kiste im Bug zu schaffen machte, drehte sich überrascht um, da hatte ihm Chronicus bereits einen Dolch an die Kehle gesetzt.

»Rühr dich nicht von der Stelle«, zischte er Holofernes an. »Was hast du hier zu schaffen? Raus mit der Sprache, wenn dir dein Leben lieb ist!«

Holofernes blickte ihn böse an, seine Augen funkelten. »Es geht dich zwar einen Dreck an, aber bitte – ich bin im Auftrag des Bischofs dabei, den Münsterschatz nach Meersburg in Sicherheit zu bringen. Wie du vielleicht gehört hast, rücken die Appenzeller Bauern auf Konstanz zu, der Bischof hat sich schon gestern auf die Meersburg zurückgezogen und heute Nacht soll die Ladung hinübergebracht werden.«

»Und du bist gerade dabei, ihm diesen treuen Dienst pflichtbewusst zu erfüllen«, unterbrach ihn Chronicus sarkastisch. »Wie hast du denn so schnell sein Vertrauen erschlichen oder hast du einen anderen dafür über die Klinge springen lassen?«

Holofernes blieb gelassen und antwortete höhnisch: »Ein Mann mit meinen Fähigkeiten wird überall dankbar empfangen.«

Chronicus schnaubte verächtlich. Er zog seinen Dolch zurück, hielt ihn aber immer noch drohend auf Holofernes gerichtet.

Der blickte kurz über Chronicus' Schulter hinweg, machte eine kaum wahrnehmbare Kopfbewegung und wie aus dem Nichts sauste ein schweres Ruder auf Chronicus herab, der sofort zusammenbrach und für kurze Zeit das Bewusstsein verlor.

»Binde seine Hände und wirf ihn über Bord«, hörte er Holofernes sagen, als er wieder zu sich kam.

Geistesgegenwärtig ballte er die Hände zu Fäusten und drückte seine Handgelenke so gut es ging auseinander, während er gefesselt wurde. Dabei hoffte er inständig, dass es der dritte Mann an Bord, der ihm zum Verhängnis geworden war, nicht bemerkte. Zu zweit hievten sie ihn über die Reling, Chronicus klatschte dumpf auf dem Wasser auf und versank.

»Ich danke dir, du hast mir das Leben gerettet.« Holofernes reichte dem Kapuzenmann die Hand. »Ein übler Kerl, der es auf den Münsterschatz abgesehen hatte, um den ist es nicht weiter schade. Mach das Boot los, wir fahren hinüber zum Dominikanerkloster.«

Chronicus hielt die Luft an und legte seine Hände flach zusammen. Dann versuchte er die Handfessel abzustreifen, indem er seine Hände auf dem Rücken nach oben schob. Gleichzeitig versuchte er durch leichte Beinbewegungen vom Schiff wegzukommen. Er bemerkte verzweifelt, wie ihm langsam die Luft ausging. Seine Lungen begannen zu schmerzen, doch die Fesseln lösten sich nicht. Plötzlich stieß er mit den Füßen auf einen Widerstand. Die Ufermauer! Er versuchte die Knie anzuziehen, mit den Fußspitzen an die Mauer zu kommen und sich nach oben abzustoßen. Halb besinnungslos erreichte er endlich die Wasseroberfläche und saugte mit vollen Zügen die kalte Nachtluft ein.

Dann drehte er sich mit dem Rücken zur Ufermauer und startete einen neuen Versuch, sich seiner Fesseln zu entledigen. Mit den oberen Fingergliedern der linken Hand krallte er sich in eine Mauerfuge und spürte, wie sich die Fingerspitzen seiner Rechten unter die Fessel schieben ließen. Er biss die Zähne zusammen, das Seil schnitt in sein Handgelenk. Doch es gelang ihm, die Fessel zu lockern. Noch ein paar Handbewegungen und er konnte sie endlich abstreifen.

Mühsam zog er sich an der Mole hoch und sah gerade noch, wie das Schiff im Mondlicht den Hafen verließ und Richtung Norden einschwenkte. Er achtete nicht auf seine klatschnasse Kutte und hastete in Richtung Dominikanerkloster. Bald sah er das Boot wieder hinter den Palisaden auftauchen. Es hielt Kurs auf die Klosterinsel. Sie werden an der Seeseite anlegen, dachte er und ein zufriedenes Lächeln spielte über sein Gesicht. Nass, wie er war, stieg er in den Inselgraben, der das Kloster von der Landseite abtrennte und schwamm zur Insel hinüber, wo er sich im Ufergesträuch verstecken konnte.

Kaum hat der Lastkahn angelegt, erschienen wieder zwei schwarz vermummte Gestalten mit einer schweren Kiste, die auf dem Boot verstaut wurde. Der Vorgang wiederholte sich dreimal, dann blieben die beiden unschlüssig stehen und schienen mit Holofernes zu verhandeln. Schließlich stieg dessen Bootsgefährte ebenfalls aus und verschwand mit den beiden anderen im Kloster. Holofernes blieb allein auf dem Schiff zurück.

Das hatte er sich ja fein ausgedacht! Jetzt konnte er in aller Ruhe mit dem Boot auf Nimmerwiedersehen verschwinden und der Bischof in Meersburg wartete vergeblich auf seine Reichtümer. Zeit zu handeln, dachte Chronicus, stieg ins Wasser und schwamm in ruhigen Zügen zum Schiff hinüber.

Holofernes löste die Leinen und machte sich daran, auf den See hinauszurudern. Chronicus folgte ihm schwimmend in sicherem Abstand. Er bemühte sich, genau hinter dem Heck zu bleiben, damit er von Holofernes nicht entdeckt würde. Nach kurzer Zeit zog Holofernes die Ruder ein und begann das Segel zu setzen. Chronicus schwamm ans Heck heran und wartete einen günstigen Augenblick ab. Als Holofernes dabei war, eine Leine mit dem Bug zu verknüpfen, ergriff er mit beiden Händen das Steuerruder, zog sich blitzschnell hoch und stieg ins Boot. Dann brachte er den Kahn zum Schwanken, indem er sein Gewicht von einer zur anderen Seite verlagerte. Holofernes, der ihm immer noch den Rücken zugewandt und nun mit beiden Händen die Reling ergriffen hatte, um sein Gleichgewicht zu halten, stieß einen überraschten Schrei aus und blickte über die Schultern nach hinten. Da hatte ihn Chronicus bereits an beiden Füßen gepackt. Er versuchte ihn zu Boden zu ziehen, aber Holofernes hielt sich krampfhaft mit beiden Händen an der Reling fest und kämpfte mit ganzer Kraft, seine Füße freizubekommen. Als Chronicus mit letzter Anstrengung die Beine seines Gegners hochhob, zappelte Holofernes für einen kurzen Augenblick in der Luft, bevor er plötzlich mit einem Ruck die Knie anzog und Chronicus mit beiden Füßen einen Stoß verpasste, der ihn zu Boden warf. Blitzschnell rappelten sich beide auf und auf dem schwankenden Schiff begann ein zähes, schweigendes Ringen. Chronicus versuchte freizukommen, doch Holofernes umklammerte seinen Hals und drückte mit beiden Daumen auf seine Kehle. Chronicus röchelte und es wurde ihm schwarz vor Augen. Mit einer letzten Kraftanstrengung gelang es ihm, Holofernes' Hände von seiner Kehle wegzureißen. Durch die Wucht des Angriffs taumelte Holofernes, schlug mit dem Kopf gegen den Mast, verlor die Balance und sackte über der Reling zusammen. Ohne lange nachzudenken, packte Chronicus seine Beine und warf ihn über Bord. Er ergriff die Riemen und ruderte los.

Ein sanfter Südwestwind blies in das gesetzte Segel und Chronicus konnte bald die Ruder einziehen und sich ans Steuer setzen. Wenig später sah er das Horn an der Spitze des Bodanrücks und konnte nun mit dem Wind im Rücken auf Meersburg zusegeln. Er fror erbärmlich in seinen nassen Sachen, aber er wusste, dass er drüben erwartet wurde.

Über Markdorf erreichten Tina und Jonas mit dem Kaufmannszug der Handelsgesellschaft nach wenigen Tagen Ravensburg. Von einer

Anhöhe sahen sie die vielen Türme der Stadt. Dort drüben sei ihr Reiseziel. Bartholomäus Ettishofer wies auf eine große Kirche jenseits der Stadt, das Benediktinerkloster Weingarten. Dort würde man ihnen weiterhelfen.

Tatsächlich schien man sie an der Klosterpforte bereits erwartet zu haben. Sie sollten sich einen Moment gedulden, bat sie der Pförtner mit einem freundlichen Lächeln, gleich würden sie abgeholt. Die Überraschung war groß, als nach kurzer Zeit Chronicus erschien und sie herzlich begrüßte. Auf die Fragen von Tina und Jonas, weshalb er erst jetzt zu ihnen gestoßen sei, antwortete er ausweichend. Dringende Geschäfte, aber er hätte sie immer im Auge behalten. Ob sie seine Botschaft verstanden hätten? Die Stadt an der Donau mit dem einst höchsten Kirchturm der Welt?

»Das dauert noch ein paar hundert Jahre«, entgegnete Tina gelassen. »Erst im 19. Jahrhundert wird der Ulmer Münsterturm fertig.«

»Morgen wird sich eine Gesandtschaft von Benediktinern auf den Weg nach Ulm machen«, sagte Chronicus mit anerkennendem Kopfnicken. »Ihr könnt mitfahren, in wenigen Tagen folge ich nach. In Ulm werden wir uns dann auf den nächsten Zeitsprung vorbereiten können, wenn alles gutgeht.«

Für einen Augenblick wirkte er sehr nachdenklich, dann klärte sich seine Miene und mit einem frischen Lächeln lud er sie zu einem Rundgang durch das Kloster ein. Er zeigte ihnen das über hundert Meter lange Münster, das 1182 geweiht worden war und bis ins 18. Jahrhundert Bestand hatte.

»Eine riesige Barockkirche wird hier einst entstehen und das Bild des Klosters bis in eure Zeit prägen.«

Die Reise nach Ulm über Biberach und Laupheim verlief ohne Zwischenfälle. Sie übernachteten in Pfarrhäusern und kleinen Klöstern und trafen nach wenigen Tagen in der Reichsstadt an der Donau ein.

»Und jetzt?«, fragte Tina mit vorwurfsvollem Blick.

Ihre Reisegefährten hatten sich freundlich von ihnen verabschiedet und sie einfach hier vor der Großbaustelle des Münsters stehen lassen.

»In Konstanz haben wir uns auch durchgeschlagen«, meinte Jonas, aber seine Stimme klang nicht gerade zuversichtlich.

Da sprach ihn ein Fuhrmann an, der gerade Säcke ablud. »Du scheinst gerade nichts zu tun zu haben, willst du mir nicht helfen? Ein zünftiges Vesper ist drin!«

Jonas stutzte, dann nahm er die Gelegenheit wahr. Das war doch schon ein Anfang!

Er konnte Tina nirgends finden. Es war keine so gute Idee gewesen, sie hier allein zu lassen! Aber er hatte sie doch immer wieder gesehen, als er den Wagen ablud, und sie hatten sich jedes Mal freundlich zugenickt! Er lief die Gasse auf und ab, schaute in die Hinterhöfe der Häuser, aber Tina blieb verschwunden. Da vorn auf dem Marktplatz – Gedränge, eine Ansammlung von Schaulustigen. Vielleicht war sie ja da, schaute zu – oder hatte sie gar eine Spur von Chronicus gefunden? Jonas hetzte hin.

Ein Jongleur ließ seine Bälle kreisen. Das war doch Caspar! Jonas schob die Menge zur Seite, kämpfte sich einen Weg nach vorne frei. Plötzlich sah ihm Caspar in die Augen, lächelte ihm unergründlich zu, fing seine Bälle auf und verschwand in der Menge. Jonas wollte ihm nach, aber die Menschen ließen ihn einfach nicht durch. Sie sahen einem Bärenführer zu, der sein Tier an einer kurzen Kette, die durch einen Nasenring gezogen war, tanzen ließ. Doch Jonas wollte und musste sich Gewissheit verschaffen. Die Gedanken flogen ihm nur so durch den Kopf. Hatte Chronicus nicht angedeutet, dass Caspar auf die Zeitreise gar nicht mitgekommen war? Hatte Caspar Tina wieder in seiner Gewalt?

Nach stundenlangem Suchen gab Jonas erschöpft auf. Er war durch alle Gassen und Straßen der Stadt gelaufen, ohne eine Spur zu finden. Jetzt war er wieder am Münsterplatz. Ratlos ließ er sich auf einem Prellstein nieder, der ein Hauseck vor Wagenrädern schützen sollte, wenn diese die Kurve zu eng nahmen.

Ihm gegenüber wurde ein Fachwerkhaus gebaut. Der Rahmen stand, der Dachstuhl war aufgerichtet, in die Gefache der Balken wurden Holzstöcke geflochten und mit einer Mischung aus Stroh und Lehm beidseitig verputzt. In einer großen Wanne traten Kinder mit nackten Füßen und quietschend vor Vergnügen den mit Stroh angereicherten Lehmbrei. Trotz seiner Enttäuschung schaute ihnen Jonas fasziniert zu. Diese natürliche Bauweise war in seiner Zeit wieder modern. Ökologischer Hausbau, dachte er sich. Der Lehm gibt Schutz vor Kälte und hält das Haus warm.

Da kam ein Mann auf ihn zu. Er hatte ihn wohl schon länger beobachtet. Er beaufsichtigte den Bau, gab den Leuten die Anweisungen. »Du scheinst mir ein kräftiger Bursche zu sein«, sagte er zu Jonas, lachte ihn fröhlich an und fuhr fort: »Wir könnten noch ein paar tüchtige Hände gebrauchen. Die Kübel mit dem Lehm müssten in die oberen Stockwerke getragen werden.«

Jonas blickte ihn an. Der Mann war ihm sympathisch. »Was gebt Ihr mir dafür?«

»Du kannst mit uns jetzt Brotzeit machen und über Nacht in einem Verschlag der Baustelle schlafen.«

Jonas schlug ein. Es hatte sowieso keinen Zweck mehr weiterzusuchen.

Die Arbeit am nächsten Tag war hart. Ein einarmiger Tagelöhner reichte ihm die schweren Holzeimer, die er mit einem zähen Lehm-Strohbrei gefüllt hatte, dann kletterte Jonas über schwankende Leitern eines Gerüsts nach oben. Mit einem leeren Holzkübel schwang er sich anschließend wieder nach unten. So ging es ohne Pause, bis die Glocke des Münsters den Mittag einläutete und sich alle an einem aus Gerüstbrettern aufgebauten Tisch zum Essen niedersetzten.

Jonas fand schnell heraus, dass die Belegschaft der Baustelle aus der Familie des Bauherrn und einigen Taglöhnern bestand. Einige große Schüsseln mit dampfender Suppe wurden aufgetragen, jeder zog einen hölzernen Löffel aus seiner Tasche und löffelte los. Jonas saß etwas ratlos dabei. Der Bauherr bemerkte seine Verlegenheit und schob ihm ohne Worte, aber mit einem freundlichen Gesicht einen Holzlöffel zu. Jonas zögerte etwas, gemeinsam mit drei seiner Tischgenossen aus einer Schüssel zu essen, aber er überwand sich. Er hatte einen mächtigen Hunger, kümmerte sich wenig um seine Tischnachbarn und kaute mit vollen Backen. Anschließend erhielt jeder ein Stück Brot und einen Becher Wasser, der mit Essig vermischt war. Nach dem Essen blieben alle noch eine Weile sitzen.

Jonas erkundigte sich nach den Spielleuten, aber niemand hatte von ihnen Notiz genommen. Ob er neu sei in der Stadt, wollte einer wissen, der wie er einen ziemlich abgerissenen Umhang trug. Aus

Italien käme er, antwortete Jonas. Von Konstanz sei er über Ravensburg nach Ulm gekommen. Wie lange er bliebe? Das wüsste er noch nicht, aber er werde wohl bald weiterziehen. Wohin? Bevor es kalt werde, über die Alpen wieder nach Italien. Sein Gegenüber blickte Jonas mit spöttischen Augen an. Da habe er aber eine gefährliche Reise vor, besonders jetzt in diesen unruhigen Zeiten.

Nun war es an Jonas zu fragen. Die Appenzeller hätten einen Aufstand gegen ihren Abt von Sankt Gallen gemacht, ob er in Konstanz nichts davon mitbekommen hätte? Jonas zuckte die Achseln. Mit den Schweizer Eidgenossen und mit den Bauern aus Vorarlberg hätten sie einen Bund gegründet. Jetzt zögen sie vielleicht auch gegen Konstanz, das mit dem Abt verbündet sei. Das würden sie nicht wagen, schaltete sich ein Dritter ein. Überhaupt kämen sie mit ihrem Aufstand niemals durch.

»Wofür kämpfen sie denn?«, wollte Jonas wissen.

Da schaute ihn sein Gegenüber an, als wenn er vom Mond käme. »Wogegen wehren sich Bauern wohl?«, fragte er mit gespielt dümmlichem Grinsen und setzte in scharfem Ton fort: »Der Abt beutet seine Bauern aus bis aufs Blut. Wälder müssen sie roden, Weiden anlegen. Das Holz geht an das Kloster. Sie selbst sollen ihre Freiheit verlieren und sich als Leibeigene dem Kloster unterstellen. Deshalb haben sie sich auch mit den Eidgenossen verbündet.«

Da klatschte der Bauherr in die Hände und alle verließen die Mittagstafel. Jonas wollte ihm den Löffel zurückgeben, doch er bedeutete ihm mit einer großzügigen Geste, dass er ihn behalten könne. Wer so arm sei, dass er nicht einmal einen eigenen Löffel habe, dem müsse man helfen.

Als Jonas sich höflich dafür bedankte, sah ihn der Bauherr prüfend an. »Du scheinst mir ein aufgewecktes Bürschchen zu sein, irgendwie passt du nicht in dieses Bettelgewand.«

Jonas überlegte fieberhaft, was er ihm antworten sollte. Schließlich begann er zögernd. »Ich bin ein fahrender Schüler und muss mir den Lebensunterhalt auf der Reise selbst verdienen. Außerdem reist man in dieser Kleidung sicherer. Wer will schon einen Betteljungen ausrauben?«

Der Bauherr lachte. »Ausrauben wird dich wohl niemand, aber pass auf, dass man dich in diesen unsicheren Zeiten nicht unter die

Soldaten steckt. Schon mancher ist ins Heer gekommen wie die Jungfer zum Kind.« Er zögerte einen Augenblick, dann fuhr er fort: »Hättest du Lust, anstatt Eimer hochzuschleppen, mit mir zusammen den Lehm zu verstreichen? Dann könnten wir uns noch ein bisschen unterhalten.«

Jonas hatte eigentlich keine Lust, ausgefragt zu werden. Was sollte er denn dem Bauherrn erzählen? Andererseits schien es aber auch nicht vorteilhaft zu sein, sein Angebot auszuschlagen. Außerdem schmerzte ihn die rechte Schulter von den schweren Kübeln, also sagte er zu. Hinter dem Bauherrn stieg er die Leiter des Gerüsts hoch und bewarf an der ihm bezeichneten Stelle die Flechtwand mit Lehmbatzen, wie er es am Vormittag beobachtet hatte. Anschließend wurde der Lehm mit der flachen Hand glatt gestrichen – eine Arbeit, die weit weniger anstrengend war und ihm recht gut gefiel. Man sah, was man geleistet hatte.

Der Bauherr wollte wissen, woher er komme und was er so treibe. Jonas flunkerte das Blaue vom Himmel herunter, erzählte ihm von fernen Ländern, dass er sich mit alten Schriften befasse, Beschreibungen der Welt und ihrer Bewohner, fernen Erdteilen und dass er wieder nach Italien wolle, weil da die Wissenschaften freier und ungehinderter betrieben werden könnten.

Der Bauherr hörte ihm interessiert zu. Er sei in seiner Lehr- und Wanderzeit bis ins Burgundische gekommen. Jetzt sei er Schreinermeister und was sie eben bauten, werde sein Haus und seine Werkstatt. Die ganze Familie sei eingespannt. Seine Kinder stampften das Stroh in den Lehm, seine Frau versorge sie und die Tagelöhner mit Essen und Trinken.

Jonas erzählte ihm von seinen Studien, von Büchern, die von Elefanten, Löwen und Nashörnern in Afrika berichteten, von Tigern im fernen Indien und Seefahrern, die sich daran machten, neue Seewege zu erkunden.

Angeregt von diesen Schilderungen begann der Bauherr selbst zu erzählen. Jonas war dies ganz recht. Wie leicht hätte es geschehen können, dass er etwas sagte, was noch nicht in die Zeit passte, zum Beispiel Amerika erwähnte, das ja noch gar nicht entdeckt war.

Vorsichtig versuchte er sich an die Frage heranzutasten, in welcher Zeit er sich gerade wirklich befand. Da fiel ihm ein, was er beim

Mittagessen über die Appenzeller Bauern gehört hatte. Seit wann sie denn aufständisch seien, fragte er.

Der Bauherr hielt mit seiner Arbeit inne und dachte nach. Das sei noch nicht lange her, einige Wochen vielleicht. »Dass das neue Jahrhundert gleich mit einem solchen Aufstand anfangen muss. Aber wenn man mich fragt, ich kann die Bauern verstehen. Da holt man sie ins Land, um die Bergwälder in Viehweiden und Äcker zu verwandeln, verspricht ihnen dafür die Freiheit und versucht sie anschließend doch noch zu Leibeigenen zu machen. Aber die Schweizer Eidgenossen haben es vor über hundert Jahren dem Kaiser gezeigt und ihre Freiheit verteidigt.«

Jonas überlegte fieberhaft. Der Freiheitskampf der Schweizer spielte sich im 13. und 14. Jahrhundert ab, wenn er sich richtig erinnerte. In der Schule hatten sie den Wilhelm Tell von Schiller gelesen. Und hatte der Bauherr nicht vom Anfang des Jahrhunderts gesprochen? Das müsste dann kurz nach 1400 sein. Das Konstanzer Konzil fand 1414 bis 1418 statt. Dieses Datum hatte er im Kopf.

Vorsichtig fragte er: »Hat in Konstanz nicht schon einmal ein Konzil stattgefunden?«

Der Meister schaute ihn verwundert an. »Ein Konzil, unten in Konstanz? Kaiser waren da, Kardinäle und Bischöfe, aber ein Konzil? Davon habe ich noch nichts gehört.«

Jonas nickte zufrieden und sagte rasch: »Dann habe ich es wohl mit einer anderen Stadt verwechselt, Basel vielleicht. Aber Konstanz ist eine sehr reiche Stadt und eine uralte Bischofsstadt dazu.«

Mit Wucht klatschte er Lehmbatzen gegen die Flechtwand und überlegte. Also vor 1414! Vermutlich befand er sich im ersten Jahrzehnt des 15. Jahrhunderts, zwischen 1400 und 1410. Dann war er also noch etwa sechshundert Jahre von seiner eigenen Gegenwart entfernt.

Bis zum Feierabend verging Jonas die Zeit recht schnell. Zum Abendessen bekam er etwas Brot, ein Stück Käse und einen Becher Milch. Wenn er wolle, könne er morgen weiterarbeiten. Der Meister wies ihm einen Schlafplatz an und verließ mit seiner Familie die Baustelle. Jonas war von der Arbeit todmüde. Auf der Stelle schlief er ein und erwachte erst, als der Rummel am nächsten Morgen wieder einsetzte.

Zwei Tage später hatte er sich einigermaßen an die Arbeit gewöhnt. Der Meister teilte ihn zu Tätigkeiten ein, die weniger Kraft als Geschicklichkeit erforderten. So half er mit, die Wände mit Flechtwerk für den Putz vorzubereiten. Nach der Arbeit spürte er zwar immer noch alle Knochen, doch zwang er sich eines Abends zu einem Rundgang durch die Stadt. Er wollte die Augen offenhalten. Vielleicht begegnete er Caspar? Vielleicht erfuhr er etwas über Tina. Chronicus hatte vermutlich doch Recht, dass Caspar ihn durch die Zeiten verfolgte, um an sein Geheimnis zu kommen.

Er schlenderte über den Kornmarkt zur Badgasse. Inzwischen war es dunkel geworden, aber die schmale Sichel des zunehmenden Mondes beleuchtete fahl die Häuser. Er prägte sich genau den Weg ein, damit er seine Schlafstelle wieder finden würde. In vielen Häusern drang schwaches Licht durch die Läden und Butzenscheiben. Er kam an einigen Schänken vorbei, aus denen Stimmengewirr und Gelächter drangen.

Da öffnete sich eine Tür und ein Mann im Narrenkostüm mit einer Flöte trat auf die Straße, wandte sich um und verschwand in einer dunklen Nebengasse. Caspar! Jonas wartete nicht lange, lief ihm nach, aber als er die dunkle Gasse erreicht hatte, war der Spielmann längst verschwunden. Jonas lief weiter, obwohl er fast nichts mehr sah. Plötzlich spürte er einen Schlag auf der linken Schulter, fuhr herum. Da stand ihm Caspar gegenüber. Er war aus einem dunklen Hauseingang getreten.

»So spät am Abend noch unterwegs?« Caspar ließ die Glöckchen an seiner Mütze erklingen und lachte.

Also hatte er es doch geschafft, die Zeitreise mitzumachen. Wie sollte er sich ihm gegenüber verhalten? Jonas war viel zu überrascht, als dass er ihm gleich antworten oder ein Gespräch beginnen konnte.

Als ob er das ahnen würde, legte Caspar ihm seine Hand auf die Schulter und schob ihn vor sich her. Jonas ließ es willenlos geschehen. Sie erreichten einen kleinen Platz im blassen Mondlicht.

Da schüttelte Jonas Caspars Hand ab und trat ihm wütend gegenüber. Er zischte ihn an: »Was hast du mit Tina gemacht? Wo ist sie?«

Caspar lachte nur spöttisch. »Ist die kleine Dame denn schon wieder verschwunden?« Dann wurde er ernst und trat einen Schritt zurück. »Glaub mir, ich habe keine Ahnung, wo Tina steckt. Vermutlich hat Chronicus seine Finger im Spiel.«

Wieder diese Lügen! Jonas schnaubte verächtlich. »Das glaub ich dir nicht. Du hast sie schon mal entführt. Aber diesmal kommst du mir nicht so einfach davon.«

»Ich habe sie nicht entführt, ich habe sie zu dir geführt, damit sie rechtzeitig zur Zeitreise bei Chronicus war. Verwechsle das bitte nicht. Es war eine Notlage. Deshalb musste ich vorsichtig vorgehen. Ja, ich habe sie ein bisschen hypnotisiert, aber nur, um sie zu schützen. Ihr beide befindet euch in großer Gefahr. Deshalb hatte ich mich auch entschlossen, euch nach Ulm zu folgen.«

»Wie lieb von dir«, unterbrach ihn Jonas zynisch. »Spar dir deine Märchen für andere auf. Du bist darauf versessen, an das Geheimnis der Zeitreise zu kommen, das ist alles!«

Dieser Vorwurf schien Caspar zu treffen. Verbittert antwortete er mit leiser, aber eindringlicher Stimme: »Du wirst das alles sehr bald begreifen, glaube mir. Und jetzt erzähle ich dir etwas über deinen sauberen Freund Chronicus. Du hast ja keine Ahnung! Er, der selbsternannte Herr über die Zeit, versucht in allen Jahrhunderten ein Netz zu knüpfen, um schließlich mit seinen Leuten die Weltherrschaft an sich zu reißen. Der saubere Abt auf der Reichenau gehört auch dazu. Er benutzt euch, um sich vor meinen Nachstellungen abzusichern. Aber mich wird er so schnell nicht los. Wenn du willst, führe ich dich zu ihm und seinen Leuten. Heute Nacht treffen sie sich an einem geheimen Ort in der Stadt.«

Was war das für ein Schwachsinn! Einerseits klang Caspar ehrlich überzeugt von dem, was er sagte. Andererseits war Tina verschwunden und er stritt sich hier mit ihm herum! Wenn Caspar aber mit seinen Verdächtigungen recht und Chronicus ihm was vorgemacht hätte?

Als sich Caspar einfach umwandte und über den Platz steuerte, lief ihm Jonas hinterher und packte ihn am Arm. »Du meinst, Chronicus weiß, was mit Tina geschehen ist? Worauf warten wir dann?«

Doch Caspar riss sich energisch von ihm los. »Sachte, sachte! Ich kann dich zu ihm führen, aber sprechen wirst du heute Abend nicht mit ihm. Das wäre zu gefährlich. Er würde sich in der Gesellschaft, in der er sich befindet, nicht zu dir bekennen können, und du würdest vermutlich als Spion in irgendeinem finsteren Loch landen. Aber komm mit, ich weiß ein Plätzchen, wo wir sie belauschen können.«

Nach kurzer Zeit standen sie vor einem hohen Fachwerkhaus.

Caspar zog Jonas um die Ecke zu einem Hintereingang, dann legte er den Zeigefinger an die Lippen und flüsterte: »Vorsicht bei den Treppen, folge mir und versuche möglichst keinen Lärm zu machen. Im obersten Stock haben sie sich versammelt. Wir steigen auf die Bühne unter das Dach.«

Auf Zehenspitzen kletterten beide über die steilen Holztreppen nach oben. Auf einem Treppenabsatz kurz vor dem Dachraum blieb Caspar stehen, winkte Jonas zu sich und lockerte vorsichtig ein kleines Brett.

Durch einen schmalen Spalt blickte Jonas in einen mit Kerzen schwach erhellten Raum. Um einen großen, schweren Holztisch saßen etwa fünfzehn Männer in schwarzen Kutten. Am Kopfende des Tisches erkannte er Chronicus. Hinter ihm hing eine Fahne an der Wand, die einen goldenen Phönix über roten Flammen auf schwarzem Grund zeigte.

»Das ist das Zeichen ihres Geheimbundes«, flüsterte Caspar.

Aus dem in Zwielicht getauchten Raum erklang eine helle, klare Stimme. Ein junger Mann an einem kleinen Lesepult abseits des Tisches las aus einer Schriftrolle vor.

Jonas bemühte sich, der Stimme zu folgen, und obwohl er hier oben nur durch diesen schmalen Spalt in den Versammlungssaal sehen konnte, gelang es ihm, folgende Sätze aufzuschnappen: »*Geschichte ist wenig mehr als ein Bild der menschlichen Untaten und Unglücke.* So wird es einmal ein französischer Philosoph mit Namen Voltaire formulieren. Ähnliches wird der Ire Edmund Burke sagen: *Der größte Teil der Geschichte enthält die Schilderungen des Elends, welches Stolz, Ehrsucht, Geiz, Rachgier, blinde Lust, Empörungsgeist, Heuchelei, ausschweifender Eifer und das ganze Heer der ungezügelten Neigungen über die Welt gebracht haben.* Im selben Jahrhundert urteilt Edward Gibbon: *Die Geschichte ist nicht viel mehr als eine Aufzählung der Verbrechen, Narrheiten und Unglücksfälle der Menschheit.*«

Zustimmendes Gemurmel ertönte aus der Tischrunde.

Da meldete sich ein Greis mit dichtem, schlohweißem Haar zu Wort: »Daran mag viel Wahres sein. Aber es stimmt nur zum Teil. Was ist denn Geschichte? Ist es nicht das, was uns in alten Schriften oder mündlichen Überlieferungen erzählt wird? Was wirklich geschehen ist, wissen wir nicht. Und es ist eine altbekannte Tatsache, dass schlechte Nachrichten oder Katastrophenberichte die Menschen mehr interessieren als gute Nachrichten. So ist nur unser Bild von der Geschichte von Untaten und Unglücken geprägt. Lasst uns den Fortschritt nicht vergessen. In der Schweiz kämpfen die Bauern und Bürger um Freiheit von Unterdrückung. In Italien sprechen sie von einem neuen Menschen, der selbstständig und frei denkt und entscheidet.«

Wieder murmelten einige beifällig. Da begann Chronicus zu sprechen. Jonas versuchte sich ganz auf seine Worte zu konzentrieren, obwohl Caspar begann, ihn am Ärmel zu zupfen und zum Aufbruch zu mahnen.

»Lasst uns unser eigentliches Ziel nicht aus den Augen verlieren. Die Weisheiten der alten und neuen Philosophen sollen uns in die Lage versetzen, selbst in das Geschehen unserer Zeit einzugreifen, um die Zukunft mitzugestalten. Bruder Bartholomäus hat Recht. Wir dürfen uns nicht entmutigen lassen …«

Endlich war es Caspar gelungen, Jonas von seinem Beobachtungsposten wegzuziehen.

»Hast du noch nicht genug gehört?«, zischte er ihn an. »Dieser Geheimbund will sich das Wissen der Zukunft zu Nutze machen, um die Welt zu verändern.«

Jonas sah Caspar unwillig an. »Ich fand an ihren Worten nichts Verdächtiges. Was sie über die Geschichte gesagt haben, klingt doch recht überzeugend.«

»Mag ja sein, aber das ist nur die halbe Wahrheit. Weshalb, glaubst du, wollen sie den Lauf der Geschichte ändern? Doch wohl nur zu ihrem Nutzen. Weshalb nehmen sie das Risiko auf sich, als Ketzer entlarvt zu werden, die in Gottes Schöpfungsplan eingreifen wollen?« Caspar blickte Jonas auffordernd in die Augen, um zu sehen, wie seine Worte wirkten. Dann sagte er: »Komm mit, ich zeig dir noch was.«

Sie stiegen die steilen Treppen hinunter und Caspar führte Jonas über schmale Steinstufen hinab in ein dunkles Kellergewölbe.

»Hier unten liegt ihre Waffenkammer.« Caspar entfachte einen Kienspan, der glimmend in einem Ring an der Wand steckte, indem er kräftig auf die Glut blies. Dann machte er sich an einem Schloss zu schaffen und öffnete nach kurzer Zeit eine schwere Eisentür. Mit dem brennenden Span leuchtete er in den Kellerraum. Hellebarden und Spieße lehnten an der Wand, Schwerter und eiserne Kugeln an langen Ketten lagen auf einem Tisch. An der Wand gegenüber erkannte Jonas dasselbe Zeichen, das er oben auf der Fahne gesehen hatte – einen in Stein gehauenen Phönix, der sich aus seiner Asche erhebt und der Sonne zustrebt.

Plötzlich hörten sie Schritte. Zwei Männer waren gerade dabei, die Kellertreppe hinabzusteigen. Schnell löschte Caspar den Kienspan, schloss leise die Eisentür, steckte den Span wieder in den Ring und zog Jonas in eine Nische unter die Treppe.

Da hörten sie einen der beiden sagen: »Hier riecht es nach frisch verbranntem Harz. Der Kienspan da – der hat vor kurzem noch gebrannt. Wir sollten nachsehen, ob alles in Ordnung ist.«

Er begann sich mit seiner Fackel in dem Vorraum umzusehen. Jonas klopfte das Herz bis zum Hals, Caspar zog ihn noch ein Stück weiter unter die Treppe.

Da entgegnete der andere Mann in ruhigem Ton: »Das war nur der Luftzug hier unten. Immer wieder entfacht er die Glut und die Späne kokeln herunter.«

Mit einem lauten Knacken öffneten sie den Riegel einer weiteren Tür und verschwanden in den Gewölben. Jonas wollte schon aufspringen, um die Treppe hochzujagen, doch Caspar hielt ihn zurück und nach kurzer Zeit erschienen die beiden wieder. Der eine trug in der Hand einen Totenschädel, der andere ein dickes, in Leder gebundenes Buch. Sie verschlossen geräuschvoll die Tür mit einem großen Schlüssel, den sie anschließend in eine kleine Mauernische legten. Dann stapften sie die Treppe nach oben. Erleichtert kletterten die beiden aus ihrem Versteck.

»Jetzt beginnen sie ihren Verschwörungsritus. Ich habe sie dabei genau beobachtet. Jeder von ihnen legt die Hand auf das dicke Buch. Es enthält magische Schriften aus dem alten Ägypten. Dann berühren sie den Totenkopf und sprechen eine Formel. Damit bekommen sie die Fähigkeit, Zeitreisen zu unternehmen.«

»Wir müssen schnellstens wieder hoch!« Jonas wandte sich um und begann die Treppe emporzurennen.

Doch Caspar holte ihn ein und hielt ihn zurück. »Das wäre jetzt viel zu gefährlich. Sie stellen im Moment überall Wachen auf. Gestern hätten sie mich fast erwischt. Aber ich denke, du hast jetzt selbst gesehen, was Chronicus im Verborgenen treibt. Und denke an Tina. Wir müssen sie finden, bevor der Mond voll ist und die Zeitreise losgeht. Wir werden zur Stelle sein und Chronicus wird uns wohl oder übel mitnehmen müssen. Sei froh, dass wir diesmal ungeschoren davongekommen sind.«

Durch den Hintereingang verließen sie das Haus und verabredeten sich für den nächsten Abend an einer Ecke des Kornmarkts. Dann trennten sie sich.

Jonas war aufgewühlt von dem, was er eben erlebt hatte. Als er seinen Schlafplatz erreicht und sich in seine alte Decke gewickelt hatte, konnte er lange nicht einschlafen. Ja, Chronicus hatte offensichtlich diese geheime Sitzung geleitet. Auch der Abt von der Reichenau gehörte womöglich zu diesem Geheimbund. Aber musste das bedeuten, dass die geheime Bruderschaft des goldenen Phönix Verbrechen begehen und eine Weltverschwörung anzetteln wollte, wie ihm Caspar weismachen wollte? Wozu hatten sie ein Waffenlager und was wollten sie mit dem Totenkopf? Weshalb benutzten sie als Zeichen den Phönix? Galt er ihnen tatsächlich als Symbol für die stetige Erneuerung und Weiterentwicklung des Geistes in der Geschichte oder steckte eine andere Sache dahinter? Jonas wusste nicht, wie er das alles einordnen sollte. Wem sollte er glauben? Hatte Caspar tatsächlich nur im Sinn, sie zu schützen? Das war höchst unwahrscheinlich. Aber wieso traf sich Chronicus mit dieser seltsamen Gesellschaft? Und worauf hatte diese es wirklich abgesehen?

Die Kette des Lebens

Die folgenden Tage verliefen in gleichmäßigem Rhythmus. Nachdem auf der Baustelle die Wände ausgefacht waren, wurden die Bodendielen verlegt. Dann kamen die Fenster an die Reihe. Zum Schluss noch musste das Dach gedeckt werden. Stroh würde man nicht mehr verwenden seit dem großen Stadtbrand, erklärte ihm der Meister. Das Feuer sei von einem Dach zum anderen gesprungen. Deshalb verwende man schon seit langer Zeit nur noch Dachziegel aus gebranntem Ton.

Jonas erwies sich als geschickter Helfer und sein Bauherr hörte gerne seinen Schilderungen fremder Länder und Völker zu. Ob er nicht selbst schon daran gedacht hätte, sich einer Entdeckungsfahrt anzuschließen? Er sei noch jung und die Welt stehe ihm offen. Jonas wehrte ab, er sei eher der stille Beobachter, der vielleicht einmal selbst die Erfahrungen der Seefahrer in Landkarten festhalten wolle. Auch die Fernhandelskaufleute benötigten dringend bessere Karten, bestätigte ihm der Meister. Das sei ein Beruf mit Zukunft.

Nach Feierabend traf sich Jonas mit Caspar, der ihm immer wieder Neues und Schockierendes von Chronicus und seiner Bruderschaft berichtete. Sie hätten die Wachen verstärkt, ihre Waffenkammer aufgefüllt. Vielleicht hätten sie doch nach ihrem letzten Besuch Verdacht geschöpft? Aber er bleibe ihm auf der Spur.

Abends führte ihn Caspar durch die Schänken im Fischerviertel, wo sich die Fuhrleute der großen Handelsgesellschaften trafen. Hauptsächlich wurde über den Kampf der Appenzeller Bauern gesprochen, die schon den ganzen oberen See in ihrer Hand hätten. Ein Dorf nach dem anderen fiele ihnen zu. Bald würden sie auch gegen Konstanz ziehen, da die Stadt den Abt von Sankt Gallen unterstütze. Die Straßen seien unsicher und man könnte eine Reise nur in Begleitung von Landsknechten wagen.

Das Haus wuchs in die Höhe und Jonas fand Gefallen an den verschiedenartigen Tätigkeiten, in die ihn sein Meister einwies, und an den Gesprächen mit ihm. Doch eines Abends eröffnete ihm sein Bauherr, dass er die Tagelöhner entlassen müsste. Den Rest schaffe er selber mit seiner Familie. Zur Entlohnung erhielt Jonas einen kleinen Beutel mit Münzen und die Einladung, doch wieder mal vorbeizuschauen, wenn er auf der Rückreise von Italien durch Ulm käme.

Einerseits freute er sich über die neu gewonnene Freiheit. Andererseits hatte er nun seine Schlafstelle verloren. Aber mit dem Geld, das ihm der Bauherr ausgezahlt hatte, würde er ein paar Tage leben können und bis Vollmond dauerte es nicht mehr lange.

Er schlenderte durch die Gassen der Oberen Stadt, schaute sich die Auslagen in den Läden an und dachte daran, ob er nicht Caspar nach einer Bleibe für die Nacht fragen könnte. Doch seit Tagen hatte er ihn nicht mehr gesehen, er war nicht mehr zum vereinbarten Platz am Kornmarkt gekommen. Auch von Chronicus gab es keine Spur.

Da sah er wenige Meter vor sich ein Mädchen in schwarzer Nonnentracht. Er sah genauer hin und konnte es nicht fassen! Das war doch Tina! Wie angewurzelt blieb er stehen, rief mehrmals laut ihren Namen, lief los, aber sie drehte sich nicht um und bog keine fünfzig Schritte vor ihm in einen Hinterhof ein. Gerade noch erkannte er, wie sie mit einer schwarzen Gestalt an ihrer Seite in einem Hauseingang verschwand.

Jonas war sich sicher, das waren Tina und Chronicus! Dann zweifelte er wieder. Wenn er sich getäuscht haben sollte? Immerhin war sie ziemlich weit entfernt, als er sie entdeckt hatte. Nein, es war Tina! Entschlossen lief er auf den Eingang zu, drückte die Klinke nieder, doch das Tor war verschlossen. Ungestüm klopfte er an die Türflügel. Da erschien eine weiße Haube an einem kleinen Fenster neben der Tür und ein dickes Gesicht ließ einen Schwall Schimpfwörter auf ihn los. Als er nicht weichen wollte, tauchte ein Mann mit Hunden auf, die recht gefährlich knurrten und ihre Zähne sehen ließen. Unwillig machte Jonas kehrt und verschwand aus dem Hof des Gebäudes auf die Straße.

Noch ganz atemlos von der Flucht und der Erkenntnis, dass Tina bei diesen Nonnen steckte, fand er sich an der Blau wieder, die gleich hinter der Stadtmauer in die Donau mündete. Aber er würde wiederkommen! Das Haus in der Nähe des Weinhofes hat er sich genau eingeprägt. Caspar hatte doch Recht gehabt! Chronicus hat Tina in seine Gewalt gebracht und trieb irgendein undurchsichtiges Spiel. Wenn er ihn nur zur Rede stellen könnte!

In der einbrechenden Dämmerung machte er sich zum Haus der Bruderschaft auf. Nach kurzem Suchen fand er die Gasse, schaute sich um, ja, dort war der Hintereingang. Niemand war zu sehen, so wagte er, vorsichtig an den Türen zu rütteln. Zu seiner Erleichterung stellte er fest, dass sie nicht verschlossen waren. Wie ein Schatten schlüpfte er hinein und schlich die Treppen hinauf bis unters Dach, wo er sich hinter alten Säcken und leeren Fässern versteckte. Hier wollte er abwarten. Er müsste es hören, wenn jemand das Haus beträte. Unter diesem Gerümpel würde niemand nach ihm suchen. Der Geruch nach gesalzenen Fischen verschlug ihm fast den Atem. Die waren wohl vorher in den Fässern gelagert gewesen. Die Zeit dehnte sich endlos.

Wie lange er hier im Dunkeln gewartet hatte, wusste er nicht, als er in der Ferne leise Stimmen vernahm. Eine Tür wurde aufgeschlossen, die Stimmen wurden lauter, dann schlug die Tür zu und es war still. Vorsichtig richtete er sich auf und suchte in der Dunkelheit einen Weg zur Treppe. Dort drüben waren er und Caspar gestanden, als sie die Versammlung belauscht hatten. Seine Finger glitten suchend über die Wand und nach kurzer Zeit fand er das lose Brett, schob es beiseite und spähte in den Saal hinunter. Die Männer in den schwarzen Kutten saßen nicht am Tisch, sondern standen in Gruppen und diskutierten heftig. Bald hatte er auch Chronicus ausgemacht, der hinter dem Lesepult stand und sich Aufmerksamkeit zu verschaffen versuchte.

Einzelne Wortfetzen schnappte er auf: »Er durchkreuzt unsere Pläne!« – »Man wird ihn doch endlich fassen und unschädlich machen können!« – »Niemals werden wir auf seine Forderungen eingehen.« – »Aber er könnte uns ans Messer liefern.«

Einige Male glaubte er aus dem Tumult den Namen Caspar zu vernehmen. Wie gebannt verfolgte er das Geschehen. Nur zu dumm, dass er hier oben von all dem Stimmengewirr nur einen Bruchteil verstehen konnte!

Da spürte er mit einem Mal eine schwere Hand auf seiner Schulter, fuhr herum und zischte in die Dunkelheit: »Lass die dummen Witze, Caspar!«

Doch er vernahm nur ein böses Lachen. »Das hast du dir wohl so gedacht, du mieser Spion. Deinen Caspar kriegen wir auch noch. Aber jetzt kümmern wir uns erst mal um dich.«

Im Nu waren seine Arme auf den Rücken gefesselt. Ein dickes Tuch wurde stramm um seinen Mund gebunden. Obwohl er sich wehrte, mit Kopf und Füßen gegen seine Widersacher schlug, konnte er nichts ausrichten. Sie packten ihn mit eisernem Griff und schleiften ihn die Treppe hinab bis in den Keller. Dort wurde er in ein kleines Gelass geworfen, hörte noch, wie die Tür zugeschlagen und ein schwerer Riegel vorgelegt wurde und sich die Männer entfernten, dann war es totenstill.

Benommen blieb er einige Zeit liegen, dann versuchte er mühsam, sich aufzurichten. Mit auf den Rücken gefesselten Händen war das keine Kleinigkeit. Als er endlich an der Wand angelehnt saß, tastete er sich mit den Schultern ruckweise zur Tür und versuchte vorsichtig mit den Händen eine Kante abzugreifen, an der er die Fesseln durchscheuern konnte. Endlich hatte er das Eisenschloss gefunden, das er gesucht hatte. Behutsam begann er den Strick, mit dem seine Hände gefesselt waren, auf und ab über die Kante zu ziehen. Es dauerte eine Ewigkeit. Schließlich begannen sich die Fasern zu lösen und endlich, endlich waren seine Hände frei. Mit einem Ruck riss er sich nun das Tuch vom Mund, schüttelte sich und holte tief Luft.

Er war in einem winzigen muffigen Kellerloch eingesperrt. Die Tür war verschlossen; so sehr er auch rüttelte, es war aussichtslos. Obwohl er von irgendwo einen Luftzug spürte, konnte er eine Fensteröffnung in der Finsternis nicht ausmachen. Mutlos setzte er sich auf den Boden. Da hörte er ein Rascheln, Quieken und leises Pfeifen. Ratten, auch das noch!

Mühsam versuchte er seine Gedanken zu ordnen. Tina war in der Hand von Chronicus. Er hatte sie wohl bei den Nonnen untergebracht. Das schien zumindest festzustehen. Caspar war untergetaucht, weil er von Chronicus' Leuten verfolgt wurde. Offensichtlich war er ihnen in die Quere gekommen. Hatte nicht einer in der Versammlung davon gesprochen, dass er Forderungen gestellt hätte?

Hatte er etwa Freiheit für Tina und ihn verlangt und darauf bestanden, dass Chronicus sie wieder zurück in ihre Zeit bringen sollte? Schnell verwarf er diesen Gedanken wieder. Viel wahrscheinlicher war, dass Caspar von ihnen die Aufnahme in die Bruderschaft gefordert hatte oder gleich in das Geheimnis der Zeitreisen eingeweiht zu werden. Aber weshalb ließ ihn Chronicus in dieses finstere Kellerloch werfen? Bei all dem Grübeln fand Jonas keine richtige Spur. Schließlich dämmerte er vor sich hin und schlief ein.

Als er erwachte, schien die Sonne durch ein hochliegendes vergittertes Fenster. Jonas schaute sich um. Sein Gefängnis maß etwa drei auf drei Meter und war mindestens vier Meter hoch. Das Gitterfenster zu erreichen war aussichtslos. Neben der schweren, mit Eisen beschlagenen Tür stand ein Krug und ein Brettchen mit einem halben Laib Brot. Eine Ratte machte sich daran zu schaffen. Jonas scheuchte sie weg. Mit einem missmutigen Quieken verschwand sie in einem faustgroßen Loch. Hastig raffte er altes Stroh zusammen, das er auf dem Boden reichlich fand und stopfte es in dieses Loch, obwohl ihm bewusst war, dass dies die Ratte kaum aufhalten konnte, ihm wieder ihre Besuche abzustatten. Dennoch war ihm so wohler.

Er hob den Krug an die Lippen und kostete das Wasser. Es schmeckte frisch und er trank in vollen Zügen. Dann nahm er den Brotlaib, brach den angefressenen Teil ab und schleuderte ihn Richtung Fenster. Vielleicht konnte er so auf sich aufmerksam machen? Aber er traf nicht. Es plumpste zurück auf den gestampften Lehmboden.

Während Jonas das Brot in sich hineinstopfte und ab und zu einen Schluck Wasser trank, kam ihm ein Gedanke. Wie wäre es, wenn er etwas Lehm vom Boden abkratzte, mit dem Stroh vermischte, etwas Wasser darauf gab und damit das verdammte Rattenloch zustopfte? Die Mischung hatte sich beim Fachwerkbau als recht stabil erwiesen, wenn sie einmal getrocknet war. Mit dem Brettchen müsste man Lehm vom Boden schaben können. Er nahm es auf. Da leuchtete ihm ein zusammengefaltetes Blatt Papier entgegen. Ein kleiner schwarzer Löwe war mit wenigen Strichen darauf gezeichnet. Hastig entfaltete er den Bogen und las: *Wir sind nicht dazu verdammt, die Geschichte sich wiederholen zu lassen, und wir können die uns auferlegte Verantwortung nicht auf Gott oder die*

Natur abwälzen. Wir müssen sie selber auf uns nehmen. Sie will getragen sein. Arnold Toynbee.

Unter dem Zitat waren weitere Sätze angefügt: Hat Toynbee Recht? Heute Nacht wird die Tür geöffnet sein. Warte, bis es ganz dunkel geworden ist. Suche dir morgen früh schleunigst andere Kleidung. Etwas Geld hast du ja. Verhalte dich bis zum Vollmond möglichst unauffällig. Du bist in Gefahr. Man wird nach dir suchen.

Keine Unterschrift. Stammte die Botschaft von Caspar oder von Chronicus? Das Zitat sprach mehr für Chronicus. Jonas überflog es noch einmal. Der Mensch kann durch sein freies Handeln die künftige Geschichte mitbestimmen. Darin lag seine Verantwortung vor Gott oder auch vor sich selbst als Teil der Schöpfung. Waren es nicht genau diese Gedanken, die Bruder Bartholomäus in der Versammlung geäußert und die Chronicus so entschieden unterstützt hatte? Ja, ihm fielen seine Worte wieder ein: Man müsse sich für den Fortschritt einsetzen, für die Freiheit der Menschen, so wie die Schweizer Eidgenossen sich gegen die Unterdrückung durch mächtige Fürsten wehrten. Aber wenn ihm Chronicus diese Botschaft geschickt hatte – warum dann dieses Versteckspiel? Hätte er ihn nicht einfach rausholen können aus diesem Kellerloch?

Jonas versuchte einen Sonnenstrahl zu erhaschen, der auf die gegenüberliegende Wand fiel. Er dachte an den Phönix, der sich neu erstanden aus seiner Asche der Sonne zuwandte. Menschen starben und wurden geboren. Seine eigenen Ahnen hatten in der Römerzeit und im Mittelalter gelebt, er hätte ihnen vielleicht sogar begegnen können. Die Kette des Lebens verband ihn mit weit zurückliegenden Zeiten. Er begann zu rechnen. Sein Vater war dreißig Jahre alt gewesen, als er geboren wurde. Nahm er diese Zeitspanne für eine Generation, dann waren es nur etwa zwanzig Generationen bis ins beginnende 15. Jahrhundert, in dem er sich jetzt befand. Er stellte sich diese Reihe bildlich vor, wie er an seinen Ahnen vorbeischritt und jedem von ihnen die Hand schüttelte.

Moment: Er hatte vier Großeltern, acht Urgroßeltern, jedes Mal verdoppelte sich die Zahl. Jonas versuchte die Zahlenreihe fortzusetzen. Nach zehn Generationen waren es bereits über tausend Ahnen. Das ging in die Zigtausende! Wenn man weit genug zurückging, waren alle Menschen miteinander verwandt!

Vermutlich war er auf seiner Zeitreise bereits einigen seiner Vorfahren begegnet, ohne es zu ahnen! Unwillkürlich musste er über diesen Einfall lachen. Aber schnell wurde er wieder nachdenklich. Ihm wurde schmerzlich bewusst, wie wenig er von seinen eigenen Vorfahren wusste. Seine Großeltern hatte er noch persönlich gekannt. Einer seiner Großväter lebte sogar noch. Von seinen Urgroßeltern wusste er mit Mühe noch die Namen und die Berufe, die sie ausgeübt hatten. Dann war Schluss. Damit konnte er gerade mal etwa hundert Jahre überblicken. Welche Ängste, welche Hoffnungen hatten sie gehabt? Wie hatten sie die schlimmen Zeiten der Kriege und Hungersnöte überstanden?

Setzte man die Ahnenreihe fort, von der er abstammte, dann waren es gerade mal sechzig Generationen bis zur Römerzeit. Und irgendwann war die Kette des Lebens am Beginn allen Lebens auf diesem blauen Planeten angelangt. So ähnlich hatte es der Abt auf der Reichenau gesagt. Und er war durch diese Kette mit diesem Anfang verbunden. Sie würde sich fortsetzen in die ferne Zukunft und er war ein Glied dieser Kette der Geschichte des Lebens. Das meinte Toynbee mit der Verantwortung jedes Einzelnen.

Als die Dämmerung einsetzte, wurde Jonas unruhig. Durfte er der Botschaft Vertrauen schenken? Sollte er nachschauen, ob die Tür bereits offen war? Er hatte die ganze Zeit über gelauscht, ob er ein Geräusch an der Tür hören konnte, aber außer dem Rascheln der Ratte, die sich an dem Stroh in ihrem Loch zu schaffen machte, war alles um ihn herum still geblieben.

Er zwang sich dazu, die Anweisung einzuhalten, obwohl es ihm unendlich schwer fiel. Erst als es völlig dunkel war, schlich er zur Tür. Sie war tatsächlich offen. Prüfend schaute er sich um. Keine Wachen. Er kannte den Weg, hastete möglichst geräuschlos die Kellertreppe hoch und stand vor dem Hintereingang. Auch diese Tür war offen. Schnell huschte er in die frische Nachtluft hinaus, die er in vollen Zügen genoss.

Er hatte seine Freiheit wieder, war aber weiterhin in Gefahr, vermutlich würde nach ihm und Caspar weiter gesucht werden. Doch die dunklen Gedanken schüttelte er in diesem Augenblick energisch ab. Nun musste er sich zunächst einmal nach einem sicheren Platz für die Nacht umsehen. Durch finstere Nebengässchen schlug er sich zum Münster durch. Ob er es wieder bei dem Neubau des Schreiners versuchen sollte? Dort stand ein Fensterladen offen. Er blickte sich um und als er niemand bemerkte, zog er sich am Sims hoch und stieg vorsichtig hinein. Es roch vertraut nach feuchtem Lehm und Stroh, als er sich mit der Hand vorwärtstastete und bald einen Haufen leerer Säcke fand, auf dem er sich behaglich ausstrecken konnte. Vor dem Einschlafen dachte er daran, was ihm der Absender der Botschaft geraten hatte. Gleich morgen früh wollte er sich nach anderer Kleidung umsehen. In dieser inzwischen doch recht fleckigen alten Kutte fühlte er sich nicht mehr wohl. Außerdem würde er damit überall auffallen.

Kurz nach Sonnenaufgang machte er sich auf. In einer der Gassen am Münster fand er einen Trödelladen, der alles Mögliche verkaufte. Er fand einen langen blauen Kittel, wie ihn die schwäbischen Bauern trugen, eine bauchige Hose, dazu eine schwarze Mütze. Dem alten Trödler hielt er seinen Geldbeutel hin und sah ihn fragend an. Als dieser zögerte, zog er seine knöchellange Kutte aus und sagte, er würde sie dazugeben. Der Alte sah ihn entgeistert an, lachte verwundert, aber er willigte ein und im Handumdrehen hatte Jonas den blauen Kittel über den Kopf gezogen und die Mütze aufgesetzt. Der Trödler klatschte in die Hände, wiegte den Kopf hin und her, lachte ihm freundlich zu und wünschte dem jungen Herrn einen schönen Tag.

Sein Geld war weg, aber Jonas hätte es sowieso nicht mehr lange verwenden können. In der Nacht hatte er den vollen Mond gesehen, an dem nur noch ein kleines Stück zur Abrundung fehlte. Es würde bald losgehen und irgendwie würde er dabei sein, das fühlte er. Nur jetzt nicht noch etwas riskieren! Am besten wäre es, die Stadt zu verlassen und sich in einem der Gärten an der Donau zu verstecken. Äpfel und Nüsse würde er wohl genügend finden.

Er schlenderte auf die Donaubrücke zu. Plötzlich trat aus einem Hauseingang eine schwarze Gestalt, vielleicht zwanzig Meter vor ihm. Sie drehte sich in seine Richtung – und Jonas wusste nicht, ob er sich ärgern oder freuen sollte: Da lief ihm doch tatsächlich Caspar über den Weg, tat so, als sei nichts geschehen! Er trug wieder die schwarze Mönchskutte. Jonas rief seinen Namen. Caspar schaute ihn verblüfft an, zog ihn von der Straße weg zum Donauufer hinunter, wo sie sich im Schutze von zwei großen Holunderbüschen niedersetzten.

Mit vorwurfsvoller Stimme zischte Jonas ihn an: »Wo hast du gesteckt? Ich habe jeden Abend auf dich gewartet! Weshalb hast du dich nicht mehr gemeldet?«

Caspar stockte einen Augenblick, dann antwortete er: »Sie sind hinter mir her. Ich musste mich verstecken. Auch jetzt bin ich nicht vor ihnen sicher.« Er schaute Jonas wieder mit seinem spöttischen Grinsen an. »Wie bist du denn aus deinem Verlies gekommen?«

»Woher weißt du ...«, begann Jonas langsam. Dann besann er sich und antwortete vorsichtig: »Man nutzt so seine Gelegenheiten.«

»Die einem ein anderer großzügig verschafft hat«, ergänzte Caspar mit vielsagendem Blick.

Jonas überlegte fieberhaft. Sollte es doch Caspar gewesen sein, der ihm die Tür geöffnet hatte? Aber die Botschaft sah doch ganz nach Chronicus aus! Trieb er wieder sein falsches Spiel mit ihm? Jedenfalls würde er ihm jetzt nicht für eine Befreiung danken, die er ihm einfach nicht zutraute. Es schien ihm außerdem besser, Caspar gegenüber Zurückhaltung zu signalisieren.

»Ich dachte mir, ich bleibe die Nacht über irgendwo draußen, vor den Toren der Stadt. Dann wird wohl Vollmond sein.«

Caspar sah ihn mit einer Mischung aus Mitleid und Spott an. »Und wie willst du dann Kontakt zu Chronicus aufnehmen? Denk auch an Tina, die noch in seiner Gewalt ist. Wir müssen beide finden.«

Jonas ergriff einen Kiesel und schleuderte ihn ins Wasser. Er musste Caspar Recht geben. Aber wie sollten sie vorgehen? Wenn zutraf, was Caspar gerade gesagt hatte, würden sie beide von den Phönixleuten gesucht.

Nach einer Pause meldete sich Caspar wieder zu Wort: »Ich schlage vor, wir trennen uns, man sollte uns nicht zusammen sehen. Heute Abend, wenn es dunkel geworden ist, treffen wir uns vor der Dominikanerkirche. Du weißt, wo das ist?«

Jonas nickte.

»Ich weiß da ein Plätzchen, wo wir ungestört die Nacht verbringen können. Außerdem hält sich dort in der Nähe Chronicus auf – und vermutlich auch Tina. Halt die Augen offen, vielleicht findest du etwas heraus. Ich werde ebenfalls versuchen, etwas über sie in Erfahrung zu bringen.« Er verschränkte die Arme hinter dem Nacken und blickte versonnen auf die Donau. »Aber wir wollen nichts überstürzen. – Was hältst du von einem kleinen Disput? Wie gefällt dir die folgende These? Sie stammt von dem französischen Philosophen Théodore Simon Jouffroy: *Der Schlüssel der Geschichte liegt nicht in der Geschichte, er ist im Menschen.* Wenn wir uns mit Geschichte befassen, sollten wir uns zunächst einmal in die Menschen hineinversetzen, sie zu verstehen versuchen, dann wird sich die Deutung des Geschehenen von selbst ergeben.«

Jonas hatte jetzt eigentlich keine Lust, mit Caspar über Geschichte zu philosophieren. Aber sein unerwarteter Vorstoß hatte ihn überrascht. Vielleicht war Caspar doch der Urheber der Botschaft gewesen, die er in seinem Verlies unter dem Brettchen gefunden hatte, und vielleicht hatte er ihm doch seine Befreiung zu verdanken! Jedenfalls schien ihm die Gelegenheit günstig, das jetzt in diesem Augenblick zu überprüfen. So ließ er sich zögernd auf das Gespräch ein.

»Also gut, was wir über die Geschichte zu wissen glauben, haben uns andere überliefert, die uns gleich ihre Deutung mitgegeben haben. Um Geschichte verstehen zu können, müssen wir uns in die Menschen hineindenken. Allerdings gehen wir dann wieder von unseren eigenen Anschauungen und Vorstellungen aus. Aber was anderes: Was hältst du denn von Toynbees Vorstellung von der Verantwortung des Menschen vor der Geschichte?«

Prüfend blickte Jonas Caspar in die Augen. Wenn er es war, der ihm die Botschaft geschrieben hatte, müsste er sich jetzt zu erkennen geben. Was würde er wohl antworten?

Doch Caspar zuckte nur mit den Schultern. »Wer möchte schon diese Verantwortung tragen?«

Das klang alles andere als überzeugend! Das entsprach eher den verächtlichen Bemerkungen zur Geschichte, die Caspar immer wieder von sich gegeben hatte. Für Jonas stand nun fest: Caspar hatte dieses Zitat nicht ausgesucht und somit auch keinen Anteil an seiner Befreiung.

Sie verabschiedeten sich. Jonas ging zunächst über die Donaubrücke und versorgte sich in den Gärten mit ein paar Äpfeln, dann streifte er durch die Stadt, wie mit Caspar vereinbart, ging kurz an der Baustelle vorbei, wo er gearbeitet hatte, hielt die Augen offen. Auch an dem Haus, wo er geglaubt hatte, Tina und Chronicus gesehen zu haben, kam er vorbei. Er war sich jetzt nicht mehr so sicher, dass er ihnen tatsächlich begegnet war. Hatte er die beiden nicht nur von hinten gesehen? Zugegeben, das Mädchen hatte eine Nonnentracht getragen und die Haare waren unter einer Haube versteckt gewesen. In so einer Kleidung könnte er Tina mit einem fremden Mädchen mit Tinas Größe und Gestalt schnell verwechselt haben. Auch hatte sie auf seine Rufe nicht reagiert – und die schwarze Gestalt, die sie begleitet hatte, konnte das nicht auch irgendein anderer Mönch gewesen sein?

Bis zum Abend hielt er sich in der Nähe des Münsters auf. Niemand nahm Notiz von ihm. Die neue Kleidung schien ihre Wirkung zu haben. Erst in der Dämmerung machte er sich auf zur Dominikanerkirche, wo er Caspar treffen sollte.

Die Stunden vergingen – von Caspar keine Spur! Ob sie ihn doch noch geschnappt hatten? Entnervt gab er das Warten auf und machte sich davon zum Fischerviertel, wo er in irgendeinem Winkel die Nacht verbringen wollte. Der Mond am Himmel war bereits voll. Wenn schon heute Mondphasenwechsel war? Aber Caspar hatte auf den morgigen Tag verwiesen und irgendwie glaubte Jonas fest daran, dass ihn Chronicus doch nicht hängenlassen würde. Warum hätte er ihm sonst zur Freiheit verholfen? Und er war jetzt felsenfest davon überzeugt, dass es Chronicus gewesen war, der ihm die Türen geöffnet hatte. Trotzdem blieb er unruhig und konnte lange nicht einschlafen. Wo war Tina jetzt? Warum wurden sie immer wieder getrennt?

Als er erwachte, stand die Sonne bereits hoch am Himmel. Kein Straßenlärm? Richtig, es war Sonntag. Er hatte einen Bärenhunger. Außer den paar Äpfeln gestern hatte er nichts gegessen. Er machte sich auf zur Korngasse, wo es auch heute nach frischem Brot duftete. Aber es gab am Sonntag keinen Wagen zu entladen und außerdem – sein ganzes Geld hatte er dem Trödler gelassen. Mit hungrigem Magen ging er weiter zur Dominikanerkirche. Vielleicht traf er dort Caspar?

Bis zum Mittag streifte er erfolglos durch die Gassen. Keine Spur von ihm, keine Hinweise von Chronicus. Er wurde immer unruhiger, der Hunger machte ihm zu schaffen. Seine Gedanken kreisten nur noch um einen Punkt: Er musste sich etwas Essbares verschaffen. So machte er sich wieder Richtung Donaubrücke auf. Da klatschte wenige Meter vor ihm ein Kind in die Hände, warf mit einer Papierkugel nach ihm, drehte sich um und lief davon.

Überrascht hob Jonas den Knäuel auf, dröselte ihn auf, strich den Bogen glatt und las: *Heute Abend bei Sonnenuntergang bei der Donaubrücke. Tina.*

Endlich! Jonas spürte sein Herz bis in den Hals klopfen. Tina hatte ein Lebenszeichen gegeben und heute Abend sollte es wieder losgehen! Nun wollte er nichts mehr riskieren. Hier am Donauufer würde er auf den Sonnenuntergang warten, auch wenn er noch so großen Hunger hatte. Eine tiefe Ruhe strömte durch seine Adern. Alles würde gut werden.

Er pflückte sich ein paar Hände voll Brombeeren, die zwischen Brücke und Stadtmauer wuchsen, sammelte sie in einigen großen Blättern, legte sich unter den Holunderbusch am Ufer in die Sonne und machte sich über die großen schwarzen, von der Mittagssonne erwärmten Beeren her. Ob Tina und Chronicus ihn in seiner neuen Kleidung erkennen würden? Aber das Kind hatte ihm ja die Botschaft überbracht. Chronicus war überall und nirgends. Jonas lächelte schläfrig, dann döste er ein.

Die Abendkühle weckte ihn auf. Die Sonne war bereits untergegangen, aber der Himmel glühte noch rot. Tina! Er hatte den Zeitpunkt verschlafen. Sofort war er auf den Beinen und hastete die Böschung hinauf. Nach allen Seiten schaute er sich um. Niemand war zu sehen. Mutlos setzte er sich auf einen Vorsprung an der Stadtmauer und begann fieberhaft nachzudenken. Was tun? Hier warten? Zum Kloster laufen, wo er Tina gesehen hatte?

Da hörte er ein Steinchen an die Mauer klicken und noch eines. Er schaute auf und sah Tina in Nonnentracht hinter einer Hecke. Sie winkte ihm zu. Ein Stein fiel ihm vom Herzen.

Als er bei ihr war, nahm sie flüsternd seine Hand: »Wir müssen sofort zum Kloster, frag nicht, folge mir und halte Abstand.«

Sie lotste ihn durch eng verwinkelte Gässchen zu einer hohen Steinmauer, die einen kleinen Garten umschloss. An einer schmalen Holztür blieb sie stehen, holte einen Schlüssel aus der Tasche, öffnete damit die Tür, wartete kurz auf ihn und zog ihn schnell hinein. Dann verriegelte sie die Tür von innen und schloss ab. Der kleine Garten war auf drei Seiten von Flügeln eines Gebäudes umgeben.

»Jetzt sind wir in Sicherheit. Wir sind im Frauenkloster. Caspar hat uns nicht gesehen. Das ist gut.«

Jonas begriff überhaupt nichts. Tina trug Nonnentracht. Also hatte er sie damals doch gesehen und sie hatte auf sein Rufen nicht reagiert.

»Kannst du mir bitte erklären ...«

Statt einer Antwort zog Tina lachend die Haube vom Kopf. »Hab ich dich erschreckt mit meiner neuen Kleidung? Du siehst aber auch todschick aus!« Sie musterte ihn von oben bis unten und prustete los. »Besonders das schwarze Käppi! Wo hast du denn den Fummel her?«

Jonas grinste erleichtert. Er kapierte zwar immer noch nichts, aber die fröhliche Art, wie Tina mit ihm redete, deutete an, dass es ihr gutging und sich bald alles, was ihm jetzt noch undurchschaubar schien, aufklären würde.

Tina lehnte sich an die Mauer und begann zu berichten: »Ich erzähl dir jetzt in aller Kürze, was du wissen musst. Chronicus kommt in wenigen Minuten hier in den Garten, wo die Zeitreise beginnen soll. Er will nicht, dass Caspar die Reise mitmacht. Deshalb treffen wir uns hier im Frauenkloster, wo Caspar bestimmt nicht reinkommt. Caspar ist tatsächlich ein gefährlicher Bursche. Chronicus wird dir das noch genauer erklären. Über dich wussten wir übrigens die ganze Zeit genau Bescheid.«

»Weshalb hast du mir keinen Hinweis gegeben, wo du bist und wie es dir geht? Ich hab mir ganz schön Sorgen um dich gemacht!«

Tina sah ihm in die Augen und lächelte. Sie griff nach seiner Hand und drückte sie leicht. »Das ging nicht. Caspar hätte es mitgekriegt. Als ich damals auf dem Münsterplatz auf dich wartete, sah ich ihn plötzlich, wenige Meter vor mir. Ich lief zu ihm hin, er begrüßte mich freudig und sagte, er wolle mich zu Chronicus führen. Ich wollte lieber auf dich warten, aber er meinte, es sei keine Zeit zu verlieren und er würde dich schon gleich nachbringen. Dann führte er mich in einen engen Innenhof eines alten Hauses und begann mich wieder so anzustarren wie damals auf der Reichenau. Ich begriff, dass er mich wieder hypnotisieren wollte. Da konnte ich mich gerade noch rechtzeitig losreißen. Ich lief in irgendeine Richtung davon und geradewegs Chronicus in die Arme. Der brachte mich kurzerhand in dieses Kloster, deren Äbtissin er gut kennt. Dort hielt ich mich all die Tage versteckt, ab und zu schaute Chronicus herein und erzählte mir von dir.«

»Hat er dir auch von der geheimen Versammlung der Bruderschaft des goldenen Phönix erzählt?«

Tina sah ihn mit großen Augen an und schüttelte den Kopf.

Jonas fuhr fort: »Irgendwas ist da nicht geheuer. Chronicus scheint eine Geheimverschwörung zu leiten. Wir beobachteten, wie er sich mit einigen Leuten in schwarzen Gewändern traf und wie sie davon redeten, in die Zukunft eingreifen zu wollen. Caspar hat mich zu ihrem geheimen Versammlungslokal geführt.«

In diesem Augenblick trat Chronicus hinzu. Er schien Jonas' letzte Worte gehört zu haben. »Ich weiß nicht, was du gesehen und gehört hast«, sagte er. »Aber sei versichert, dass nichts Unrechtes geschieht. Du wirst bald Antworten auf deine Fragen bekommen. Doch es wird Zeit. Seid ihr bereit?«

Er breitete die Arme aus, verschränkte sie anschließend über der Brust und begann etwas Unverständliches zu murmeln.

In diesem Augenblick hörte Jonas ein leises Pochen an der Tür. Caspar? Doch sein Bewusstsein begann sich bereits zu trüben …

… da sieht er Tim mit weit aufgerissenen Augen leibhaftig vor sich stehen. Aber der verblasst wieder und verschwindet im Nichts mit einem unendlich traurigen Blick. Dann wird es Jonas schwarz vor Augen.

Die Verwandlung durch die Zeit

Als die Finsternis gewichen war und das Tosen und Brausen allmählich nachließ, öffnete Jonas wieder die Augen. Was war geschehen? Sie standen im selben Garten vor derselben Mauer, im Hintergrund dieselben Gebäude!

Doch Chronicus gab sich ruhig. Er schritt zur Gartentür, entriegelte sie und winkte ihnen zu folgen. Sie standen wieder in der engen Gasse, durch die Tina Jonas hergeführt hatte. Chronicus ging schnellen Schritts voraus.

Tina ergriff als Erste das Wort. »Alles sieht noch genauso aus. Wir sind nicht weitergekommen.«

Chronicus wandte sich um. »In welcher Zeit wir gelandet sind, wird sich erst noch herausstellen. Aber die Veränderungen sind jetzt schwerer auszumachen. Außerdem werden die Zeiträume, die wir überspringen, immer kürzer, je weiter wir uns der Gegenwart nähern. Viele Gebäude hier in der Altstadt von Ulm werden auch noch in eurer Zeit stehen. Lasst uns zum Münster gehen, dort kann ich euch Genaueres sagen.«

Statt einer Antwort ging Jonas auf Chronicus zu und packte ihn am Arm. »Ich habe Tim gesehen.«

Chronicus hielt an und wandte sich zu ihm um. »Auch ich habe seine Anwesenheit gespürt. Ich habe versucht, seinen Körper hierherzuzwingen, aber wir wurden gestört. Hast du das Klopfen an der Tür gehört?«

»Caspar?«, fragte Jonas leise.

Tina hatte von alldem nichts mitbekommen. Sie musterte eingehend die Fassaden der Häuser und versuchte sich offensichtlich zu orientieren. Sie überquerten den Münsterplatz in der Abenddämmerung und betraten die Kathedrale durch das hohe Portal. Gerüste zogen sich an den Innenwänden in die Höhe.

»Kirchen sind immer Großbaustellen«, erklärte Chronicus. »Ständig wird an ihnen umgebaut und verändert. Jede Zeitepoche schlägt sich hier nieder. Wir sind wohl im 16. Jahrhundert gelandet. Das wäre zwar nicht besonders weit, aber es ist nicht ungünstig. Eure Kleidung wird nicht besonders auffallen – und ich bin sowieso zeitlos gekleidet.« Dabei sah er an sich herab, hob den Blick zu ihnen und lächelte sie an. »Also passt auf. Wir sind auf Pilgerreise und ich begleite euch im Auftrag eurer Eltern. Ihr kommt irgendwoher aus dem großen Heiligen Römischen Reich, mir wird schon was einfallen. Jetzt schauen wir, ob wir hier eine Pilgerherberge finden.«

Zielstrebig machte sich Chronicus auf den Weg. In einer Seitengasse pochte er an eine Tür, gab den beiden zu verstehen, einen Augenblick zu warten, und verschwand in dem schmalen, hohen Gebäude. Als er bald darauf wieder auf die Straße trat, machte er ein ernstes Gesicht.

»Wir können hier übernachten. Ich habe alles geklärt.«

»Warum schaust du dann so düster?«, fragte Jonas. »Stimmt was mit der Unterkunft nicht?«

»Wir sind in einer bösen Zeit gelandet. Die Bauern haben sich gegen ihre Herren erhoben und überall sind Landsknechtsheere unterwegs, um sie niederzuwerfen.«

»1525: Georg von Waldburg, genannt der ›Bauernjörg‹, führt die Truppen des Schwäbischen Bundes gegen die Bauern«, dozierte Tina. »Wurde das Geld dafür dem Kaiser nicht von der reichen Kaufmanns- und Bankiersfamilie der Fugger in Augsburg vorgestreckt?«

»Du überraschst mich immer wieder«, antwortete Chronicus. »Die Fugger finanzierten in dieser Zeit Kriege und bezahlten Karl V. sogar die Bestechungsgelder, damit dieser zum Kaiser gewählt wurde. Außerdem waren die Fugger auch persönlich daran interessiert, dass die Bauern besiegt wurden. Krieg und Revolution konnten sie für ihre Geschäfte nicht brauchen.«

Sie kamen im Schlafsaal der Pilgerherberge unter, der sich unter dem Dach des Gebäudes befand. Glücklicherweise waren sie allein. An einem Feiertag wäre das anders gewesen.

Am nächsten Morgen standen sie früh auf und verließen die Stadt bereits bei Sonnenaufgang. Ihr Weg führte sie an der Donau entlang nach Südwesten. Größere Ortschaften wie Erbach und Ehingen umgingen sie vorsichtshalber.

Im Schutze einer kleinen Feldkirche bei Herbertshofen übernachteten sie. Sie wagten es nicht, ein Feuer anzuzünden, und als es gegen Morgen empfindlich kühl wurde, zogen sie sich in den Kirchenraum zurück. Nach dieser Nacht fühlten sie sich völlig zerschlagen, doch die Sonne, die hinter dem Donauried aufging, weckte ihre Lebensgeister wieder.

Kurz nachdem sie das Prämonstratenserkloster Obermarchtal passiert hatten, verließen sie das Donauried. Der Weg durch ein enges Tal stieg steil an und gegen Abend hatten sie das Benediktinerkloster Zwiefalten auf der Schwäbischen Alb erreicht.

An der Pforte stellte sich Chronicus als Ordensbruder auf der Durchreise vor und Tina und Jonas als seine Reisebegleiter. Er sei ein guter Freund des Abtes. Der Pförtner machte sich auf den Weg, den Besuch zu melden und kam nach kurzer Zeit mit dem Abt zurück.

»Bruder Chronicus, was führt dich in dieser schlimmen Zeit zu uns? Und wen hast du da mitgebracht?« Neugierig musterte er dessen beide Begleiter.

Chronicus ging auf ihn zu, umarmte ihn. »Du brauchst dich vor ihnen nicht zu verstellen. Sie wissen Bescheid und begleiten mich schon eine ganze Weile.«

Der Abt führte sie durch den Kreuzgang in ein sparsam eingerichtetes Zimmer. An der Wand fiel Jonas eine gerahmte Zeichnung auf. Sie zeigte den Phönix, der sich mit ausgebreiteten Flügeln der Sonne zuwandte. »Das Zeichen der Bruderschaft«, sagte er mit gespielter Gelassenheit.

Der Abt sah ihn erstaunt an, richtete seinen Blick fragend zu Chronicus, dann nickte er.

Chronicus trat zu dem Bild, als ob er es genauer betrachten wollte, wandte sich dann zu dem ehrwürdigen Ordensmann und erklärte: »Tina und Jonas kommen aus der Zukunft. Durch einen Zufall haben sie ihre Zeit verlassen und versuchen diese nun wieder mit meiner Hilfe anzusteuern. Ich denke, wir sollten sie über die Bruderschaft des goldenen Phönix aufklären, nachdem sie doch schon einiges mitbekommen haben.«

»Wie du meinst«, antwortete der Abt zögernd. »Du bist dir sicher, dass wir ihnen vertrauen können?«

Chronicus nickte.

Da begann der Abt zu erklären: »Seit ewigen Zeiten ziehen Kriege über die Länder des Erdkreises. Menschen werden getötet, Städte zerstört, blühendes Leben vernichtet. Doch immer wieder erhebt sich der goldene Phönix aus der Vernichtung und wendet sich zur Sonne. Der menschliche Geist entwickelt sich weiter. Wie der Phönix aus der Asche erhebt er sich und strebt dem Licht zu. Sein Ziel ist, Frieden auf der ganzen Welt zu verbreiten, die Verwirklichung der Schöpfung im Menschen, damit überall Glück und Zufriedenheit für alle herrsche, die unter der Sonne leben. Der Geist der Welt erfüllt sich in der Geschichte, trotz aller Rückschläge, die wir gerade in unseren Tagen erleben. Dafür gilt es zu kämpfen und das ist das Ziel unserer Bruderschaft. Es gilt, die reine Weisheit über die Jahrhunderte zu sammeln und zu verbreiten, damit sich der Weltgeist in der Geschichte erfüllen kann.

Wir können nicht weiter in die Zukunft sehen als in die Zeit, aus der ihr kommt. Über diese Zeit hinaus können wir auch keine Zeitreisen unternehmen, weil diese Zukunft noch nicht geschehen ist. Aber sie kann heute schon beeinflusst werden. Deshalb bemühen wir uns, unser Wissen von der Geschichte der Menschheit zu mehren. In der Vergangenheit kann nichts ungeschehen gemacht werden und was geschehen muss, das geschieht auch. Das ist ein Naturgesetz. Aber wir können versuchen, aus der Geschichte zu lernen, und das heißt zunächst, dass wir uns zu unserer Geschichte bekennen, sie bewusst wahrnehmen. Doch das geschieht viel zu wenig.

Gustave Flaubert, der große französische Erzähler, wird einmal sagen: *Indem wir die Geschichte verleugnen, verleumden wir gleichzeitig unsere eigene Zeit.* Er meint damit ungefähr Folgendes: Der Strom der Geschichte fließt ständig weiter. Niemals kehrt die Zeit zurück, aber das menschliche Bewusstsein kann sich lösen aus dem Strom der Zeit und sich zurückwenden, um sich selbst zu verstehen und die Zukunft verantwortungsvoll zu gestalten. Wer die Geschichte verleugnet, sich dem Vergangenen nicht stellt, kann seine eigene Zeit nicht begreifen, verleumdet sie durch seine eigene Ignoranz.

Stellt euch den Strom der Zeit vor wie einen großen Fluss mit vielen kleinen Hindernissen, Steinen im Flussbett, Stromschnellen, die man für die Zukunft aus dem Weg räumen kann, damit die vielen Strömungen des Flusses ungehindert fließen können. Genau das ist unsere Aufgabe. Die Hüter des Weltgeistes bemühen sich darum, dass sich die Schöpfung im Menschen verwirklichen kann. Friede, Glück und Erfüllung für jeden Menschen, dafür lohnt es sich zu kämpfen.« Der Abt nickte Jonas und Tina lächelnd und aufmunternd zu.

Jonas schwirrte der Kopf. Das alles waren schöne Worte. Aber glaubten diese Leute wirklich allen Ernstes daran, dass damit die Welt zu verändern wäre?

Auch Tina hatte aufmerksam zugehört. »Dass wir Menschen uns über unsere Geschichte bewusst werden können, habe ich verstanden. Wir wissen doch alle mehr oder weniger von unserer Geschichte. Aber die Zeitreisen! Wie sind die möglich und zu welchem Zwecke werden sie unternommen?«

Der Abt schaute zu Chronicus, der ihr nach kurzem Nachdenken antwortete: »Der Geist, du könntest auch sagen die Seele, macht den Menschen aus. Der Körper ist sein Gefäß. Aber der Geist kann sich auch körperhaft aus dem Strom der Zeit herauslösen. Er strebt dann wieder seiner Gegenwart zu, in die er ohne Zeitverlust zurückkehrt – wenn ihm während der Zeitreise nichts zustößt. Sonst ist er gefangen in der Vergangenheit und bleibt aus seiner Gegenwart spurlos verschwunden. Eine ausführlichere Antwort kann ich dir heute nicht geben.

Und nun zu deiner zweiten Frage nach dem Zweck der Zeitreisen. Die ist wesentlich leichter zu beantworten. Zu jeder Zeit gibt es Menschen, die sich für das Gute in der Welt einsetzen, aber einen schweren Kampf dafür ausfechten. Das Gute lässt sich leider gegen die meist selbstsüchtig handelnden Menschen nur sehr schwer durchsetzen. Wenn sich aber diejenigen, die für Frieden und Glück aller Menschen kämpfen wollen, zusammenschließen, können sie etwas erreichen. Das trifft vor allem dann zu, wenn Menschen aus unterschiedlichen Zeiten sich untereinander austauschen. Viele weise Männer und Frauen haben uns Botschaften hinterlassen. Aber da setzen die Probleme bereits ein. Unser Bild von der Geschichte ist unvollständig, zufällig, je nachdem, was uns irgendwer aus irgendwelchen Gründen überliefert hat. Vielleicht wollte der Berichterstatter, dass seine Person, seine Familie oder sein Volk in einem besseren Licht dastehen? Wir können uns deshalb nur ein sehr unscharfes Bild von der Geschichte machen. Vieles bleibt reine Spekulation.

Napoleon Bonaparte, Kaiser der Franzosen, hat das sehr geringschätzig formuliert: *Geschichte ist eine Lüge, auf die man sich geeinigt hat.* Und genau da können die Zeitreisen helfen, einen klareren Blick zu bekommen und sehen, wie es wirklich war.«

Jetzt schaltete sich der Abt wieder ein. »Deshalb ist Chronicus unser Botschafter und Kontaktmann zu unseren Brüdern und Schwestern in den verschiedenen Zeiten. Nur er soll die Zeitreisen unternehmen.« Er zögerte einen Augenblick und auf seiner Stirn begannen sich Falten auszubreiten. Mit sorgenvoller Miene fuhr er dann fort: »Seit einiger Zeit haben sich andere an seine Spuren geheftet und versuchen, ihm das Geheimnis der Zeitreisen zu entreißen. Das darf auf keinen Fall passieren. Wenn jemand die Zeitreisen nur zu seinem Vorteil unternehmen sollte, könnte Furchtbares geschehen und genau das Gegenteil von dem eintreffen, was wir anstreben.« Der Abt runzelte sorgenvoll die Stirn und wandte sich dann an Chronicus: »Und was ist mit deinem Mitbruder Caspar, ist er dir noch auf den Fersen?«

Chronicus antwortete unsicher: »Ich weiß es nicht. Er konnte mir folgen bis zu unserer letzten Etappe. Möglich, dass er dort zurückgeblieben ist. Aber wie dem auch sei, er wird vermutlich nie eigenständig Zeitreisen durchführen können. Dafür fehlt ihm die Reife und auch das Wissen.«

»Täusche dich nicht«, wandte der Abt ein. »Wissen kann man erwerben und manche fehlende seelische Größe durch Findigkeit ersetzen.«

»Genau das stört mich an euren idealen Vorstellungen von einer künftigen Zeit, in der es keine Konflikte mehr geben soll«, brauste Jonas auf. »Der Mensch ist eben nicht vollkommen, wird es nie sein können und er verfolgt immer seine eigenen Interessen. Es wird sie nicht geben, die Zeit des Friedens, in der alle Menschen gleichermaßen frei und glücklich sind!«

»Aber sollen wir deshalb darauf verzichten, uns für eben diese Ziele einzusetzen? Wird die Welt dadurch nicht wenigstens etwas besser?«, versetzte Chronicus.

Der Abt sah Jonas erschrocken an. »Aber der göttliche Heilsplan! Das Gute ist in der Welt – und wenn es noch so bedroht ist, es wird sich durchsetzen!«

»Ich bin mir da nicht so sicher«, wandte Chronicus ein. »Vielleicht hat Jonas nicht ganz Unrecht. Ein Philosoph aus seiner Zeit, Karl Jaspers, hat das so formuliert.« Er machte eine kleine Pause, schloss die Augen, konzentrierte sich und zitierte: »*Warum ist überhaupt Geschichte? Weil der Mensch endlich ist, unvollendet und unvollendbar, muss er in seiner Verwandlung durch die Zeit des Ewigen innewerden, und er kann es nur auf diesem Wege. Die Unvollendung des Menschen und seine Geschichtlichkeit sind dasselbe. Die Grenzen des Menschen schließen gewisse Möglichkeiten aus: Es kann keinen Idealzustand auf Erden geben.*«

Der Abt lächelte, bevor er entgegnete: »Mein lieber Bruder, muss ich dich daran erinnern, dass wir als Benediktiner genau davon ausgehen? Das Paradies auf Erden wird es freilich nicht geben. Aber in diesem Zitat steht auch – und das finde ich sehr schön ausgedrückt –, dass der Mensch in seiner Verwandlung durch die Zeit des Ewigen innewerden muss. Ist es nicht gerade das, was wir fördern wollen?«

Chronicus nickte zustimmend: »So ist es. Doch wir müssen dabei unsere Grenzen erkennen.«

Jonas sah von einem zum anderen, staunend über so viel Gottvertrauen. Dann sagte er: »Es gehört viel Mut und Zuversicht dazu, vom Guten in der Welt auszugehen. Ihr habt viele Kriege erlebt und es wird Kriege geben, die noch furchtbarer sind. Was gibt euch die Kraft, trotz all des schreienden Unrechts in der Welt von einem Geist der Schöpfung, einem Weltgeist zu reden?«

»Du könntest auch sagen, von Gott zu reden«, fiel ihm Chronicus ins Wort. »Und das wäre auch gleich die Antwort auf deine Frage. Wer nicht an das Gute glaubt, kann sich kaum dafür einsetzen. Und es geschieht nur so viel Gutes, wie wir durchsetzen. Wir können die Verantwortung nicht abwälzen, weder auf Gott noch auf einen Geist der Schöpfung. Wir selbst sind die Schöpfung und wir selbst haben versagt, wenn es keine Entwicklung zu mehr Freiheit, Glück und Entfaltung des Menschen gibt.«

Tina nickte und entgegnete: »Das leuchtet mir ein. Und doch hat Jonas Recht, wenn er die Sache kritisch sieht. Ist es nicht gefährlich, vor der Wirklichkeit die Augen zu verschließen?«

Chronicus sah sie kopfschüttelnd an. »Aber darum geht es doch nicht. Was glaubst du, wie viel menschliches Leid ich gesehen habe. Doch zugleich auch immer wieder Menschen, die selbstlos geholfen haben. Außerdem – so viel solltest du inzwischen auch mitbekommen haben – gibt es zumindest in unserem Erdteil in der Zeit, aus der du gekommen bist, mehr Freiheit und mehr Möglichkeiten für die Menschen als jemals zuvor in der Geschichte.«

»Das mag ja sein«, gab Tina zu, während Jonas noch nach einer Antwort suchte. »Aber das ist keine Garantie für die Zukunft. Gibt es nicht auch in unserer Gegenwart ständig Krieg und Unterdrückung? Und wird es in der Zukunft nicht ebenso sein?«

»Ich glaube, genau darum geht es der Bruderschaft«, meldete sich nun Jonas zu Wort. »Da wir die Verantwortung für Gegenwart und Zukunft nicht abschieben können, müssen wir uns ihr stellen und uns nach Kräften dafür einsetzen, dass eben solche Kriege, die Unterdrückung und Ausbeutung von Menschen durch Habgier und Machtrausch nicht mehr möglich werden.«

Triumphierend schaute der Abt Chronicus an. »Er hat es verstanden. Gebt niemals die Hoffnung auf und handelt nach eurem Gewissen. Ich zeige euch jetzt, wo ihr vorerst unterkommen könnt.«

Sie blieben einige Tage im Kloster. Auf Anraten des Abtes kleideten sich Tina und Jonas in die schwarze Tracht der Benediktiner. Tina trug über ihrem nun kurz geschnittenen Haar eine schwarze Kapuze. Sie sollte sich als junger Mönch ausgeben, der wie Jonas mit Chronicus zusammen auf Reisen war. Das sei sicherer in diesen Tagen, in denen eigentlich überhaupt nichts sicher war. Der Abt schärfte ihnen ein, sobald sie Reiter sähen, sich zu verstecken. Vor kurzem sei das Kloster von aufständischen Bauern überfallen und geplündert worden. Auch vor den durch die Gegend streifenden Landsknechten sollten sie sich in Acht nehmen.

So zogen sie eines Morgens von Zwiefalten über die Alb. Im Kloster hatte man ihnen Proviant und vor allem einen prall gefüllten, aus Tierhäuten genähten und mit Harz abgedichteten Wassersack mitgegeben.

»Auf der Albhochfläche werden wir kaum Wasser finden«, erklärte Chronicus und schnallte sich den Sack auf den Rücken.

Über Wacholderwiesen und kleine Dörfer zog sich ihr Weg in nordwestlicher Richtung. In der Abenddämmerung erreichten sie Engstingen. Sie machten einen Bogen um das Dorf und kurz vor dem Steilabfall der Schwäbischen Alb schwenkten sie in einen Feldweg ein, der in westliche Richtung führte. Rechts von ihnen sahen sie im Mondlicht auf steilem Felsen ein Haus stehen.

»Der Lichtenstein«, erklärte Chronicus.

»Aber Schloss Lichtenstein sieht doch ganz anders aus«, antwortete Jonas, »ein richtiges Märchenschloss mit hohem Turm und Mauerzinnen.«

Chronicus lachte. »Schloss Lichtenstein, wie du es kennst, wird erst im 19. Jahrhundert gebaut werden, übrigens nach einem Roman von Wilhelm Hauff, der damals so populär war, dass die württembergische Königsfamilie das Forsthaus abreißen und die Burg phantasievoll aufbauen ließ. Für das württembergische Königshaus ist der Lichtenstein ein fast heiliger Ort. Dort in der Nähe hielt sich Herzog Ulrich versteckt, als er mit Billigung des Kaisers vom Schwäbischen Bund abgesetzt wurde.«

»Was hatte er denn verbrochen?«, fragte Tina.

»Er hatte eine Stadt des Reiches angegriffen. Reutlingen unterstand wie Ulm, Esslingen, Heilbronn, Schwäbisch Hall und andere Städte in Württemberg direkt dem Kaiser. Diese Städte waren innerhalb des Reiches selbstständige Stadtrepubliken. Ulrich hatte noch eine Menge mehr auf dem Kerbholz, aber da ist er eindeutig zu weit gegangen. Der Kaiser hat ihn abgesetzt. Der Schwäbische Bund hat Krieg gegen Ulrich geführt und das Herzogtum Württemberg anschließend an die Habsburger verkauft. Übrigens ist das noch gar nicht so lange her, gerade mal acht Jahre.«

»Dann sitzt er jetzt immer noch hier irgendwo?«, fragte Jonas.

»Herzog Ulrich hat sich inzwischen in die Schweiz zurückgezogen. Aber er verhandelte vor kurzem noch mit den aufständischen

Bauern und plant seine Rückkehr. Bis er das schafft, werden allerdings noch fast neun Jahre vergehen. Inzwischen ist das Herzogtum von Österreich besetzt.«

»Von Österreich?«, staunte Tina.

»Vorderösterreich zieht sich in dieser Zeit vom Bodensee bis nach Freiburg und das Neckartal hoch bis Rottenburg. Württemberg ergänzt das Gebiet der österreichischen Habsburger ideal. Aber ihre Anwesenheit wird von den Württembergern als Fremdherrschaft betrachtet und Herzog Ulrich gilt inzwischen fast als Volksheld.«

Währenddessen hatte sie Chronicus zu einem Höhleneingang geführt. »Hier in der Nebelhöhle, wo wir heute übernachten, soll ein treuer Untertan den Herzog wochenlang versteckt haben, so steht es jedenfalls in Wilhelm Hauffs Roman.«

Sie sammelten Holz, entfachten im Höhleneingang ein kleines Feuer und verzehrten einen Teil ihrer Vorräte.

Jonas dachte immer noch an die Geschichte des vertriebenen Herzogs. »Wie konnte er dann wieder in sein Herzogtum zurückkehren?«, fragte er kauend.

Chronicus zog die Augenbrauen hoch und sah ihn prüfend an. »Vor neun Jahren ist noch etwas anderes geschehen, was die Welt verändert hat.«

»Hier auf der Schwäbischen Alb?« Jonas lachte.

»Nicht hier, weiter oben in Mitteldeutschland. Na, was fällt dir denn zu der Jahreszahl 1517 ein?«

»Das war doch das Jahr der Reformation, Martin Luther verfasste die 95 Thesen«, schaltete sich Tina ein.

»Was hat denn die Reformation mit dem Herzogtum Württemberg zu tun?«, fragte Jonas mürrisch.

»Eine ganze Menge«, erklärte Chronicus. »Mit der Zeit setzte sich die Reformation in vielen Fürstentümern und vor allem auch in den Reichsstädten durch. Die Bauern wollten mit der Reformation gleich auch die politischen Verhältnisse verändern. 1534 zog Herzog Ulrich mit einem evangelischen Heer des Landgrafen von Hessen in Württemberg ein, eine Stadt nach der anderen fiel ihm zu und die Österreicher mussten abziehen. Noch im selben Jahr führte er in seinem Herzogtum den evangelischen Glauben ein.«

»Und der Kaiser ließ sich das einfach so gefallen?«

»Er musste. Die evangelischen Fürsten und Reichsstädte waren inzwischen so mächtig geworden, dass sie sich auch gegen den Kaiser durchsetzen konnten.«

»Eins zu null für Herzog Ulrich«, gähnte Tina, drehte sich auf die Seite und schlief sofort ein.

Kurz vor Sonnenaufgang wurde es empfindlich kalt. Jonas versuchte aus den noch leicht glimmenden Holzkohlen ein Feuer zu entfachen. Tina und Chronicus waren nirgends zu sehen. Als die ersten Flammen aufloderten und das Holz zum Knacken und Zischen brachten, kam Tina in ihrer schwarzen Kutte aus dem Wald.

»Chronicus wird bald da sein«, rief sie Jonas zu. »Er besorgt bei den Bauern im Dorf gerade unser Frühstück.«

Jonas wärmte sich die Hände über dem Feuer. Da saßen sie in dieser friedlichen Umgebung und nicht weit von ihnen entfernt tobte der Krieg des Schwäbischen Bundes gegen die Bauern. Und sie näherten sich ihm jeden Tag ein weiteres Stück.

Chronicus verfolgte mit aller Energie sein Ziel, Holofernes in die Schranken zu weisen, seine verbrecherischen Absichten zu durchkreuzen. Wer war dieser Holofernes? Chronicus hatte sich nur sehr einsilbig über ihn geäußert, als wolle er die Gefahr nicht beschwören, der er sie aussetzte. Er handelte wohl im Auftrag der Bruderschaft des goldenen Phönix, die sich über alle Zeitepochen zog. Welche Rolle spielte Chronicus in dieser Bruderschaft? Der Abt von Zwiefalten hatte ihn Botschafter, Kontaktmann zwischen den Zeiten genannt. Und welche Rolle spielte Caspar in diesem Spiel?

Als sie die Alb verlassen hatten und sich dem Neckartal näherten, nahm der Betrieb auf der Landstraße ständig zu. Tina fühlte sich recht unwohl in ihrer Verkleidung, auch Jonas wurde nervös, als ihnen immer wieder Landsknechte entgegenkamen. Schließlich fanden sie an einem Berghang zwischen Wald und Obstwiese eine geschützte Stelle, wo sie Rast machen konnten.

Tinas Stimmung hatte sich noch nicht gebessert. Missmutig sah sie Chronicus an. »Weshalb hast du für deine Zeitreise ausgerechnet diesen Krieg ausgewählt?«

»Ich kann mir die Zeit nicht aussuchen, zumindest nicht aufs Jahr genau«, verteidigte sich Chronicus. »Aber du hast Recht, unsere Lage ist gefährlicher denn je. Wir sollten die großen Städte Tübingen und Reutlingen so bald wie möglich hinter uns lassen. Außerdem werden wir von jetzt an lieber in der Dunkelheit reisen.«

Bei einbrechender Dämmerung zogen sie weiter. Sie hielten sich, wo es ging, in Sichtweite des Neckars, wanderten an Tübingen vorbei, verließen dann das Neckartal in nördlicher Richtung und erreichten um Mitternacht das Kloster Bebenhausen. Hier hatte sich der Wald zu einer Lichtung geweitet.

Inzwischen war hinter ihnen der Mond aufgegangen. Er war noch fast zur Hälfte voll und setzte die Landschaft in einen silberglänzenden Schimmer. Eine breite Lichtstraße zog sich über die Wiesen und Felder.

Tina wies auf das Kloster, das ruhig hinter den Mauern schlummerte. »Es sieht alles so friedlich aus. Niemand käme auf den Gedanken, dass hier seit Jahren Krieg herrscht.«

Gegen Morgen hatten sie den Wald endlich hinter sich gelassen und sahen im Dämmerlicht ein Dorf vor sich liegen. Bevor sie es erreichten, entdeckten sie eine halb verfallene Hütte oberhalb einer Obstwiese am Waldrand. Ein günstiges Versteck, um den Tag abzuwarten, entschied Chronicus. Sie hatten noch einige Vorräte und neben der Hütte floss ein klarer Bach mit frischem Trinkwasser zum Dorf hinunter.

Die Sonne stieg eben als glühender Ball über den Schönbuch, als sie sich vor der Hütte auf den Boden fallen ließen. Hunger und Müdigkeit waren verflogen. Gebannt verfolgten sie das Naturschauspiel.

»Jeden Tag beleuchtet eine neue Sonne die Welt«, begann Tina.

»Die Erde hat sich einmal um sich selbst gedreht, lässt die Finsternis hinter sich und wendet sich wieder dem Licht zu«, ergänzte Jonas.

Chronicus sah die beiden mit einem fröhlichen Lächeln an. »Das klingt ja mächtig poetisch. Aber es ist keine neue Sonne, die Sonne ist nämlich dieselbe geblieben und auch auf der Erde hat sich seit gestern für uns nichts verändert. Wir müssen uns tagsüber verstecken und so schnell wie möglich sichere Mauern erreichen.«

»Du redest ja wie Caspar«, unterbrach ihn Jonas. »Hast du uns nicht vor wenigen Tagen in Zwiefalten erzählt, dass wir an das Gute und Schöne in der Welt glauben sollen?«

»Das heißt aber nicht, dass wir die Augen vor der Wirklichkeit verschließen dürfen, und die ist alles andere als gut und schön. Bauernheere und Landsknechte treiben sich im ganzen württembergischen Unterland herum und wir müssen einen Weg finden …«

»Um in all dem Treiben Holofernes zu finden«, ergänzte Jonas, indem er Chronicus abrupt unterbrach. »Warum verfolgst du ihn durch die Jahrhunderte, ist er wirklich so bedeutend, dass du dein Leben dabei aufs Spiel setzt?«

Chronicus sah ihn erstaunt an. »Holofernes ist nicht nur ein kleiner Gauner wie Caspar. Er hat seine Helfer und Helfershelfer in allen Zeiten. Er sitzt wie die Spinne im Netz und wenn wir ihn weiterhin seine Machenschaften ungestört treiben lassen, dann wird er auch Einfluss auf unsere Zeit und unsere eigene Zukunft bekommen. Er häuft Reichtümer auf, und was noch schlimmer ist, er sammelt Wissen, das er für seine Ziele einsetzen kann, er kann alle vierzehn Tage in eine andere Zeit verschwinden, wenn es für ihn bedrohlich wird, er baut seine Macht immer weiter aus, bis er die Welt in seinem Sinne kontrolliert. Mit jeder Zeitreise wird er gefährlicher.«

Nach diesen Worten erklärte ihnen Chronicus seinen Plan. Als Erstes müssten sie das Heer des Schwäbischen Bundes finden. Er sei sicher, dass Holofernes hier eine maßgebende Rolle spiele.

»Nicht bei den Bauern?«, unterbrach ihn Jonas.

»Holofernes kennt sich in der Geschichte aus«, entgegnete ihm Chronicus. »Die Bauern werden in Kürze geschlagen werden. Nein, Holofernes sucht sich die Seite der Sieger, denn da sitzt auch das Geld.«

Wenn es gelänge, Holofernes nur für eine Nacht, die Nacht, in der sich die Zeitschleuse für wenige Augenblicke öffnete, zu bannen, könnte er die Zeitreise nicht fortsetzen.

»Er kennt nämlich nicht das ganze Geheimnis. Er ist darauf angewiesen, dass seine Reise durch die Zeiten in die Gegenwart keine Unterbrechung erfährt. Sollte das geschehen, ist er unwiderruflich an die Zeit gebunden, in der er sich gerade befindet. Er wird dort sicher auch einiges anstellen, aber wirklich gefährlich werden kann er dann nicht mehr.«

»Wie soll das gehen, Holofernes zu bannen?«, fragte Tina.

Chronicus blickte entschlossen. »Wenn ich ihn, kurz bevor sich das Zeitfenster öffnet, stellen könnte, könnte ich den Kampf mit ihm wagen, seinen Willen ausschalten, seine Kräfte lähmen.«

Tina sah ihn erstaunt und erschrocken an. »Du willst versuchen, ihn zu hypnotisieren, wie es Caspar mit mir gemacht hat?«

Chronicus nickte. »Wir müssten uns alleine gegenüberstehen, damit er nicht ausweichen kann. Allerdings steht der Ausgang des Kampfes nicht fest. Auch Holofernes ist in der Hypnose bewandert. Aber das würde ich riskieren.«

Jonas schluckte. »Und wenn ..., ich meine, was wird aus uns, wenn Holofernes dich besiegt?«

Chronicus lächelte grimmig. »Ich werde mir zu helfen wissen – und vergiss nicht, dass er wenig später die Zeitschleuse benutzen muss. Wenn ich zurückbleiben sollte, könnte ich beim nächsten Mondphasenwechsel mit euch aufbrechen. Allerdings hätte ich dann wohl seine Spur verloren, zumindest für einige Zeit. Es kommt nur darauf an, dass ich den richtigen Zeitpunkt erwische.«

Jonas brachte das Gespräch auch auf Tim. Sein verzweifelter Gesichtsausdruck, als er in dem kleinen Garten in der Ulmer Altstadt im Nichts verschwunden war, ging ihm nicht aus dem Sinn. Doch Chronicus versuchte ihn zu beruhigen. Bei der nächsten Zeitreise könnte es gelingen, ihn aus seiner Lage zu befreien, vorausgesetzt, sein Geist wäre stark genug, die Trennung so lange auszuhalten.

»Und wenn nicht?«, fragte Jonas beunruhigt.

Chronicus zögerte, bevor er antwortete. »Das kann ich dir nicht sagen, ich weiß es selbst nicht. Aber wir sollten, so oft es geht, an ihn denken, das wird ihm Kraft geben durchzuhalten.«

Tina schaute ihn wie versteinert an. »Wir dürfen die Hoffnung niemals aufgeben«, sagte sie trotzig.

Während die Sonne immer höher stieg, machten sie sich daran, in der Hütte ein Lager einzurichten. Es dauerte nicht lange und alle drei waren in einen tiefen Schlaf gefallen. Jonas träumte von Reitern, die auf sie zugaloppierten. Er selbst stand wie angewurzelt und konnte sich nicht bewegen, während Tina und Chronicus längst das Weite gesucht hatten. Immer näher kamen sie. Der Anführer lachte hämisch, sein Gesicht wurde immer größer. Jonas kannte diese Gesichtszüge – war das nicht Caspar? Mit einem Ruck setzte er sich auf und war sofort wach.

Aber das Lachen – jetzt hörte er es wieder, ganz nah – er hatte es nicht geträumt! Auch Tina war jetzt wach geworden und blinzelte mit verschlafenen Augen. Jonas sah sie durchdringend an und legte dabei den Finger an die Lippen. Leise erhob er sich und schlich zu dem kleinen Fenster, das auf den Weg und zum Wald hinausblickte. Da stand ein bärtiger Soldat mit geschwungenem Säbel vor einem alten Bauern, der mit einem Bündel auf dem Rücken unterwegs war. Offensichtlich wollte ihn der Kerl berauben. Verzweifelt redete der Alte auf ihn ein, doch der Landsknecht lachte ihn nur aus und stupste ihn mit der Spitze seines Säbels, so dass jener ängstlich zurückwich. Jonas schätzte die Distanz zwischen sich und den beiden auf etwa fünfzig Meter. Inzwischen war auch Chronicus wach geworden und schaute verwirrt auf Jonas, der seitlich zum Fenster stand und ihn leise heranwinkte.

»Wir müssen etwas unternehmen.«

Chronicus nahm ihn an der Schulter und zog ihn in die Hütte zurück. »Vor allem müssen wir vorsichtig sein, nur wenn er allein ist, könnten wir vielleicht etwas gegen ihn ausrichten. Aber wenn weitere Soldaten in der Nähe sind, wird's gefährlich.«

Jonas machte ihm klar, dass sie dieses Risiko eingehen müssten. Leise schlichen sie aus der Hütte. Sie befanden sich nun im Rücken des Soldaten, vielleicht dreißig Meter von ihm entfernt. Der war immer noch dabei, den Alten einzuschüchtern. Er schien mit ihm zu spielen wie die Katze mit der Maus. Sein Opfer lehnte inzwischen mit dem Rücken an einem Baum, als der Kerl scheinbar zum Schlag ausholte, den Säbel aber kurz vor dessen Gesicht in der Luft verharren ließ und dabei dröhnend lachte.

Da gab Chronicus Jonas ein Zeichen. Zur gleichen Zeit stürzten sie von hinten auf den Soldaten zu, Chronicus umklammerte seine Beine und brachte ihn zu Fall. Jonas entwand dem verdutzten Mann den Säbel und setzte ihn auf dessen Brust, während Chronicus ihm den Gürtel abnahm und damit seine Arme auf den Rücken fesselte. Dann zog er ihm die Stiefel aus und schleuderte sie weit ins Tal hinunter.

Der Alte war inzwischen aschfahl und mit zitternden Knien auf die Hütte zugelaufen. Jonas nahm den Säbel zurück, der Landsknecht stöhnte angstvoll und versuchte sich aufzusetzen. Mit aufgerissenen Augen sah er seine Bezwinger in schwarzer Mönchskluft in die Augen.

Während Jonas wieder den Säbel auf ihn richtete, begann ihn Chronicus ins Gebet zu nehmen. Ob er denn ganz von Gott verlassen sei, dass er einem hilflosen Mitchristen so zusetzen würde? Wann er denn das letzte Mal gebeichtet hätte und ob er sich vorstellen könne, wie viele Jahre Fegefeuer ihm diese Untat einbrächte? Wenn er jetzt nicht auf der Stelle kehrtmachte und Richtung Bebenhausen liefe, würde er ihn mit gefesselten Händen und Füßen den Berg hinunterrollen. Dort könne er dann seine Stiefel suchen. Er solle in der Kirche in Bebenhausen zehn Vaterunser beten und froh sein, wenn er so davonkäme! Völlig verdattert stand der Landsknecht umständlich auf, machte sich zögernd auf den Weg und blickte immer wieder zurück, doch Jonas ließ den Säbel in der Luft kreisen und der Soldat humpelte mit auf den Rücken gefesselten Händen barfuß davon.

»Den sind wir los«, lachte Jonas.

»Wenigstens für eine Weile«, setzte Chronicus nachdenklich hinzu.

Sie gingen zur Hütte zurück, wo sich Tina um den Alten kümmerte. Der saß noch mitgenommen am Boden, schaute aber seinen Befreiern dankbar entgegen. Um ein Haar hätte ihn dieser Teufel umgebracht, dabei hätte er ihm alles freiwillig geben wollen. Er wies auf sein Bündel, in dem er zwei Brotlaibe und einen halben Schinken eingepackt hatte. Überall streiften die Soldaten herum, nirgends und zu keiner Zeit sei man vor ihnen sicher.

»Ich danke Euch in Gottes Namen für Eure Hilfe«, sagte er schließlich. »Wie kann ich mich erkenntlich zeigen?«

»Schließt uns in Euer Gebet ein«, sagte Chronicus freundlich.

Dann fragte er den Alten nach einem sicheren Weg nach Böblingen. Sicher sei hier gar kein Weg, gab dieser ihm zu verstehen, aber er könne ihnen einen Pfad weisen, den nur Einheimische benützten. Er trat mit ihnen zum Abhang und zeigte ihnen, wo und wie sie gehen müssten, um über die Höhen am gegenüberliegenden Bergzug die Stadt erreichen zu können. Aber über Nacht sollten sie zu ihm ins Dorf kommen. Er würde sie gerne als Gäste bewirten. Chronicus machte ihm klar, dass sie die Nacht nutzen wollten und den ganzen Tag über hier gerastet hätten. Obwohl die drei dankend ablehnten, bestand der Alte darauf, dass sie dann wenigstens die

Hälfte des Schinkens und einen Laib Brot annähmen. Herzlich verabschiedete er sich und wünschte ihnen Gottes Segen auf ihrer Reise.

Es wurde langsam dunkel, als sie ihre Sachen zusammenpackten. Jonas behielt den Säbel für alle Fälle und steckte ihn quer durch sein Bündel, das er an einem Stock über der Schulter trug. Sie machten einen Bogen um das Dorf und wanderten durch sumpfiges Gelände an einem kleinen Bachlauf entlang. In der hellen Nacht konnten sie die gegenüberliegenden Berge gut erkennen. Tatsächlich fanden sie an einem Wegkreuz hinter dem Dorf wie beschrieben den schmalen Pfad, der in den Wald hinaufführte.

Sie waren etwa drei Stunden gegangen, als sich die Landschaft vor ihnen weit öffnete. Den Wald hatten sie längst hinter sich gelassen und Wiesen und Felder zogen sich bis an den Horizont. Vor ihnen lag ein Dorf, aber irgendetwas stimmte nicht. Brandgeruch lag in der Luft. Gespenstisch ragten verkohlte Giebelbalken in den Himmel.

»Wir sind dem Krieg wieder ein Stück näher gekommen«, sagte Chronicus finster.

Sie durchquerten den ausgestorbenen Ort schweigend mit düsteren Gedanken. Das kalte Mondlicht verlieh der Umgebung eine gespenstische Atmosphäre. Irgendwo schrie ein Käuzchen. Jonas dachte daran, dass dieses Tier auch als Totenvogel bezeichnet wurde. Er spürte einen Kloß in der Kehle. Ihm war, als ob sie zwangsläufig dem Unheil entgegengingen. Am liebsten wäre er umgekehrt. Er fühlte sich mutlos, verzweifelt. Wohin würde sie ihr Weg führen? Wie sollten sie Holofernes finden und Chronicus' waghalsigen Plan durchführen? Das ganze Unterfangen erschien ihm aussichtslos.

Was war das? Ganz in der Ferne hörte er Trommeln schlagen. In die rhythmischen Klänge mischten sich bald schrille hohe Töne.

»Hört ihr die Pfeifer und Trommler? Das sind Landsknechte. Hier muss ein Lager in der Nähe sein. Wir müssen vorsichtig sein.« Chronicus wies auf den Waldrand, der sich wenige hundert Meter rechts der Straße entlangzog. »Wir halten uns lieber im Schutz der Bäume. Auch sollten wir einzeln gehen, aber in Sichtweite bleiben. Ich gehe voran. Wenn der Wald zu Ende ist oder die Straße eine andere Richtung nimmt, warte ich auf euch, und wenn Gefahr droht, lasse ich das Käuzchen schreien. Er legte die Handflächen zusammen, so dass ein Hohlraum entstand, und blies in eine schmale Ritze zwischen seinen beiden Daumen. Ein langgezogener schauerlicher Käuzchenruf erklang. Dann liefen sie geduckt zum Waldrand hinüber. Jonas ging als Letzter.

Die schwarzen Kutten von Chronicus und Tina sind auf die Ferne schwer zu erkennen, aber die Richtung ist klar. Jonas betrachtet den Mond, der wie ein Halbkreis hoch am Himmel steht. Noch mindestens eine Woche, bis sie diese schreckliche Zeit verlassen können. Und in dieser Woche würde Entscheidendes geschehen. Jonas tastet sich vorsichtig voran. Er versucht jedes Knacksen der Zweige unter seinen Füßen zu vermeiden. Die Musik kommt immer näher. Weshalb bleibt Chronicus nicht stehen? Sie können doch nicht immer weiter auf das Landsknechtslager zugehen!

Da knacken Äste hinter ihm. Jonas bleibt wie erstarrt stehen und lauscht in die Dunkelheit. Sicher gibt es in der Zeit des Bauernkriegs noch wilde Tiere hier in der Gegend – ein Wolf oder ein Bär? Jonas hört ein verhaltenes Keuchen hinter sich. Schon will er sich umdrehen, da spürt er einen harten Gegenstand, der auf seinen Kopf niedersaust, und er verliert das Bewusstsein.

Als Jonas wieder zu sich kam, hörte er Stimmen und laute Musik. Sein Schädel brummte und schmerzte. Er stöhnte und setzte sich auf. Neben sich sah er schwarze Reiterstiefel. Ein Landsknecht ging vor ihm in die Hocke und sah ihm grinsend ins Gesicht. Sein übler Atem nahm ihm fast die Luft. Ihm war ohnehin speiübel.

»Was treibt denn das Mönchlein so mitten in der Nacht im Wald?«, brüllte der Landsknecht.

Schallendes Lachen ertönte in der Runde. Jonas blickte um sich. Er saß in der Nähe eines großen Lagerfeuers, um das sich an die zwanzig Soldaten scharten. Am Rande des Feuers steckte ein Schwein an einem Spieß, aus dessen Rücken bereits große Fleischstücke geschnitten waren. Was war mit Tina und Chronicus? Er musste Zeit gewinnen und herausbekommen, ob sie auch geschnappt worden waren.

»Wo bin ich hier?«, stammelte er in gespielter Benommenheit.

»Bei der Abendvesper, Hochwürden!«, antwortete der Kerl vor ihm und erntete dafür wieder schallendes Gelächter. »Aber du hast meine Frage noch nicht beantwortet.«

Jonas stöhnte auf, ließ sich wieder zurück auf den Boden fallen, als ob er wieder sein Bewusstsein verlöre.

»Nichts da, mein Lieber, du hast lange genug geschlafen.« Der Kerl packte ihn am Kragen und schüttelte ihn kräftig.

Fieberhaft überlegte sich Jonas eine Antwort. »Ich habe mich im Dorf versteckt, als die Soldaten kamen«, wimmerte er betont wehleidig. »Irgendwann muss mir dann ein Balken auf den Kopf gefallen sein, und als ich wach wurde, war das ganze Dorf zerstört und wie ausgestorben. Ich bekam Angst und bin davongerannt.«

Der Landsknecht sah ihn prüfend an. »Woher kommst du, was treibst du hier mitten im Kriegsgeschehen?«

Jonas ächzte wieder, um Zeit zu gewinnen, setzte sich auf und starrte ins Lagerfeuer. Was sollte er dem Mann erzählen, der ihn im Wald niedergeschlagen und hierher geschleppt hatte? Chronicus und Tina durfte er auf keinen Fall erwähnen, bevor er nicht wusste …

»Antworte, Junge, oder soll ich etwas nachhelfen?«, brüllte ihn sein Gegenüber an, dass er zusammenfuhr, was mit Hohngelächter in der Runde quittiert wurde.

Jonas schüttelte sich, rieb seinen Kopf und sagte mit heiserer Stimme: »Ich komme aus Zwiefalten. Mein Orden hat mich nach Sindelfingen geschickt, um in diesen unruhigen Zeiten nach unseren Glaubensbrüdern zu sehen.«

»Aber doch nicht allein?«, schaltete sich ein weiterer Landsknecht ein.

»Meinen Begleiter habe ich verloren«, faselte Jonas und hatte in dem Moment keine Ahnung, wie er aus diesem Kreuzverhör wieder herausfinden könnte. Gab es in Sindelfingen überhaupt Benediktiner? Irgendwann musste er sich in Widersprüche verwickeln und er flog auf.

»Das kannst du deiner Großmutter erzählen«, herrschte ihn der Kerl an.

Inzwischen hat sich ein Kreis von Soldaten um ihn gebildet.

»Lass gut sein, wer weiß, welchen Vogel du da gefangen hast. Am Ende stimmt seine Geschichte und dann könntest du ganz schön Ärger bekommen«, schaltete sich einer der Hinzugetretenen ein.

»Ich hab doch nur auf Wache einen Verdächtigen geschnappt, der sich um unser Lager herumgeschlichen hat«, rechtfertigte sich der Landsknecht heftig. »Es war meine Pflicht …«

»Schon gut«, beschwichtigte ihn der andere. »Lass ihn erst mal in Ruhe, glaub mir, es ist besser so. Morgen führen wir ihn zum Kommandanten.«

Sie ließen von Jonas ab. Er blieb ruhig am Feuer sitzen und dachte angestrengt nach. *Einen* Verdächtigen hätte er geschnappt, sagte der Landsknecht. Das hieße, Tina und Chronicus waren möglicherweise noch frei. Sie hatten inzwischen sicher sein Fehlen bemerkt und müssten eigentlich schlussfolgern können, was mit ihm geschehen war. An Flucht konnte er nicht denken, wenigstens nicht jetzt. Aber vielleicht böte sich gegen Morgen eine Gelegenheit, wenn die Kerle besoffen am Lagerfeuer lägen?

Der Landsknecht vom Abend zuvor rüttelte ihn wach. Jonas war am Feuer eingeschlafen, obwohl er krampfhaft versucht hatte, sich wach zu halten.

»Aufstehen, Hochwürden«, grölte er. »Wir wollen dem Kommandanten einen kleinen Besuch abstatten.« Er zog ihn hoch und stieß ihn vor sich her zu einem großen runden Zelt. Zwei Wachen standen vor dem Eingang. »Den hab ich gestern bei der Streife aufgegriffen. Behauptet, ein reisender Mönch aus Zwiefalten zu sein, nach Sindelfingen unterwegs«, gab der Landsknecht den beiden zu verstehen.

Noch bevor diese den Besuch melden konnten, öffnete sich der Vorhang und ein Offizier trat heraus. Er musterte Jonas von oben bis unten. »Soso, ein Mönch aus Zwiefalten.« Wieder musterte er ihn scharf. »Warum tragt Ihr keine Tonsur?«

Vor Schreck griff sich Jonas an den Kopf, die umstehenden Soldaten lachten.

»Ich, ich bin noch Novize, Herr, und habe das Gelöbnis noch nicht abgelegt«, stammelte Jonas geistesgegenwärtig.

»Und dennoch übergab man Euch einen so wichtigen Auftrag?«

»Ich habe nur Bruder Martin begleitet, er ist schon etwas älter und braucht etwas Unterstützung.« Jonas wurde es heiß und kalt. Wie lange konnte das gutgehen?

»Wen wolltet Ihr in Sindelfingen aufsuchen?«

Jonas zögerte. Jetzt könnte er sich leicht verraten und sein Spiel wäre durchschaut. Im letzten Moment fiel ihm ein Ausweg ein.

»Das darf ich Euch nicht sagen. Wir sind in geheimer Mission unterwegs.«

Der Offizier lachte schallend, dann drehte er sich zu den Wachen um und sagte: »Bringt ihn zu den Gefangenen. Wir nehmen ihn mit.«

Sie schleppten ihn zu einem Zelt in der Mitte des Lagers. Gefesselt an Händen und Füßen warfen sie ihn dort zu Boden. Zwölf Männer lagen hier, allesamt verschnürt wie er. Eine Wache achtete darauf, dass niemand redete.

Stunden vergingen. Jonas überdachte seine Lage. An Flucht zu denken, war aussichtslos. Wenn Chronicus ihn nicht innerhalb einer Woche finden und befreien könnte, würde er die Reise mit Tina alleine antreten? Sein ungutes Gefühl gestern Nacht hatte ihn nicht getrogen.

Plötzlich erschienen zwei Landsknechte im Zelteingang, sprachen leise mit dem Wachhabenden, zeigten auf ihn, kamen auf ihn zu und befreiten ihn von seinen Fußfesseln. Sie nahmen ihn in ihre Mitte und schleppten ihn zu einem prächtig ausgestatteten Zelt. Ein Offizier mit hohen Stiefeln, umgeschnalltem Degen und Federhut saß an einem kleinen Tischchen und studierte Schriftrollen. Als Jonas zwischen den beiden Soldaten vor ihm stand, blickte er kurz auf und schickte die Wachen mit einer kurzen Handbewegung hinaus.

Schweigend fixierte er Jonas eine Zeitlang, dann fragte er unvermittelt: »Wo ist Chronicus?«

Jonas erschrak, versuchte aber sofort Fassung zu bewahren. »Verzeiht, hoher Herr, ich bin mit meinem Mitbruder Martin nach Sindelfingen unterwegs und ...«

»Wo ist Chronicus?«, donnerte der Offizier und sein Gesicht nahm drohende Züge an.

Jonas' Gedanken überschlugen sich. Wer saß da vor ihm? Woher kannte er Chronicus' Namen? Sollte er sich dumm stellen?

Doch bevor er antworten konnte, brüllte der Offizier wieder los: »Bevor du mir irgendeine Lüge auftischst: Ich weiß, dass Chronicus mit zwei Begleitern in den Kutten seines Ordens unterwegs ist. Und du bist einer davon. Du bist einer der Zeitreisenden.« Dann nahm seine Stimme einen weichen, fast freundschaftlichen Klang an. »Ich kenne euer Schicksal, glaub mir, du hast mein volles Mitgefühl. Was dieser Chronicus, der selbsternannte Herr über die Zeit, auch immer wieder treibt! Zuerst verschleppt er Caspar aus seiner Zeit und bindet ihn an sich, dann euch beide – und den dritten hat er wohl irgendwo dazwischen verloren? Ein gewissenloser Bursche. Ich wette, er hat dir eine ganze Menge Unsinn über mich erzählt. Lassen wir das Versteckspiel.«

Jonas wusste nun, wem er gegenüberstand. Er hatte sich ihn anders vorgestellt, unheimlicher, bedrohlicher. Holofernes unterschied sich kaum von den anderen Offizieren im Lager.

Er entschied sich, auf seine Taktik einzugehen und antwortete bemüht freundlich: »Holofernes? Ich bin Jonas Felder. Ich freue mich, Sie einmal persönlich kennenzulernen.«

Holofernes stutzte kurz, dann lachte er los, klopfte Jonas auf die Schulter und pfiff auf zwei Fingern der Wache vor dem Zelt. »Fesseln durchschneiden!«, befahl er herrisch, dann ließ er einen zweiten Stuhl bringen und bot Jonas Platz an. »Du bist ein intelligenter Junge und möchtest so schnell wie möglich wieder in deine Zeit zurück, habe ich Recht?« Er lehnte sich zurück und musterte, wie seine Worte auf Jonas gewirkt hatten. Dann beugte er sich vor und begann mit verschwörerischem Ton: »Wenn du mir hilfst, mit diesem Chronicus zusammenzutreffen, wird dir nichts geschehen. Im Gegenteil, bei nächster Gelegenheit werde ich dich in deine Zeit zurückbringen. Ich möchte mich nur einmal ausführlich mit meinem Kollegen unterhalten. Wir kennen uns schon lange, aber immer weicht er mir aus.« Wieder fixierte er Jonas lauernd. »Du wirst natürlich Verständnis dafür haben, dass ich dich nicht so einfach laufen lassen kann. Aber wenn du vernünftig bist, wirst du es nicht bereuen.«

»Geben Sie mir etwas Bedenkzeit«, bat Jonas.

Bei diesen Worten verdunkelten sich Holofernes' Gesichtszüge. Er stierte Jonas aus glasigen Augen an, bevor er boshaft lachte. Dann zischte er Jonas an: »Die kannst du haben. Wache! Bringt ihn zu den Verurteilten!«

Jonas wurde in ein anderes Zelt gebracht. Hier lagen ein rundes Dutzend Männer am Boden, die Hände auf den Rücken gefesselt, die Beine in den Knien nach hinten abgewinkelt und die Füße mit den

Händen im Rücken zusammengebunden. Bald lag Jonas ebenso verschnürt am Boden.

Was sollte er tun? Holofernes erpresste ihn, kein Zweifel. Und wenn er seine Aufgabe erfüllt hätte, würde er ihn töten, auch daran zweifelte Jonas nicht. Holofernes wusste nicht so viel über ihn, wie er vorgab. Wenn er sich weigerte, mit ihm zusammenzuarbeiten, würde er ebenfalls über kurz oder lang getötet, vermutlich davor grausam gefoltert werden.

»Was hast du denn ausgefressen, seit wann verurteilen sie Mönche?«, sprach ihn sein Nebenmann mit heiserer Stimme an.

»Sie halten mich wohl für einen Spion«, antwortete Jonas und versuchte ihm sein Gesicht zuzuwenden. »Und weshalb liegst du hier?«

»Wir sind alles Führer des Bauernheers, in der Schlacht bei Böblingen gefangen genommen.«

Jonas versuchte sich an das zu erinnern, was er über den Bauernkrieg gehört hatte. Die Bauern wurden bei Böblingen geschlagen, danach Zigtausende von den Landsknechten getötet.

»Weshalb hat man euch verschont?«, fragte er.

»Verschont?«, lachte sein Gegenüber bitter. »Wir werden für eine besonders grausame Hinrichtung aufbewahrt, als drohendes Exempel, damit sich die Bauern ja nie wieder gegen die Herren erheben.«

Jonas erinnerte sich an den Fall des Bauernführers Jäcklein Rohrbach, der vor seinem Heimatdorf Neckargartach bei lebendigem Leib langsam zu Tode geröstet wurde.

»Dabei wollten wir nur unsere alten Rechte einfordern«, fuhr sein Nebenmann fort, »freie Jagd, freien Fischfang, geregelten Frondienst, geregelte Steuern und Abgaben, wie es in der Bibel steht, und keine Leibeigenschaft mehr, alle Menschen sind vor Gott gleich.«

»Es wird noch einige hundert Jahre dauern, bis diese Rechte durchgesetzt sind«, antwortete Jonas.

Der Bauernführer schaute ihn fragend und verständnislos an. Dann schloss er die Augen und seufzte.

Jonas taten alle Knochen weh. Nur mit Schmerzen konnte er sich etwas bewegen, von Zeit zu Zeit seine Lage verändern. Er wusste nicht, wie lange er hier gelegen hatte, als er wieder von seinen Fesseln befreit zu Holofernes gebracht wurde.

»Genug Bedenkzeit?«, fragte der mit gespielter Freundlichkeit.

Jonas nickte. Ihm war inzwischen klar geworden, dass es nur eine Möglichkeit gab. Chronicus wollte mit Holofernes zusammentreffen, Holofernes wollte von ihm zu Chronicus geführt werden. Er müsste versuchen, dieses Treffen so einzufädeln, dass Chronicus den Zweikampf so, wie er ihn wollte, aufnehmen könnte. Also hieß es, Zeit zu gewinnen, so viel wie möglich über Holofernes' Absichten in Erfahrung zu bringen, und das hieße, zum Schein auf sein Angebot einzugehen.

»Ich werde mit Ihnen zusammenarbeiten«, antwortete Jonas. »Aber unter der Bedingung, dass Sie mich und meinen Freund so schnell wie möglich wieder in unsere Zeit bringen.«

»Kluger Junge, ich wusste es«, schmeichelte Holofernes, »und nun erzähl mir mal, was du über seine Pläne weißt.«

Jonas überlegte. Chronicus und Tina würden dem Landsknechtheer, bei dem sie ihn vermuteten, aus sicherer Entfernung folgen und eine Gelegenheit suchen, ihn zu befreien. Wohin wandte sich das Landsknechtsheer nach der Schlacht bei Böblingen? Richtig! Zunächst zogen sie nach Heilbronn, wo sie Jäcklein Rohrbach hinrichteten und Weinsberg zerstörten, bevor sie die Bauern in der letzten Schlacht bei Königshofen besiegten.

»Er ist unterwegs nach Heilbronn«, sagte Jonas, »genau weiß ich es nicht, aber er hat von einem Blutbad im Weinsberger Tal gesprochen. Er wollte dort so viele Menschen wie möglich retten.«

Holofernes nickte. »Das sieht ihm ähnlich. Versucht sich als Menschenfreund aufzuspielen, während die Geschichte doch längst geschrieben ist. An den historischen Fakten kann er überhaupt nichts ändern. Es geschieht, was geschehen muss, so traurig das auch ist.«

Er machte eine Pause und schien einige Szenarien durchzuspielen. Dann huschte ein Lächeln über sein Gesicht. »Ich muss ihm das bei unserem Zusammentreffen im Detail erklären. Ich denke, wir könnten das in Heilbronn arrangieren.«

Am nächsten Morgen zog das Landsknechtheer weiter. Jonas konnte sich zwar frei bewegen, wurde aber immer von zwei Wachen begleitet. Im Gespräch mit ihnen erfuhr er, dass der Schwäbische Bund, eine Vereinigung der Herren und freien Städte, das Heer gegen die Bauern aufgestellt hatte. Nach dem Sieg des Kaisers über den französischen König in Oberitalien seien viele Landsknechte arbeitslos geworden und folgten ihrem Aufruf. Die Kosten streckten die Fugger in Augsburg vor, die reichste Kaufmanns- und Bankiersfamilie der Zeit.

Ob die nicht auch die Bestechungsgelder für die Wahl des Kaisers bezahlt hätten, fragte Jonas.

Das könnte schon sein, antwortete ihm sein Bewacher und setzte hinzu, dass das Heer von Georg von Waldburg geführt werde, der deshalb überall »Bauernjörg« genannt werde, da er die Bauern gnadenlos hetze.

Ob sie denn nie Verständnis für die Forderungen der Bauern empfunden hätten, fragte Jonas vorsichtig nach.

Sein Begleiter zuckte die Achseln. So sei die Welt nun mal. Es gebe Bauern, die müssten gehorchen, es gebe Herren, die über sie herrschten und dann gebe es noch die Kirchenleute, die für alle beteten, aber das wüsste er ja selber.

In all den Tagen des Marsches nach Norden hörte Jonas nichts von Holofernes. In den Nächten versuchte er lange wachzubleiben. Er wartete auf ein Zeichen von Chronicus. Auch über eine mögliche Flucht dachte er nach. Aber es bot sich keine Gelegenheit.

Westlich von Heilbronn kam der Zug zum Stillstand. In aller Eile wurde eine kleine Zeltstadt errichtet. Jonas erfuhr, dass die Bauern Heilbronn bereits geräumt hatten. Die Stadt war über Wochen ihr Zentrum gewesen. Auf dem Rathaus hätten sie eine eigene Verwaltung eingerichtet, hier in Heilbronn sollte ein Bauernparlament mit Vertretern aus ganz Süddeutschland zusammentreten. Aber vor dem Heer des Bauernjörg seien sie abgezogen, Richtung Würzburg, wo über zehntausend Bauern die Festung des Bischofs belagerten. Götz von Berlichingen, der Ritter mit der eisernen Faust, sei ihr Anführer.

Am nächsten Morgen wurde Jonas zu Holofernes gerufen.

»Jetzt kommt deine Stunde, Jonas«, begrüßte der ihn leutselig. »Zeig dich in Heilbronn und wenn du Chronicus ausfindig gemacht hast, gib mir Bescheid.« Mit drohendem Unterton in der Stimme fuhr er fort: »Du wirst ständig von meinen Leuten beobachtet und wenn du auf dumme Gedanken kommst, vertragen die keinen Spaß. Sie können bestens mit ihren Messern umgehen. Sie werfen sie auch gut. Du kannst über einen von ihnen mit mir Kontakt aufnehmen. Sie werden ständig um dich herum sein. Und nun geh!«

Jonas betrat die Stadt durch das Brückentor. Überall patrouillierten Soldaten. Es war unmöglich auszumachen, wer von ihnen seine Aufpasser waren. Jonas schritt durch die Brückentorstraße in Richtung Marktplatz. Wuchtig erhob sich die Kilianskirche, an deren Turm noch gearbeitet wurde. Er betrat die gotische Hallenkirche, ließ die Tiefe des Raums auf sich wirken und verließ sie durch einen Seitenausgang in Richtung Kirchbrunnenstraße. Sie hieß wegen des Stadtbrunnens so, dessen Vorläufer Heilbronn einst seinen Namen gegeben hatte. Die hohen Fachwerkhäuser bildeten in den schmalen Gassen tiefe Schluchten.

Ein Soldat hielt ihn an. Er solle bis zum Abend durch die Straßen und Gassen gehen, könne sich auch dazwischen irgendwo ausruhen, man würde ihm sagen, wann es Zeit sei, wieder aufzubrechen.

Jonas setzte sich auf einen großen Steinquader bei der Bauhütte der Kilianskirche und schaute den Bauleuten zu. Wie lange würde Holofernes ihn hier als Lockvogel spazieren gehen lassen? War Chronicus überhaupt in der Nähe? War er dem Heer gefolgt, um ihn zu suchen? Was würde geschehen, wenn er jetzt plötzlich vor ihm stünde? Vielleicht beobachtete er ihn bereits aus der Ferne. Er spielte mit einem Stein, begann auf der Quaderoberfläche zu kritzeln, da kam ihm eine Idee. Könnte er unbemerkt Chronicus eine Botschaft hinterlassen? Scheinbar spielerisch kritzelte er weiter, malte schematisch die Umrisse eines Käfigs, in die er das Wort Löwe schrieb. Daneben zeichnete er ein Dreieck mit einem Ausrufezeichen in der Mitte. Es sollte einem Achtungschild aus seiner Zeit gleichen. Dann steckte er seinen Ritzstein ein und ging weiter. Bis zum Abend hatte er auf mehrere Steinbänke dieselbe Zeichnung angebracht. Als er über den Marktplatz schlenderte, sprach ihn wieder ein Landsknecht an, es sei jetzt Zeit, die Stadt zu verlassen.

Am nächsten Tag wurde er wieder in die Stadt geführt. Jonas steuerte unauffällig die Plätze vom Tag zuvor an. Bei einer Steinbank am Fleiner Tor sah er, dass seine Zeichnung verändert worden war. Schnell setzte er sich und bedeckte sie mit dem Arm. Erst als er sicher war, nicht beobachtet zu werden, nahm er den Arm beiseite. Aus dem

Käfig war eine Kirche geworden. Die Gitterstäbe waren nicht mehr zu sehen, auch das Wort Löwe war ausgelöscht, an die rechte Seitenwand war ein Kirchturm angefügt, mit wenigen Strichen war ein Gerüst angedeutet, auf dessen oberste Strebe ein Pfeil zeigte, unter dem Turm stand ein winziges »C«.

Das war eine Botschaft von Chronicus! Doch was bedeutete sie? Saß Chronicus im Kirchturm? Aber weshalb sollte er ihm das mitteilen? Nein, das konnte nur heißen, dass er versuchen sollte, zu diesem Turm zu kommen. Wenn das Zeichen aber eine Falle war?

Jonas verwischte die Zeichnung, so gut es ging. Mit den anderen Zeichnungen vom vorigen Tag verfuhr er ebenso. Wie leicht könnten seine Beobachter Verdacht schöpfen, wenn sie es nicht längst schon getan hatten!

Gegen Mittag schlenderte er zur Kilianskirche, näherte sich dem abgetrennten Bezirk bei der Bauhütte, als ihn ein Steinmetz freundlich ansprach, ob er nicht die Baustelle besichtigen wolle? Jonas schaute ihn überrascht an. Der Steinmetz zwinkerte ihm zu und nickte leicht mit dem Kopf. Jonas entschied sich, das Wagnis einzugehen. Freudig stimmte er zu. Der Steinmetz führte ihn in die Baustelle, nicht ohne zuvor das Absperrgitter sorgfältig zu verschließen.

»Du darfst keine Zeit verlieren«, flüsterte er dann Jonas zu und stieg mit ihm die Wendeltreppen des Turmes hoch. Die Tür zum Turm hatte er wieder sorgfältig verschlossen.

In einer Mauernische saß Chronicus. »Du wirst von Soldaten beobachtet, aber hier sind wir für ein paar Augenblicke sicher.«

Jonas berichtete atemlos von Holofernes' Plan und fragte nach Tina.

»Sie ist in Sicherheit«, antwortete Chronicus. »Jetzt geh schnell wieder nach draußen und verabschiede dich höflich von den Bauleuten. Ich werde dir morgen eine Botschaft zukommen lassen. Sie dürfen keinen Verdacht schöpfen.«

Jonas bemühte sich, ein gleichgültig freundliches Gesicht zu machen, als er die Baustelle verließ. Wie verabredet schüttelte er dem Steinmetz die Hand und bedankte sich, dann schlenderte er weiter in Richtung Kieselmarkt hinter dem Rathaus.

Am Abend ließ ihn Holofernes kommen. Er wusste über seine Wege in der Stadt genau Bescheid. Über die Besichtigung der Baustelle wollte er Genaueres wissen. Jonas berichtete von den kunstvollen Steinmetzarbeiten und von der eindrucksvollen Höhe des Kirchenschiffs.

Holofernes hörte ihm aufmerksam zu und sagte zum Schluss: »Die Kilianskirche kennst du ja jetzt zur Genüge. Ab sofort wirst du sie nicht mehr betreten, verstanden?«

Es war gegen Mittag des nächsten Tages, als Jonas beim kleinen Kirchhof der Nikolaikirche saß und die warmen Strahlen der Sonne genoss. Vor ihm spielten Kinder, als sich nach einiger Zeit ein kleiner Junge neben ihn setzte und leise sagte: »Der schwarze Löwe sitzt hinter dem runden Turm.« Dann klatschte er in die Hände und rannte wieder zu den anderen.

Jonas blieb scheinbar unbeteiligt sitzen. Was konnte die Nachricht bedeuten? Welcher Turm war gemeint? In Heilbronn gab es Kirchtürme und Türme an der Stadtmauer. Aber alle hatten einen rechteckigen Grundriss. Er machte sich auf den Weg über das Sülmertor in Richtung Neckar. Da sah er den runden Turm in der Ecke der Stadtbefestigung. Wie sollte er hier unauffällig nach einer Botschaft suchen? Was hatte sich Chronicus nur dabei gedacht? Einfach mal hinter den Turm gehen? »Warum nicht«, grinste Jonas, »bisweilen hat man ja ein dringendes Bedürfnis, ein solches verstecktes Plätzchen aufzusuchen.«

Er stellte sich breitbeinig zwischen Turm und Stadtbefestigung und suchte die Mauer ab. Da, kniehoch in einer Mauerfuge, versteckt hinter einem Grasbüschel, das dort herauswuchs, ragte ein gerolltes weißes Blatt hervor. Er griff es vorsichtig und steckte es in seine Kutte, bevor er an der Stadtmauer entlang in Richtung Brückentor spazierte. Sollte er in irgendeinem Winkel die Botschaft lesen? Würde er dabei beobachtet? Er entschloss sich, damit lieber bis zum Abend zu warten, wenn er wieder im Lager wäre. Aber wenn dann zu viel Zeit vergangen war und ihn die Nachricht zu spät erreichte?

Beim Brückentor geriet er in eine Menschenmenge. Zwei Fuhrleute beschimpften sich derb, dass einer dem anderen Platz machen sollte. Das war die Gelegenheit. Er schob sich zwischen die Schaulustigen und entrollte das Papier mit der linken Hand noch in der Tasche, so dass er es mit dem Daumen in die Innenfläche seiner Hand drücken konnte. Dann warf er einen Blick darauf: Heute Abend Landsknecht C.

Jonas rätselte, aber er konnte mit der Botschaft nichts anfangen. Sicherheitshalber zerriss er den Zettel in der Tasche seiner Kutte in kleine Fetzen und formte ihn zu einer Kugel, dann bückte er sich, als ob er nach seinem Schuhwerk sehen wollte und steckte die kleine Papierkugel neben einem Grasbüschel in die Erde. Anschließend verbrachte er einige Zeit, indem er einem Fischer zusah, der vor dem Stadttor im Neckar seine Netze auslegte.

Plötzlich trat ein Offizier in auffälliger Kleidung auf ihn zu und legte ihm unsanft die Hand auf die Schulter.

Jonas fuhr herum und sah in das Gesicht von Chronicus.

»Mitkommen!«, brüllte der ihn an. »Der Kommandant will dich sprechen!« Dann stieß er ihn unsanft vor sich her und flüsterte, ohne die Lippen zu bewegen: »Lass dir nichts anmerken, führ mich in das Zelt von Holofernes.«

Jonas war äußerst ungemütlich zumute. Was führte Chronicus im Schilde? War dieses Manöver nicht viel zu auffällig? Wie würden seine Bewacher darauf reagieren? Aber es gab wohl keine andere Möglichkeit, also stapfte er vor Chronicus her, der ihn immer wieder mit derben Flüchen bedachte.

Vor Holofernes' Zelt winkte Chronicus die Wachen beiseite, die ihm merkwürdigerweise sofort gehorchten, und zischte Jonas zu: »Verhalte dich ganz ruhig, ganz gleich, was passiert, bleib am Eingang stehen.«

Dann schlug er den Vorhang zur Seite und trat ein. Holofernes saß über seinen Schriften und sah unwillig hoch.

Chronicus warf seinen Hut auf den Boden und sah ihn durchdringend an. »Du wolltest mich sprechen? Nun, dazu hast du jetzt Gelegenheit.«

Holofernes sprang auf und starrte ihn an. Schweigend standen sich beide gegenüber und maßen sich mit durchdringendem Blick. Holofernes öffnete den Mund, wollte etwas sagen, etwas rufen, doch kein Laut drang aus seinen Lippen. Sein Kopf lief rot an, das Muttermal auf seiner Stirn verfärbte sich schwärzlich-violett, aber er versuchte Chronicus' Blick standzuhalten, für einen kurzen Moment zuckte Chronicus zusammen, dann standen sie sich wieder schweigend und starr gegenüber.

Jonas verfolgte den lautlosen Zweikampf wie gebannt. Er spürte, wie sein Mund trocken wurde. Sein Herz schlug bis zum Hals. Würde Chronicus seinen Widersacher ausschalten können? Mit höchster Konzentration verfolgte er jedes Mienenspiel, jede kleinste Bewegung. Da – Chronicus wankte etwas, er suchte mit einem kleinen Schritt zur Seite Halt und wandte in diesem kurzen Augenblick seinen Blick von Holofernes ab. Der bemerkte die Unsicherheit, atmete tief ein und schien um Zentimeter zu wachsen. Seine Augen nahmen einen leicht spöttischen Ausdruck an. Er räusperte sich, formte die Lippen, wollte etwas sagen. Diesen kurzen Moment nachlassender Konzentration nutzte Chronicus aus. Er verschärfte seinen Blick, fixierte Holofernes' Stirn, als suche er darauf einen bestimmten Punkt. Holofernes unterdrückte einen überraschten Aufschrei, versuchte sich mit beiden Händen an der Tischkante festzuhalten, dann lief ein kaum wahrnehmbares Schütteln durch seinen ganzen Körper. Mit einem leisen Stöhnen wich endlich die Spannung aus seinen Gesichtszügen. Er schien in sich zusammenzufallen, stützte sich auf seinem kleinen Tischchen ab und sank auf seinen Stuhl. Er schloss die Augen und fiel vornüber auf den Tisch, wo er regungslos liegen blieb.

Chronicus nahm seinen Hut vom Boden auf, kam auf Jonas zu, schob ihn vor sich her aus dem Zelt. Dann rief er die beiden Wachen und gebot ihnen, Jonas zum Lagerausgang zu führen und gut auf ihn aufzupassen, er komme gleich nach.

Die Gedanken kreisten in Jonas' Kopf. Was hatte Chronicus vor? Da kam er auch schon mit zwei Pferden, gebot den Wachen, Jonas an Händen und Füßen zu fesseln und über eines der beiden Pferde zu werfen, daraufhin bestieg er das andere und ritt mit einem Gruß davon, indem er seinen Federhut schwenkte.

Sie erreichten nach einer halben Stunde ein Waldgebiet weit außerhalb der Stadt. Chronicus hielt an, stieg vom Pferd, löste Jonas die Fesseln und half ihm herunter. Jonas war vom scharfen Ritt quer über dem Pferd liegend völlig zermürbt. Ihm war schlecht und das Blut hämmerte in seinen Schläfen.

»Entschuldige bitte, aber das war der sicherste Weg, dich aus dem Lager zu bringen.« Während Chronicus Jonas stützte, fragte er ihn: »Wirst du ein Stück reiten können? Wir halten uns nach Norden, Richtung Wimpfen.«

Jonas nickte geistesabwesend. Irgendwie würde er sich auf dem Pferd halten können. Die Waldluft tat ihm gut, der Schwindel und die Übelkeit ließen langsam nach. »Ich bin schon bequemer gereist«, ächzte er und versuchte ein Lächeln.

Chronicus klopfte ihm freundschaftlich auf die Schulter und half ihm aufs Pferd. »Ich erkläre dir alles später, aber jetzt drängt die Zeit.«

An einer kleinen Feldkapelle machte Chronicus halt, sprang vom Pferd und bedeutete Jonas, ebenfalls abzusteigen. Dann gab er den beiden Pferden einen Klaps und ließ sie davonlaufen. Er öffnete die Tür zur Kapelle und ließ Jonas eintreten.

Tina kam auf Jonas zugerannt und nahm ihn erleichtert in die Arme, dann lachte sie ihn an und sagte: »Ich bin so froh, dass er dich da heil herausgeholt hat.«

Chronicus war inzwischen hinter dem Altar verschwunden und kam nach kurzer Zeit in seiner gewohnten Mönchskutte zurück. »Wir sollten uns auf die Reise vorbereiten. Es ist Zeit.« Er breitete die Arme aus, schloss die Augen und begann mit der Meditation.

Caspar

Schwedische Soldaten in Heilbronn. Als Chronicus mit Tina und Jonas die Stadt betrat, betrachtete man sie argwöhnisch.

»Es liegt an unseren Mönchskutten«, sagte Chronicus. »Die Reichsstadt Heilbronn und das Herzogtum Württemberg haben sich bald nach dem Bauernkrieg der Reformation angeschlossen, Katholiken sieht man hier nicht gerne. Trotzdem glaube ich nicht, dass wir Schwierigkeiten bekommen werden. In diesen Zeiten wechseln die Herren alle paar Jahre: katholische Kaiserliche, schwedische Protestanten.«

»Wieso denn Schweden?«, fragte Tina.

Jonas antwortete: »Wenn mich nicht alles täuscht, dürften wir wieder in einer alles andere als angenehmen Zeit angekommen sein. Wir sind wohl mitten im Dreißigjährigen Krieg.«

Chronicus nickte ernst. 1631 schloss sich Württemberg einem protestantischen Bündnis mit dem Schwedenkönig Gustav Adolf an, 1634 wurden die Schweden bei Nördlingen besiegt und sammelten sich bei Heilbronn, bevor sie nach Norden abzogen. Wir müssten uns also zwischen 1631 und 1634 befinden. Ich denke, wir sollten größere Städte meiden und sehen, dass wir die Zeit bis zur nächsten Reise irgendwo abseits des Kriegsgeschehens abwarten.

Kaum aber hatten sie die letzten Häuser von Heilbronn verlassen, als eine Gruppe schwedischer Reiter auf sie zusprengte.

Chronicus wurde leichenblass. »Flieht, versteckt euch!«, rief er hastig mit unterdrückter Stimme und schritt dann aufrecht auf die Reiter zu.

Unschlüssig sahen sich Jonas und Tina an, nach einem letzten, fast flehenden Blick von Chronicus liefen sie endlich los. Halb geduckt rannten sie durch die Weinberge auf ein Weinberghäuschen zu, in dem sie kauernd Schutz fanden. Verängstigt drückten sie sich in seinen hintersten Winkel. Chronicus wollte die Reiter ablenken. Konnte er sich selbst auch noch rechtzeitig in Sicherheit bringen?

Doch sie hatten vergeblich darauf gehofft, dass irgendwann Chronicus bei ihnen erscheinen und berichten würde, wie er den schwedischen Reitern entkommen sei. Mutlos verließen sie in der Abenddämmerung ihr Versteck und trotteten ins nächste Dorf.

Kein Mensch war zu sehen. Vermutlich waren alle längst hinter die schützenden Mauern der Stadt geflohen. Schon wollten sie das zerstörte Dorf wieder verlassen, als sie im Garten eines schmalen Häuschens einen kleinen Jungen wahrnahmen. Jonas sprang auf ihn zu. Der Kleine versuchte auszubüxen, doch Tina, in dessen Richtung er gerannt war, hielt ihn auf.

»Tut mir nichts, ich tu euch auch nichts«, schluchzte der Junge. Er trug einen kleinen Sack über der Schulter und war wohl gerade dabei gewesen, die Ruinen nach Essbarem zu durchstöbern.

Tina und Jonas setzten sich und gaben ihm von ihren Vorräten zu essen. Allmählich taute der Junge auf und erzählte ihnen von seinen Eltern und Geschwistern, die von den Schweden verschleppt worden waren. Er allein sei entkommen und verstecke sich mal in diesem, mal in jenem Haus.

Ob er die schwedischen Reiter gesehen hätte, fragte ihn Tina. Der Kleine nickte. Die kämen immer wieder, erzählte er. Vorhin hätten sie einen Mönch mitgenommen. Dabei blickte er Jonas und Tina an und bemerkte ihre erschrockenen Blicke.

»Hat der zu euch gehört?«, fragte er und grinste plötzlich schelmisch. »Der hat es ihnen aber gegeben! Ganz böse ist er geworden. Aber mitgenommen haben sie ihn trotzdem.«

»Und was machen wir jetzt mit dir, kleiner Mann?«, fragte Jonas. »Willst du mit uns kommen?«

Der Junge sah ihn mit großen Augen an und rückte ein Stück von ihnen weg. »Ich bleibe hier«, sagte er bestimmt. »Bis meine Eltern wieder da sind. Ich pass auf unser Haus auf.«

Er war um alles in der Welt nicht dazu zu bringen, mit ihnen sein zerstörtes Dorf zu verlassen. Aber wie hätten sie ihn denn auch schützen können, waren sie doch selbst in einer recht aussichtslosen Lage! Vielleicht war er hier, wo er sich auskannte, tatsächlich sicherer. Tina strich ihm beim Abschied über den Kopf und ermahnte ihn, vorsichtig zu sein.

Sie überlegten, ob sie nicht doch in der Nähe bleiben und darauf hoffen sollten, dass Chronicus sich befreien könnte und sie hier suchen würde. Oder sollten sie versuchen, zum Lager der Schweden vorzudringen, um herauszubekommen, ob er noch lebte und wo er gefangen gehalten wurde? Schließlich beschlossen sie, zunächst auf einer Anhöhe im Schutz eines Wäldchens die Nacht abzuwarten und die Augen offenzuhalten. Abwechselnd hielten sie Wache.

Gegen Morgen sahen sie tatsächlich von Ferne eine Gestalt auf das Dorf zulaufen. Als sie näher kam, erkannten sie, dass es sich um keinen Soldaten handelte. Der Mann war abenteuerlich gekleidet. Auf dem Kopf trug er einen spitzen Filzhut, aus dem eine Feder ragte. Eine alte Uniformjacke ohne Ärmel reichte ihm bis zu den Knien, die Beine steckten in großen Stiefeln.

»Hoffentlich tut der dem Kleinen nichts«, sagte Tina.

Jonas sah angestrengt mit zusammengekniffenen Augen zu dem merkwürdigen Kerl hinüber. »Das ist doch ... Das ist Caspar!«, rief er. Überrascht blickte er zu Tina. »Sollen wir uns zu erkennen geben?«

»Wir haben wohl keine andere Wahl«, sagte Tina entschlossen. »Wenn wir uns auf ihn einlassen, haben wir vielleicht eine kleine Chance, etwas für Chronicus zu tun. Er ist vermutlich ebenso auf ihn angewiesen wie wir. Außerdem hat er uns wohl längst entdeckt und ist sicher nicht zufällig hier.«

Jonas ließ auf zwei Fingern einen kurzen Pfiff ertönen. Die Gestalt fuhr herum – tatsächlich, es war Caspar. Er blickte kurz um sich, dann setzte er sich zu ihnen in Bewegung.

Er begrüßte sie auf seine typische Art: »*Die Geschichte ist eine ewige Wiederholung.* Dieser Satz stammt von dem griechischen Historiker Thukydides. Krieg und Zerstörung, Sieger und Besiegte, Willkür der Täter und ohnmächtige Wut der Opfer. Wisst ihr, dass der Dreißigjährige Krieg unter der Bevölkerung schlimmer gewütet hat als der Zweite Weltkrieg? Und doch hat man aus beiden Kriegen keine Konsequenz gezogen, denn sonst dürfte es überhaupt keine Kriege mehr geben. Der amerikanische Philosoph George Santayana hat einmal gesagt: *Wer nicht aus der Geschichte lernen will, ist dazu verdammt, sie zu wiederholen.* Willkommen in der Patsche, in der wir nun gemeinsam sitzen.« Caspar grinste tiefgründig und ließ sich neben Tina auf den Boden fallen. »Chronicus macht wohl einen Besuch bei den Schweden? Er wird es nicht leicht haben, sich von ihnen wieder zu verabschieden. Und was ist mit euch beiden? Ihr habt mich sicher sehnsuchtsvoll erwartet.«

Jonas hätte ihm am liebsten ins Gesicht geschrien, dass er nicht zum Scherzen aufgelegt sei, doch er hielt sich zurück.

Tina blieb ganz ruhig und antwortete in betont sachlichem Ton: »Ich denke, es wäre wohl das Beste, ein wenig abzuwarten, ob es Chronicus nicht doch gelingt, sich zu befreien. Dann würde er sicher hier an diesem Ort versuchen, Kontakt mit uns aufzunehmen.«

In knappen Worten berichtete sie, wie sie kurz nach Heilbronn auf schwedische Reiter gestoßen waren und Chronicus mitgeschleppt worden war und dass sie in den verlassenen Häusern ein Kind gefunden hätten, das trotzig sein Haus verteidigen wollte.

Ob sie denn von allen guten Geistern verlassen seien, sie könnten ein Kind doch nicht schutzlos den Schweden preisgeben, fuhr sie Caspar an. Dann erkundigte er sich nach dem Kleinen und machte sich sofort auf. Jonas und Tina folgten ihm neugierig in einigem Abstand.

Mitten zwischen den Ruinen setzte sich Caspar auf den Boden, zog eine kleine Flöte aus der Tasche und begann zu spielen, zuerst ein trauriges Lied mit klagenden Tönen, dann immer lustigere Weisen, bis er sich vom Boden erhob und mit kleinen Schritten zu tanzen anfing. Es dauerte nicht lange, da erschien wirklich der Junge und schaute ihm von Ferne zu. Als ihn Caspar erblickt hatte, winkte er ihn, ohne mit dem Flötenspiel aufzuhören, zu sich, nahm ihn an der Hand, während er mit der anderen weiterspielte und bezog ihn in seinen Tanz mit ein. Bald strahlte der Junge übers ganze Gesicht.

Jonas und Tina setzten sich vor den beiden auf den Boden und klopften leise den Rhythmus zu der fröhlichen Tanzmelodie. Noch einmal ließ Caspar die Flöte hell erklingen, dann beendete er sein Spiel mit einem langgezogenen Ton, der immer tiefer wurde.

Der Kleine klatschte begeistert, während sich Caspar tief vor ihm verneigte und seinen Hut dazu schwang. Dann ließ er sich zu Tina und Jonas auf den Boden nieder und wartete, bis sich der Junge ebenfalls zu ihnen gesetzt hatte. Aufmunternd sah er ihn an.

Nach einiger Zeit des Schweigens begann der Junge zu erzählen. Er heiße Sebastian, seine Geschwister Balthasar und Kathrin. Sie seien schon viel größer als er. Die Schweden hätten sie mitgenommen, als sie das Dorf überfallen hatten. Dort in dem Regenfass hätte er sich versteckt. Caspar hörte ihm aufmerksam zu.

Als der Junge alle seine Verwandten, Nachbarn und Haustiere beschrieben hatte und traurig fragte, wann sie denn endlich wiederkämen, legte Caspar den Arm um ihn und antwortete leise: »Das weiß ich nicht, Sebastian, aber ich sehe, dass du ein tapferer Junge bist und nicht gleich aufgibst. Ich werde dir helfen. Heute Abend schleiche ich mich ins Lager der Schweden, vielleicht sehe ich deine Eltern oder deine Geschwister. Kannst du mir etwas von dir geben, das ich ihnen zeigen kann?«

Der Junge rannte los und kam nach kurzer Zeit mit einem kleinen aus Holz geschnitzten Pferdchen zurück.

Caspar steckte es in seine Tasche, strich ihm über den Kopf und begann von Neuem mit seiner Flöte zu spielen. Dann stand er auf, drückte dem Jungen zum Abschied die Hand und sagte: »Morgen komme ich wieder und bringe dir dein Pferdchen zurück.«

Sebastian lachte ihn an, machte kehrt und sprang davon.

»Du willst ins Lager der Schweden?«, fragte Jonas atemlos.

Caspar nickte nur kurz. »Macht euch keine Sorgen, ein Spielmann wie ich schafft das schon. Vielleicht finde ich einen Hinweis auf die Familie des Jungen, vielleicht höre ich auch etwas von Chronicus.«

Sie verbrachten den Tag über den Weinbergen außerhalb des Dorfes, wo sie freie Sicht in die Landschaft hatten. Der Junge fühle sich am sichersten in seiner gewohnten Umgebung, gab Caspar zu. Dennoch dürfe man ihn nicht sich ganz alleine überlassen.

Sie teilten den Rest ihres Proviants unter sich auf und dösten in der Sonne. Bei einbrechender Dämmerung verabschiedete sich Caspar. Wenn er bis zum nächsten Mittag nicht zurück sei, sollten sie versuchen, mit dem kleinen Sebastian zurück nach Heilbronn zu kommen.

Lange sahen sie Caspar nach, der schnurgerade landeinwärts ging, als wüsste er genau den Weg ins Lager der Schweden.

»Ich werd nicht schlau aus ihm«, sagte Jonas. »Wie er mit dem Kind gespielt und geredet hat! Er hat kein schlechtes Herz!«

Tina stimmte ihm zu. »Du hättest ihn als Arzt erleben sollen. Nicht nur die Kinder fassen sofort Vertrauen zu ihm. Aber weshalb ist er so ganz anders, wenn er mit uns oder mit Chronicus spricht?«

»Ich glaube, du hast mit deiner Frage eben gleich die Antwort gegeben. Es liegt an seinem Verhältnis zu Chronicus. Die beiden scheinen sich nicht ausstehen zu können. Ich wollte, ich wüsste den wahren Grund dafür.«

»Du meinst, es ist nicht nur, dass Caspar an das Geheimnis der Zeitreise heranwill, wie Chronicus immer sagt?«

Jonas zuckte die Achseln und schwieg. Er schaute in den Himmel und sah die dünne Sichel des abnehmenden Mondes.

Die Nacht war kalt und beide froren erbärmlich. Ein Feuer zu entfachen, wagten sie nicht. Einmal erwogen sie kurz, in eines der verlassenen Häuser des Dorfes zu gehen, aber sie befürchteten, Sebastian einen Schrecken einzujagen.

»Der überfällt uns sonst noch hinterrücks und haut uns eine Hacke oder sonst was auf den Kopf«, scherzte Jonas, während er sich mit den Händen Arme und Beine rieb.

Als endlich der Morgen graute, waren sie erleichtert, aber ganz steif vor Kälte. Erst in der milden Vormittagssonne kam wieder Leben in ihre Glieder. Sie dösten, genossen die warmen Sonnenstrahlen und beobachteten hin und wieder den Horizont.

Gegen Mittag sahen sie endlich in der Ferne Caspar, aber er war nicht allein. Eine schlaksige Gestalt mit strohblondem Haar begleitete ihn. Immer wieder suchten sie den Schutz einer Hecke oder eines Baumes und schienen offenes Gelände vermeiden zu wollen. Tina und Jonas wären ihnen am liebsten entgegengelaufen, doch sie verzogen sich sicherheitshalber hinter die Bäume.

Kurz vor dem Dorf machten die beiden halt. Caspar holte wieder seine Flöte aus der Tasche und spielte eine kurze Folge, die wie der Gesang einer Nachtigall klang. Bald zeigte sich Sebastian und flog dem Jungen neben Caspar entgegen. Dieser griff ihn unter die Arme und wirbelte ihn herum. Nach dieser heftigen Begrüßung klopfte Caspar seinem Begleiter auf die Schulter und wies zu den Weinbergen hinauf, wo Tina und Jonas inzwischen aus dem Wäldchen getreten waren. Kurze Zeit später waren sie oben.

Sebastian sprang ihnen entgegen. »Mein Bruder Balthasar ist da!«, schrie er immer wieder, bis Caspar ihn mit an die Lippen gelegtem Zeigefinger mahnte, sich still zu verhalten.

»Niemand darf uns hören, Balthasar ist ausgerissen, verstehst du?«

Sebastian nickte. Sie setzten sich ins Gras und Caspar erzählte, wobei er immer die Landschaft im Auge behielt.

»Ich schlich mich also durch die Wachen ins Lager der Schweden und setzte mich ganz selbstverständlich an eines ihrer Feuer, holte meine Flöte und spielte, dabei hielt ich meine Augen und Ohren offen, um möglichst viel von ihren Gesprächen mitzubekommen.«

»Du kannst schwedisch?«, unterbrach ihn Jonas.

Caspar sah ihn etwas geringschätzig an. »Dort gibt es mindestens so viele Deutsche wie Schweden, dazu noch Dänen, Franzosen und Landsknechte aus aller Herren Länder. Nach einer Jongliereinlage hatte ich bald Einladungen, zu dem einen und anderen Feuer zu kommen und mitzutafeln. Überall baute ich Sebastians Pferdchen mit in die Vorstellung ein, bis ich auf Balthasar stieß, der mich entgeistert anschaute. Als ich mich verabschiedete, um zu einem anderen Feuer zu wechseln, schlich er mir nach und stellte mich zur Rede. Ich erzählte ihm kurz von dem Kleinen und er fiel aus allen Wolken. Er war der festen Überzeugung gewesen, dass seiner Familie mit Sebastian die Flucht gelungen sei. Ihn hätten die Soldaten gezwungen, als Pferdeknecht im schwedischen Heer zu arbeiten. Bei nächster Gelegenheit hätte er vorgehabt, das Lager zu verlassen, aber die Landsknechte knüpften jeden Flüchtigen als Deserteur auf. Ich habe mich dann mit ihm auf die Morgendämmerung verabredet. Um diese Zeit ist es im Lager am ruhigsten. Unterdessen hörte ich mich an den Lagerfeuern weiter um nach einem Mönch, der seit gestern hier wäre – und ich hatte Erfolg. Chronicus hat sich offensichtlich als Wahrsager aufgespielt, der in die Zukunft sehen kann. Jedenfalls ist er nicht mehr hier. Er ist mit einer Kutsche weggefahren, wohin, wusste niemand. Er hat euch wohl hier sitzen lassen.« Caspar räusperte sich, machte eine Pause und sah Jonas und Tina herausfordernd an. Dann fuhr er fort: »So langsam verloschen die Feuer und die Soldaten verschwanden in ihren Zelten oder legten sich an den noch warmen Feuerstellen zur Ruhe. Ich zog mich zum verabredeten Platz zurück, wo

Balthasar schon auf mich wartete. Das Lager ist gesichert, überall patrouillieren Wachen und die Tore sind über Nacht fest verschlossen. Es war nicht einfach, ein Schlupfloch zu finden. Doch an einer Stelle war die Befestigung durch einen kleinen Bachlauf unterbrochen. Balthasar führte mich hin. Hier konnten wir abwarten, bis die Patrouille kehrtmachte, und unbemerkt durch das Wasser entwischen.«

Sie beratschlagten, was weiter zu unternehmen sei. Balthasar verabschiedete sich herzlich von ihnen. Er wollte so schnell wie möglich mit Sebastian nach Heilbronn, hinter die sicheren Mauern der Reichsstadt, bevor im Lager sein Verschwinden bemerkt würde. Dann wollte er versuchen, etwas über den Verbleib seiner Familie in Erfahrung zu bringen.

Caspar blickte den beiden nach, bis sie aus ihrem Gesichtsfeld verschwunden waren. Dann rief er ärgerlich: »Wie kann sich Chronicus kurz vor dem kritischen Zeitpunkt so unvorsichtig verhalten! Warum ist er nicht in der Stadt geblieben? Wenn die Schweden Chronicus töten, ist alles verloren! Wir haben nur noch die kleine Chance, ihn bis zum nächsten Neumond aufzutreiben und aus dem Lager der Schweden zu befreien. Eigentlich sollte man für die Zeitreise jeweils den nächsten Mondphasenwechsel nutzen. Denn danach wird es immer schwerer, die Kraft dafür aufzubringen, die Zeit zu verlassen, und für Tim wird es sowieso immer schwieriger durchzuhalten.«

»Hattest du Kontakt zu Tim?«, fragte Tina atemlos.

Caspar zögerte mit der Antwort. »Schon lange nicht mehr. Doch ich spüre, dass er noch um uns ist, es geht ihm nicht gut.«

»Wird er es schaffen, wieder in seinen Körper zurückzukehren?«

»Ich weiß es nicht. Wir müssen nach vorne sehen. Zunächst geht es darum, dass wir hier so schnell wie möglich wegkommen. Aber wir sollten abwarten, bis es dunkel wird.«

In der Dämmerung machten sie sich auf. Sie entschieden sich, ein schmales Tal in östlicher Richtung entlangzuwandern. Irgendwo hofften sie auf ein Dorf oder ein Gehöft zu stoßen, das nicht von den Schweden oder den Kaiserlichen zerstört und geplündert worden war, denn sie brauchten dringend Proviant.

Nach einem zweistündigen Marsch durch Wiesen und lichten Laubwald erreichten sie eine Anhöhe.

Caspar wies auf eine Kirche, die vor ihnen lag und sich im Dunkel der Nacht nur schwach gegen den Himmel abzeichnete. »Ich glaube, wir haben Glück, das sieht ganz nach einem Kloster aus! Ich denke, wir warten hier die Morgendämmerung ab und sehen dann weiter.«

Jonas war nicht ganz wohl bei dem Gedanken, sich Caspar erneut anvertrauen zu müssen. Da gab es noch eine Menge zu klären. Behutsam brachte er das Gespräch auf Tinas Entführung in Sankt Gallen. Caspar leugnete, damit irgendetwas zu tun gehabt zu haben. Er sei dem Wagen gefolgt und hätte sie so befreien können. Am Abend zuvor, als er sich mit den dunklen Gästen der Pilgerherberge unterhalten hatte, hätte er Verdacht geschöpft. Am frühen Morgen hätte er dann von weitem gesehen, wie die Burschen Tina überfielen und auf ihren Wagen warfen. Zu diesem Zeitpunkt aber wäre es aussichtslos gewesen, einen Befreiungsversuch zu unternehmen. Er sei dann den Wagenspuren gefolgt und habe so zu Tina gefunden. Zögernd gab er zu, dass er allerdings die Situation zu seinen Gunsten ausgenutzt und Chronicus unter Druck gesetzt hätte, um ihm das Geheimnis der Zeitreisen abzuluchsen.

»Eben deshalb hatte ich dich auf der Reichenau in Hypnoseschlaf versetzt«, sagte er zu Tina. »Chronicus hat dir dann in der Hypnose den Befehl gegeben, zu ihm zu kommen. Erst im letzten Moment hatte ich das gemerkt und konnte gerade noch rechtzeitig in den Bannkreis für die Zeitreise gelangen. In Ulm war es genauso. Erst im letzten Moment konnte ich Chronicus finden.«

Der Morgen weckte sie mit leichtem Nieselregen. Die Umgebung war in nebliges Grau getaucht. Tina und Jonas hatten in der Nacht schlecht geschlafen und waren immer wieder vom bohrenden Hunger aufgewacht. Caspar dagegen schlief seelenruhig. Als Jonas und Tina versuchten, das Feuer wieder in Gang zu bringen, setzte Caspar sich auf, gähnte und begann in seinem Bündel zu kramen.

Mit einem zufriedenen Grinsen zog er seine schwarze Mönchskutte hervor. »Die werde ich jetzt brauchen können, ich denke, damit sehe ich etwas vertrauenswürdiger aus.«

Seinen Hut und seine Jacke rollte er eng zusammen und verstaute sie in seinem Reisesack, den er mit einem langen Riemen über der

Schulter trug. Hier unter den Bäumen sollten sie auf ihn warten. Er wolle sich im Kloster nach Essbarem umsehen und vielleicht auch etwas über die Schweden in Erfahrung bringen.

Tina und Jonas war es mit kräftigem Pusten gelungen, trotz des feuchten Wetters aus der noch glimmenden Holzkohle ein schwaches Feuer zu entfachen. Caspar schärfte ihnen ein, es klein zu halten und darauf zu achten, dass es nicht stark rauchte. Dann verabschiedete er sich und machte sich auf den Weg.

Nach wenigen Schritten drehte er sich noch einmal zu ihnen um. »Gegen Mittag werde ich wieder zurück sein.«

Am späten Vormittag hatte sich der Regen verzogen und die Sonne kam hervor. Tina schlug vor, Caspar über die Wiesen entgegenzugehen. Sie waren nur ein kurzes Stück unterwegs, da sahen sie Reiter auf sich zukommen.

»Die haben es auf uns abgesehen!«, schrie Tina und rannte los. Dann hielt sie ruckartig an, bis Jonas aufgeholt hatte. »Los jetzt, wir müssen zurück zum Wald, dort können wir uns verstecken!«

Tina zog Jonas mit sich fort. Schon spürten sie, wie die Erde von den Hufschlägen der Pferde dröhnte. Mit lautem Gebrüll löste sich der Anführer der Gruppe.

Jonas fühlte, wie ihm der Angstschweiß auf die Stirn trat. Dort drüben, der Waldrand, gute zweihundert Meter von ihnen entfernt, aber sie würden ihn nicht mehr erreichen. Hastig sah er sich um. Da, zwanzig Schritte vor ihnen stand eine Feldhütte.

»Los, da rein!«, ächzte er und schob Tina durch die Türöffnung.

»Das ist eine Falle!«, rief Tina und riss Jonas zu Boden.

Da erblickten sie eine Öffnung in der morschen Rückwand. Sie zwängten sich hindurch und robbten durch das kniehohe Gras, während die Reiter vor der Hütte ihre Pferde zum Stehen brachten. Unbemerkt erreichten sie eine dichte Wacholderhecke, in der sie sich verstecken konnten.

Sie sahen, wie die Soldaten die Hütte umstellten. Ein schnauzbärtiger Reiter mit breitkrempigem Hut zog seinen Säbel und rief: »Ergebt euch, Hände hoch und raus aus der Hütte.«

Als nichts geschah, lachte ein anderer: »Die schwarzen Vögel da drin werden zu ihren Heiligen beten. Sollen wir sie rausholen?«

»Ich weiß etwas Besseres«, erwiderte der Schnauzbart. »Bei denen ist nicht viel zu holen. Schicken wir sie gleich mit der Hütte ins Jenseits – ein kleines Feuerchen als Gruß von Sankt Florian.«

Er öffnete ein irdenes Gefäß, blies hinein, bis ein dünner Rauchfaden emporstieg und entzündete an der glimmenden Holzkohle einen mit schwarzem Pech überzogenen Kienspan. Dann nahm er etwas Stroh, verteilte es am Boden um die Hütte, goss aus einer Flasche eine helle Flüssigkeit darauf und warf den brennenden Span auf das Stroh. Es dauerte nicht lange, dann stand die ganze Hütte in Flammen. Die Reiter johlten und begannen einen Choral anzustimmen. Sie warteten nicht ab, bis die Hütte in sich zusammenfiel, sondern machten kehrt und donnerten davon.

Jonas und Tina fassten sich an der Hand und atmeten erleichtert auf.

Caspar traf fast gleichzeitig mit ihnen am Lagerplatz ein. Tina und Jonas hatten beschlossen, ihm lieber nichts von ihrer Begegnung zu erzählen. Caspar brachte schlechte Nachrichten. Das Kloster sei ebenfalls ausgeplündert worden. Die meisten Nonnen seien geflohen, nur eine Handvoll war geblieben und versuchte zu retten, was noch zu retten war. Überall zögen Landsknechte umher, die auf Plündern und Brandschatzen aus seien. Eine Abteilung der Schweden läge nicht weit entfernt. Glücklicherweise hätte er doch etwas Proviant auftreiben können und einen guten Tipp hatte er bekommen. Wenn sie dem Bach aufwärts folgten, kämen sie in ein verstecktes Waldtal mit einer kleinen Einsiedelei. Die sei verlassen und dort könnten sie einige Tage unterkommen. Vielleicht könne er von dort aus einen Besuch im schwedischen Lager wagen.

»Und das haben sie mir auch mitgegeben.« Caspar zog aus seinem Reisesack eine Angelschnur mit einem kleinen Haken. »Das Wasser des Baches soll fischreich sein. Kannst du damit umgehen?«

Jonas schüttelte verlegen den Kopf, doch Tina sagte, sie wäre zu Hause häufig beim Angeln dabei gewesen, die nächsten Abendessen seien gesichert.

Inzwischen war das Wetter wieder umgeschlagen und sie zogen das Tal entlang bis zu der beschriebenen Waldschlucht. Der Weg führte durch eine Furt, die sie durchwaten mussten, und anschließend über einen schmalen Pfad in ein enges Tal, das völlig von der

Außenwelt abgeschieden war. Sie inspizierten die Einsiedelei und waren begeistert. Hinter der Eingangstür war der Sandsteinfelsen ausgehöhlt und führte in mehrere geräumige Kammern, die mit grob gezimmerten Tischen, Bänken und Bettstellen eingerichtet waren. Sie fanden genügend Stroh, um sich ein weiches Lager herzurichten, eine Feuerstelle mit Rauchabzug und einen kleinen Holzvorrat. Tina gelang es am Nachmittag, einige Fische zu angeln, die sie über dem offenen Feuer brieten.

Bereits kurz vor Sonnenuntergang machte sich Caspar auf den Weg ins schwedische Lager. Er wollte am nächsten Morgen wieder zurück sein. Seinen Reisesack ließ er hier, wechselte zuvor aber wieder die Kleider.

»Damit passe ich besser zu dieser noblen Gesellschaft«, sagte er lachend, zog seine Flöte aus der Tasche und spielte, während er ins Tal hinunterzog, ein lustiges Liedchen.

Tina und Jonas saßen noch lange bis tief in die Nacht hinein vor der Einsiedelei. Wie still und friedlich das Tal vor ihnen lag. Ein Käuzchen schrie in der Ferne, ab und zu drang das Glucksen des Baches zu ihnen hoch. Mit einem Mal war ihnen, als spürten sie Tims Anwesenheit.

»Tim, wir sind da, halte durch, Chronicus wird wiederkommen und uns zurückbringen«, sagte Tina leise.

Jonas spürte einen Kloß in der Kehle. Ihre Lage schien aussichtslos, wenn man sie nüchtern betrachtete. Aber er zwang sich zu einem Lächeln und nickte. Was konnte Caspar schon ausrichten? Wenn Chronicus überhaupt noch am Leben war, saß er irgendwo gefangen und hatte keine Ahnung, wo sie sich jetzt befanden. Selbst wenn es ihm gelänge freizukommen: Wo sollte er sie suchen? Wie sollten sie zu ihm finden können? Andererseits tat Caspar vermutlich genau das Richtige, die kleine Chance zu nutzen, die ihnen noch blieb.

Noch zehn Tage bis zum vollen Mond. Und er musste hier tatenlos herumsitzen! Warum hatte er nicht darauf bestanden, Caspar ins Lager der Schweden zu begleiten? Doch wäre er ihm eine Hilfe gewesen? Also hieß es wieder warten und hoffen. Morgen würde er Caspar fragen, was er über die Zeitreisen wusste. Vielleicht könnten sie es ohne Chronicus versuchen?

Caspar kam am nächsten Tag mit einer guten und zugleich schlechten Botschaft zurück. Es war ihm tatsächlich gelungen, etwas über Chronicus in Erfahrung zu bringen. Er hatte bei den Pferdeknechten herumgefragt, ob sie sich an einen Ordensmann in schwarzer Kutte erinnerten. Ein Sattler, den die Schweden gezwungen hatten, im Heerlager zu arbeiten, stand dabei und zog ihn beiseite. Vor wenigen Tagen wäre er kurz mit Chronicus zusammengetroffen. Dieser habe ihn gebeten, wenn jemand nach ihm fragen sollte, Folgendes auszurichten: Er sei in einem Feldlager der Schweden zwischen Heilbronn und Mosbach und in großer Gefahr, mitgeschleppt oder aufgeknüpft zu werden. Wenn es ihm aber gelänge freizukommen, würde er nach Heilbronn gehen.

»Wir sollten heute Nacht noch los. Um das Lager der Schweden machen wir einen großen Bogen.«

Tina angelte den Tag über noch einige Forellen, die sie über dem Feuer rösteten und in große Blätter verpackten. Jonas schnürte sie in sein Bündel. Caspar hatte ein Säckchen mit Haselnüssen mitgebracht, das er im Lager der Schweden aufgegabelt hatte.

Tim

Chronicus schritt selbstbewusst auf die schwedischen Reiter zu. Er zeigte keine Furcht. Hoffentlich hatten sich Jonas und Tina in Sicherheit bringen können. Er selbst würde schon irgendwie ...

»Na, wen haben wir denn da?«, schnauzte ihn der Anführer der Reiter an, nachdem er sein Pferd kurz vor Chronicus zum Stehen gebracht hatte. »Ein Mönchlein, so ganz allein auf Abwegen?«

»Spar dir deine schlechten Scherze«, knurrte ihn Chronicus an. »Habt ihr nichts Besseres zu tun, als auf Menschenjagd zu gehen? Bezahlt euch dafür euer General? Dem werde ich was erzählen, wenn ich ihn nächstens wieder treffe!«

»Du wirst gar niemanden treffen!«, brüllte der schwedische Reiter zurück, »höchstens den Teufel in der Hölle! Richte ihm einen schönen Gruß von mir aus!«

Mit diesen Worten zog er seinen Säbel und schwang ihn gegen Chronicus. Doch dieser blickte ihm nur scharf in die Augen und blieb felsenfest vor ihm stehen, so dass der Soldat verunsichert innehielt.

»Du wirst jetzt keinen Fehler machen«, sprach Chronicus leise mit einem drohenden Unterton in der Stimme, »sondern mich umgehend zu deinem General bringen, dann werden wir weitersehen.«

Verwundert musterten ihn die Reiter.

»Da haben wir ja einen besonderen Vogel gefangen«, ließ sich einer hinter dem Anführer vernehmen.

Der grummelte nur unwillig: »Mach dich auf einen exquisiten Empfang bereit«, saß ab und ging auf Chronicus zu.

»Rühr mich nicht an oder es wird dir schlecht ergehen«, herrschte Chronicus ihn an und fixierte ihn wieder mit stechenden Augen, so dass der Schwede seinem Blick verwirrt auswich.

Chronicus schwang sich auf das Pferd des Schweden und sprach: »Ich komme freiwillig mit euch.«

Verblüfft wies der Schwede einen seiner Begleiter an, ihm dessen Pferd zu geben und zu Fuß nachzufolgen, und von der Reiterschar umgeben ritt Chronicus davon.

Nach etwa einer halben Stunde erreichten sie das schwedische Lager. Die Belagerer waren gerade dabei, ihre Zelte abzubrechen. Eine eilig herbeigerufene Wache meldete die Reiter beim Kommandeur. Sie saßen ab und gaben ihre Pferde einigen Pferdejungen.

Chronicus zeigte sich äußerst gelassen. Erst als er den Kommandeur vor sich sah, spannten sich seine Gesichtszüge an. Ungeduldig wartete er darauf, angesprochen zu werden, doch der nahm zuerst den Anführer beiseite, um mit ihm ungestört zu sprechen. Dann trat er auf Chronicus zu.

»Er hat behauptet, mich zu kennen?«

Chronicus musterte ihn einen Augenblick. »Ich kenne Euch, Euer Schicksal und Euren Weg. Seit dem Tod Eures großen Königs Gustav Adolf und dem Eures größten Feindes Wallenstein habt Ihr erstaunliche Erfolge erzielt, dann kam die Niederlage bei Nördlingen und diese Pechsträhne wird auch noch eine kurze Zeitspanne anhalten.«

»Pechsträhne? Kurze Zeitspanne? Was will Er damit sagen?«, donnerte ihn der Kommandeur an.

»Ich schaue in die Zukunft und sehe manches, was sich ergeben kann und was sich ergeben wird«, sprach ihn Chronicus seelenruhig an. »Wenn Ihr daran Interesse habt, stehe ich Euch gerne zur Verfügung. Aber nicht vor den Leuten hier.«

Der Schwede rieb sich sein Kinn. Er schien einen Moment nachzudenken. Dann winkte er der Wache. »Abführen! Setzt ihn gefangen. Wir nehmen ihn mit.« Zu dem Schweden, der Chronicus hergeführt hatte, sagte er kurz angebunden: »Er ist mir persönlich dafür verantwortlich, dass der Mönch uns nicht entwischt – und dass ihm kein Haar gekrümmt wird.«

Sie brachten ihn in ein geräumiges Bauernhaus, das von Soldaten umstellt war. Er konnte sich in einem kleinen Zimmer frei bewegen, doch vor der Tür hielten zwei bis an die Zähne bewaffnete Soldaten Wache. Chronicus überlegte fieberhaft, wie er freikommen könnte. Fluchtversuche schienen angesichts der scharfen Bewachung zwecklos. Aber hatte der Kommandeur nicht von einem baldigen Aufbruch gesprochen? Vielleicht würde sich auf der Reise eine Möglichkeit ergeben.

In der Nacht konnte Chronicus kaum schlafen. Er dachte an Tina und Jonas, auch an Tim. Den nächsten Mondphasenwechsel konnten sie wohl vergessen. Und in vierzehn Tagen? Würde seine Konzentration dann noch ausreichen? Es würde ihn viel Kraft kosten, um auch Tim wieder aus dem Zeitstrom herauszulösen. Hätte er doch Caspar in das Geheimnis des Hermes Trismegistos einweihen sollen?

All diese Gedanken gingen ihm durch den Kopf und selbstverständlich beschäftigte ihn zunächst einmal, welche Rolle er im schwedischen Heer spielen sollte. Er kannte zwar die Zukunft aus den Geschichtsbüchern, aber diese gestaltete sich leider alles andere als rosig – und schlechte Nachrichten wollten die Herren sicher nicht hören. Die Schweden hatten soeben eine entscheidende Schlacht gegen die Kaiserlichen verloren, die Schlacht bei Nördlingen, die in jedem Handbuch über den Dreißigjährigen Krieg erwähnt wird. Dennoch würden die Schweden nach dem anschließend erfolgenden offiziellen Kriegseintritt Frankreichs gegen den Kaiser wieder nach Süddeutschland zurückkehren und dort bis zum Ende des Krieges bleiben. Das war die einzige Chance, den schwedischen Heerführer vielleicht doch noch günstig zu stimmen! Er müsste ihn warnen, besser noch ihn beraten, Kontakte zu Frankreich aufzunehmen, damit es so aussähe, als ob Frankreichs Kriegseintritt mit seinen Ratschlägen zusammenhinge.

Gegen Morgen wurde zum Aufbruch geblasen. Zwei Wachsoldaten erschienen und führten Chronicus zu einer Kutsche, in der bereits zwei Herren Platz genommen hatten und ihn argwöhnisch musterten. Einer der Wachsoldaten setzte sich neben ihn, der andere nahm neben dem Kutscher Platz. In rasender Fahrt ging es über holprige Feldwege nach Osten. Die Reisenden wurden so durchgeschüttelt, dass ein Gespräch kaum möglich war. Dennoch plagte sein Gegenüber die Neugier so stark, dass er sich nach Chronicus' Auftrag erkundigte. Ein katholischer Geistlicher im schwedischen Heer? Sei er im Auftrag Frankreichs unterwegs? Chronicus blieb einsilbig, sprach etwas von Ratgeber des Generals, was allerdings seinen Gesprächspartner noch neugieriger machte. Schließlich stellte sich dieser als Hofastrologe des Generals vor. Die Sterne stünden günstig für die Sache der Schweden, verkündete er. Der endgültige Sieg stehe unmittelbar bevor. Jetzt würden die Truppen konzentriert, um die Entscheidung zu erzwingen. Deshalb auch der schnelle Aufbruch.

Chronicus nickte scheinbar zustimmend. Er hatte keine Lust auf einen Disput, der ihm möglicherweise gefährlich werden konnte. Sollte der Astrologe doch glauben, was er wollte. Sicher machte er sich und vor allem seinem Herrn etwas vor. Wie sollten die Konstellationen der Sterne einen schwedischen Sieg vorhersagen können? Da aber sein Gegenüber einfach keine Ruhe geben wollte und immer weiter auf ihn eindrang, versuchte er dem Gespräch eine unerwartete Wendung zu geben. Sollte er ihn mit einem Zitat von Wilhelm von Humboldt konfrontieren? Humboldt hatte zwar zwei Jahrhunderte später gelebt, doch es reizte Chronicus ungemein, wie der Astrologe aus der Zeit des Dreißigjährigen Krieges wohl darauf reagieren würde.

So räusperte er sich und begann: »*Zwei Dinge sind also die bewegenden Ursachen der Weltgeschichte: die Naturnotwendigkeit, von der sich auch der Mensch nicht ganz losmachen kann, und die Freiheit.*«

Sein Gesprächspartner stutzte nur einen kurzen Augenblick, dann antwortete er entschieden: »Es ist allein die Naturnotwendigkeit, welche die Weltgeschichte bewegt. Alles ist vorherbestimmt, auch der Gang der Geschichte, den wir aus den Sternen ablesen können. Die einzige Freiheit, die der Mensch hat, ist dies anzuerkennen und danach zu handeln oder zu scheitern.«

Chronicus nickte, doch gab er zu bedenken: »Wenn ich mich nicht irre, geht die Astrologie davon aus, dass es je nach Konstellation der Gestirne bestimmte günstige Zeitpunkte zum Handeln oder Nichthandeln gibt. Das lässt doch einige Freiheit für Entscheidungen und ist es denn auszuschließen, dass auch in der Natur Prinzipien der Freiheit wirken?«

Das würde ja bedeuten, dass Gott der Natur freien Lauf ließe, antwortete der Astrologe. Ob das jetzt die neue Auffassung der katholischen Kirche sei? Mit der Heiligen Schrift sei das jedenfalls nicht zu vereinbaren.

Chronicus bohrte nach. Wenn zum Beispiel Christen verfolgt worden waren, wie vor eineinhalb Jahrtausenden im Römischen

Reich, als die heidnischen Türken vor gar nicht allzu langer Zeit Schlacht um Schlacht gewonnen hätten und immer weiter ins christliche Europa bis vor die Tore Wiens vorgerückt wären, ob das etwa auch immer Gottes Wille gewesen sei? Dem Astrologen wurde es ungemütlich. Er lief rot an und holte tief Luft. Das sei doch etwas ganz anderes. Es gebe eben immer noch das Wirken des Teufels. Ob das dann auch im Sinne Gottes sei, fragte Chronicus unbeirrbar nach.

Als sein Gegenüber sich daraufhin nur bekreuzigte und »Heiliger Gott, welch sündhafte Worte« ausstieß, fasste Chronicus triumphierend zusammen: »Dann hat der Mensch immerhin die Freiheit, dem Bösen zu folgen oder sich zum Guten zu bekennen.«

Beleidigt wandte sich der Astrologe ab und schaute aus dem Fenster der Kutsche.

Interessiert und ein wenig amüsiert hatte der Wachsoldat das Gespräch mitverfolgt, während der Begleiter des Astrologen – völlig unbegreiflich für Chronicus – die ganze Fahrt über in tiefen Schlaf versunken war, obwohl er wie die anderen Fahrgäste ständig durchgeschüttelt wurde. Chronicus aber war sich nicht sicher, ob er sich mit diesem Gespräch mehr genutzt oder eher geschadet hatte.

Nach stundenlanger abenteuerlicher Fahrt über Stock und Stein kam die Kutsche endlich im Hauptlager der Schweden zum Stehen. Chronicus wurde von dem Wachsoldaten in ein großes Gebäude geführt, während ihm der Astrologe und sein Begleiter mit einer Mischung aus Neid, Hass und Erstaunen nachblickten. Würde der Pfaffe gleich zum General vorgeladen werden? Hielt es der General seit Neuestem mit den Katholischen? Er beruhigte sich schließlich mit dem Gedanken, dass Chronicus vielleicht in diplomatischer Funktion reiste.

Wieder wartete Chronicus stundenlang in seinem nicht unbequemen Gefängnis, in dem es ihm an nichts mangelte, sogar Wein und Gebäck wurden ihm aufgetischt. Und doch hätte er es liebend gerne gegen die Freiheit in einem einfachen Soldatenzelt eingetauscht.

Schließlich tauchte die Wache in der Tür auf, stieß mit der Hellebarde auf den Boden und gebot ihm mitzukommen. Sie durchquerten einen langen Gang, dann klopfte der Soldat gegen eine Tür, die sofort geöffnet wurde. Chronicus wurde angemeldet.

Vor einem großen Tisch, auf dem Karten ausgebreitet lagen, stand der General mit zwei Offizieren und musterte Chronicus mit zusammengekniffenen Augen. In wessen Auftrag er unterwegs sei, wollte er wissen.

Chronicus betonte, keinen Auftraggeber zu haben. Er käme aus Konstanz, hätte sich eine Zeitlang im Kloster Zwiefalten aufgehalten, sei dann nach Heilbronn gereist und wollte von dort weiter nach Mergentheim.

Der General hob die Augenbrauen. »Mergentheim« – er sprach den Namen der Stadt gedehnt aus als erinnerte er sich an etwas, »Stadt des Deutschen Ordens, seit drei Jahren unter schwedischer Herrschaft.«

Das sei allerdings höchst verdächtig, wandte einer der beiden Offiziere ein.

Chronicus versuchte gelassen zu wirken. Sein Interesse gelte nur der Wissenschaft. Er durchforste die Klosterbibliotheken nach alten Schriften, in denen es um die Propheten des Alten Testaments gehe und um den Gang der christlichen Heilsgeschichte. Er wollte dem Gespräch die gewünschte Wendung geben, um seine Rolle als Weiser, der in die Zukunft schauen könne, vorzubereiten.

Der schwedische General biss gleich an: »Also ist er ein neuer Nostradamus, der die Zukunft voraussagen kann?«, polterte er los. »Dann beweise er mal seine Fähigkeiten!«

»Mit dem französischen Hellseher möchte ich nicht verglichen werden«, antwortete Chronicus rasch. »Mein Wissen verdanke ich jahrtausendealten Schriften und eigener Erfahrung. So viel kann ich Euch sagen, dass Ihr aus einer Niederlage Kraft schöpfen könnt und Euch wie ein Phönix aus der Asche erheben werdet, wenn Ihr Euch für das Richtige entscheidet. Ich weiß allerdings nicht, ob das, was ich Euch jetzt offenbaren werde, alle Ohren hören sollten.«

Der General schaute unschlüssig auf seine Offiziere und die Wache, die noch immer neben Chronicus stand. Dann schickte er alle drei mit einem Wink hinaus.

Chronicus trat näher auf ihn zu und sprach mit gesenkter Stimme. »Die bevorstehende Entscheidungsschlacht wird bald stattfinden. Die Kaiserlichen werden sehr stark sein und den Schweden werden auch die badischen Truppen nicht viel helfen können. Aber es gibt eine Möglichkeit, auch aus einer Niederlage Gewinn zu ziehen. Selbst wenn Ihr vorübergehend Süddeutschland verlieren solltet, würden die Franzosen den Sieg des Kaisers nicht hinnehmen wollen. Streckt Eure Fühler nach Frankreich aus. Der gallische Hahn wird Schweden die siegreiche Rückkehr ermöglichen.«

Der Schwede betrachtete ihn misstrauisch. Woher er das alles so genau wissen wolle? Sei er ein Spitzel der Franzosen? Dann rief er die Wache wieder herein und ließ Chronicus abführen.

Er spürte, dass in wenigen Augenblicken der Mond seine Phasen wechselte. Er könnte die Zeitreise allein unternehmen und sich damit aus der unangenehmen Situation befreien. Aber was würde dann aus seinen Begleitern, aus Tina, Jonas und Caspar? Könnte er sie vierzehn Tage später bei einer erneuten Zeitreise aufspüren und dann in ihre Zeit zurückbringen? Er verwarf den Gedanken sofort wieder. Das Risiko, sie zu verfehlen, wäre zu groß gewesen. Er hätte es nicht verantworten können, wenn sie in der Zeit gebannt blieben. Und vielleicht schaffte er es doch noch, sich zu befreien.

Aber Tim! Ihn sollte er jetzt versuchen, aus seiner schlimmen Lage zu erlösen! Wenn er all seine Kraft auf Tim konzentrieren würde? Doch könnte es dann nicht geschehen, dass er Tim alleine auf eine Zeitreise ins Ungewisse schickte oder etwa zusammen mit ihm Jahrhunderte später aus dem Zeitstrom auftauchte? Er zauderte, er hatte so etwas noch nie gemacht, aber er musste es versuchen. So bereitete er sich auf die Meditation vor, bemühte sich, gedanklich Kontakt mit Tims Geist aufzunehmen. Seine ganze Kraft wollte er jetzt bündeln. Wie aus weiter Ferne vernahm er ein leises Sirren, das anschwoll, wieder abebbte, dann doch immer näher kam. Er spürte jetzt Tims Nähe, schloss die Augen, murmelte eine beschwörende Formel, versuchte sich dabei selbst nicht freizugeben, die Zeit, in der er sich befand, nicht loszulassen. Seine Gedankenströme wurden immer intensiver, seine Schläfen begannen zu hämmern, seine Muskeln waren zum Zerreißen gespannt.

Da vernahm er ein angstvolles Ächzen, riss die Augen auf, und vor ihm auf dem Boden seines Zimmers kauerte Tim mit schmerzverzerrtem Gesicht. Er stöhnte, hielt sich beide Hände an den Kopf. Dann sprang er plötzlich auf und packte Chronicus mit aller Kraft an beiden Armen.

»Was hast du mit mir, mit Tina, mit Jonas gemacht!«, schrie er ihm ins Gesicht und begann ihn wie ein Rasender wild zu schütteln.

Chronicus löste sich rasch und bestimmt aus seinem Griff. Trotz der Wut und dem Hass, die ihm Tim entgegenschleuderte, war er unendlich erleichtert. »Dein Geist hat sich endlich wieder mit deinem Körper vereinigt, spürst du das denn nicht?«

Tim schaute ihn verwundert an, als wenn er langsam aus einem langen Traum erwachte, dann fasste er mit seinen Händen an seinen Körper, als ob er nicht begreifen könnte, wieder ganz da zu sein. Wie ohnmächtig ließ er sich mit einem tiefen Seufzer auf den Boden gleiten und blieb mit dem Rücken zur Wand sitzen.

Chronicus setzte sich neben ihn. »Ich weiß nicht, was du erlebt, was du empfunden hast, aber ich will versuchen, dir unsere Lage kurz zu schildern. Ihr seid an diesem Abend in Heidelberg auf mich zugekommen, als ich gerade dabei war, mich für eine Zeitreise fertig zu machen, erinnerst du dich?«

»Zeitreise?«, murmelte Tim und schaute ihn entgeistert an, dann setzte er sich energisch auf und seine Augen funkelten böse. »Erzähl mir jetzt keine Märchen!«

»Hör mich zunächst einmal an«, antwortete Chronicus ruhig. »Ich befand mich also gerade mitten in einer tiefen Meditation, als ihr zu mir getreten seid. Jonas und Tina standen mir ganz nahe, du bliebst etwas dahinter. So seid ihr in unterschiedlicher Weise in einen Zeitsog geraten, der Jonas und Tina vollständig, dich jedoch nur halb mitreißen konnte. Dabei wurde dein Geist von deinem Körper getrennt – bis heute, jetzt endlich ist es mir gelungen, beide wieder miteinander zu vereinen. Inzwischen haben wir uns weiter unserer Zeit angenähert. Wir sind jetzt noch knapp 400 Jahre von ihr entfernt, befinden uns aber in einer sehr schwierigen Situation, in einem schwedischen Heerlager im Dreißigjährigen Krieg. Leider sind wir getrennt worden. Tina und Jonas habe ich in der Nähe von Heilbronn verloren, als mich die Schweden gefangen genommen haben, und es wird nicht leicht sein, den Soldaten, die mich bewachen, zu erklären, wie du hier hereingekommen bist.«

»Oh Mann«, stöhnte Tim, »ich dachte, ich wäre mitten in einem fürchterlichen Albtraum. Immer wieder sah ich Tina oder Jonas in völlig fremder Umgebung, wollte mich ihnen zu erkennen geben, wollte auf sie zugehen – doch immer trennte mich eine unsichtbare Wand von ihnen.« Völlig erschöpft machte er eine kurze Pause. »Zeitreisen – das gibt es doch nicht wirklich«, murmelte er dann wie geistesabwesend.

»Ich kann mir vorstellen, wie dir zumute ist, aber du musst mir glauben. Bald wirst du selbst sehen, was los ist. Wir sollten die Zeit nutzen und gemeinsam überlegen, was wir machen können. Wenn es dir gelingen sollte, hier aus dem Lager herauszukommen, versuche dich nach Heilbronn durchzuschlagen. Ich hoffe, Tina und Jonas sind ebenfalls auf dem Weg dorthin. Ich werde alles versuchen, sobald es geht, dorthin zu kommen, doch zur Zeit bin ich ja persönlicher Gefangener des schwedischen Generals.«

Die letzten Worte betonte Chronicus mit leichter Ironie, dann begann er Tim mit prüfendem Blick zu mustern: Jeans, T-Shirt, kariertes Hemd, darüber eine leichte Jacke.

»Deine Kleidung scheint mit sehr auffällig, aber in diesem bunt zusammengewürfelten Haufen, in dem Söldner aus allen Nationen zusammentreffen, mag das durchgehen – bis auf die Jacke, die müssten wir verschwinden lassen. Wenn du Gelegenheit dazu hast, such dir im Lager was weniger Auffälliges. – Und jetzt werden wir wohl ein bisschen Theater spielen müssen, damit wir nicht beide als Verschwörer gleich an die Wand gestellt werden. So wie es den Wachen nämlich erscheinen muss, bist du hier hereingeschlichen und willst versuchen, mich zu befreien. Diesen Eindruck müssen wir verhindern. – Stell dich jetzt am besten ganz dumm, sag nichts, spiel den Dorftrottel!«

Chronicus ging zur Tür, klopfte mit hämmernden Schlägen dagegen und brüllte: »Befreit mich endlich von diesem blöden Burschen! Wer hat ihn überhaupt zu mir geschickt, was soll er hier?«

Nach wenigen Augenblicken erschien die Wache. »Was geht hier vor? Wie ist denn der hier hereingekommen?«

Chronicus tobte. »Was ist das denn für ein Sauhaufen! Durch die Tür kam er vor wenigen Augenblicken, sagt kein Wort, glotzt mich nur irre an. Nehmt ihn fort, damit ich endlich meine Ruhe habe!«

Entgeistert blickte der Wachsoldat zunächst auf Chronicus, dann auf Tim, dann packte er ihn am Kragen.

Inzwischen war auch der wachhabende Offizier erschienen und baute sich groß vor Tim auf. »Wie kommst du hier ins schwedische Lager?«, herrschte er ihn an.

Tim stierte nur vor sich hin und gab keine Antwort.

Da schüttelte ihn die Wache: »Raus mit der Sprache, was suchst du hier?«

Tim versuchte, seine Rolle glaubhaft zu spielen. Er strahlte nun über das ganze Gesicht. »Soldat werden, bumm, bumm.«

Der Wachsoldat blickte den Offizier ratlos an.

Der brüllte: »Kennt Er sich mit Pferden aus?«

Tim lachte: »Hüh, hott, brrr – ja, ja«, und klatschte begeistert in die Hände.

»Steck ihn zu den Pferdejungen«, befahl der Offizier knapp, drehte sich um und schlug die Tür hinter sich zu.

Der Wachsoldat gab Tim einen Tritt und schleifte ihn zur Tür.

In den nächsten Tagen herrschte eine trügerische Ruhe. Von überall trafen Kommandos der Schweden ein, doch Chronicus durfte das Gebäude, in dem er untergebracht war, nicht verlassen. Er wurde weiterhin bevorzugt behandelt, doch gleichzeitig spürte er die argwöhnischen Blicke der Soldaten, die ihm begegneten, besonders seit der Sache mit Tim. Sie schienen ihn immer mehr für einen Spion zu halten.

Eines Abends wurde er wieder zum General gebracht. Als die Wache ihn in seine Stube führte, erkannte Chronicus den Hofastrologen neben ihm.

Der General empfing ihn mit gespielter Freundlichkeit. »Hat Er die letzten Tage gut zugebracht? Ist Er mit der Unterbringung, dem Essen und dem Wein zufrieden?«

Chronicus wusste nicht recht, worauf der General hinauswollte. Es widerstrebte ihm aber, sich bei dem Schweden für die Haftbedingungen zu bedanken. »Gebt mir die Freiheit und ich werde aller Welt verkünden, welch freizügiger Mann Ihr seid«, gab er zur Antwort. »Ein weiser Rat ist manchmal mehr wert als ein Sack voll Gold.«

Der Astrologe schnaubte verächtlich. »Gar nichts wisst Ihr! Ihr seid ein Scharlatan! Die Sterne sprechen eine andere Sprache. Ihr wollt uns eine Niederlage und den Kaiserlichen einen Sieg herbeireden. In Wirklichkeit seid Ihr ein Agent der katholischen Seite und des Kaisers in Wien!«

Chronicus bemerkte die Gefahr, in der er steckte. Sollte er den Astrologen wieder mit einem Zitat konfrontieren, vielleicht diesmal von Hegel? »*Vernunft herrscht in der Welt und damit ebenso in der Weltgeschichte. Die Bewegung des Sonnensystems erfolgt nach unveränderlichen Gesetzen; diese Gesetze sind die Vernunft derselben. Aber weder die Sonne noch die Planeten, die in diesen Gesetzen um sie kreisen, haben Bewusstsein darüber. Der Mensch hat diese Gesetze aus der Existenz heraus und weiß sie.* Das sagt ein weiser Mann und er trifft die Sache auf den Punkt. Die Sterne können nicht irren, aber auch keine Auskunft geben, da sie kein Bewusstsein haben. Wir dagegen haben die Freiheit und auch die Möglichkeit dazu, den Gang der Weltgeschichte vernünftig zu betrachten. Ich habe keinen Sieg und keine Niederlage herbeigeredet, sondern nur gesagt, dass aus einer Niederlage ein Sieg werden kann, wenn die richtigen Schlüsse gezogen werden.«

Das sei nicht ganz richtig, wandte der General ein. Er habe davon gesprochen, dass Schweden seinen Einfluss auf Süddeutschland verlieren würde.

»Verlieren könne«, berichtigte ihn Chronicus und versuchte damit seinen Hals aus der Schlinge zu ziehen.

Was seien das für Spitzfindigkeiten, wetterte der Astrologe. Er bleibe dabei, Chronicus sei ein Agent des Kaisers und vermutlich ein Spion dazu, der in Mergentheim, wo er ja nach eigenen Aussagen hin wolle, den Katholischen genau berichten werde, was im schwedischen Heer los sei. Chronicus lachte verächtlich. Seit er beim schwedischen Heer sei, säße er unter Bewachung in einem Gefängnis. Alles, was er berichten könnte, sei die bevorzugte Behandlung, die er genossen hätte. Damit hätte es jetzt ein Ende, verkündete der General. Man wüsste noch andere Mittel, ihn zum Sprechen zu bringen. Vergeblich versuchte Chronicus ihn umzustimmen, denn er ahnte, was ihm bevorstand. Deshalb versuchte er, sein drohendes Todesurteil hinauszuschieben. Er könne ihm noch nützlich sein, er solle doch abwarten, dann würde er ja sehen, wer Recht behielte.

Doch der Schwede lachte nur zynisch. »Dein so wertvoller Rat ist keinen Pfifferling wert. Dass man Schlachten auch verlieren kann, weiß jedes Kind, und dass ein Verbündeter in so einer Lage von Nutzen ist, das zu wissen, braucht man keine besonderen Fähigkeiten.« Er rief nach der Wache und gab ihr Anweisungen.

Zunächst wurde Chronicus in den Hof eines Gebäudes gebracht, der von allen Seiten mit Mauern oder Gebäudeflügeln umgeben war. Er setzte sich auf eine Bank und prüfte, ob es eine Fluchtmöglichkeit gab. Der einzige Zugang war streng bewacht. Einige Pferdeknechte machten sich an den Tieren zu schaffen, kämmten die Mähnen und Schwänze aus, striegelten sie, legten Sättel auf, überprüften das Zaumzeug. Chronicus beobachtete sie dabei scharf. Da drüben stand Tim mit einem Eimer Wasser, den er einem Pferd zum Saufen hinhielt. Er schaute herüber, nickte ihm zu. Chronicus blickte zu ihm hin, versuchte aber unmerklich den Kopf zu schütteln. Sie durften jetzt nicht miteinander sprechen. Tim schien zu verstehen, doch er behielt Chronicus ebenfalls im Auge.

Dieser betrachtete weiter die Reihe der Pferdeknechte. Einige von ihnen taten ihre Arbeit sichtbar unwillig und auf recht derbe Anweisungen ihrer Vorgesetzten. Das waren sicher Leute, die zum schwedischen Heer gezwungen worden waren. Einer setzte sich in einem unbeobachteten Augenblick zu ihm hin und seufzte, dass er schon lange keine Messe mehr mitgefeiert hätte und dass seine Familie ihn dringend brauche. Chronicus segnete ihn und gab ihm eine Botschaft mit. Wenn jemand nach ihm fragen solle, solle er folgende Auskunft geben: Sein Name sei Chronicus und er sei in großer Gefahr. Sie sollten in Heilbronn auf ihn warten.

Kaum hatte er zu Ende gesprochen, als ein schwedischer Wachsoldat herüberkam, nach dem Mann trat und ihn zur Arbeit antrieb. Chronicus riss er unsanft hoch und schleppte ihn mit in einen Seitenflügel. Sie stiegen eine dunkle Treppe hinab und Chronicus wurde in eine schmale Kammer gestoßen, die nur mit einer Holzbank ausgestattet war. Dann wurde die Tür zugeschlagen und schwere Riegel vorgelegt.

Mitten in der Nacht kamen zwei Burschen und schleppten ihn die Treppe hinauf. Sie stießen ihn vor sich her und machten derbe Späße. Welchen Heiligen er jetzt wohl herbeiflehen würde? Ob er nicht ein schönes Kirchenlied singen wolle? Dann wurden sie zusehends ruhiger und klopften an eine Tür. Chronicus wurde in den

Raum geschoben, der nur von einer Kerze erhellt war. An einem grob gezimmerten Tisch saß ein Offizier.

»Wer seid Ihr, woher kommt Ihr?«, herrschte der Offizier Chronicus an.

Es begann eine lange Vernehmung, während der Chronicus höllisch aufpassen musste, sich nicht in Widersprüche zu verwickeln. Immer wieder lief die Vernehmung darauf hinaus, dass er ein kaiserlicher Agent sei und dies endlich zugeben solle. Als er sich standhaft weigerte, verlor der Offizier die Geduld. Er packte ihn am Kragen und brüllte, dass er nicht ewig Zeit hätte und er jetzt andere Saiten aufziehen müsse. Dann führte er ihn in einen angrenzenden Raum.

»Das hier ist unser Geständnisraum. Man könnte auch sagen, die Folterkammer. Mit diesen Daumenschrauben beginnen wir. Mit diesen Zangen ziehen wir anschließend die Fingernägel heraus, dort drüben ist die Streckbank. Soll ich die Knechte rufen lassen?«

Chronicus wusste, dass ihm weiteres Leugnen nichts nutzen würde. Auch wenn er unter der Folter standhaft blieb, damit war niemand gedient. Also gab er schweren Herzens zu, was der Offizier wissen wollte. Dieser war endlich zufrieden, schickte nach einem Schreiber und ließ ihn mitprotokollieren. Schließlich setzte Chronicus seine Unterschrift unter das Schriftstück, ohne es noch einmal durchgelesen zu haben.

Am nächsten Morgen wurde er aus seinem Kellerverlies vor ein eilig zusammengerufenes Kriegsgericht geschleppt. Sein Geständnis wurde verlesen.

»Hat Er dies eigenhändig unterzeichnet?«

Chronicus nickte.

»Er hat laut und deutlich zu antworten«, brüllte ihn der Offizier an, der den Richter spielte. »Hat Er dies eigenhändig unterzeichnet?«

Chronicus antwortete, wie ihm befohlen war.

»Hat Er dem Geständnis noch etwas hinzuzufügen?«, donnerte wieder der Offizier.

Chronicus sprach mit lauter Stimme: »Ich habe nicht mehr widersprochen, ein kaiserlicher Spion zu sein, nachdem Ihr mir die Folter angedroht habt. Das Übrige weiß Gott.«

Der Richter grinste zufrieden, schlug mit einem Holzhammer auf den Tisch und sprach das Urteil: »Der Beklagte wird zum Tode durch Erhängen verurteilt.«

Ohne weitere Formalitäten führte ihn die Wache hinaus. Doch zu seinem Erstaunen brachte man ihn nicht wieder in die dunkle Zelle, sondern in sein früheres Zimmer. Dort empfing man ihn wieder mit ausgesuchter Höflichkeit. Seinen Fragen wichen die Wachen ebenso aus, wie sie seine Bitte, vor den General gebracht zu werden, einfach überhörten. Chronicus konnte sich das nicht erklären. Aber das Todesurteil schwebte bedrohlich wie ein Damoklesschwert über ihm. Die erlesenen Speisen und Weine, die man ihm vorsetzte, kamen ihm vor wie Henkersmahlzeiten. Mit Wehmut dachte er an eine orientalische Weisheit, die er einst in Jerusalem gehört hatte: *Die Botschaft des Todes lautet: Lebe, lebe, lebe!*

Ein paar Tage später lärmten Soldaten morgens vor Chronicus' Tür. Er wurde aufmerksam, als er seinen Namen fallen hörte. Aufs Äußerste gespannt legte er sein Ohr an die Tür und verstand nun jedes Wort.

»Ich sage dir doch, kein Mensch kennt ihn in Mergentheim. Niemand ist bereit, ein Lösegeld zu zahlen.«

»Einem gescheiterten Spion kräht kein Hahn nach«, antwortete ein Zweiter.

»Und was machen wir jetzt mit ihm?«

»Aufhängen, was sonst!«

Es folgte ein dröhnendes Gelächter.

Fieberhaft überlegte Chronicus, welche Möglichkeiten sich ihm noch boten. Sollte er versuchen, sein Geständnis zurückzunehmen, da jetzt ja bestätigt war, dass ihn in Mergentheim keiner kannte? Aber schnell wurde ihm bitter bewusst, dass dies kein Beweis für seine Unschuld war. Es war tatsächlich so: Einen erfolglosen Spion wurde man am besten dadurch los, dass man ihn dem Feind überließ. Schnell überschlug er in Gedanken die Chancen einer Flucht. Sein Gefängnis befand sich im zweiten Stock, mit etwas Glück könnte er aus dem Fenster klettern und sich hinunterfallen lassen. Doch das Fenster ging auf den Hof und der war Tag und Nacht bewacht. Aber vielleicht waren die Wachen gegen Morgen weniger aufmerksam? Es war wohl seine letzte Chance! Tim war bei den Pferdeknechten, vielleicht könnte er ihn gleich mitnehmen. Es grenzte an Tollkühnheit, doch alles war besser als hier untätig abzuwarten.

Er stand am Fenster und beobachtete scharf das Treiben auf dem Hof. Mit aufkeimender Hoffnung bemerkte er gegen Abend eine zunehmende Unruhe im Lager. Immer häufiger kamen Soldaten und Reiterburschen in das Hauptgebäude und verließen es wieder mit irgendeinem Auftrag. Auch im Haus selbst rumorte es. Schwere Gepäckstücke wurden die Treppen hinuntergeschleppt, Rufe ertönten. Kein Zweifel, das Heer bereitete sich auf einen Abmarsch vor. Könnte das seine Flucht erleichtern?

Mit Ungeduld wartete er die Nacht ab. Immer noch ertönten Kommandorufe, immer noch herrschte auf dem Hof lebhaftes Kommen und Gehen. Doch ganz allmählich wurde es ruhiger. Die Zeit der Lagerfeuer brach an. Chronicus stand noch immer seitlich am Fenster und gab sorgsam darauf acht, von unten nicht wahrgenommen zu werden. Er durfte keinen Verdacht erregen. Breitbeinig stand die Wache vor dem Tor. Ob er sie von hinten überwältigen könnte? Dazu müsste er zunächst unbemerkt aus dem Fenster klettern und sich auf den Hof fallen lassen. Er überlegte genau, welchen Weg er dann nehmen müsste, so schnell wie möglich vor zur Mauer, damit könnte er aus dem Gesichtsfeld der Wache verschwinden, dann vorsichtig an der Mauer entlang – vielleicht würde ihm irgendein Zufall zu Hilfe kommen.

Zunächst müsste er sich abseilen! Wenn er das Bettlaken in der Mitte durchtrennte, könnte er daraus ein etwa vier Meter langes Seil knüpfen und die Knoten als Fußstützen benützen! Unruhig machte er sich an die Arbeit.

Gegen Morgen schien die Zeit gekommen. Wann, wenn nicht jetzt! Er öffnete leise das Fenster und prüfte, ob der Rahmen halten würde. Dann schlang er das Seil um den Mittelpfosten und band es fest. Leise und vorsichtig ließ er sich aus dem Fenster gleiten und rutschte sachte Knoten für Knoten hinab. Die letzten zwei Meter musste er springen. Er ließ los und landete sicher auf dem Boden.

Plötzlich hörte er lautes Klatschen. »Applaus, Applaus für diese Vorführung. Das schwarze Vögelchen übt das Fliegen!«

Ein dröhnendes Gelächter von fünf Wachsoldaten empfing ihn, die ihn wohl vom Hauseingang beobachtet hatten. Dann wurde er grob angepackt und weggeschleppt.

»Morgen wird Er fliegen lernen!«, brüllte ihm einer nach. »Am Galgen!«

Sie stießen ihn in eine Scheune, fesselten ihn mit Lederriemen an Händen und Füßen und warfen ihn auf eine Schütte Stroh.

»Wo mag Chronicus stecken? Wird er noch im schwedischen Lager sein? Wir müssen endlich was tun!« Jonas hatte Caspar am Arm gepackt.

Sie beschlossen, so schnell wie möglich zum schwedischen Lager zu ziehen. Tina sollte in Heilbronn zurückbleiben, am besten im Spital ihre Hilfe als Pflegerin anbieten. Schon viel zu viel Zeit war ungenutzt verstrichen.

Vor einer Schänke trafen Jonas und Caspar Soldaten beim Kartenspiel, Kaiserliche. Sie sprachen sie an. Die Schweden hätten schon lange nichts mehr von sich hören lassen. Die seien in ihrem Hauptlager dabei zu packen und zu verschwinden, meinte einer der Soldaten. Was sie denn von denen wollten? Caspar beteuerte, nur wegen der Sicherheit ihres Reisewegs gefragt zu haben. Sie seien Handwerksburschen und wollten nach Heidelberg. Wie Handwerksburschen sähen sie aber nicht aus, sagte ein anderer und musterte sie misstrauisch. Die Gegend um Heidelberg sollten sie besser meiden, erklärte wieder ein anderer, bevor er lachend einen Gruß an die Schweden bestellte. Seine Kameraden fielen in sein dröhnendes Lachen ein und die beiden machten, dass sie davonkamen.

Sie folgten dem Wasserlauf eines kleinen Flusses und sahen schon bald an der Spur der Verwüstung, dass hier Brandstifter und Plünderer am Werk gewesen waren. Auch an den Gräben und Wällen verlassener Schanzen kamen sie vorbei. In einem Dorf, einige Wegstunden entfernt, trafen sie zum ersten Mal wieder auf Menschen. Eine vor den Schweden geflohene Familie war zurückgekehrt und stand vor ihrem zerstörten Haus. Caspar und Jonas halfen, den Schutt wegzuräumen und den hinteren Teil des Bauernhauses notdürftig bewohnbar zu machen. Dabei erfuhren sie, dass die Schweden tatsächlich dabei waren, ihr Lager abzubauen – einige Stunden talaufwärts.

So zogen sie nach Einbruch der Dunkelheit los und trafen noch tief in der Nacht auf die ersten Befestigungen des Feldlagers. Die Zugänge waren nicht mehr bewacht und der Himmel schimmerte rötlich von den vielen Feuern, die überall brannten. Rauchschwaden zogen über sie hinweg. Um weniger aufzufallen, beschlossen sie, getrennt loszugehen.

»Wir haben Glück, es scheint der Tross zu sein«, raunte Caspar zufrieden.

»Was ist das, ein Tross?«, fragte Jonas leise nach.

»Der Tross zieht hinter der eigentlichen Streitmacht her. Hier wird das ganze Gepäck mitgeschleppt, die Vorräte, Zelte, Tiere, auch die Familien der Soldaten mit Frauen und Kindern folgen dem Hauptheer.«

Jonas glaubte nicht richtig verstanden zu haben. »Die Frauen und Kinder der Soldaten?«, fragte er ungläubig.

Caspar schnaubte. »Was denkst du denn? Die Soldaten sind in diesem Krieg jahrelang unterwegs. So ein Soldatenlager ist wie eine kleine Stadt. Die fressen ganze Landstriche blank und wenn nichts mehr zu holen ist, ziehen sie weiter. Aber für uns ist das günstig. Wenn wir uns richtig verhalten, werden wir kaum auffallen.«

»Und wie soll das gehen?« Jonas hatte Mühe, sich vorzustellen, wie er sich richtig verhalten sollte.

Caspar verdrehte die Augen, doch dann erklärte er geduldig: »Du schlenderst scheinbar planlos umher, setzt dich einmal an dieses, einmal an jenes Feuer, hältst dich im Übrigen zurück und antwortest nur, wenn du gefragt wirst – möglichst knapp und gelangweilt. Dafür hältst du die Ohren offen und versuchst möglichst viel aus den Gesprächen herauszuhören. Zelten und Wagen weichst du aus – damit dich niemand für einen Dieb hält. Wenn jemand aufsteht, um die Runde zu verlassen, gehst du auch. Also los, geh schon mal voran. Ich komme in ein paar Minuten nach.«

Wie Caspar ihm aufgetragen hatte, versuchte Jonas, sich langsam und unauffällig zu bewegen. Ohne Mühe passierte er das Tor. Am ersten Feuer ging er vorbei, Zelte und Wagen standen scheinbar planlos nebeneinander. Bei einer Gruppe von ungefähr zwanzig Männern, Frauen und Kindern ließ er sich nieder, etwas im Abseits. Obwohl er sich bemühte, den Gesprächen zu folgen, schien ihm seine

Rolle recht sinnlos. Lachen, derbe Scherze, Flüche – viel mehr schien hier an Unterhaltung nicht gefragt zu sein. Kinder liefen umher, balgten sich und kreischten, andere hatten sich trotz des Tumults auf die Erde gelegt, in Decken eingewickelt, und schienen zu schlafen. Die meisten sprachen deutsch, dazwischen hörte man aber auch viele andere Sprachen.

So hatte er sich das schwedische Heer nicht vorgestellt. Er musste sich fast zwingen, eine Weile ruhig dazusitzen, um sich möglichst unverdächtig zu verhalten. Was sollte er hier? Wenn er entdeckt wurde? Schließlich stand er langsam auf.

»He du!«, rief ein Bursche, wenig älter als er, ihm nach, »komm doch mal her! Dich habe ich hier noch gar nicht gesehen!«

Jonas spürte einen Stich durch sein Herz gehen. Er fühlte sich ertappt. Gleichzeitig zwang ihn sein Verstand, ganz ruhig zu bleiben. Jetzt musste er sich bewähren, sonst war die ganze Mission hier sinnlos.

Er versuchte gelangweilt zu scheinen und schaute dem Kerl in die Augen. »Du scheinst aber auch nicht lange hier zu sein«, antwortete er lachend und wunderte sich gleichzeitig, wie gut ihm das gelang. »Ich geh mir etwas die Füße vertreten, willst du mitkommen?«

Als der Bursche sich erhob und zu ihm herüberkam, wurde Jonas doch etwas mulmig. »Weißt du schon, dass morgen der Wahrsager gehenkt werden soll?«, sagte der Bursche zu ihm. »Heute Abend haben sie drüben den Galgen aufgerichtet.« Er zeigte in eine unbestimmte Richtung.

Jonas gähnte. »Ich war den ganzen Tag bei den Pferden und bin hundemüde«, antwortete er mit gespielter Gelassenheit, dabei hatte ihn die Nachricht fast gelähmt, so tief war ihm der Schrecken in die Glieder gefahren. Jetzt musste er vorsichtig vorgehen. »Der schwarze Mönch?«, fragte er scheinbar ohne besonderes Interesse.

»Na der, der uns bald eine Niederlage prophezeit hat. Das würde sich der Betbruder wohl so wünschen, aber da hat er das Falsche prophezeit. Stinksauer ist der General gewesen und hat ihn uns geschickt. Wir sollen auf ihn aufpassen, damit er nicht noch mehr dummes Zeug voraussieht. Aber morgen, bevor wir losziehen, wird kurzer Prozess gemacht.« Er warf den Kopf in den Nacken und fuhr mit der Handkante über die Kehle.

Jonas' Herz raste. Doch er durfte sich die Erregung nicht anmerken lassen! Fieberhaft überlegte er, wie er das Gespräch auf Chronicus' Aufenthaltsort bringen konnte.

»Hast du ihn dir eigentlich schon mal richtig angesehen, hast du dir etwa bei ihm die Beichte abnehmen lassen?«, fragte er grinsend und stieß dem anderen seinen Ellenbogen in die Rippen.

»Das ist die Idee!« Sein Gegenüber nahm den Scherz auf: »Sollen wir rüber zu ihm und beichten?« Dabei lachte er brüllend los und schlug sich auf die Schenkel.

»Wir können ihm dabei ja gleich die letzte Ölung geben«, setzte Jonas nach und erntete lauten Beifall.

Caspar war dazugetreten und klatschte wild in die Hände. Er tat so, als kenne er den Burschen schon lange, gab ihm einen Schubs und rief fröhlich: »Das gibt einen Spaß, bringen wir dem Galgenvogel das Zwitschern bei.«

Plötzlich wurde der Kerl ganz still. Seine Augen verengten sich zu Schlitzen. Er packte Jonas an der Schulter und zischte: »Aber wir müssen ganz vorsichtig vorgehen, versteht ihr? Was machen wir, wenn er bewacht wird?«

»Das lass nur meine Sorge sein«, antwortete Caspar leichthin. »Los, geh voran, du kennst den Weg am besten, aber Abstand halten, sonst fallen wir auf.«

Sie folgten ihm durch das halbe Lager. An einem Bauernhaus mit mehreren Nebengebäuden blieb er stehen. Das musste wohl die Kommandantur sein. Schwacher Lichtschein drang aus den Fenstern, mehrere Wachsoldaten saßen auf den Treppen, die zum Eingang führten, und unterhielten sich ungeniert.

Nach einer kurzen Pause winkte der Bursche Caspar und Jonas verstohlen zu und verschwand darauf hinter einer Scheune. Sie folgten ihm leise. Da stand er an einem kleinen Fenster und wartete auf sie.

»Hier drinnen ist er«, stieß er aufgeregt hervor. »Schaut selbst!«

Caspar gab Jonas mit einem durchdringenden Blick zu verstehen, vorsichtig zu sein. Wenn es eine Falle wäre? Mit einem kurzen Nicken forderte er ihn auf, durch das Fenster zu blicken.

Jonas schlich heran, behielt den Burschen aber gleichzeitig im Auge. Er sah überhaupt nichts, blickte in völlige Finsternis.

»Angeber«, zischte er verächtlich, »da ist überhaupt nichts.«

Caspar trat hinter den Burschen und drehte ihm den Arm auf den Rücken. »Uns kannst du nichts weismachen«, drohte er. »Du wolltest uns wohl für dumm verkaufen?«

»Spielverderber«, winselte der Kerl, »ich sag euch doch, er ist drinnen!«

Caspar gab ihm einen Stoß. »Hau bloß ab, wenn du keine Prügel haben willst!«

Maulend verschwand der Junge in der Dunkelheit.

»Was sollte denn das!«, fuhr Jonas Caspar wütend an. »Wir waren so weit gekommen und jetzt jagst du ihn weg, was machen wir, wenn er mit Verstärkung wiederkommt?«

»Die findet er so schnell nicht. In Wirklichkeit ist der Kerl ein Feigling und ohne Risiko erreichen wir gar nichts. Wie hättest du denn mit Chronicus Kontakt aufnehmen wollen, wenn er da irgendein unsinniges Theater aufgeführt hätte? Er hätte bloß die Wachen auf uns gehetzt.«

»Und wenn er jetzt ebendas tut, um sich an uns zu rächen?«, wandte Jonas ein.

»Jetzt hör aber auf, hier rumzuquengeln«, zischte Caspar und machte sich an einem losen Brett der Scheune zu schaffen. Mit einiger Anstrengung gelang es ihm, es zu lösen, so dass sich ein Spalt auftat, breit genug, um sich hindurchzuquetschen. Dann drehte er sich zu Jonas um. »Los, geh rein und wenn ich einmal kurz pfeife, kommst du sofort raus. Wenn du ihn findest, halte dich nicht lange auf, versuche ihm die Fesseln zu lösen, nimm das da!« Caspar drückte Jonas ein kleines Messer in die Hand und schob ihn, noch bevor er widersprechen konnte, durch die Öffnung.

»Hierher, Jonas«, hörte er ein Flüstern, »hierher!«

Jonas tastete sich an der Wand entlang in die Richtung, aus der er die Stimme vernommen hatte. Chronicus musste sie beide bereits gehört haben, als sie vor der Scheune miteinander stritten. Da schob sich ihm schemenhaft eine Gestalt entgegen.

»Chronicus!«, flüsterte Jonas.

Wortlos hielt ihm dieser die gefesselten Hände entgegen. Jonas setzte vorsichtig das Messer an und durchtrennte mit wenigen Schnitten die Lederriemen.

Darauf nahm ihm Chronicus das Messer ab und flüsterte: »Danke, aber jetzt verschwinde, den Rest schaffe ich alleine. Wartet nicht auf mich, macht euch schleunigst aus dem Lager davon.«

Jonas tastete sich zurück und ließ sich von Caspar aus dem schmalen Spalt heraushelfen. Dann wollte er losrennen, doch Caspar hielt ihn zurück. »Bist du verrückt? Ganz langsam und unauffällig!« Er steuerte das nächste Feuer an, das in einiger Entfernung zu sehen war.

Jonas folgte ihm mit einem gewissen Abstand. Erst als sie das Lagertor hinter sich hatten, beschleunigten sie ihre Schritte. Der Himmel klarte auf und zwischen den Wolken erschien für kurze Zeit der volle Mond.

»Zu spät!«, schoss es Jonas durch den Kopf.

Er hielt Caspar fest und zeigte hinauf, doch Caspar blieb gelassen.

»Wenn du genau hinschaust, fehlt noch ein bisschen«, sagte er aufmunternd.

Jonas blieb unruhig. Der Mond war voll! Nichts fehlte! Wenn sie wieder den Zeitpunkt verpasst hatten!

Doch Caspar zog ihn weiter mit sich fort, mahnte zur Eile. »Kannst du reiten?«

Jonas zuckte mit den Schultern. »Kommt auf den Gaul an. Wenn der mich lässt?«

Caspar maß ihn mit einem geringschätzigen Blick. Dann ging er auf zwei Pferde zu, die vor dem Lager auf einer Wiese friedlich grasten, half Jonas aufs Pferd und schwang sich auf das andere.

»Nun zeig mal, was du kannst!«, rief er Jonas zu, gab seinem Pferd einen Klaps und galoppierte los.

Jonas schlang seine beiden Arme um den Hals seines Pferdes. Noch nie war er ohne Sattel geritten. Wie sollte das bloß gutgehen! Doch sein Pferd folgte dem anderen, ohne dass Jonas ihm seine Richtung weisen musste.

Sie erreichten Heilbronn gerade, als die Sonne aufging. Mit einer Schar von Landleuten, die bereits auf die Öffnung der Tore gewartet hatten, kamen sie in die Stadt. Die Pferde hatten sie vor der Stadtmauer zurückgelassen. Jonas war todmüde und völlig erschöpft, doch Caspar drängte ihn zum Spital.

»Wir müssen Tina Bescheid sagen und für heute Abend einen Treffpunkt ausmachen«, gab ihm Caspar zu verstehen.

Vor dem Spital zog Caspar seine Flöte aus der Tasche und begann zu spielen. Außer ein paar Kindern, die ihn bald umringt hatten, zeigte sein Spiel nicht die gewünschte Wirkung. Tina erschien nicht. Jonas ging hinein und fragte nach ihr. Aber niemand konnte ihm Auskunft geben.

»Sollen wir ihr eine Nachricht hinterlassen?«, fragte Jonas.

Caspar schüttelte den Kopf. »Das wäre zu unsicher. Wir müssen sie finden. Sie muss hier irgendwo sein.«

Sie durchstreiften die Stadt, kehrten immer wieder zum Spital zurück, keine Spur von Tina. Völlig erschöpft ließ sich Jonas bei den Gärten am Hafen auf den Boden sinken. Seit zwei Tagen hatte er nicht geschlafen. Und jetzt sollte alles vergeblich gewesen sein? Caspar blickte beunruhigt zur Sonne, die bereits hoch am Himmel stand.

»Was ist?«, fragte Jonas kraftlos.

Caspars Gesicht war totenblass geworden. »Es ist bald so weit, ich spüre es«, sagte er tonlos. »Der Mond wird noch vor dem Mittag die Phasen wechseln.«

Jonas fühlte, wie sein Blut aus dem Kopf wich. Eine tiefe Mutlosigkeit machte sich in ihm breit. Sie hatten Chronicus aus einer aussichtslosen Lage befreit und nun sollten sie wieder die Gelegenheit verpassen, sich ihrer Zeit anzunähern? Wenn Chronicus' Flucht im letzten Moment verhindert worden war? Wenn sie in dieser schrecklichen Zeit nun für immer leben müssten? Hatte Caspar nicht gesagt, dass nach zwei verstrichenen Mondphasenwechseln eine Zeitreise kaum noch Aussicht auf Erfolg hätte?

Da hörten sie Schritte. Jonas blickte sich um. Tina! Und neben ihr Chronicus und Tim! Er sprang auf, seine Mutlosigkeit war wie weggeblasen. »Tim, du lebst! Wie bist du hierhergekommen?« Jonas schlug ihm auf die Schultern und lachte.

Tim grinste fröhlich. »Ich glaube, wir werden uns in nächster Zeit einiges zu erzählen haben.«

Chronicus begrüßte sie freudig. »Es scheint so, als ob wir es im letzten Moment doch noch gepackt hätten.«

Caspar runzelte etwas die Stirn und bemühte sich, seine abweisende, distanzierte Miene aufzusetzen. »Sieh einer an, der große

Meister persönlich«, bemerkte er scharf. »Und in welch lieber Begleitung, ein reizendes Pärchen!«

»Spar dir deinen Spott«, antwortete Chronicus. »Dennoch vielen Dank für deine Hilfe! Und für deine natürlich auch«, wandte er sich an Jonas. »Ohne euch wäre die Reise für mich heute Morgen bereits zu Ende gewesen.«

Sie setzten sich wieder und Chronicus begann zu erzählen. »Als Jonas meine Fesseln durchschnitten hatte, wartete ich etwa eine Viertelstunde, bis ich annehmen konnte, ihr beide hättet es schaffen können, unbemerkt aus dem Lager zu verschwinden. Dann versuchte ich, durch den Spalt zu schlüpfen, was mir aber nicht gelingen wollte. Ich musste ein zweites Brett lösen. Da sah ich, wie gerade ein Wachsoldat und ein Junge um die Ecke der Scheune bogen. Augenblicklich presste ich mich an die Innenwand und hielt den Atem an. Der Soldat fluchte, als er die gelösten Bretter sah, dann schickte er den Jungen hinein, nach mir zu sehen. Blitzschnell schnappte ich ihn und presste ihm die Hand auf den Mund. Nach einer Weile rief der Soldat nach dem Jungen, fluchte wieder laut und machte sich daran, selbst durch das Loch zu schlüpfen. Ich stieß den Jungen weit von mir, so dass er nach hinten taumelte und zu Boden fiel, warf mich auf den Soldaten und konnte ihn zu Fall bringen. Keine Sekunde später lief ich los. Bis der Soldat die Wache alarmiert hätte, müsste ich bereits einen sicheren Vorsprung haben, dachte ich mir. Doch es dauerte nur wenige Augenblicke und ein fürchterliches Spektakel ging los. Ich befürchtete schon das Schlimmste, doch dann wurde mir klar, dass sich meine Verfolger in dem ausgebrochenen Durcheinander selber behinderten. Alle Männer liefen zur Kommandantur, wo Alarm geblasen wurde, so dass ich an lauter leeren Lagerfeuern vorbeikam. Glücklicherweise fand ich gleich die Zelte der Pferdejungen. Dort kam mir bereits Tim entgegen, der ebenfalls den Tumult nutzen wollte, um sich aus dem Lager zu stehlen. Ich flüsterte ihm zu, mir in kurzem Abstand zu folgen, als ob er mich verfolgen würde. So kamen wir fast unbemerkt durch das Tor nach draußen. Einige Frauen riefen zwar laut: ›Dort läuft er, dort läuft er! Haltet ihn!‹ Kinder liefen mir nach, aber da waren wir schon in Sicherheit. Glücklicherweise waren wir genau bei der Pferdekoppel gelandet. Wir schnappten uns zwei Pferde und galoppierten davon, immer in der Erwartung, sie würden uns folgen.

Aber wir hörten niemand hinter uns – entweder war ihnen die Verfolgung zu mühsam oder unser Zeitvorsprung zu groß. Vorsichtshalber hielten wir uns oberhalb des Talwegs, den unsere Verfolger vermutlich nehmen würden, und waren in wenigen Stunden in Heilbronn.«

Versöhnlich wandte sich Chronicus an Caspar: »Ich habe während meiner Gefangenschaft viel Zeit gehabt nachzudenken. Vielleicht habe ich dir Unrecht getan. Jedenfalls werde ich dir nicht vergessen, wie du dich für uns eingesetzt hast. Tina hat es mir berichtet.« Er streckte Caspar die Hand hin, doch der wies sie zurück.

»Wir sind noch nicht ganz fertig miteinander. Schließlich wolltest du mich mehrmals in der Vergangenheit zurücklassen. Und deine ganze Geheimnistuerei … das macht mich verrückt!« Wütend wandte Caspar sich ab.

Chronicus zuckte nur mit den Schultern, schaute prüfend zum Himmel, verschränkte die Arme und schloss die Augen. Tim, Tina und Jonas rückten enger an ihn heran, Caspar schloss sich zögernd an.

Flammen des Todes

Jonas blickte über den Neckar zur Stadt. Was hatte sich verändert? Hinter dem Brückentor erhob sich die Kilianskirche. Die beiden wuchtigen Befestigungstürme begrenzten die Stadtmauerfront am Fluss. Lastkähne lagen am Ufer, drüben der Zimmerplatz mit den langen Baumstämmen der Flößer.

Chronicus bemerkte seinen enttäuschten Blick. »Die Zeitabstände werden kürzer, je näher wir unserer Gegenwart kommen.«

»Und weshalb ist das so?«, brummte Jonas missmutig.

»Ich weiß es nicht genau«, antwortete Chronicus zögernd, »aber ich spüre, wie der Zeitsog abnimmt. Vielleicht ist es wie bei einem Wasserbecken, bei dem man das Wasser ablässt. Wenn es ganz voll ist, ist der Druck am stärksten, dann nimmt er kontinuierlich ab. Aber schau dir die Leute an. Sie sind doch etwas anders gekleidet.« Dann wandte er sich zu Caspar. »Etwas auffällig schauen wir schon aus in unseren Klamotten.«

Der lachte nur, zog seine Kutte über den Kopf und stand da in Kniehosen und einem kragenlosen Hemd. »Man muss auf alles vorbereitet sein. Ich geh mal rüber zu den Flößern. Vielleicht kann ich etwas aufschnappen, was uns die Orientierung erleichtert.«

Es dauerte nur wenige Minuten, bis Caspar zurückkam. Spöttisch meinte er zu Chronicus: »Eine Meisterleistung war das nicht. Nicht mal hundert Jahre sind wir weitergekommen. Aber ich habe etwas Interessantes erfahren. Die Arbeiter sprachen von einer neuen Stadt, drüben im Badischen, die gerade mitten im Wald gebaut wird. Wer dort hingeht, hat gut bezahlte Arbeit, und wer einen ordentlichen Handwerksberuf hat und selbstständig ist, kann hier Bürger werden und bekommt Bauplatz und Baumaterial umsonst. Da wird was los sein!«

»Wer kann das Rätsel lösen?« Chronicus blickte zu Tina, Tim und Jonas. »Ich helfe euch etwas nach. Es gibt dazu eine schöne Anekdote: Markgraf Karl-Wilhelm von Baden-Durlach war verärgert über die Bürger seiner Residenzstadt Durlach. Auf einem Jagdausritt in den Hardtwald wollte er seinen Ärger loswerden. Weit war er der Jagdgesellschaft vorausgeritten und ruhte schließlich unter einer großen Eiche aus. Bald schlief er tief und fest und hatte einen merkwürdigen Traum. Er sah ein Schloss, schön und ebenmäßig gebaut, das sich zu einer Stadt hin öffnete, und alle Straßen gingen von einem Turm aus, dem Mittelpunkt des Schlosses, wie die Strahlen einer Sonne. Als die Jagdgesellschaft eintraf, wachte der Markgraf auf, rieb sich die Augen und rief: ›Hier an dieser Stelle soll meine neue Residenz entstehen, genauso, wie ich es geträumt habe. Und weil ich hier so wohl geruht habe, soll sie …‹, und nun nannte er den Namen der Stadt, die heute noch so heißt.«

Chronicus blickte auffordernd in die Runde.

Caspar machte eine verächtliche Handbewegung und trat nach einem Kieselstein. »Wie in der Schule. Ich mach da nicht mit.«

Jonas blickte Tim und Tina an und bemerkte sofort, dass alle die Antwort wussten. Er begann zu zählen: »Eins, zwei, drei …«

»Karlsruhe«, brüllten sie im Chor.

Chronicus verzog sein Gesicht und hielt sich die Ohren zu. »Schon gut, Strafe muss sein. Aber die Geschichte ist doch ganz nett«, versuchte er sich zu verteidigen.

»Bloß wird sie sich etwas anders abgespielt haben«, stichelte Tim und Tina ergänzte: »Den Bürgern von Durlach waren die Projekte des Markgrafen wohl zu teuer, sie versuchten sich querzustellen und der clevere Markgraf trickste sie aus, indem er einfach wegzog und seine eigene Stadt gründete.«

»Das war doch damals große Mode«, schaltete sich Jonas ein. »Ludwig XIV. von Frankreich hat es vorgemacht. Er hatte genug von den engen Straßen von Paris und dem alten Schloss seiner Ahnen und baute sich in Versailles seine eigene Welt. Und all die kleinen Fürsten in Deutschland fanden das großartig und machten es ihm nach. Ist Ludwigsburg nicht ebenso entstanden?«

»Genauso ist es gewesen. Aber dieser Markgraf Karl-Wilhelm hatte recht moderne Gedanken. Er versprach seinen neuen Bürgern Religionsfreiheit, Selbstverwaltung – bis zu einem gewissen Grad –, persönliche und wirtschaftliche Freiheit und Gleichheit vor dem Gesetz, außerdem zwanzigjährige Steuerfreiheit, kostenlose Bauplätze und Baumaterial. In dieser Zeit zählt Karlsruhe bereits über 2000 Einwohner. Die Neubürger kommen aus dem In- und Ausland herbeigeströmt, aus Frankreich, Italien, der Schweiz und sogar aus Polen.« Chronicus schwieg einen Moment, überlegte kurz, dann meinte er: »Ich schlage vor, wir sehen uns das mal an. Unser bunt zusammengewürfelter Haufen wird in Karlsruhe weniger auffallen als in der braven alten Reichsstadt Heilbronn. Außerdem kenne ich da jemand, der uns behilflich sein wird.«

Sie wanderten in den folgenden drei Tagen über Eppingen und Bretten immer nach Westen, der untergehenden Sonne entgegen. Um die größeren Ortschaften machten sie einen weiten Bogen, bevorzugten die späten Abend- und die frühen Morgenstunden, um möglichst wenig Aufsehen zu erregen. Caspar verschwand von Zeit zu Zeit und erwartete sie an der nächsten Etappe mit Brot und Obst. Sie fragten lieber nicht, wo er es herhatte.

Schließlich erreichten sie Durlach und wanderten südlich um die Stadt herum, bis sie von einer Anhöhe beim Turmberg Karlsruhe erblickten. Die Stadt war eine große Baustelle. Das Schloss aber schien bereits fertig, man erkannte auch schon deutlich die systematische Anlage der Stadt.

»Im Zentrum steht das Schloss«, erklärte Chronicus, »mit dem Turm im Mittelpunkt des Kreises, dessen südliches Viertel die Stadt darstellt mit neun Ausfallstraßen, die wie Radien vom Turm ausgehen. Sie sehen auf dem Papier aus wie ein riesiger Fächer, deshalb wird man Karlsruhe auch Fächerstadt nennen. Diese Straßen sollen Strahlen darstellen. Sie werden von einem inneren Zirkelkreis und einem äußeren Zirkelkreis sowie der Langen Straße durchschnitten. Der innere Zirkelabschnitt bildet den Schlossplatz. An der Langen Straße, genau gegenüber dem Schloss, steht die evangelisch-lutherische Stadtkirche. Sie ist noch nicht fertig. Das dauert noch ein paar Jahre. Weiter östlich könnt ihr die Baustelle der Kirche der Reformierten erkennen. Auch für die Katholiken ist eine Kirche vorgesehen, die kommt aber erst später dazu. Vom Schlossturm aus kann der Landesherr die gesamte Stadt leicht überblicken. Die Entfernung vom Schloss zur Langen Straße beträgt nur einen halben Kilometer, die Ost-West-Ausdehnung an der Langen Straße etwa einen Kilometer.«

»Und der Markgraf ist der Mittelpunkt, der kleine Sonnenkönig, von dessen Gnade und Ungnade alles abhängt«, sagte Tina. »Der hat ein gesundes Selbstbewusstsein.«

»Man könnte auch sagen, er sitzt wie die Spinne im Netz«, konterte Tim, »und lauert auf alle diejenigen, die sich seinem Willen widersetzen.«

»Ein komplettes Abbild der Gesellschaft dieser Zeit«, fuhr Chronicus fort. »Dabei war sich der Markgraf schon bewusst, dass er nur eine Kleinausgabe seines großen Vorbilds war. Er sagte einmal: *Ich wollte mir einen Ruhesitz schaffen, ohne meine Untertanen zu belasten. Ich bin ein kleiner Herrscher. Ich habe ein Haus gebaut nach meinen Verhältnissen und ziehe vor, dass man von mir sagt, ich sei schlecht untergebracht und habe keine Schulden, als dass man von mir behauptet, ich hätte ein prächtiges Schloss, aber viele Schulden.* Ihr könnt aber noch viel mehr erkennen, wenn ihr genau hinseht: Die Bauordnung in der Stadt ist bis ins Einzelne geregelt. Im inneren Zirkel beim Schloss stehen die Häuser des Adels und der Hofbeamten. Sie durften aus Stein gebaut sein und zwei Stockwerke haben. Das Schloss aber überragt sie um ein drittes Stockwerk, der Turm ist noch ein gutes Stück höher. Die Bürgerhäuser, ab dem zweiten Zirkel, durften dagegen nur einstöckig sein – mit ausgebautem Dach – und mussten einheitlich rot verputzt werden. Sie standen jeweils an den Straßenfronten. Bürger ist nicht jeder Einwohner wie in unserer Zeit. Das Bürgerrecht muss erworben werden. Erst dann kommt man in den Genuss der Rechte und Vergünstigungen.«

»Und was ist mit den anderen, die das Bürgerrecht nicht haben?«, fragte Jonas.

»Siehst du hier unten, im Südosten der Stadt, die Hütten und kleinen einstöckigen Holzhäuser? Hier wohnen Arbeiter, Tagelöhner, verheiratete Soldaten und Juden. Sie gehören nicht zur erlauchten Stadtgesellschaft, werden aber als Arbeitskräfte dringend gebraucht. Sie wohnen im sogenannten ›Dörfle‹. Und dahin gehen wir jetzt.«

Das Dörfle mit seinen engen Gassen, eher Durchgängen zwischen den einzelnen Hütten, bot genau das gegenteilige Bild von der kunstvollen Stadtanlage beim Schloss – Wäscheleinen, die sich quer über die Gassen spannten, winzige Gärten, Kleinvieh in den Höfen und Verschlägen.

»Wie in den Slums heutiger Millionenstädte«, meinte Tina.

Chronicus steuerte zielgerichtet ein Gebäude an, das sich von den Hütten etwas unterschied. Es hatte zwei Flügel, die sich zusammen mit einer Scheune um einen Innenhof gruppierten, in dem ein überdachter Ziehbrunnen stand. Es war stabil in Fachwerkbauweise errichtet, sauber verputzt und hatte einen winzigen Vorgarten mit bunten Blumen. Vor dem Haus saß ein Mann mittleren Alters in einem schwarzen Umhang mit kleiner schwarzer Kappe auf dem Hinterkopf.

Chronicus ging mit ausgebreiteten Armen auf ihn zu und begrüßte ihn herzlich. »Isaac Landauer, mein alter Freund, wie geht's, was machen die Geschäfte?«

Landauer war aufgesprungen und umarmte Chronicus. »Und du, alter Herumtreiber, lässt dich wieder mal bei mir sehen?«

Nach einer kurzen Pause, während der er die anderen mit festem Blick gemustert hatte, sagte er, wieder zu Chronicus gewandt: »Wen hast du denn da mitgebracht, hast du die alle auf deinen Reisen aufgesammelt?«

»Das könnte man so sagen«, lachte Chronicus verschmitzt. »Es ist eine lange Geschichte, die ich dir heute Abend gerne erzählen würde.«

Landauer warf noch einmal einen prüfenden Blick auf die bunte Gesellschaft, dann breitete er strahlend seine Arme aus. »Platz ist hier genug vorhanden, wenn ihr keine großen Ansprüche stellt; die Kammern im Nebengebäude stehen leer, seit die Kinder aus dem Haus sind und ich hier alleine hause. Ich freue mich auf heute Abend. Aber jetzt ruht euch erst mal von der langen Reise aus, ich zeige euch eure Zimmer.«

Sie richteten sich in den zugewiesenen Räumen ein. Die Strohsäcke in den Bettgestellen erschienen ihnen geradezu luxuriös nach den kühlen Nächten, die sie im Freien verbracht hatten. Brot, Wasser und Obst, das ihnen Landauer kommen ließ, aßen sie mit Heißhunger.

»Woher kennst du ihn?«, fragte Tim neugierig zwischen zwei Bissen.

»Isaac Landauer ist ein jüdischer Kaufmann, aber eigentlich ein Gelehrter. Ich habe ihn vor Jahren auf einer meiner Zeitreisen kennen gelernt. Damals wohnte er schon in einem ansehnlichen Haus in Karlsruhe.«

»Aber warum wohnt er dann jetzt im Dörfle vor der Stadt?«, unterbrach ihn Tina.

»Nun ja«, begann Chronicus. »Damals bin ich etwas später, so um 1740, in Karlsruhe angekommen. Landauer war ein alter, reicher Jude, der die besten Geschäfte mit dem Markgrafen machte. Ich half ihm damals aus einer schwierigen Situation. Natürlich hatte er auch Feinde in dieser sauberen Hofgesellschaft, die dem Juden seinen Erfolg neideten und ihn beim Markgraf verleumdet hatten.«

»Und woher wusstest du dann, wo sein früheres Haus im Dörfle stand?«, fragte Jonas.

»Wir hatten uns damals ausführlich unterhalten. Er erzählte von seinem Leben, seinen Kindern, seiner Frau, die er früh verloren hat, und all das musste ich mir vorhin ins Gedächtnis rufen. Jedenfalls weiß er über meine Zeitreisen Bescheid und wir können ihm vertrauen.«

Abends saßen sie in Landauers Wohnstube und Chronicus berichtete von der Reise, immer wieder unterbrochen von Caspar, der das eine oder andere richtigstellen musste. Landauer fragte Tina, Jonas und Tim interessiert über ihre Eindrücke, wollte auch viel über die Zukunft wissen, was den dreien nicht immer leichtfiel. Aber über das zukünftige Schicksal seiner Glaubensgenossen wusste er aus früheren Gesprächen mit Chronicus bereits Bescheid.

»Und jetzt sitzt ihr da und müsst die Zeit bis zur nächsten Etappe überbrücken«, fasste Landauer zusammen. »Zunächst braucht ihr was Anständiges anzuziehen, aber da hab ich was für euch in meinem Warenlager: Für Tina ein Kleid, wie es die Dienstmägde tragen, für euch Männer Kniehosen und Hemden, wie Caspar sie anhat. Und was machen wir mit dir?« Er blickte mit einem fröhlichen Augenzwinkern zu Chronicus. »Möchtest du deine Kutte mit dem Kaftan vertauschen?«

Chronicus wehrte ab. »Ich bleibe in der Kutte. Deine Gastfreundschaft, die du mir so großzügig angeboten hast, würde ich gerne weiter beanspruchen und mich nicht so häufig auf der Straße sehen lassen. Andererseits gibt es ja hier in Karlsruhe alle Konfessionen, man wird also einen katholischen Geistlichen durchgehen lassen.«

»Ihr könnt alle als Gäste unter meinem Dach wohnen bleiben«, beteuerte Landauer.

Doch Chronicus setzte dem entgegen: »Das würde doch etwas Verdacht erregen. Wie willst du denn erklären, dass du auf einmal so viele nichtjüdische Gäste hast? Weißt du keine andere Lösung?«

»Der Wirt vom Waldhorn in Karlsruhe sucht eine Kindsmagd«, überlegte Landauer, »und die kräftigen Burschen da finden sofort Arbeit im Straßenbau.«

Jonas und Tim schauten sich an. »Warum nicht?«, brummte Jonas. »Man kann immer etwas dazulernen.«

»Es wäre sicherer, glaubt mir. Immerhin dauert es noch mehr als eine Woche, bis wir aufbrechen können«, sagte Chronicus entschieden.

Am nächsten Morgen war Caspar wieder einmal verschwunden. Er gehe seine eigenen Wege, meinte Chronicus, und vielleicht sei das auch gut so. Tina bekam die Stelle im Goldenen Waldhorn, nachdem Landauer sie dorthin begleitet und für sie ein gutes Wort eingelegt hatte.

Das Gasthaus war älter als die Stadt und der Wirt gleichzeitig frischgebackener Bürgermeister der neuen Residenz. Da noch kein Rathaus gebaut war, tagte der Rat in der Gaststube.

Tina gefiel ihre neue Aufgabe. Sie musste sich um ein vierjähriges Mädchen und einen sechsjährigen Jungen kümmern und hatte viele Freiheiten. Sie wohnte in einem kleinen, aber schönen Zimmer unter dem Dach.

Jonas und Tim hatten es nicht so gut erwischt. Ihre Arbeit beim Straßenbau war hart, dauerte zwölf Stunden täglich und das mit nur kurzen Pausen. Unterkunft gab es in Holzbaracken, zusammen mit den anderen Arbeitern auf Strohsäcken.

Eines Abends fand Jonas in seinem Strohsack einen versiegelten Brief. Als er ihn vorsichtig öffnete, sah er das Zeichen des schwarzen Löwen, daneben zwei Dreiecke, ineinander verschoben, das eine mit der Spitze nach oben, das andere nach unten.

»Der Davidsstern«, sagte Tim, der sich zu Jonas gebeugt und neugierig in den Brief geschaut hatte. »Das könnte für Landauer stehen, aber was bedeutet der schwarze Löwe?«

Jonas erklärte ihm, dass dies das Erkennungszeichen für Chronicus sei, wenn er Kontakt zu ihnen aufnahm und ihnen eine Botschaft zukommen ließ.

»Verstehe, der Stauferlöwe, wie im Landeswappen von Baden-Württemberg, drei schwarze Löwen auf goldenem Grund.«

»Dann heißt die Botschaft, wir sollen zu Landauer kommen.«

Sie machten sich sofort auf den Weg. Es dämmerte bereits, als sie in den Hof traten. Die Wohnstube war erleuchtet, ein matter Lichtschein fiel durchs Fenster. Die Tür war halb angelehnt. Tina und Chronicus empfingen die beiden, Landauer kam einen Augenblick später zur Tür herein mit einem Krug Most und fünf Bechern, die er auf einem kleinen Tablett balancierte.

»Es ist etwas geschehen, was uns alle angeht«, begann Chronicus. »Aber der Reihe nach. Am besten beginnt Tina.«

»Gestern Vormittag kam ein merkwürdiger Herr zu uns ins Waldhorn, das heißt, eigentlich ging er nicht in die Gaststube, sondern geradewegs in die Privatwohnung, wo ich den Kindern gerade das Frühstück brachte. Er wünschte Bürgermeister Sempach zu sprechen. Dabei sah er mich mit einem Blick an, dass mir heiß und kalt wurde. Wo ich denn herkäme, fragte er mich, und einen schönen Gruß an den schwarzen Galgenvogel, der wüsste schon, von wem. Er war gekleidet wie ein Adliger, sagte auch ausdrücklich, er käme vom Hof und ich sollte mich beeilen, er würde hier auf Sempach warten. Ich holte den Wirt aus der Schankstube, obwohl ich die Kinder nicht gerne mit dem Fremden allein ließ. Der schloss sich mit dem geheimnisvollen Fremden in seinem Arbeitszimmer ein. Ich hörte einen heftigen Wortwechsel. Dann war es still und nach wenigen Augeblicken stürmte der Fremde hinaus. Sempach folgte, weiß im Gesicht, er zitterte am ganzen Körper. Seine Frau kam herein, erkundigte sich nach dem Besuch und Sempach murmelte nur geistesabwesend: ›Ich muss das Geld aufbringen, bis morgen, sonst bin ich erledigt.‹«

Da schaltete sich Landauer ins Gespräch ein. »Am Nachmittag kam Sempach dann zu mir. Er brauche dringend tausend Gulden, sofort. Ich sagte ihm, dass ich das Geld nicht so schnell auftreiben könnte und bat ihn, mir doch zu sagen, weshalb er die Summe so schnell haben müsste. Er lief rot an, wischte sich mit seinem Taschentuch den Schweiß von der Stirn und sagte mit leiser Stimme: ›Ich werde erpresst.‹ Dann ließ er sich auf einen Stuhl fallen und schaute mich hilflos an. Nach einer Weile berichtete er, ein markgräflicher Finanzrat sei bei ihm aufgetaucht und habe ihn beschuldigt, jahrelang keine Steuern gezahlt zu haben. Zwar hätten die Neusiedler zwanzig Jahre Steuerfreiheit zugesichert bekommen, Sempachs Schänke hätte aber bereits vor der Stadtgründung bestanden. Insofern sei er steuerpflichtig. Sempach beteuerte, dass er als Bürgermeister der neuen Stadt davon ausgegangen sei, dass das Steuerprivileg auch für ihn gelte. Jedenfalls müsse er bis morgen tausend Gulden auftreiben, sonst sei er ruiniert. Ich sagte ihm, dass ich einen Gast bei mir hätte, der sich in Rechtsfragen auskenne, ob er wolle, dass ich ihn hinzuziehe. Sempach zuckte nur mit den Achseln und stöhnte, nickte aber mit dem Kopf.«

Nun meldete sich Chronicus zu Wort. »Ich riet ihm, nicht auf die Erpressung einzugehen und es auf einen Rechtsstreit ankommen zu lassen. Er habe beste Aussichten, den Prozess zu gewinnen. Sempach aber lachte nur bitter: ›Mein Ruf ist so und so hin. Schon der Verdacht wird sich bei meiner Kundschaft herumsprechen und als Bürgermeister bin ich dann erledigt.‹ Er zeigte ein Schreiben des Finanzrats, unterzeichnet mit E. von Holers. Da wurde ich stutzig.«

»E. von Holers«, murmelte Jonas mehrmals und dachte angestrengt nach. »Wenn man das V durch ein F ersetzt, hätten wir …«

»Holofernes«, bestätigte Chronicus. »Ein solcher Streich würde auch genau zu ihm passen. Doch hört zu. Ich fragte Sempach nach seinem Aussehen. Er überlegte kurz, dann erwähnte er ein Muttermal auf der Stirn des Finanzrats. Ich ließ es mir genauer beschreiben und dann wusste ich Bescheid. Genau so ein Muttermal hat Holofernes. Er ist es. Ich bin mir ganz sicher. Ich sagte Sempach, dass er einem Betrüger aufgesessen sei und dass er ja nicht zahlen sollte. Wenn er ganz sichergehen wolle, solle er sich als Bürgermeister einen Termin bei der markgräflichen Finanzverwaltung geben und sich seine Steuerfreiheit bestätigen lassen. Um Holers würde ich mich selbst kümmern. Sempach war einigermaßen beruhigt, bedankte sich und ging.«

»Und was willst du jetzt machen?«, fragte Jonas.

»Ich werde Holofernes stellen und ihm endlich seine Spielchen verderben. Vielleicht ist das jetzt die beste Gelegenheit. Er soll als Betrüger auffliegen und verhaftet werden.«

»Damit er in wenigen Tagen durch die Zeitschleuse entkommt?«, fragte Tina mit zweifelnder Miene.

»Die Gefängnisse in dieser Zeit sind alles andere als angenehm. Ich denke, er wird dort nicht die Konzentration aufbringen, um sich in den Zeitsog ziehen zu lassen. Es wäre zumindest einen Versuch wert.«

»Warum lässt du ihn nicht einfach in Ruhe?«, fragte Tim. »Kann er dir denn so gefährlich werden?«

»Mir vielleicht nicht, zumindest solange er hinter der Formel für die Zeitreise her ist. Aber denke an die vielen Menschen in allen Zeiten, die er zugrunde richtet, nur um seine Macht und seinen Reichtum zu vergrößern. Nein, ihm muss endgültig das Handwerk gelegt werden.

Wie ich Sempach einschätze, befolgt er meinen Rat und geht morgen zur Finanzverwaltung. Ich werde gleichzeitig dort von den Betrügereien dieses selbsternannten Finanzrats von Holers berichten, vielleicht gebe ich mich als Gesandter des Erzbischofs von Mainz aus. Dann gilt es nur noch, Holofernes ausfindig zu machen und ihn den Wachen zu übergeben.« Chronicus schwieg einen Augenblick und schaute Tina, Jonas und Tim nachdenklich an. »Ich bitte euch nur um eines. Seid vorsichtig in den nächsten Tagen, geht kein Risiko ein und wenn es irgendwelche Probleme gibt, wendet euch an Isaac Landauer. Er wird euch helfen.«

Landauer nickte freundlich zur Bestätigung, dann sagte er zu Chronicus: »Pass auf dich auf. Auch du solltest vorsichtig sein. Es dauert nicht mehr lange bis zum Mondphasenwechsel.«

Chronicus saß im Schankraum des Waldhorn an einem Tisch am Fenster. Von dort konnte er den Hauseingang zur Privatwohnung Sempachs gut überblicken. Sempach war am Morgen – wie ihm Chronicus empfohlen hatte – in der Finanzkanzlei gewesen. Einen E. von Holers kannte man dort nicht. Wenig später war Chronicus selbst dort vorstellig geworden. Er traf im Vorzimmer noch mit Sempach zusammen, der ihm glücklich berichtete, dass ihm seine Steuerbefreiung zugesichert worden sei. Mehr noch, man wollte nach Holers fahnden, war ihm versprochen worden, als er anschließend dem Kammerherrn den Fall geschildert hatte.

Dem Kammerherrn hatte Chronicus danach versichert, der Erzbischof von Mainz sei persönlich an der Festnahme Holers' interessiert. Aber er kannte die Arbeitsweise der Behörden. Deshalb hatte er mit Sempach ausgemacht, dass er den falschen Finanzrat im Waldhorn abpassen wollte, wenn der sein Erpressungsgeld einzufordern kam.

»Der kann was erleben, den werd ich hochkant hinauswerfen«, hatte Sempach gewettert.

Jetzt saß er hier und wartete auf Holofernes. Landauer hatte ihm einen weiten schwarzen Mantel gegeben und einen breitkrempigen Hut, den er in der Gaststube nicht abgenommen hatte. Es war eigentlich ganz einfach. Er würde ihm in seine Unterkunft folgen und dann den Kammerherrn benachrichtigen lassen, damit der eine Wache schickte, um Holofernes festzunehmen. So war es ausgemacht.

Er wollte aber sichergehen und vielleicht gab es die Möglichkeit, Holofernes ein zweites Mal zur Rede zu stellen. Chronicus fieberte dem entgegen. Vielleicht könnte er ihn auch wie beim letzten Mal in seinen Bann ziehen. Die Wachen würden dann Holofernes in tiefem Schlaf vorfinden.

Da hielt ein Wagen und ein Mann in Hofkleidung mit breitem, federgeschmücktem Hut stieg aus. Damit hatte er nicht gerechnet. Einem Wagen konnte er nicht folgen. Kurz entschlossen stand er auf und lief hinaus. Dort drüben müsste ein Pferdestall sein. Chronicus öffnete die Tür und sah drei Pferde in den Boxen stehen. Er wählte sich einen Apfelschimmel aus, ein kräftiges Tier. An der Wand hingen Sattel und Zaumzeug, doch dafür hatte er keine Zeit. Er löste den Riemen, mit dem der Schimmel festgemacht war, und redete beruhigend auf ihn ein. Dieser ließ sich bereitwillig nach draußen führen. Da sah er, wie Holofernes bereits zum Wagen stürmte und dem Kutscher Zeichen gab loszufahren. Chronicus schwang sich auf das Pferd, das zunächst verunsichert tänzelte. Ein Zittern ging durch seinen Körper. Chronicus legte beruhigend die Hand an seinen Hals und verstärkte behutsam den Druck seiner Schenkel, dann gab er dem Tier einen Klaps mit der flachen Hand und ließ es leicht antraben. Bald sah er vor sich auf der Straße nach Durlach den Einspänner von Holofernes und folgte ihm in der Abenddämmerung in einigem Abstand.

Vor der Krone in Durlach hielt die Kutsche an. Holofernes verhandelte verärgert mit dem Kutscher. Offensichtlich ging es um den Fahrpreis. Das gab Chronicus Zeit, sein Pferd an einem der gusseisernen Ringe im Hof des Gasthauses festzumachen. Kurz nach Holofernes betrat er den Gasthof und hörte noch, wie der die Rechnung verlangte, Zimmer 12, morgen früh wolle er abreisen. Chronicus drückte sich hinter ihm vorbei zur Treppe und ging hinauf, unauffällig, wie ein Gast, der zu seinem Zimmer will. Oben beschleunigte er seinen Schritt, schaute sich hastig um, entdeckte die Nummer 12. Die Tür war nicht verschlossen. Er trat ein und setzte sich in einen hohen Sessel, mit dem Rücken zur Tür. Inzwischen war es dunkel geworden.

Es dauerte nur wenige Augenblicke, bis Holofernes hereinpolterte, fluchend wieder nach draußen ging und kurz darauf mit einer brennenden Kerze zurückkam.

Holofernes stellte die Kerze auf einem Tischchen ab, stürzte an Chronicus vorbei zum Fenster, riss beide Flügel auf. Die Kerze flackerte und tauchte den Raum in ein unruhiges Licht.

»Warum so hastig?«, begrüßte ihn Chronicus mit schneidender Stimme.

Holofernes fuhr herum und starrte ihn an, als ob er ein Gespenst sähe.

»Du bist in Eile, willst so schnell wie möglich abreisen?«, nahm Chronicus das Gespräch wieder auf.

Ohne darauf einzugehen, griff Holofernes an seine Seite, zog ein Messer und stürzte sich auf ihn. Chronicus reagierte geistesgegenwärtig. Er umklammerte mit beiden Händen das Handgelenk seines Gegners, versuchte ihm das Messer zu entwinden. Doch Holofernes schüttelte ihn ab, wich einen Schritt zurück und fixierte ihn lauernd.

»So nicht, Freundchen«, stieß er heiser hervor. »So schnell wirst du mich nicht los, es sei denn, du gibst mir die Formel für die Zeitreise in beide Richtungen. Wenn nicht, kommst du hier nicht lebendig raus.«

Chronicus war während des kurzen Handgemenges aus dem Sessel aufgesprungen, hatte einen Leuchter ergriffen, bereit, einen Angriff seines Gegners abzuwehren. »Da kannst du lange warten. Leg das Messer weg. Das Spiel ist aus. Draußen steht die Wache des Markgrafen.«

Er versuchte seinen Gegner zu fixieren, mit seinem Blick zu bannen. Doch dieser bemerkte seine Absicht und wich seinem Blick aus. Er stürzte zum Sessel und warf ihn Chronicus vor die Füße, dabei stieß er die Kerze um, die sofort die wehenden Vorhänge in Brand setzte. Dann riss er die Tür auf und stürmte die Treppe hinunter. Chronicus folgte ihm, ohne weiter nachzudenken, und lief auf dem Flur dem Wirt in die Arme, der den Lärm gehört hatte. Dabei wurde ihm erst bewusst, was geschehen war.

Er sammelte sich und rief: »Es brennt, der Gast aus Nummer 12 hat eine Kerze umgestoßen und hat fluchtartig sein Zimmer verlassen!«

Gleichzeitig wurde ihm bewusst, dass Holofernes auf und davon war. Sein Plan war fehlgeschlagen.

Dichter Qualm drang aus der offenen Tür.

»Feuer, Feuer!«, brüllte der Wirt und rannte nach unten.

Chronicus schnappte sich eine der Wolldecken, die auf einer Bank im Flur lagen, drang mit vorgehaltener Hand durch den Rauch in das Zimmer ein und versuchte das Feuer mit der Decke zu ersticken. Inzwischen kam der Wirt mit einigen Knechten, begann Wasser aus Feuereimern in das brennende Zimmer zu schütten, was den Rauch aber eher noch verstärkte.

Chronicus war am Ende seiner Kräfte. Es gelang ihm noch, die Vorhänge herunterzureißen und die Decke über die Flammen zu werfen. Dann brach er bewusstlos zusammen. Das Feuer war gelöscht, aber aus dem Zimmer quollen Schwaden von schwarzem Rauch.

»Da ist noch einer drin!«, rief der Wirt.

Da löste sich aus den Rauchschwaden am Ende des Flures eine Gestalt, die in das Zimmer stürmte und nach wenigen Augenblicken Chronicus an den Füßen herauszog. Der Wirt warf sich, ohne zu zögern, den leblosen Körper über die Schulter und rannte mit ihm die Treppe nach unten. Hustend und keuchend folgte Caspar ihm nach.

In der Gaststube legte man Chronicus auf einen Tisch.

»Er hat das Feuer mit einer Wolldecke erstickt«, sagte der Hausknecht und wies die Reste der verkohlten Decke vor. »Ihm ist es zu verdanken, dass nicht das ganze Haus abgebrannt ist.«

»Und der Kerl, der das Feuer verursacht hat?«, brüllte der Wirt. »Hat sich wohl eilig aus dem Staub gemacht – und seine Zeche hat er auch noch nicht bezahlt!«

Caspar war zu Chronicus getreten, schüttelte ihn und bearbeitete mit beiden Händen seinen Oberkörper. Da begann Chronicus zu husten und zu keuchen, er rang nach Luft, aber er atmete wieder. Wenig später schlug er die Augen auf und blickte Caspar in die Augen.

»Danke«, brachte er mühsam zwischen zwei Hustenanfällen hervor.

Caspar blieb die Nacht an Chronicus' Seite. Er war in ein Gastzimmer in einem anderen Flügel des Hauses gebracht worden, obwohl er beteuert hatte, es gehe ihm wieder gut.

Doch Caspar ließ das nicht zu. »Mit einer Rauchvergiftung ist nicht zu spaßen«, sagte er entschieden. »Du bleibst hier liegen und ruhst dich aus.« Regelmäßig gab er ihm Wasser zu trinken.

Nachdem der Wirt sich beruhigt hatte, dankte er beiden von ganzem Herzen, dass sie durch ihr entschiedenes Eingreifen Schlimmeres verhindert hätten. Das Feuer hatte dank Chronicus' Einsatz nicht auf das ganze Haus übergegriffen und der Schaden hielt sich in Grenzen.

Am nächsten Morgen ließ es sich der Wirt der Durlacher Krone nicht nehmen, Chronicus und Caspar persönlich mit der Kutsche zu Landauer zu bringen. Den Apfelschimmel von Sempach, mit dem Chronicus nach Durlach geritten war, ließ er neben dem Wagen hertraben. Sempach erwartete ihn bereits bei Landauer. Er war auf Wunsch von Chronicus noch in der Nacht informiert worden. Von Holofernes allerdings fehlte jede Spur.

»Ich bin dir gefolgt, als du nach Durlach geritten bist«, erklärte Caspar. »Ich weiß ja, dass man dich nicht allein lassen kann.«

Chronicus lächelte. »Du hast mir das Leben gerettet. Das werde ich dir nie vergessen. Aber du wirst mir noch einiges erklären müssen.«

»Worauf du dich verlassen kannst«, gab Caspar zurück. »Ich sehe, die Einsicht folgt der Erkenntnis.«

»Für heute Abend seid ihr alle meine Gäste«, ließ sich Sempach vernehmen. »Wenn uns der Kerl auch entwischt ist, ihr glaubt gar nicht, wie erleichtert ich bin, aus dieser Sache gut herausgekommen zu sein, und das habe ich euch zu verdanken.«

Chronicus nahm die Einladung dankend an. »Wir werden morgen Karlsruhe verlassen, darf ich meine Freunde mitbringen?«

Sempach staunte nicht schlecht, als er erfuhr, dass neben Caspar, Jonas und Tim auch seine neue Kindsmagd zu Chronicus' Reisegesellschaft gehörte, freute sich aber, für alle ein Abschiedsessen ausrichten zu können.

Sie feierten im Waldhorn bis weit in die Nacht hinein. Landauer hatte sich entschuldigt, er bevorzuge koscheres Essen, aber am späten Abend schaute er doch noch herein. Er setzte sich zu Chronicus und sie unterhielten sich lange und eingehend.

»Kennst du den Satz des griechischen Philosophen Dionysios von Halikarnassos?«, fragte Landauer und sah Chronicus augenzwinkernd an. »Er lebte im ersten Jahrhundert vor Christus und hat eine römische Frühgeschichte bis zum Beginn des Krieges gegen die Karthager verfasst. Hör zu. Er sagte: *Geschichte lehrt durch Beispiele, wie wir uns in allen Verhältnissen unseres öffentlichen und häuslichen Lebens benehmen sollen.* Ich glaube, du hast uns gestern ein solches Beispiel gegeben.«

Chronicus wehrte ab. »Ich halte es da lieber mit dem französischen Bischof und Historiker Bossuet, der Ende des 17. Jahrhunderts geschrieben hat: *Gott allein weiß, wie er alles nach seinem Willen zuwege bringt; deshalb ist alles, auf Einzelursachen hin betrachtet, überraschend, und hat doch im Ganzen einen geordneten Verlauf.* Nur – allein auf Gottes Willen zu vertrauen genügt nicht. Wir alle sind Kinder Gottes und sollen nach seinem Willen verantwortungsvoll handeln. Das hast auch du getan, als du uns so selbstverständlich geholfen hast.«

»Werden wir uns noch einmal begegnen?«, fragte Landauer.

»Ich werde deine Freundschaft im Herzen bewahren und wünsche dir Gottes Segen«, antwortete Chronicus ausweichend.

Sempach bedauerte, dass er nun wieder nach einem neuen Kindermädchen suchen musste und gab ihnen für die Reise ein riesiges Fresspaket mit.

Sie verließen am nächsten Tag Karlsruhe in Richtung Süden. Chronicus schaute immer wieder zum Himmel, als ob er im hellen

Tageslicht den Mond erblicken könnte. Sie hielten sich am Rande des Schwarzwaldes, rasteten am Abend an einem Flüsschen und sahen die Sonne als roten Ball über der Rheinebene untergehen.

»Heute Nacht wird es so weit sein«, erklärte Chronicus.

Gebt der Freiheit Flügel!

Sie hatten sich mitten in der Nacht eine Feldscheune gesucht, wo sie den Morgen abwarten konnten. Jonas war nach der Zeitreise, die Chronicus irgendwo auf dem Weg, mitten in einem Waldstück, durchgeführt hatte, völlig aufgekratzt und konnte lange Zeit nicht einschlafen. Als er dann schließlich doch eingedöst war, träumte er nur wirres Zeug. Holofernes verfolgte sie mit einer ganzen Meute riesiger schwarzer Hunde. Er selbst saß auf einem Rappen und peitschte auf die Hunde ein.

Wie weit waren sie heute Nacht gekommen, überlegte er. Chronicus hatte nur stumm den Kopf geschüttelt, als Tina gefragt hatte, ob sie es bis in die Gegenwart schaffen würden. Was war alles möglich zwischen 1720 und dem 21. Jahrhundert? Das 18. Jahrhundert war geprägt von dauernden Übergriffen der Franzosen auf Südwestdeutschland. Dann kam die Zeit der Französischen Revolution und Napoleon – wieder Kriege! Es fühlte sich merkwürdig an, hier in einer Feldscheune zu liegen und keine Ahnung zu haben, in welcher Zeit man sich befand.

Caspar hatte sich irgendwann in der Nacht wieder einmal davongestohlen. Sein Schlafplatz war plötzlich leer gewesen. Jonas dachte an die merkwürdige Veränderung in der Beziehung zwischen Caspar und Chronicus. Sie schien sich zwar gebessert zu haben, aber es knisterte noch immer, wenn sie aufeinandertrafen. Caspar wollte nicht akzeptieren, dass Chronicus immer den Ton angab, und empfand die Tatsache, dass er von ihm abhängig war, als schmerzlich. Warum weigerte sich Chronicus immer noch, ihn in die Geheimnisse der Zeitreisen einzuweihen?

Und Tim? Er schien sein Schweben zwischen den Zeitebenen gut verkraftet zu haben. Während der gemeinsamen Zeit beim Straßenbau in Karlsruhe waren sie fast Freunde geworden. Aber gestern war

Tim Tina nicht von der Seite gewichen. Die beiden hatten geredet und miteinander herumgealbert, als ob sie schon lange zusammen wären. Jonas war sich wie das fünfte Rad am Wagen vorgekommen. Er verfiel ins Grübeln. Das fünfte Rad am Wagen – damit könnte man wohl auch das Ersatzrad meinen. Ja, genauso kam er sich vor. Dabei hatte er während der Zeitreise eine Menge Glück gehabt und es gab Phasen, da war er über die neuen Eindrücke begeistert gewesen. Wenn er es sich recht überlegte, wollte er auf diese Erfahrungen nicht mehr verzichten.

Und noch eine andere Überlegung beschäftigte ihn. Chronicus hatte versichert, dass sie ohne Zeitverzögerung in der Gegenwart ankämen, aber was war dann mit ihrem Bewusstsein? Würden sie sich an all das, was sie jetzt gemeinsam erlebten, erinnern können – oder würde ihnen das nur wie ein merkwürdiger Traum erscheinen, wie ein kurzes Gedankenspiel, eine Laune der eigenen Phantasie? War die ganze Zeitreise vielleicht tatsächlich nur ein Traum, aus dem er irgendwann aufwachen würde, um festzustellen, dass er am Heidelberger Neckarufer eingedöst war? Manchmal hatte er Träume, die ihm so wirklich erschienen wie das Leben. War das ganze Leben nur ein Traum?

Über solchen Gedanken musste er wohl eingeschlafen sein, denn als Tina ihn weckte – sie fuhr ihm mit der Hand wild durch seine Haare und lachte ihm ins Gesicht – war es heller Morgen. Tim saß gähnend neben ihm. Ob Tina ihn genauso geweckt hatte?

Chronicus war offensichtlich verärgert, dass Caspar in der Nacht einfach gegangen war. »Warum kann er sich nie in eine Gemeinschaft einfügen?«, grummelte er.

»Vielleicht liegt es an der Gemeinschaft?«, antwortete Tina spitz.

»Ich habe mir seine Gesellschaft auch nicht ausgesucht«, konterte Chronicus.

»Eben«, schloss Tina triumphierend.

»Der wird schon wieder zu uns stoßen«, sagte Tim, »wenn er es für richtig hält. Erinnere dich an Karlsruhe. Es hat dir doch wohl das Leben gerettet, dass er seine eigenen Wege gegangen war – und uns vermutlich auch.«

Chronicus blickt missmutig auf, dann entspannten sich seine Gesichtszüge. »Schon gut, du hast ja recht, aber Sturheit hat auch ihre Grenzen.«

Tina verbiss sich eine Antwort. Hatte Chronicus nicht auch häufig sehr eigenwillig gehandelt, ohne sie in seine Pläne einzuweihen?

Sie verzehrten die Reste ihres Fresspaketes, das ihnen der Wirt des Goldenen Waldhorns mitgegeben hatte, und machten sich auf den Weg.

Chronicus musterte ihre Kleidung. Tim in Jeans und kariertem Hemd, wie er im schwedischen Feldlager mitten im Dreißigjährigen Krieg erschienen war, ließ er durchgehen. Tina in ihrem einfachen Kleid aus Karlsruhe machte ihm auch keine Probleme. Aber Jonas mit seiner Kniehose!

»Ich denke, wir befinden uns in der Mitte des 19. Jahrhunderts. Da trägt man so was nicht mehr. Ich fürchte, wir werden dich wieder in die Kutte stecken müssen. Weiter südlich kommen wir sowieso wieder in eine katholische Gegend, da wäre das akzeptabel.«

Plötzlich hörten sie in der Ferne ein lautes Pfeifen und Zischen. Wenig später erschien eine altertümliche Lokomotive mit einer beträchtlichen Anzahl von Wagen.

»Wie aus dem Museum!«, rief Tim begeistert.

Chronicus kniff die Augen zusammen, musterte den Zug und sagte befriedigt: »Na, wer sagt's denn, Mitte 19. Jahrhundert. Wir brauchen nur den Schienen bis zum nächsten Bahnhof zu folgen. Dort werden wir Genaueres erfahren.«

Vor dem Bahnhof von Malsch erwartete sie Caspar, hinter ihm drängte eine große Menschenmenge zum Bahnsteig.

»Wohin soll denn die Reise gehen, lass mich raten, nach Offenburg?« Caspar genoss es offensichtlich, bereits mehr zu wissen als Chronicus. »Alle fahren nach Offenburg. Morgen findet dort die große Volksversammlung statt. Jetzt bist du dran«, sagte er mit spöttischer Miene zu Chronicus.

»Offenburg, Volksversammlung?« Chronicus war etwas verunsichert. »Da gibt es mehrere: 1847, als sich die Verfassungsfreunde aus ganz Baden hier trafen, nein, es müsste die große sein, im Mai 1849, während der Revolution.«

»Heute ist der 12. Mai 1849«, präzisierte Caspar. »Morgen werden Zigtausende in Offenburg erwartet. Heute tagt der Landeskongress der badischen Volksvereine. Sie wollen morgen die Republik ausrufen.«

Trotz des großen Gedränges vor dem Bahnhof und auf dem Bahnsteig war der Kartenschalter geschlossen.

»Billets werden heute nicht verkauft, bitte einreihen und Abstand halten zu den Gleisen, der Zug nach Offenburg kommt in wenigen Minuten!«, brüllte ein Mann in Uniform.

Mit ohrenbetäubendem Lärm fuhr die Dampflokomotive ein und die Menschen drängten in die Wagen. Jonas bekam wie die anderen nur einen Stehplatz zwischen den Holzbänken. Dann ruckte der Zug langsam an. Mit Mühe konnte Jonas das Gleichgewicht halten. Über Rastatt, Bühl und Achern erreichten sie nach Stunden Offenburg. Eingekeilt in der Menge wurden sie auf den großen Platz vor dem Bahnhof gespült, wo sie sich endlich ein ruhigeres Plätzchen suchen konnten.

Chronicus pflanzte sich vor ihnen auf. »Passt auf, wir sind hier im Kerngebiet der badischen Revolution. Heute ist der 12. Mai, gestern war Vollmond, noch dreizehn Tage bis zum nächsten Phasenwechsel, das wäre der 25. Mai. Wenige Tage später werden preußische Truppen in Baden einmarschieren und die Revolution niederwerfen. Dann herrscht Kriegsrecht in Baden und Fremde werden verdächtigt und verfolgt. Aber wenn alles gut geht, sind wir bis dahin schon wieder weg.«

Caspar stand etwas abseits, als würde ihn die Sache nichts angehen. Dann trat er zu Chronicus und fragte: »Hast du dir schon Gedanken gemacht, wo wir unterkommen können? Die Stadt wird ganz schön voll sein.«

»Hast du deine Kutte dabei?«, entgegnete Chronicus und fuhr – ohne eine Antwort abzuwarten – fort: »Ich kenne hier in Offenburg einen alten Freund, den guten Professor und Geistlichen Rat Kuhn, der wird uns weiterhelfen.«

Die Stadt war geschmückt mit schwarz-rot-goldenen Fahnen und grünen Zweigen. Chronicus führte sie durch die Hauptstraße zum ehemaligen Kapuzinerkloster.

»Hier ist die Lateinschule untergebracht. Am besten, ihr wartet hier einen Moment.«

Er ließ sie einfach stehen und zog los.

»Da hat er uns ja am richtigen Ort abgesetzt«, brummte Tim und sah zu den kleinen Fenstern hoch. »Hier wird vermutlich gerade Latein gepaukt, igittigitt.«

»Wenn du dich da nicht täuschst«, sagte Caspar. »In der Offenburger Lateinschule geht es dieser Tage hochpolitisch her. Der Rektor gibt sich selbst revolutionär und sogar die geistlichen Lehrer diskutieren mit ihren Schülern über Demokratie.«

»Woher weißt du das?«, fragte Tina neugierig.

Caspar zuckte nur mit den Schultern. »Ich begleite Chronicus ja schon seit einiger Zeit, na ja, besser gesagt, ich folge ihm gegen seinen Willen. Und für die badische Revolution hat er ein besonderes Faible. Es ist aber auch ein hochinteressantes Kapitel der Geschichte, ihr werdet schon sehen.«

Sie kamen in der Einhornapotheke bei einem Freund Professor Kuhns unter.

Kuhn hatte Chronicus gefragt: »Du kennst doch den Eduard Rehmann und seine liebe Frau Nanette?«

Chronicus hatte erfreut gelacht. »Ich habe ihn bei meinem letzten Besuch getroffen, vor zwei Jahren, also 1847, bei der Versammlung der badischen Verfassungsfreunde im Gasthof Salmen. Erinnerst du dich?«

Kuhn gab Chronicus' Begleiter als Reisende aus dem Württembergischen aus, die bei der Volksversammlung dabei sein wollten. Für den Abend hatte er sie in den Zähringer Hof eingeladen, wo sich die Liberalen und die Demokraten trafen.

Als sie die Gartenwirtschaft betraten, war bereits mächtig viel los. Es herrschte eine Stimmung wie auf einem Volksfest. Stimmengewirr, übertönt von Rufen nach Bedienung, und ein wogendes Treiben machte die Orientierung schwierig. Irgendwo in der Ferne rumpelte eine Kegelbahn.

Schließlich steuerte ein untersetzter älterer Herr mit rudernden Armen auf sie zu. Jonas erkannte Professor Kuhn erst beim Näherkommen.

»Hierher, hierher!«, rief er ihnen zu und zeigte auf eines der vier Gartenhäuschen. Dort bugsierte er sie an einen Tisch. »Darf ich vorstellen, Georg Hummel, Müller und Deputierter des Diersheimer Volksvereins, Bruder Chronicus und seine Reisegesellschaft aus dem

Schwabenländle. Schön, dass wir uns wieder einmal sehen!« Er strahlte Chronicus an, nahm seine beiden Hände und drückte sie herzlich. Dann wandte er sich an Georg Hummel. »Erzähl mal unseren württembergischen Freunden, was die Volksvereine heute Morgen beschlossen haben.«

Hummel rückte umständlich seinen Kragen zurecht und begann. »Also, die Sache ist die: Unsere Verfassung, die unsere Abgeordneten in Frankfurt mehrheitlich beschlossen haben, ist in ernster Gefahr. Vor sechs Wochen hat der König von Preußen die Kaiserkrone abgelehnt und die Deputation unserer Abgeordneten in beleidigender Weise heimgeschickt. Nur die kleineren und mittleren Staaten in Deutschland haben bisher die Verfassung anerkannt. Württemberg ist dabei, wie ihr wisst, aber ohne Preußen hat die Sache kaum Aussicht auf Erfolg. Deshalb müssen jetzt endlich Zeichen gesetzt werden. Wir müssen den Fürsten Druck machen. Es reicht nicht, wenn wir uns der Reichsverfassungskampagne anschließen und Eingaben machen, die Fürsten bitten, die Verfassung doch noch anzunehmen. Hier im Südwesten müssen wir den Anfang machen. Baden muss eine Republik werden, dann werden sich die Württemberger, die Hessen und die Pfälzer anschließen und Deutschland wird folgen. Wir brauchen eine zweite Revolution.« Er machte eine Pause und nahm einen kleinen Schluck aus seinem Weinglas. »Schon im März letzten Jahres hatten wir das hier in Offenburg gefordert.« Er nahm aus seiner Tasche ein Flugblatt, entfaltete es und strich es glatt, bevor er vorzulesen begann: »Vierunddreißig Fürsten oder eine Republik? Die Frage ist sehr einfach: Können wir frei werden und einig regiert unter vierunddreißig Fürsten? Fort mit den Fürsten und ihrem Anhang; wir wollen uns selbst regieren, einig und frei. Es lebe die Republik!« Er blickte in die Runde.

Professor Kuhn schaute nachdenklich in sein Weinglas. »Das war vor einem Jahr. Die Revolution hat schwungvoll begonnen, aber ihr ist schon längst die Luft ausgegangen.«

»Deshalb sind wir ja hier«, ereiferte sich Hummel. »Wir haben Forderungen beschlossen, die eine Delegation der badischen Volksvereine morgen früh in Karlsruhe vorbringen wird. Die Regierung Bekk muss zurücktreten. Dann muss der jetzige Landtag aufgelöst und eine Landesversammlung einberufen werden, die über eine neue badische Verfassung beraten wird, außerdem über Amnestie für die politischen Gefangenen.«

Inzwischen hatte sich um ihren Tisch eine Gruppe zusammengefunden, die dem Diersheimer Müller interessiert zugehört hatte.

»Bekk muss weg!«, rief einer, die anderen lachten und wiederholten den Ruf.

Ein weiterer rief: »Weg mit den Fürsten, weg mit dem Großherzog! Soll er doch nach Berlin zu seinem Spezi, dem Preußenkönig!«

Wieder Gelächter.

Es wurde spät in dieser Nacht. Jonas staunte über diese Begeisterung der Menschen, aber er wusste auch, dass sie schwer enttäuscht werden würden. In wenigen Wochen würden die Preußen das freie Baden militärisch besetzen und jahrelang bleiben, bis die Demokraten verfolgt, vertrieben oder hingerichtet waren. Aber das alles durfte er den Menschen nicht sagen.

Er diskutierte noch lange im Gästezimmer der Einhornapotheke mit Tim und Tina – und sie waren sich einig. Diese Leute in Offenburg bereiteten eine neue Zeit vor, ihre eigene Zeit, in der alle Menschen gleiche politische Rechte hatten. Die Fürsten konnten die Freiheitsbewegung 1849 noch niederschlagen, die Revolutionäre einsperren oder erschießen lassen, aber die Gedanken der Menschen konnten sie nicht verfolgen oder töten. Bald würden die ersten Parteien entstehen, in siebzig Jahren die erste deutsche Republik ausgerufen und in hundert Jahren würde das Grundgesetz der Bundesrepublik Deutschland verkündet werden.

Am nächsten Tag fand in Offenburg die große Volksversammlung statt. Schon am frühen Morgen waren die Straßen brechend voll. Alles drängte zu den Rednertribünen auf dem Rathausplatz. Professor Kuhn hatte Chronicus und seine Begleiter zu einem befreundeten Ehepaar eingeladen, die am Rathausplatz wohnten. So konnten sie am offenen Fenster die ganze Volksversammlung verfolgen.

Draußen war eine unzählbare Menschenmasse versammelt. Alles wogte bunt durcheinander, die Schwarzwälder in ihren Trachten mit ihren Marderpelzmützen, roten Westen und schwarzen Jacken, dazwischen Turner, Soldaten, Bürger, Frauen und Mädchen in Tracht. Viele junge Leute, vor allem Turner und Bauernburschen, hatten rote

Federn und Bänder an ihrem Hut befestigt und immer wieder hörte man den Ruf »Hecker hoch!«.

»Hecker, war das nicht der Mannheimer Rechtsanwalt, der einen langen Marsch für die Republik von Konstanz über den Schwarzwald nach Freiburg organisiert hat?«

Professor Kuhn klopfte Tim anerkennend auf die Schulter. »Dass man sich auch in eurer Zeit noch an ihn erinnert, das freut mich.«

Plötzlich sah Jonas im Fenster eines gegenüberliegenden Gebäudes, gleich neben dem Rathaus, eine Gestalt, die ihm bekannt vorkam. Das war doch Holofernes! Er stand neben einem würdigen Herrn, der ebenfalls auf die Menschenmenge blickte. Für einen Augenblick trafen sich ihre Blicke.

Jonas ergriff den Arm von Chronicus und raunte: »Schau mal, wer dort drüben ist.«

In diesem Augenblick war Holofernes im Zimmer verschwunden.

Chronicus blickte hinüber. »Das ist der Oberamtmann von Teuffel, der dort aus dem Königshof seine Schäfchen betrachtet. Begeistert wird er nicht sein.«

»Nein, gerade noch stand ein anderer neben ihm. Wenn mich nicht alles täuscht, war das Holofernes.«

»Bist du dir sicher? Sollte es der Kerl also doch wieder geschafft haben! Es würde mich nicht wundern, wenn er sich gleich beim Oberamtmann eingeschlichen hat. Kaum angekommen, stellt er sich auf die Seite der zukünftigen Sieger.«

Dann wurde ihre Aufmerksamkeit von einem Redner ergriffen, der mit sich überschlagender Stimme die Beschlüsse der Volksversammlung vorlas: »Die Landesversammlung in Offenburg erklärt: Deutschland befindet sich fortwährend im Zustande der Revolution, aufs Neue hervorgerufen durch die Angriffe der größten deutschen Fürsten auf die von der Deutschen Nationalversammlung endgültig beschlossene Reichsverfassung und die Freiheit überhaupt. Die deutschen Fürsten haben sich zur Unterdrückung der Freiheit verschworen und verbunden; der Hochverrat an Volk und Vaterland liegt offen zu Tage; es ist klar, dass sie sogar Russlands sämtliche Armeen zur Unterdrückung der Freiheit zu Hilfe rufen werden. Die Deutschen befinden sich also im Stande der Notwehr, sie müssen sich verbinden, um die Freiheit zu retten; sie müssen dem Angriff der fürstlichen Rebellen den bewaffneten Widerstand entgegensetzen!«

Brausender Beifall, der nicht enden wollte. Dann bestieg ein anderer Redner die Tribüne und berichtete: »Vor wenigen Minuten ist die Delegation aus Karlsruhe zurück. Keine unserer Forderungen wurde akzeptiert.«

Die Menge tobte.

Der Redner bemühte sich mit rudernden Armen um Ruhe und las von einem Zettel ab, der ihm gerade zugesteckt wurde. »Alles, was im März 1848 im Landtag verlangt worden sei, sei erfüllt worden, sagt die Regierung. Im Übrigen seien nicht alles Volkswünsche, was sich dafür ausgebe, und die Regierung halte sich in dieser Beziehung hauptsächlich an die verfassungsmäßigen Vertreter des Volkes und nicht an ungeregelte Versammlungen.«

»Ungeregelte Versammlungen? Das Volk sind wir! Zu den Waffen!«, brüllte die Menge und wieder hörte man Rufe nach der freien badischen Republik.

»Die Soldaten der Rastatter Garnison sind auf die Seite der Revolution übergetreten!«, rief ein Mann, der sich auf die Rednerbühne geschwungen hatte. »Sie sind auf dem Weg nach Offenburg!«

Wieder tobte die Menge. Die Meldungen überstürzten sich. Auch in Karlsruhe hätten die Soldaten die Befehle verweigert und hätten sich der Revolution angeschlossen. Der Großherzog sei bereits aus Karlsruhe geflohen.

Nur schwer konnten sich Chronicus und seine Begleiter durch die brodelnden Menschenmassen einen Weg zurück zu ihrer Unterkunft bahnen. Sie waren völlig erschöpft und überwältigt von ihren Eindrücken. Chronicus schärfte ihnen noch im Treppenhaus ein, an diesem Tag nicht mehr die Apotheke zu verlassen. Es sei viel zu gefährlich.

Er schaute vor allem Caspar an, als er sagte: »Jetzt keine Alleingänge mehr. Ich wäre froh, wenn ich wüsste, dass wir hier alle wieder heil herauskommen.«

Caspar setzte erneut sein spöttisches Lächeln auf. »Oh, der große Meister macht sich Sorgen um uns. Ich denke, wir können ganz gut auf uns selbst aufpassen.«

Chronicus ließ ihn einfach stehen, drehte sich um und stieg die Treppe zu seinem Zimmer hoch, die anderen folgten ihm.

Holofernes ging Jonas nicht aus dem Kopf. Er war es, er konnte sich nicht getäuscht haben. Ob er nicht doch noch einmal hinüber sollte zum Königshof? Kaum hatte er sich die Frage gestellt, stand sein Entschluss schon fest. Zur Sicherheit steckte er ein Messer ein, das neben anderen Gegenständen auf einer Truhe neben der Tür zu den Geschäftsräumen der Apotheke lag. Jonas wartete einen Moment, bis er keine Schritte mehr hörte, dann stahl er sich durch die Haustür nach draußen.

Er schob sich durch die Massen, die immer noch auf den Straßen standen und lauthals diskutierten. Zum Rathaus war es nur ein kurzes Stück, daneben der Königshof. Jonas blickte zu den Fensterreihen des Barockgebäudes hoch. Das Fenster rechts neben dem Balkon im ersten Stock – hier hatte er ihn stehen sehen. Während er so nach oben schaute, spürte er mit einem Mal eine Hand auf seiner Schulter, fuhr herum und blickte Holofernes in die Augen.

»Schöne Grüße an Chronicus. Er soll zur Hölle fahren.« Holofernes stieß Jonas derb zurück und verschwand mit einem boshaften Lachen im Haus.

Jonas schlug das Herz bis zum Hals. Sollte er jetzt nicht besser schnellstens zurück zur Einhornapotheke? Er hatte Recht gehabt und die Spur gefunden! Oder sollte er nachsehen, wohin Holofernes in dem großen Gebäudekomplex ging? Er könnte herausfinden, was für eine Rolle er hier spielte. Er zögerte. Chronicus hatte sie gebeten, kein Risiko einzugehen.

Aber jetzt setzte er doch lieber alles aufs Spiel und folgte Holofernes durch das schwere Eichenportal. Er hörte hallende Schritte, ohne Zweifel die von Holofernes! Während er kurz überlegte, welche Richtung er einschlagen sollte, wurden die Schritte lauter. Sie hatten sich nicht entfernt, wie er angenommen hatte. Jonas drückte sich in einen Türeingang, hielt den Atem an und versuchte sich unsichtbar zu machen.

»Wen haben wir denn da?«, rief ein Soldat und stürzte auf Jonas zu.

Der lief los zum Ausgang, doch ein anderer schnitt ihm den Weg ab. »Was willst denn du hier, Bürschchen?«, fragte er und schnappte ihn am Arm.

Die Soldaten nahmen Jonas in ihre Mitte und schleiften ihn in einen kleinen Raum mit vergitterten Fenstern.

Seine Gedanken überschlugen sich. Fieberhaft suchte er nach einer Ausrede. »Ich suche meine Freunde in der Einhornapotheke«, stieß er hervor.

»Ein junger Kerl in einer Mönchskutte, die ihm so gar nicht passen will«, schnauzte ihn der Wachsoldat an, ohne auf seine Antwort einzugehen.

»Kutte ausziehen und alles, was du in den Taschen hast, hier auf den Tisch legen.«

Jonas wurde es heiß und kalt. Warum hatte er nur dieses Messer eingesteckt! Er zog die Kutte über den Kopf, faltete sie vorsichtig zusammen und legte sie auf den Tisch. Die Soldaten lachten über sein Hemd und die Kniebundhose, die er noch aus Karlsruher Zeiten trug.

»Ein falsches Mönchlein, so will mir scheinen!«, rief der eine aus, während der andere die Kutte vom Tisch nahm und sie abklopfte.

Mit gerunzelter Stirn zog er dann das Messer heraus. »Was hattest du damit vor?«, herrschte er ihn an.

Jonas war zu Tode erschrocken. Er zuckte nur mit den Achseln und sank in sich zusammen.

»Antworte!«, brüllte ihn der Wachsoldat an.

Als Jonas stumm blieb, tuschelten die beiden miteinander, nahmen die Kutte und das Messer vom Tisch, verließen den Raum und schlossen ihn ab.

Gegen Morgen wurde er gefesselt zu einem Wagen geführt und durch die nun menschenleere Hauptstraße zum Gefängnis beim Stadtgraben gebracht.

Stunden vergingen, Jonas saß allein in einer kleinen Gefängniszelle.

Erst am späten Vormittag erschien ein Herr in Polizeiuniform, begleitet von Holofernes, der ihn spöttisch fixierte. »Den habe ich gestern Abend vor dem Königshof herumlungern sehen. Er beobachtete genau die Fensterreihen. Würde es Ihnen etwas ausmachen, mich einen Augenblick allein mit ihm zu lassen?«

Als der Beamte die Zelle verlassen hatte, lehnte sich Holofernes scheinbar gelassen an die Wand. »Das hat sich Chronicus ja fein ausgedacht, schickt einen seiner Leute mit einem Messer los.«

Jonas unterbrach ihn. »Chronicus weiß nichts davon. Ich bin auf eigene Faust losgezogen und das Messer habe ich nur sicherheitshalber eingesteckt.«

»Sicherheitshalber, so, so. Wenn es dich interessieren sollte« – Holofernes machte eine kleine Pause – »ich glaub dir das sogar. Aber für die Behörden hier bist du ein Spion, vielleicht sogar ein Attentäter, der es auf den Oberamtmann abgesehen hat. Teuffel ist nicht sehr beliebt in Offenburg.« Holofernes schwieg wieder einen Moment, dann fuhr er fort: »Jedenfalls hast du mir einen unschätzbaren Gefallen getan. Chronicus hat mir einen hübschen Trumpf in die Hände gespielt. Tut mir aufrichtig leid, aber dir steht eine ungemütliche Zeit bevor.« Holofernes klopfte an die Zellentür, diese wurde aufgeschlossen und er verließ die Zelle mit einem bösen Lachen.

»Wo ist Jonas?«, fragte Tina, als sich alle am Abend in Chronicus' Zimmer versammelt hatten.

»Wer hat ihn zuletzt gesehen?« Chronicus blickte in die Runde und alle schwiegen ratlos.

»Er ist mit uns zurückgekommen«, sagte Tim. »Ich bin hinter ihm ins Haus gegangen.

»Hat ihn jemand danach noch gesehen?« Chronicus' Stimme nahm einen erregten Klang an. »Ich hab euch doch gebeten, vorsichtig zu sein und kein Risiko einzugehen.«

Sie suchten ihn im ganzen Haus, fragten auch das Apothekerehepaar, Jonas blieb verschwunden.

Erst am Abend des folgenden Tages erfuhren sie durch Professor Kuhn, dass Jonas im Gefängnis saß und dass ihm Spionage und versuchter Mord vorgeworfen wurde.

»So ein Blödsinn!«, rief Chronicus ganz außer sich. Er fasste sich jedoch schnell wieder und fragte Kuhn: »Was glauben Sie, können wir etwas für ihn tun?«

»Abwarten, die Zeit arbeitet für uns. Wenn die Revolution sich durchsetzt, bestehen gute Chancen, dass die Gefängnisse geöffnet werden. Wir könnten auch versuchen, die Sache etwas zu beschleunigen. Ich werde überall berichten, dass sie einen Unschuldigen als politischen Gefangenen verhaftet haben.«

Am nächsten Tag verbreitete sich die Nachricht, dass die Beauftragten der Landesversammlung in Karlsruhe die Regierung übernommen hätten. Apotheker Rehmann war zum Zivilkommissar der Revolutionsregierung für den Mittelrhein ernannt und beauftragt worden, in der Schweiz Waffen für die Revolutionstruppen zu besorgen.

»Wir müssen Jonas in den nächsten Tagen freibekommen«, sagte Chronicus ungeduldig, als Professor Kuhn mit Bürgermeister Rée in die Einhornapotheke kam und ihnen die Neuigkeiten berichtete. »Die Preußen sind bereits im Anmarsch.«

Kuhn hob bedauernd die Schultern. »Es gibt leider schlechte Nachrichten. Es wird doch nicht so einfach werden. Jonas hatte eine Waffe dabei und war außerdem verkleidet.«

Bürgermeister Rée fügte hinzu: »Der Teuffel sieht die Chance gekommen, den Leuten begreiflich zu machen, dass die Revolution von radikalen Verschwörern benutzt wird, um in dem Durcheinander zu plündern, zu rauben und zu morden.«

»Oberamtmann von Teuffel ist ein Idiot!«, ereiferte sich Caspar.

»Im Gegenteil, er ist ein gewiefter Politiker. Wir dürfen ihn nicht unterschätzen«, antwortete Chronicus.

»Können wir Jonas nicht wenigstens besuchen?«, fragte Tina.

»Das würde euch auch noch verdächtig machen«, entgegnete Rée. »Am besten, ihr bleibt ganz ruhig hier, vielleicht kann ich Teuffel davon überzeugen, dass es besser ist, Jonas laufen zu lassen. Wir müssen ihm halt gehörig Dampf machen.«

»Ich bin dabei«, meldete sich Apotheker Rehmann, »wir sollten gleich zu ihm gehen.«

Die nächsten Tage zogen sich in banger Erwartung hin. Immerhin konnten sie in Erfahrung bringen, dass es Jonas den Umständen entsprechend gutging. Bürgermeister Rée hatte ihn in der Zelle besuchen dürfen und ihm etwas Mut gemacht.

Als Rée gegangen war, sah Jonas ein winziges Papierkügelchen, das der Bürgermeister scheinbar unabsichtlich hatte fallen lassen. Er hob es auf, setzte sich unter die Zellentür, um sicherzugehen, dass er durch das kleine Fensterchen nicht beobachtet wurde, und wickelte es vorsichtig auseinander. Unter einem winzigen schwarzen Löwen fand er den Satz: »In Gedanken sind wir bei dir. Halte durch! Tina.« Bei allem Elend fühlte sich Jonas danach deutlich besser. Nur das »wir« störte ihn ein bisschen.

Die Mondsichel wurde immer dünner und die Nervosität von Chronicus, Tina und Tim wuchs. Caspar war wieder einmal verschwunden, was Tina aber eher als ein schwacher Hoffnungsschimmer erschien. Vielleicht war er dabei, auf seine Weise Jonas' Befreiung vorzubereiten?

In den Tagen seiner Gefangenschaft war Tina deutlich geworden, wie sehr sie Jonas vermisste. Gewiss, Tim war irgendwie unterhaltsamer, er war ein prima Kumpel, sein Humor und seine Schlagfertigkeit waren erfrischend, aber mit Jonas verband sie etwas. Sie wusste nicht genau, was es war, aber wenn sie an ihn dachte, wurde ihr warm ums Herz.

Zwei Tage vor Neumond brachte Frau Rehmann einen Brief. Er sei gerade für Chronicus abgegeben worden. Chronicus bedankte sich freundlich und wartete kurz, bis sie das Zimmer verlassen hatte. Seine Erregung war ihm anzusehen. Er brach in Eile das Siegel auf, faltete den Bogen auseinander und las laut vor: Jonas wird übermorgen der Prozess gemacht. Und wie dieser ausgeht, kannst du dir vorstellen. Aber es gibt einen Ausweg und den kennst du nur zu gut. E. v. H.

Chronicus schnaubte verächtlich. »Nun wird mir einiges klar. Jonas hatte sich am Tag der Volksversammlung nicht getäuscht und ist Holofernes prompt in die Falle gegangen. Aber wir wissen jetzt wenigstens, woran wir sind.«

»Wirst du auf seine Forderung eingehen?«, fragte Tina.

»Das ist ganz gemeine Erpressung«, empörte sich Tim. »Das darfst du niemals tun!«

»Denk doch mal an Jonas!«, zischte Tina ihn an.

»Seit Tagen tu ich ja nichts anderes!«, rief Chronicus missmutig und trommelte mit den Fingern auf den Tisch. »Lasst uns überlegen. Es muss doch eine andere Möglichkeit geben!« – »Holofernes wird

Kontakt zu uns aufnehmen müssen und darin liegt seine Schwäche«, sagte Chronicus dann ganz in Gedanken und ging mit dem Brief in der Hand durchs Zimmer. Er dachte angestrengt nach, dann meinte er: »Holofernes scheint immer noch unter seinem Karlsruher Namen aufzutreten. Ich hoffe inständig, dass diese Vermutung zutrifft. Es gäbe da vielleicht eine Möglichkeit. Aber dazu bräuchten wir Caspar.«

Tim und Tina boten sich an, nach ihm zu suchen, doch Chronicus wehrte ab. »Wir sollten von nun an zusammenbleiben. Lasst uns zunächst einmal auf den nächsten Schritt von Holofernes warten.«

Am nächsten Morgen nach dem Frühstück zog sich Chronicus mit Professor Kuhn ins Nebenzimmer zur Beratung zurück. Tina und Tim erschien die Zeit des Wartens unendlich lange.

Endlich öffnete sich die Tür und Chronicus berichtete: »Ich habe einen Plan, aber der muss geheim bleiben. Auch Professor Kuhn kennt ihn nicht vollständig. Wir haben vereinbart, dass jeder nur so viel erfahren wird, als er für seinen Auftrag wissen muss. Falls etwas schiefgeht und einer von uns geschnappt wird, soll er die anderen nicht gefährden können. Man kann nicht ausschließen, dass in den Gefängnissen gefoltert wird. Ihr müsst selbst entscheiden, ob ihr mitmachen wollt. Ich habe auch Verständnis dafür, wenn einer von euch ablehnt.«

Tina erklärte sich sofort bereit, Tim zögerte etwas, stimmte aber auch zu.

Chronicus informierte beide im Nebenzimmer jeweils unter vier Augen über ihre Aufgaben. Tina sollte sich bei Teuffel für die Schwester von Jonas ausgeben und um einen Besuchstermin bei Jonas bitten. Sie sollte dabei so viel wie möglich in Erfahrung bringen, was Teuffel über den Fall dachte. Falls sie Jonas gleich besuchen könnte, sollte sie ihm eine verschlüsselte Botschaft zustecken. Sie würde Jonas ein kleines Kuchenstück geben und ihn bitten, es sofort zu essen. Jonas würde auf eine Kapsel beißen, die er im Munde behalten sollte, bis er wieder allein in der Zelle war. Welche Botschaft sich in der Kapsel befand, erfuhr Tina nicht.

Tim sollte als Bote aus dem Rathaus auftreten und Teuffel einen Brief von Bürgermeister Rée aushändigen. Er müsste darauf bestehen, die Antwort Teuffels unverzüglich mündlich zu überbringen. Falls Teuffel sich entscheiden würde, ihm die Antwort schriftlich mitzugeben, sollte er gleich nach Verlassen der Oberamtei den Brief öffnen und dann selbst entscheiden, was zu tun sei. Über den Inhalt des Briefes von Rée wurde Tim ebenfalls nicht informiert.

Professor Kuhn sollte sich zum Gefängnisdirektor begeben und sich über die Haftbedingungen von Jonas beklagen. Dabei würde er diesem so viele Details über den Tagesablauf von Jonas zu entlocken versuchen wie nur möglich. Außerdem sollte er sich nach einem Herrn von Holers erkundigen und so überprüfen, ob dieser tatsächlich unter diesem Namen auftrat.

Chronicus selbst wollte in der Apotheke auf die nächste Botschaft von Holofernes warten.

»Sie sind also die Schwester des Häftlings und wollen eine Besuchsgenehmigung«, fasste Teuffel Tinas Vortrag zusammen. »Ihrem Herrn Bruder wird bald der Prozess gemacht, das wissen Sie? Was ist Ihnen über sein Vorhaben an diesem, wann war es doch gleich, an diesem 14. Mai bekannt? Warum befand sich Ihr Herr Bruder an diesem Tag in Offenburg?«

Tina versuchte sich an Chronicus' Anweisungen zu erinnern. Sie hatten alle möglichen Gesprächsverläufe durchgespielt.

»Jonas ist manchmal etwas eigenwillig«, sagte sie. »Aber er kann keiner Fliege etwas zuleide tun.«

»Das meinst du!«, lachte Teuffel zynisch. Dass er zum Du übergewechselt war, bewies, dass er seine Macht auskostete.

Tina fuhr fort: »Er suchte die Einhornapotheke, wo er dem Apotheker Rehmann das Messer zurückbringen wollte, das der in seinem Kräutergarten vor der Stadt verloren hatte. Jonas hat ihm beim Kräuterschneiden geholfen, weil er auch Apotheker werden will.«

»Und warum zieht er dazu eine Mönchskutte an?«, fragte Teuffel scharf.

»Die hat er noch vom letzten Theaterstück bei sich gehabt. Er darf sie bis zur nächsten Aufführung behalten, zieht sie immer wieder an und kommt sich darin sehr gelehrt vor.«

Teuffel schrieb eifrig mit. »So so, der Apotheker Rehmann. Der ist ja jetzt unser sogenannter Zivilkommissar. Ihr Bruder hat offensichtlich einflussreiche Freunde. Auch der Bürgermeister war bereits hier und hat sich für ihn eingesetzt. Wir werden Ihre Aussage im Prozess mit der Darstellung Ihres Bruders vergleichen«, sagte er dann und seine Stimme nahm einen versöhnlicheren Klang an. »Sie dürfen Ihren Bruder besuchen, wir sind ja keine Unmenschen, aber nur unter Aufsicht der Wache. Kein Wort über unser Gespräch hier. Im Übrigen halten Sie sich für eine Zeugenaussage vor Gericht bereit.«

Teuffel diktierte seinem Sekretär einen kurzen Brief, den Tina beim Gefängnisdirektor vorweisen sollte, und entließ sie.

Tina fiel vor Erleichterung ein zentnerschwerer Stein vom Herzen. Sie stürzte die Hauptstraße hinunter zum Gefängnis. Jonas musste die Botschaft so schnell wie möglich erhalten.

Der Gefängnisdirektor führte sie persönlich in die Wachstube und schon nach wenigen Minuten erschien Jonas.

Tina kämpfte gegen ihre Tränen, umarmte ihn und drückte ihn kurz an sich. Dabei flüsterte sie ihm ins Ohr: »Pass auf, im Kuchen ist eine Kapsel.«

Die Wache räusperte sich: »Bitte setzen Sie sich hier an den Tisch, einander gegenüber, wenn ich bitten darf.«

Tina kramte aus ihrer Handtasche den Kuchen. »Das schickt dir die Mama.«

Jonas griff nach dem Kuchen und steckte sich das Stück gleich in den Mund.

»Das ist eigentlich verboten«, brummte die Wache.

Tina streckte dem Wachsoldaten treuherzig ein zweites Stück Kuchen hin, das der nach kurzem Zögern dankend annahm. Sie bemühte sich, das Gespräch so allgemein und unverfänglich wie möglich zu halten, und Jonas schien zu begreifen, dass es allein auf die Botschaft ankam. Dennoch spürte er, dass Tinas Gefühle für ihn nicht gespielt waren.

Als Jonas sich erkundigte, wie sein Fall nun weitergehen sollte, griff der Wachmann ein. »Es ist Ihnen vom Oberamtmann ausdrücklich untersagt worden, über den Prozess zu sprechen. Ich muss Sie jetzt bitten, das Gespräch zu beenden.« Er schob Tina zur Tür hinaus und führte Jonas anschließend in seine Zelle.

Ungeduldig wartete Jonas, bis er die Schritte der Wache auf dem Flur nicht mehr hörte. Dann setzte er sich wieder vor die Zellentür,

spuckte die Kapsel aus, öffnete sie und las auf dem kleinen, zusammengerollten Zettel: Der schwarze Löwe findet um 16 Uhr das todkranke Opfer. Iss die Botschaft auf, wenn du sie gelesen hast.

Jonas fühlte sich unendlich erleichtert und hatte trotzdem einen dicken Kloß in der Kehle. In den letzten Tagen hatte er allen Mut verloren. So lange war er ohne Nachricht der Freunde gewesen und wusste dabei, dass die Zeit immer knapper wurde. Der Inhalt der Botschaft war ihm sofort klar. Er zerriss das Papier in kleine Fetzen und kaute es, bis er es hinunterschlucken konnte. Dann stellte er sich ans Gitterfenster und versuchte am Stand der Sonne die Tageszeit auszumachen.

Die Stunden vergingen im Zeitlupentempo.

Gib dem Boten eine Nachricht mit, dass du auf meine Forderung eingehst. Ich werde dich eine Stunde vor dem Mondphasenwechsel in der Nähe des Gefängnisses erwarten. Allein. Wenn du mir die Formel gegeben hast, kannst du wenig später Jonas wohlbehalten in Empfang nehmen. E. v. H.

Chronicus bot dem Überbringer dieses Briefes an, Platz zu nehmen und einen Augenblick zu warten. Auf denselben Bogen schrieb er als Antwort: Der Mondphasenwechsel tritt heute kurz vor Mitternacht ein. Ich werde um 23 Uhr da sein. Die Formel wirst du bekommen, wenn wir uns begegnen, bis auf eines der Schlüsselwörter. Das erfährst du erst, wenn ich Jonas in Empfang genommen habe. Chronicus.

Zufrieden faltete er den Bogen zusammen und versiegelte ihn. Holofernes würde vielleicht etwas verwirrt sein, wegen des angegebenen Zeitpunktes. Er würde wohl zu spüren glauben, dass der Mondwechsel bereits kurz nach 16 Uhr einträte, aber im Zweifelsfall würde er das seiner Erregung zuschreiben und sich auf Chronicus verlassen. Dann schaute er auf die Kirchenuhr. Eigentlich müsste Tim jeden Moment eintreffen. Hoffentlich hatte der Brief des Bürgermeisters auf Teuffel Eindruck gemacht.

Tatsächlich kam Tim wenig später hereingestürzt. »Teuffel ist einverstanden. Er hat mir ein Schreiben mitgegeben, aber gleichzeitig lässt er mündlich ausrichten, dass du selbstverständlich zu Jonas kannst. Er hätte eben erst erfahren, dass Jonas sozusagen befreundet ist mit Apotheker Rehmann, der ja jetzt fast so etwas wie sein Vorgesetzter sei. Ich glaube, die Sache könnte einen guten Ausgang nehmen. Teuffel war am Schluss sehr freundlich und lässt dir schöne Grüße ausrichten.«

Chronicus lachte nur und schüttelte den Kopf. »Er will sich absichern nach beiden Seiten. Wenn die Revolution sich durchsetzt, will er nicht bei den Verlierern stehen. Ich glaube, er bekommt allmählich kalte Füße.« Dann erläuterte er Tim seinen nächsten Auftrag.

Bisher war alles gut gelaufen. Kuhn hatte ihm bestätigt, dass Holofernes sich unter seinem tatsächlichen Namen bei Teuffel als Geheimagent des Großherzogs ausgegeben hatte, um die Loyalität des Oberamtmanns zu prüfen. Er hatte Teuffel eine hohe Belohnung versprochen, wenn er dem Großherzog treu bliebe, und er würde ihm eine gewisse Summe aus der Finanzkasse des Oberamts aushändigen, die für die Rückkehr des Großherzogs nach Karlsruhe benötigt würde.

Holofernes trat also wieder einmal als ganz gemeiner Betrüger auf. Nur Caspar machte Chronicus Sorgen. Er zog einen Bogen Papier aus der Schublade seines Schreibtisches und begann zu schreiben:

Sehr geehrter Herr von Teuffel,

bezüglich des verhafteten Attentäters teile ich Ihnen mit, dass ich im Interesse der großen Sache, über die wir gesprochen haben, seine Freilassung eingeleitet habe. Wollen Sie mir bitte für den bekannten Zweck noch einmal 5000 Gulden aus der Staatskasse unverzüglich durch den Boten zukommen lassen, der Ihnen diesen Brief überreicht hat.

Mit vorzüglicher Hochachtung

E. v. Holers, Großherzoglich Badischer Staatsrat

Wenn Teuffel jetzt nicht Verdacht schöpfen sollte, war ihm nicht zu helfen. Holers würde beim nächsten Treffen mit ihm gehörig Probleme bekommen. Chronicus bat Frau Rehmann, den Brief nicht vor 16 Uhr in die Oberamtei bringen zu lassen. Dann machte er sich zum Gefängnis auf.

Tim fand die Uniform, die ihm Kuhn besorgt hatte, äußerst unbequem. Er wusste auch nicht recht, wie sich ein Offizier der badischen Revolutionsarmee verhalten sollte. Das mache nichts, hatte ihm Kuhn lachend erklärt. Die Soldaten des Revolutionsheeres kämen aus allen Berufen und seien auch keine Profis. Dennoch hatte er Herzklopfen, als er dem Gefängnisdirektor das Schreiben des Bürgermeisters vorgewiesen hatte, dass er als Vertreter der neuen Revolutionsregierung beim angekündigten Besuch von Chronicus anwesend sein sollte, um das öffentliche Interesse zu wahren.

Er stand nun seit einer halben Stunde im Wachraum des Gefängnisses und wartete. Chronicus war seit zehn Minuten in Jonas' Zelle. Er hatte um ein Vier-Augen-Gespräch mit dem Gefangenen gebeten. Es gehe um die Wahrung des Beichtgeheimnisses.

Plötzlich stürzte Chronicus in den Wachraum. »Der Gefangene hat einen Schwächeanfall, man muss sofort den Doktor verständigen!«

Tim tat, wie es sein Auftrag vorsah. Er erbot sich, loszulaufen und mit dem Arzt zurückzukommen. Der diensthabende Wachmann blickte verunsichert.

»Los, wir dürfen keine Zeit verlieren!«, schrie Chronicus.

Tim nützte die Verwirrung aus und stürzte los. Wenig später kam er mit Caspar und Tina zurück. Caspar trug einen schwarzen Anzug, der ihm etwas zu groß war und hatte eine große Arzttasche bei sich, Tina erschien in Schwesterntracht.

»Folgen Sie mir in die Zelle«, bat Chronicus höflich. Den Wachsoldaten schnauzte er an: »Und Sie sollten hier nicht herumstehen. Informieren Sie endlich den Gefängnisdirektor!«

Dann rannten sie den Gang hinüber zu Jonas' Zelle, warfen die Tür hinter sich zu und Chronicus ließ sie im Kreis Aufstellung nehmen. Tina ging zu Jonas hinüber und legte ihm den Arm um die Schultern.

»Das war knapp«, seufzte Caspar.

Unverzüglich begann Chronicus mit den Vorbereitungen für die Zeitreise.

Wie Phönix aus der Asche

Schwere graue Regenwolken hingen über der Stadt. Französische Militärfahrzeuge ratterten unter dem Haus vorbei. Offenburg war kaum wiederzuerkennen. Zwar erinnerte sich Jonas noch an die meisten Straßenzüge und viele der Gebäude, doch die fröhliche Buntheit der Stadt, in der die badische Revolution vor knapp hundert Jahren ihre Triumphe gefeiert hatte, war verschwunden.

Chronicus hatte sich gerade auf dem Rathaus erfolglos nach Papieren erkundigt, die sie dringend benötigten, um aus der französischen Besatzungszone in das von Amerikanern besetzte Nordbaden, nach Heidelberg, zu reisen. Das war im Herbst 1946, etwa anderthalb Jahre nach dem Ende des Zweiten Weltkriegs, alles andere als einfach. Sie waren im Pfarrhaus untergekommen, hatten die letzte Nacht in einer kleinen Dachkammer verbracht und überlegt, wie sie weiter vorgehen sollten.

Caspar hatte irgendwo zeitgemäße Kleidung für sich, Tina, Tim und Jonas aufgetrieben. Jonas trug über einer grauen Hose, die ihm viel zu weit war, und einem engen Hemd einen umgearbeiteten Militärmantel, dessen Ärmel er umgeschlagen hatte. Er fühlte sich unwohl in dieser Montur, aber er schien damit im Straßenbild nicht aufzufallen. Tina trug ebenfalls weite Hosen, einen graugrünen Pullover und ein Kopftuch, das sie nur widerwillig aufsetzte. Chronicus blieb in seiner Kutte. Caspar hatte vorgezogen, seine eigenen Wege zu gehen. Er würde schon zur rechten Zeit am rechten Ort sein, hatte er spöttisch gemeint. Tim wollte sich ihm anschließen.

»Dann bleibt uns dreien nichts anderes übrig, als nach Freiburg zu fahren«, entschied Chronicus unwillig. »Mit der Bahn dürfte das keine größeren Schwierigkeiten machen, aber die Stadt ist schwer zerstört und es wird nicht leicht sein, irgendwo eine Unterkunft zu finden.«

»Wieso nach Freiburg?«, fragte Jonas.

Chronicus blickte auf. »Freiburg ist vor kurzem Hauptstadt des Landes Baden geworden.«

»Das ist doch Karlsruhe!«, warf Tina ein.

»Das hätten die meisten Badener gern, auch die meisten Beamten und Politiker, die in Freiburg sitzen«, lachte Chronicus. »Aber die Sache ist nicht so einfach. Der südliche Teil Badens gehört zur französischen Besatzungszone, der nördliche zur amerikanischen. Und die Amerikaner haben ein Land Württemberg-Baden geschaffen, mit Stuttgart als Hauptstadt. Aus Protest sind deshalb viele nordbadische Politiker nach Freiburg gezogen.«

»Wieso Württemberg-Baden? Es heißt doch Baden-Württemberg!« Jonas schaute etwas irritiert.

»Das darfst du nicht verwechseln. Es wird noch ein paar Jahre dauern, bis das Bundesland Baden-Württemberg gegründet wird. Württemberg-Baden umfasst nur den nördlichen Teil Badens und den nördlichen Teil Württembergs. Die Grenze bildet ungefähr die Autobahn von Karlsruhe nach Ulm. Alles, was nördlich davon liegt, gehört zur amerikanischen, südlich davon zur französischen Zone und jede Zone hat ihre eigene Militärregierung.«

»Und was ist dann mit dem Süden Württembergs?«, fragte Tina.

Chronicus schmunzelte: »Das müsstest du jetzt eigentlich selbst beantworten können.«

Tina legte ihre Stirn in Falten. »Südwürttemberg gehört zur französischen Zone, also gehört es zum Land Baden.«

»Nicht ganz«, antwortete Chronicus. Südwürttemberg ist ein eigenes Land mit der Hauptstadt Tübingen. Der Landtag von Württemberg-Hohenzollern tagt im Kloster Bebenhausen, ganz in der Nähe von Tübingen.

»Ganz schön verzwickt«, seufzte Jonas.

Bis sie in Freiburg ankamen, dauerte es Stunden. Immer wieder hatte der Zug ohne erkennbaren Grund auf offener Strecke angehalten. Schon vor der Einfahrt in den Bahnhof sahen sie das Ausmaß der Zerstörung. Schwarze Ruinenfassaden ragten in den Himmel, schmale einstöckige Häuser duckten sich dazwischen, einige Ruinen waren notdürftig über dem ersten Stockwerk mit einem flachen Dach gedeckt.

Chronicus verabschiedete sich im provisorischen Wartesaal des völlig zerstörten Bahnhofs von ihnen. Er würde sein Glück bei den Behörden versuchen. »Vielleicht hilft mir hier in der Bischofsstadt meine Kutte«, meinte er.

Tina und Jonas steuerten zwei freie Sitzplätze auf einer langen Bank an, neben einem einarmigen jungen Mann, der eine Zigarette rauchte und Zeitung las. Die Luft war zum Schneiden, aber es war wenigstens warm.

Als sie fragten, ob die Plätze hier frei wären, legte der junge Mann die Zeitung weg und schaute sie freundlich an. »Aber bitte, setzt euch zu mir, ich darf doch du sagen? Ich bin Georg.« Ohne eine Antwort abzuwarten, fuhr er fort: »Wollt ihr aus Freiburg weg oder seid ihr gerade angekommen?«

Jonas berichtete, dass sie bis heute morgen in Offenburg gewesen wären und dort nur wenig zerstört sei, dass sie erschüttert seien von den vielen Ruinen, die sie schon vom Zug aus gesehen hätten. Tina fragte, ob Georg den Bombenangriff auf Freiburg mitgemacht hätte.

Der junge Mann seufzte, faltete mit einem gekonnten Schwung seiner einen Hand die Zeitung zusammen, warf den Zigarettenstummel zu Boden, drückte ihn aus und begann zu erzählen: »Meine Tante wohnt unterhalb des Schlossbergs mit weitem Blick über die Stadt, bei gutem Wetter bis zu den Vogesen. An diesem Abend lief ich von der Uni durch den Stadtgarten, an der Talstation der Schlossbergbahn vorbei zur Mozartstraße. Da hörte ich die Sirenen. Luftalarm. Sollte ich im Keller eines der Häuser Schutz suchen oder reichte es noch bis zum Haus meiner Tante? Galt der Angriff überhaupt Freiburg oder drehten die Flugzeuge doch noch ab und steuerten ein anderes Ziel an, wie so oft vorher? Ich beschleunigte meine Schritte. In der Ferne meinte ich bereits das dunkle Brummen der Flugzeuge zu hören. Ein Luftschutzwart brüllte mich an, was ich noch auf der Straße zu suchen hätte? Aber eine innere Stimme trieb mich weiter. Es ging ziemlich bergauf, ich keuchte, bekam Seitenstechen, lief aber weiter und erreichte noch rechtzeitig das Haus. Ich läutete Sturm, wir hatten ein Zeichen ausgemacht: Dreimal lang, einmal kurz. Mein Onkel erschien an der Tür, zog mich hastig hinein und in den Keller hinunter. Dort hörten wir schon bald die ersten Einschläge. ›Das gilt der Innenstadt‹, sagte mein Onkel leise und schaute an uns vorbei.

Das Haus lag am Rande der Stadt unter dem Schlossberg, aber Luftlinie waren das nur ein paar hundert Meter. Es war furchtbar. Ich dachte an meine Freunde unten in der Stadt und natürlich ständig daran, dass der nächste Treffer uns gelten könnte.

Als die Sirenen endlich Entwarnung gaben, blieben wir noch lange sitzen. Merkwürdig, einerseits fühlten wir uns ungeheuer erleichtert, andererseits hatten wir Angst, den Keller zu verlassen und zu sehen, was geschehen war. Schließlich stand mein Onkel auf und ging mit langsamen Schritten zur Kellertür. Erst als er uns auf der Kellertreppe leise aufforderte, jetzt doch endlich zu kommen, folgten wir. Vom Wohnzimmer aus blickten wir auf die brennende Stadt. ›Das Münster steht noch‹, sagte meine Tante leise. Aber es hörte sich nicht wie ein Trost an. Die Flammen färbten den Nachthimmel blutrot, von dem sich schwarze Häuserfassaden unheilverkündend abhoben. Mit weit aufgerissenen Augen schaute mein Onkel fassungslos auf die brennende Stadt. Dann setzte er sich in den Ohrensessel am Ofen, schlug die Hände vors Gesicht und weinte lautlos. Bei diesem Angriff der englischen Royal Air Force auf Freiburg vor einem Jahr starben 3000 Menschen, viele meiner Kommilitonen waren darunter.«

Georg machte eine kleine Pause. Sein Blick schien über sie hinwegzugehen. Dann fasste er sich und zwang sich zu einem Lächeln.

»Das Münster blieb wie durch ein Wunder stehen, aber das Dach war durch die Druckwellen des Angriffs abgedeckt worden. Inzwischen konnte es wieder notdürftig gedeckt werden – mit Ziegeln aus der Schweiz. Die Baseler kamen den Freiburger Nachbarn zu Hilfe.«

Tina hatte Georgs Erzählung ergriffen zugehört. Erst als Georg fertig war, hob sie die Augen und fragte: »Und deine Eltern?«

Georg antwortete ruhig: »Mein Vater und meine Mutter leben oben auf dem Schwarzwald in einem abgelegenen Bauernhof. Vom Krieg haben sie nicht viel mitbekommen.«

»Du bist Student?«, fragte Jonas.

»Ursprünglich Medizin«, antwortete Georg. Er schaute auf seinen Armstumpf. »Aber den Arztberuf werde ich nicht ausüben können – mit der einen Hand. Deshalb habe ich auf Pharmazie umgesattelt.«

»Wie ist das geschehen?«, fragte Tina und deutete mit einem Kopfnicken auf seinen fehlenden Arm.

»Eine Handgranate hat ihn mir abgerissen. Wenige Zentimeter weiter rechts und es hätte mich ganz erwischt.« Georg schaute auf seinen rechten Arm und lächelte. »Ihr glaubt gar nicht, was eine Hand alles kann.« Dann blickte er auf die Bahnhofsuhr, stand ruckartig auf und verabschiedete sich. »War nett, euch kennen gelernt zu haben, vielleicht sehen wir uns einmal wieder in Freiburg? Ich muss zum Zug.«

»Deine Zeitung!«, rief ihm Jonas hinterher.

Doch Georg hob nur kurz seinen Arm, winkte und verschwand durch die Tür.

Jonas nahm die Zeitung, faltete sie auf und las die Schlagzeile: Wahlen zur beratenden Landesversammlung. Am 17. November wird die beratende Landesversammlung gewählt, die im Freiburger Historischen Kaufhaus am Münsterplatz zusammentreten soll. Dann las er den ganzen Artikel aufmerksam durch.

Neugierig beugte sich Tina zu ihm herüber und fragte, was denn da so Interessantes drinstünde.

Jonas blickte auf, grinste und fasste kurz zusammen: »Die Freiburger fühlen sich als die Verteidiger des alten Landes Baden. Leo Wohleb, Schulleiter an einem Freiburger Gymnasium, führt die stärkste Partei an, die Badische Christlich-Soziale Volkspartei. Es klingt so, als wollten die Südbadener die Nordbadener befreien, die in Württemberg-Baden leben müssen und das Gefühl haben, von den Schwaben aus Stuttgart regiert zu werden. Hast du gewusst, dass das Land Baden-Württemberg eine so spannungsgeladene Vorgeschichte hat?«

Nach Stunden kam Chronicus endlich durch die Tür des Wartesaals. Triumphierend schwenkte er ein Bündel Papiere.

»Ich hab alles bekommen, was wir brauchen«, schnaufte er, noch erhitzt von dem strammen Tempo, das er hingelegt hatte, und ließ sich erschöpft auf die Bank fallen. »Ich bin gleich zum erzbischöflichen Ordinariat gegangen und habe dort doch tatsächlich einen Bekannten aus einer früheren Zeitreise getroffen. Vor zehn Jahren war er noch Pfarrer in einem kleinen Dorf im Kaiserstuhl. Ich habe ihn dort 1936 getroffen, als er sich für jüdische Mitbürger eingesetzt hatte, die von den Nazis verfolgt wurden. Er hat damals mutig gegen das

Unrechtssystem des Hitlerstaats gepredigt und keinen Konflikt mit der Geheimen Staatspolizei – der Gestapo – gescheut.«

»Hat er sich damit nicht selbst in Gefahr gebracht?«, unterbrach ihn Jonas.

Chronicus schwieg einen Moment, bevor er antwortete. »Wer mutig und entschieden aufgetreten ist, konnte einiges erreichen. Er war sehr beliebt in seiner Gemeinde und spürte den Rückhalt der meisten seiner Gemeindemitglieder. Das wussten die Nazis und scheuten sich, offen gegen ihn vorzugehen. Und wie ihr seht, hat er die schlimme Zeit überlebt und uns jetzt die nötigen Papiere besorgt, mit denen wir in die amerikanische Zone fahren können. – Wir reisen sogar in bischöflichem Auftrag«, setzte er schmunzelnd hinzu.

»Und die Juden in seinem Dorf?«, fragte Tina nach.

Chronicus seufzte. »Sie wurden abtransportiert, wie alle badischen Juden, 1940 nach Gurs in Südfrankreich. Nur wenige haben die Deportation überlebt.« Er schloss die Augen und sagte leise: »Niemals kann dieses fürchterliche Unrecht, das den jüdischen Mitbürgern angetan wurde, wieder gutgemacht werden. Aber die wenigen, die sich wie dieser Pfarrer für sie eingesetzt haben, sollten uns allen ein Vorbild sein.«

Sie lösten Fahrkarten bis Mannheim und setzten sich in den Zug, der schon bereitstand. Jonas blickte in die Nacht hinaus. Er dachte an den mutigen Pfarrer. Wenn alle, die sich nicht hatten verblenden lassen von den Parolen der Nationalsozialisten, so gehandelt hätten? Hätte er zu denjenigen gehört, die Zivilcourage gezeigt hätten? Der Gedanke ließ ihm keine Ruhe und er wollte mehr erfahren über die Zeit, in der viele Deutsche so jämmerlich versagt hatten.

»Du hast doch vorhin gesagt, du wärst vor etwa zehn Jahren schon einmal hier gewesen«, fragte er Chronicus. Als dieser nickte, fuhr er fort: »Wie hast du die Menschen damals empfunden, waren wirklich alle so überzeugt von Hitler und seinen Leuten?«

»Wie gesagt, ich besuchte dieses Dorf im Kaiserstuhl, eine idyllische Landschaft, viele Winzer, Handwerker. Es war das Jahr, in dem die Olympischen Spiele in Deutschland stattfanden. Darauf waren die Leute stolz. Deutschland war wieder geachtet in der Welt, überall hörte man, dass es aufwärts ging. Drei Jahre zuvor hatte der Papst mit Hitler ein Konkordat abgeschlossen. Mit Polen war ein Freundschaftsvertrag ausgehandelt worden. Über Hitlers fanatisches Auftreten lächelte man bisweilen – heimlich, versteht sich. Auch ›Führerwitze‹ wurden unter vorgehaltener Hand erzählt, wie der vom Zeitungsausträger, der in den Hausflur brüllt: ›Heil Hitler, der Führer liegt auf der Trepp.‹ So hieß die Zeitung, aber man stellte sich das ganz gerne bildlich vor. Freilich wusste man, dass jeder, der etwas gegen Hitler sagte, wenn er Pech hatte, in die neu eingerichteten Konzentrationslager eingeliefert wurde. Dass es außer der NSDAP keine Parteien mehr gab, dass Kommunisten und Sozialdemokraten verfolgt wurden, hielten zwar viele nicht für richtig, aber die Erfahrungen der letzten Jahre der Weimarer Republik hatten die meisten nicht von der neuen Demokratie überzeugen können.

Ich wohnte bei einer Lehrerfamilie, die dem Nationalsozialismus eher skeptisch gegenüberstand. Lehrer Hasler war nicht in der Partei. Aber seinen Sohn und seine Tochter ließ er in der Hitlerjugend und im Bund Deutscher Mädchen mitmachen. ›Wenn Jugendliche wie ihr dabei seid, kann's so schlimm nicht werden‹, meinte er. Im Übrigen war er davon überzeugt, dass der ›braune Spuk‹, wie er sagte, wenn wir uns alleine unterhielten, ohnehin nicht lange dauern werde. So viele leere Versprechungen, so viel Großspurigkeit und Arroganz würden irgendwann einmal durchschaut werden, meinte er. Dabei war er sich sicher, dass zum Beispiel die Wahlergebnisse im Dorf gefälscht waren. Er wusste, dass viele von seinen Freunden wie er selbst auch nicht für die Nazis gestimmt hatten, dennoch war das Ergebnis der Wahlen jedes Mal mit über 99 Prozent angegeben worden.

Ich habe nur wenige wirklich überzeugte Nationalsozialisten in diesem Dorf kennengelernt, aber eben auch nur wenige, die den Mund aufmachten, wenn zum Beispiel der jüdische Arzt gezwungen wurde, seine Praxis zu schließen, wenn jüdische Geschäfte boykottiert wurden, wenn in der Oberschule im Nachbarort jüdische Lehrer entlassen wurden. Manche schüttelten den Kopf, manche hielten das nicht für richtig, manche sagten das auch, aber nur, wenn sie sich sicher waren, dass keiner zuhörte, der sie hätte denunzieren können.«

»Und wie hast du dich verhalten?«, fragte Tina.

»Ich habe Pfarrer Bermatinger geholfen, wo ich nur konnte. Wir versuchten, jüdischen Jugendlichen Lehrstellen zu vermitteln, Handwerker und Unternehmer zu finden, die überhaupt dazu bereit waren, sie einzustellen. Wir besuchten demonstrativ die jüdischen Geschäfte am Ort, wir kümmerten uns um Familien, deren Familienväter als politisch unzuverlässig verhaftet worden waren. Es gab überall genug zu tun und auch viele, die uns dabei unterstützt haben. Wichtig war mir auch, die Leute, die einen guten Kern hatten, die wussten, dass da so viel nicht in Ordnung war, in ihren Zweifeln zu bestätigen, wie diesen Lehrer Hasler, der mit dem Pfarrer befreundet war, aber nicht denselben Mut zu tatkräftiger Hilfe aufbringen konnte.«

»Warum hast du ihm denn nicht gesagt, wohin das führen würde, zu Krieg und Völkermord, zu unfassbaren Grausamkeiten?«

»Hätte er mir geglaubt, glauben wollen, glauben können? Als Zeitreisender kannst du nur in Einzelfällen etwas tun, nicht den Lauf der Geschichte verändern. Glaube mir, es fiel mir ungeheuer schwer, in dieser Rolle des stillen Beobachters bleiben zu müssen, der nur unterstützend eingreifen kann.«

»Wenn so viele keine überzeugten Nationalsozialisten waren, wie du sagst, wie konnte es dann geschehen, dass sich das System so lange halten konnte, selbst noch in den letzten Kriegsjahren, als immer mehr Menschen klar wurde, dass der Krieg verloren war?«

»Ich kann mich nur auf dieses Dorf beziehen. Sicher gab es auch andere Gegenden, wo die Leute sich anders verhielten. Aber stell dir ein Land vor, in dem es keine freie Presse mehr gibt, keinen freien Rundfunk, keinerlei Kritik in der Öffentlichkeit und überall das dunkle Wissen oder Ahnen, dass diejenigen, die ihren Widerstand öffentlich zeigen, grausam verschleppt und ermordet werden. Es gab Widerstand im Untergrund, in allen gesellschaftlichen Gruppen, Kommunisten, Kirchenleute, Sozialdemokraten, Offiziere, Demokraten, Studenten und Professoren, ich könnte die Aufzählung noch lange fortsetzen, aber es gab fast keine Gelegenheiten, diesen Widerstand in der Öffentlichkeit zu zeigen. Es gab Sabotageaktionen, wie zum Beispiel dass bei Großauftritten der Nazis Stromkabel durchgehackt und damit eine Übertragung von Reden per Lautsprecher verhindert wurde, es gab über vierzig Attentatsversuche auf Hitler und es gab viele Aktionen der Menschlichkeit, wo Verfolgte des Naziregimes von Nachbarn versteckt und versorgt wurden. Doch die große Mehrheit ließ sich blenden von den scheinbar großen Erfolgen der

Nazis oder wagte es nicht, sie in Frage zu stellen, und viele konnten und wollten auch nicht das offensichtliche Unrecht, das tagtäglich in Deutschland geschah, wahrhaben und sich mit Gewissenskonflikten belasten. Also machten sie die Augen zu und verdrängten die Wahrheit.«

Als die Morgendämmerung einsetzte, passierte der Zug die Vororte von Mannheim. Vom Hauptbahnhof aus sahen sie die Ruine des Schlosses. Über den Kaiserring erreichten sie den Friedrichsplatz mit dem zerstörten Wahrzeichen Mannheims, dem Wasserturm.

»Mannheim wurde durch Luftangriffe fast völlig vernichtet«, erklärte Chronicus. »Mitte März 1945 erreichte die amerikanische Armee die Stadt, die von deutschen Verbänden immer noch verteidigt wurde. Die Mannheimer Bevölkerung verließ in diesen Tagen zum großen Teil die Stadt in Richtung Odenwald. Tagelang tobte der Straßenkampf in den Ruinen und es spielten sich unbeschreibliche Szenen ab. Am Tag, bevor die Amerikaner in Mannheim einmarschierten, erschossen deutsche Offiziere drei Männer in einer Kleingartenanlage. Sie hatten es gewagt, eine weiße Fahne zu hissen als Zeichen, dass der Kampf beendet werden sollte.«

Zu Fuß zogen Chronicus, Tina und Jonas los, den Neckar entlang in Richtung Heidelberg. Die Sonne ging hinter den Bergzügen des Odenwalds auf und tauchte die Landschaft in ein warmes Licht, das nicht recht zu den Eindrücken, die sie vor wenigen Stunden in Mannheim erhalten hatten, passen wollte. So friedlich lagen die Felder vor ihnen, dass sie ihre frischen Erinnerungen an die Ruinenlandschaft am liebsten wie einen Albtraum abgeschüttelt hätten.

Gegen Mittag ließ sie ein Bauer auf der Ladefläche seines Pferdewagens zwischen Kartoffeläckern aufsitzen und wenig später erreichten sie Heidelberg.

Was für ein Unterschied zu Mannheim! Sie bummelten durch die Gassen der unzerstörten Altstadt in Richtung Schloss und ließen sich auf einer Bank in der warmen Nachmittagsonne nieder.

Kaum saßen sie, als Chronicus Jonas am Arm fasste. »Schau mal da drüben, der amerikanische Offizier, kommt der dir nicht irgendwie bekannt vor?«

Jonas sah angestrengt hinüber und traute seinen Augen nicht.

»Bleibt ganz ruhig. Er darf uns nicht zusammen sehen«, flüsterte Chronicus. »Macht euch am besten unauffällig davon. Wir treffen uns in einer Stunde genau hier wieder. Wenn ich nicht da sein sollte, kommt morgen und die nächsten Tage zur selben Zeit wieder hierher.«

Wie in Trance standen die beiden auf und verschwanden um die nächste Straßenecke. Chronicus sah ihnen nach, wartete noch eine kleine Weile, dann räusperte er sich und klatschte in die Hände.

Der Offizier drehte sich zu ihm um, verharrte einen Augenblick überrascht, bevor er ein spöttisches Lächeln aufsetzte und zu Chronicus herüberschlenderte. »Mein lieber Freund aus alten Tagen, hast wohl geglaubt, mich endlich los zu sein, aber dir wird dein arrogantes Grinsen noch vergehen.« Er zog eine Fotokamera aus seiner Tasche und fotografierte Chronicus, bevor er sich zu ihm setzte.

»Die Amerikaner in Heidelberg«, scherzte Chronicus mit betont freundlicher Stimme, »überall Souvenirs und Erinnerungsbilder. Was verschafft mir denn die Ehre, dass du mich fotografisch verewigst?«

»Das wirst du bald erfahren.«

»Und wie kommst du in diese amerikanische Uniform?«

Holofernes lachte hämisch. »Nichts leichter als das. Neben dir sitzt Sergeant Nelson Hofer, ein deutscher Emigrant, der als amerikanischer Offizier in sein Land zurückkehrt, wie so viele andere auch, die von den Nazis verfolgt und vertrieben wurden. Dein Plan damals in Offenburg war übrigens gar nicht schlecht. Doch du hast wieder einmal die Rechnung ohne den Wirt gemacht. Euer plötzliches und höchst verdächtiges Verschwinden hat Oberamtmann Teuffel endgültig davon überzeugt, dass der Geheimdienst des Großherzogs am Werk gewesen war. Die geforderte Summe hat er übrigens anstandslos bezahlt. Vielen Dank noch nachträglich.« Wieder lachte Holofernes laut und verächtlich, bevor er sich erhob und im Weggehen zu Chronicus sagte: »Diesmal werde ich dich fertigmachen, verlass dich drauf.«

Chronicus blieb auf der Bank sitzen und dachte über die Begegnung nach. Sollte er mit Tina und Jonas verschwinden und sich irgendwo verstecken, bis die Zeit für die Abreise gekommen wäre? Aber Caspar war noch nicht aufgetaucht. Er musste doch auf ihn Rücksicht nehmen, nach all dem, was dieser für ihn getan hatte.

Da hielt ein Armeejeep vor ihm, zwei Soldaten stiegen aus, kamen auf ihn zu, zogen ihn wortlos von der Bank hoch und schleppten ihn zu ihrem Auto. Er wurde grob auf den Rücksitz gestoßen, bevor sie mit ihm davonfuhren.

Die beiden warteten bis zum Abend. Tina wurde immer nervöser. Wo sollten sie für die Nacht ein Dach über dem Kopf finden? Jonas schlug vor, den Bahnhof zu suchen und sich in den Wartesaal zu setzen.

Doch sie konnten kaum auf den harten Bänken schlafen und waren froh, als der Morgen dämmerte und sie den Bahnhof wieder verlassen konnten. Neckaraufwärts fanden sie ein paar Äpfel und eine voll behangene Brombeerhecke, über die sie sich hungrig hermachten. Dann zogen sie wieder zurück in die Altstadt und setzten sich auf eine der Bänke am Neckarufer. Die Morgensonne begann sie langsam zu wärmen und bald waren sie eingedöst.

Jonas schlief tief und fest, bis Tina ihn wachrüttelte. Auf der Bank neben ihnen saß ein amerikanischer Soldat und grinste sie an.

»Es geht doch nichts über ein Schläfchen in der Sonne. Wollt ihr ’nen Kaugummi oder lieber ’ne Zigarette?«

Tina zögerte, doch Jonas zischte ihr zu: »Wir dürfen uns nicht verdächtig machen.«

Der Soldat war noch sehr jung, höchstens Anfang zwanzig, und er hatte ohne jeden Akzent gesprochen.

»Sie sprechen aber gut deutsch«, sprach Jonas ihn an und nahm den Kaugummi dankend entgegen.

Auch Tina nahm sich einen Streifen aus der Packung und nickte dem Soldaten freundlich zu.

Der Soldat gab ihnen seine Hand und stellte sich vor. »Siegfried Landauer, ihr dürft aber gern Sigi zu mir sagen. Ihr wundert euch vielleicht über meinen deutschen Namen? Vielleicht wundert ihr euch noch mehr, wenn ich euch sage, dass ich hier geboren bin. Heidelberg ist meine Heimatstadt.«

»Aber du bist doch amerikanischer Soldat?«, fragte Tina.

»Ich bin Amerikaner seit ungefähr acht Jahren«, antwortete Siegfried Landauer. »Mein Vater war Geschichtsprofessor an der Heidelberger Uni. Heute lehrt er in Princeton. Ich bin zur Armee gegangen, um gegen Hitler und seine Leute zu kämpfen. Und wo kommt ihr her?«

Jonas wurde es heiß und kalt. Was sollten sie antworten? Er ahnte schon die nächste Frage, was sie denn in den letzten Jahren gemacht hätten, etwa als Flakhelfer amerikanische Flugzeuge beschossen?

Tina kam ihm zuvor: »Wir kommen von weit her und sind erst seit Kurzem in Heidelberg.«

»Ja, die Stadt ist voll von Vertriebenen und Flüchtlingen«, sagte Siegfried.

Jonas wollte von weiteren Fragen ablenken und erkundigte sich nach Siegfrieds Schicksal.

Landauer sah ihn überrascht an. »Das werde ich hier von Deutschen selten gefragt. Aber wenn es dich interessiert, erzähle ich dir gerne, wie aus einem Heidelberger Bub ein amerikanischer GI wurde. Die NSDAP war schon vor 1933 die stärkste Partei in Heidelberg. An der Uni mehrten sich antisemitische Aktionen. Auch mein Vater war davon betroffen. Dann kam Hitler und bald wurde mein Vater zwangsbeurlaubt. Trotzdem wollten wir anfangs nicht weg von hier. Ich ging hier zur Schule und erfuhr erst durch die Entlassung meines Vaters, was es bedeutete, dass wir eine jüdische Familie sind. Meine Eltern waren keine gläubigen Juden. Doch die Schikanen gegen uns wurden immer größer, meine Eltern fanden keine Arbeit in Heidelberg und dann hat mein Vater beschlossen, von hier wegzugehen. Wir hatten Verwandte in den USA, die für uns bürgten und eine Einwanderung möglich machten. Wenig später wurde deutlich, dass die Entscheidung meines Vaters richtig war. Stellt euch vor, zwei Drittel der Universitätslehrer wurden bis 1939 entlassen. Am 9. November 1938 brannten die Nazis unsere Synagoge in der Altstadt nieder, am nächsten Tag verschleppten sie hundertfünfzig Heidelberger Juden ins KZ Dachau. Zwei Jahre später, im Oktober 1940, wurden sechshundert badische Juden, darunter zweihundertachtzig Heidelberger, in das Internierungslager Camp de Gurs in Südwestfrankreich deportiert. Ihr wundert euch, woher ich das so genau weiß? Ich studiere hier nebenbei etwas Geschichte und ziehe für meinen Vater Erkundigungen ein.«

Jonas wusste nicht, was er antworten sollte. Er sah zu Boden, scharrte mit seinem rechten Fuß im Kies und sagte schließlich: »Das ist alles so schrecklich. Wie hältst du das bloß aus hier, wo deiner Familie hier so viel Unrecht angetan worden ist?«

Siegfried runzelte die Stirn und antwortete: »Es ist schön, dass du so viel Anteilnahme zeigst. Es ist so: Ich muss mich meiner Geschichte stellen, sonst kann ich das nicht verarbeiten. Meine Familie und ich hatten Glück im Unglück gehabt. Millionen andere nicht. Das verpflichtet. Alles, was geschehen ist, soll ans Tageslicht gebracht und die Schuldigen zur Verantwortung gezogen werden.« Siegfried stand auf, zog eine Tafel Schokolade aus seiner Tasche, gab sie Tina und verabschiedete sich.

»Siegfried Landauer«, sagte Tina nachdenklich. »Hieß der jüdische Freund von Chronicus in Karlsruhe nicht auch Landauer? Ob er mit ihm irgendwie verwandt ist?«

»Möglich«, brummte Jonas. »Ich glaube, es wird langsam Zeit, zum Schloss zu gehen. Vielleicht wartet Chronicus schon auf uns.«

Was für eine Überraschung! Auf der Bank saß zwar nicht Chronicus, aber es warteten Tim und Caspar, die sie zum letzten Mal in Offenburg gesehen hatten.

Tim begrüßte sie fröhlich, doch Caspar empfing sie mit einem eher mitleidigen Gesicht. »Na ihr zwei, wie habt ihr denn die Nacht und den Tag überstanden?«

Jonas winkte ab und fragte ungeduldig: »Weißt du was von Chronicus?«

»Der sitzt mal wieder tief im Schlamassel, besser gesagt vermutlich in amerikanischer Haft.«

»Wir haben ihn gestern in einem amerikanischen Jeep gesehen«, ergänzte Tim.

»War Holofernes dabei?«, fragte Tina aufgeregt.

Caspar blickte verwundert auf. »Holofernes? Ist der etwa wieder aufgetaucht? Was hat der denn damit zu tun?«

Sie berichteten ihm von ihrer Begegnung am Vortag, von ihrer Reise von Freiburg nach Mannheim, und erkundigten sich nach Tims und Caspars Weg.

Caspar erzählte: »Wir sind von Offenburg mit einem französischen Laster über den Schwarzwald nach Tübingen gefahren und weiter Richtung Stuttgart, teils mit der Bahn, teils mit dem Fahrrad, teils auch zu Fuß über die grüne Grenze in den amerikanischen Sektor und von Stuttgart über Heilbronn nach Heidelberg. Stuttgart und Heilbronn sehen fürchterlich aus, die Innenstädte völlig zerstört. Aber mit dem Neuaufbau wird überall schon begonnen und die Menschen erscheinen irgendwie erleichtert, dass der Krieg aus ist und es aufwärtsgeht.

In Stuttgart hörte ich eine Rede des amerikanischen Außenministers Byrnes. Sie wird übrigens in jedem Geschichtsbuch erwähnt. Aber die Stimmung, die dort herrschte, kann nirgendwo so beschrieben werden, wie wir das erlebt haben. Mit ungläubigem Staunen hörten die Menschen ihm zu, als er versprach, Deutschland werde wieder einen Platz unter den demokratischen Ländern haben. So viel Optimismus vor dem Hintergrund der Zerstörung könnt ihr euch gar nicht vorstellen. Stuttgart ist die Hauptstadt des neu gegründeten Landes Württemberg-Baden. Zurzeit wird über die Verfassung beraten und die erste Landtagswahl vorbereitet.« Er zog einen Zeitungsausschnitt aus seiner Tasche. »Militärregierung fordert die Unterordnung Nordbadens unter die Regierung in Stuttgart«, las er vor. »Nun müssen sich der Ministerpräsident Reinhold Maier und der Karlsruher Verwaltungschef Heinrich Köhler zusammenraufen. Beide sind davon nicht sonderlich begeistert. Die Badener wollen ihr altes Land wiederhaben und die Stuttgarter ihr altes Württemberg.«

»Wie kam es dann dazu, dass sich die Badener und Württemberger schließlich doch noch auf ein gemeinsames Bundesland einigten?«, wollte Jonas wissen.

»Württemberg-Baden, also das von den Amerikanern in ihrer Besatzungszone willkürlich zusammengestückelte Land, hat sich bald als wirtschaftlich und politisch recht stabil erwiesen und mit der Zeit waren die meisten Bewohner, Badener wie Württemberger, der Meinung, dass das so bleiben sollte. Die Südbadener aber protestierten heftig. Baden sei zerrissen und sollte wiedervereinigt werden. Das lehnten die Besatzungsmächte ab. Südbaden und Südwürttemberg-Hohenzollern arbeiteten deshalb eigene Verfassungen aus und erhielten eigene Regierungen.

Die Franzosen versuchten nun, die Amerikaner dazu zu bringen, Südwürttemberg-Hohenzollern gegen Nordbaden zu tauschen. Damit wäre die Einheit Badens doch noch erreicht worden. Diesen Kurs verfolgte Frankreich übrigens bis zur Gründung der Bundesrepublik

1949, aber die Amerikaner wollten das nicht, und die Nordbadener größtenteils auch nicht. Das lag auch etwas an der Besatzungspolitik der Franzosen, die holten nämlich aus ihrer Zone raus, was sie konnten. Im Schwarzwald wurde gerodet wie noch nie und das Holz nach Frankreich gebracht. Da wollten viele Nordbadener lieber doch mit den Nordwürttembergern zusammen bei den Amerikanern bleiben.

Der Streit zog sich hin bis in den Sommer 1949. Inzwischen war die Bundesrepublik gegründet worden und das Grundgesetz sah Volksabstimmungen zur Neugliederung der Länder vor. Nun zeichnete sich ein Weg ab, wie man den Konflikt lösen konnte, und es kam zu Verhandlungen. Der Ministerpräsident von Südwürttemberg-Hohenzollern Gebhard Müller traf sich mit Reinhold Maier, dem Ministerpräsident von Nordwürttemberg-Nordbaden, in Stuttgart, wenige Wochen später dann mit dem südbadischen Ministerpräsidenten Leo Wohleb in Freiburg. Die Frage war: Würden die Menschen in den drei südwestdeutschen Staaten einem gemeinsamen Bundesland Baden-Württemberg zustimmen oder sich dafür entscheiden, dass die alten Länder Baden und Württemberg wiederhergestellt würden?

Es dauerte aber noch weitere zwei Jahre, bis es tatsächlich zur Volksabstimmung kam. Dabei ergab sich in Nord- und Südwürttemberg eine deutliche Mehrheit für den gemeinsamen Staat, in Nordbaden entschieden sich die Badener dafür, in Südbaden dagegen. Nahm man Nord- und Südbaden, also das alte Land Baden zusammen, ergab sich eine hauchdünne Mehrheit für das neue Land Baden-Württemberg. Die Sache war entschieden und Reinhold Maier wurde zum ersten Ministerpräsidenten des neuen Landes Baden-Württemberg gewählt.«

»Wieso dauerte es so lange, bis die Volksabstimmung durchgeführt wurde?«, fragte Jonas.

»Es ging um Einzelfragen. Die Südbadener klagten sich durch alle Instanzen. Vermutlich hatten sie ihre Niederlage schon vorausgesehen. – Aber nun zu uns: Chronicus sitzt wohl fürs Erste fest. Ein paar Tage haben wir noch Zeit, aber es wird eng werden. Ich habe ein leerstehendes Gartenhäuschen drüben beim Philosophenweg gefunden. Dort können wir erstmal unterkommen und morgen versuche ich, etwas über Chronicus zu erfahren. Kommt ihr mit?«

Chronicus saß in einem engen Kämmerchen in einer von den Amerikanern beschlagnahmten Villa. Seit Stunden war er allein. Er war sich sicher, dass Holofernes dabei die Hände im Spiel hatte. Sein Schreiben vom bischöflichen Ordinariat in Freiburg war ihm abgenommen worden. Man werde es genau prüfen.

Ein Fluchtversuch war zwecklos. Er saß hier im dritten Stock, über sich das Dach. Zunächst hatte er daran gedacht, an der Dachrinne entlang zum Fallrohr zu hangeln und dort herunterzuklettern, aber die Dachrinne gab zu sehr nach, als er sie prüfte.

Bald setzte die Dämmerung ein und das Licht funktionierte nicht. Mit angewinkelten Beinen saß Chronicus auf dem Boden und wartete. Irgendwann war er eingeschlafen und wurde erst wieder wach, als sich der Schlüssel in der Tür drehte und ihn ein Soldat abholte. Über das Treppenhaus führte er ihn in einen Salon im Erdgeschoss und ließ ihn in einem Sessel Platz nehmen.

Wieder wartete Chronicus lange, bis endlich die Tür aufging und Holofernes hereinkam.

»Hast du gut geschlafen? Wie geht es eigentlich deiner Reisegesellschaft? Hast du sie unterwegs verloren?«

Chronicus verzog keine Miene, doch er fühlte sich erleichtert. Aus der Frage konnte er schließen, dass Holofernes Caspar, Tina, Tim und Jonas noch nicht gefunden hatte, vielleicht auch gar nicht suchte.

»Hast du dich nicht gewundert, dass wir beide bei unserer Zeitreise kurz nach Kriegsende gelandet sind? Ich weiß, du wolltest die Reise erst ein paar Jahre später beenden, in ruhigeren Zeiten. Aber da habe ich etwas dazwischengefunkt. Eigentlich wollte ich ja kurz vor Kriegsende ankommen. Aber dieses Jahr 1946 ist auch nicht schlecht, findest du nicht?«

Chronicus zwang sich ruhig zu bleiben. Er prüfte die Chancen, Holofernes durch Hypnose auszuschalten, ließ den Gedanken aber gleich wieder fallen. Holofernes würde seinem Blick ausweichen und es nicht auf eine weitere Kraftprobe ankommen lassen, er hatte auch gar keinen Grund dazu. »Für einen Schurken wie dich ist sicher auch diese Zeit geeignet«, sagte er gleichmütig.

Holofernes lachte höhnisch. »Diesmal sitze ich am längeren Hebel.« Er hielt Chronicus einen Pass vor die Nase. »Was meinst du, was hier drinsteht?« Genüsslich schlug er das schmale Büchlein auf und las vor: »Heinrich Jürgensen, geboren am 2. Januar 1909 in Passau, Polizeibeamter.«

»Kenne ich nicht«, brummte Chronicus.

»Du wirst ihn gleich kennenlernen. Dieser Jürgensen war ein hohes Tier bei der Gestapo und wird dringend gesucht. Und jetzt kommt das Schönste: Er sieht dir unheimlich ähnlich.«

Holofernes drehte Chronicus den Pass zu, so dass er das Bild erkennen konnte. Es zeigte sein Gesicht. Deshalb hatte ihn Holofernes fotografiert!

»Damit kann ich dich fertigmachen«, lachte Holofernes boshaft.

»Du wirst daran kein Interesse haben. In ein paar Tagen geht die Zeitreise los und ohne mich wirst du Probleme dabei bekommen.«

»Ich werde Mittel und Wege finden, dich zu zwingen, mir endlich die Formel zu geben!«, brüllte Holofernes grimmig und verließ wütend das Zimmer.

Wenig später wurde Chronicus wieder in sein Kämmerchen geführt. Dabei bemerkte er, dass der Wachsoldat den Schlüssel außen stecken ließ, nachdem er ihn zuvor zweimal herumgedreht hatte.

Die Stunden bis zum Beginn der Nacht zogen sich in unendliche Länge. Chronicus wartete ungeduldig. Als er keine Geräusche im Haus mehr vernahm, durchsuchte er das Kämmerchen und fand endlich unter dem Fenster ein Stück lockere Tapete. Vorsichtig löste er sie von der Wand und hielt schließlich ein etwa dreißig Zentimeter breites und vierzig Zentimeter langes Stück starkes Papier in den Händen. Neben dem Fenster fand er einen Haken, mit dem man die geöffneten Fensterflügel festmachen konnte. Mit etwas Kraftaufwand hatte er ihn schnell aus der Wand gezogen. Vorsichtig führte er das Papier unter der Türritze hindurch, die unter der Türklinke gut einen Zentimeter hoch war und stocherte mit dem Haken im Schloss, bis er hörte, dass der Schlüssel außen herunterfiel. Behutsam zog er dann Zentimeter um Zentimeter das Tapetenstück zu sich herein, doch der Schlüssel blieb draußen. Mit dem Fensterhaken drückte er ihn so weit unter die Ritze, bis er festgeklemmt war, dann bearbeitete er damit den Holzboden, bis er schließlich den Schlüssel nach innen hebeln konnte.

Unbemerkt kam er aus der Villa.

Jonas hatte am Nachmittag beschlossen, zum vereinbarten Treffpunkt beim Schloss zu gehen. Tim und Tina hatten ihm das auszureden versucht, Chronicus würde sicher nicht da sein. Sie sollten lieber darauf warten, was Caspar in Erfahrung bringen konnte. Doch Jonas hatte sich von seinem Vorhaben nicht abbringen lassen.

Jetzt kam er mit Chronicus zurück, genau in dem Augenblick, als Caspar das Gartenhäuschen erreichte. Die Freude war groß, bis Chronicus von Holofernes' Plan erzählte.

»Du musst verschwinden«, sagte Caspar entschieden. »Und Jonas und Tina ebenfalls. Von mir und Tim ahnt er noch nichts. Wir werden Kontakt zu euch halten. Die Frage ist nur, wo ihr am sichersten seid. Hier in Heidelberg wimmelt es von amerikanischen Armeesoldaten. Ich denke, ihr solltet zurück nach Mannheim. In einer der Ruinen könnt ihr euch am besten verstecken.«

Sie fuhren mit der Bahn zurück nach Mannheim, fanden in der Nähe des Hauptbahnhofs einen offenen Luftschutzkeller unter einem völlig zerstörten Wohngebäude und vereinbarten ein Treffen in drei Tagen. Tim und Caspar fuhren mit einem Güterzug, in den sie sich hineinschmuggelten, nach Heidelberg zurück zu ihrer Laube am Philosophenweg.

Am Abend saßen sie vor dem Häuschen und schauten zur Altstadt hinüber. Tim brachte das Gespräch auf Caspars Verhältnis zu Chronicus. Es sei nicht zu übersehen, dass er ihn nicht ausstehen könne, so wie er über ihn redete, andererseits helfe er ihm, wenn es darauf ankäme und scheue dabei kein Risiko.

Caspar schwieg betroffen. Nach einer kurzen Pause begann er zu erzählen: »Meine Eltern sind arme Leute. Sie leben in einem kleinen Dorf in Oberschwaben. Ich konnte keine höhere Schule besuchen und auch nicht studieren. Aber Bauer oder Handwerker wollte ich nicht werden. Das Kloster an meinem Heimatort hat mich dagegen immer fasziniert. Es war ein freundlicher Ort der Ruhe und Beschaulichkeit. Meine Mutter nahm mich manchmal mit, wenn sie Eier und frisches Gemüse ins Kloster lieferte. Schließlich bin ich als Laienbruder eingetreten, konnte mich weiterbilden und meine Kenntnisse in der Kräuterheilkunde verbessern. Dort habe ich dann Chronicus kennen gelernt, der gerade von einer Forschungsreise aus Jerusalem zurückgekommen war. Er kümmerte sich um mich, als er mein Interesse an Philosophie und Geschichte bemerkte, gab mir Bücher zu lesen und berichtete mir von seinen Forschungen im Heiligen Land. Besonders die alten Schriften hatten es ihm angetan. Davon konnte er stundenlang erzählen. Ich las in dieser Zeit ein Buch nach dem anderen, Chronicus erklärte mir geduldig, was ich nicht verstand. Bald kannte ich mich in der europäischen Geschichte fast so gut aus wie Chronicus.

Eines Abends ging ich noch spät zu seiner Zelle hinüber. Ich wollte ihn um Auskunft über eine Textstelle bitten, die mir unklar war. Leise klopfte ich an die Tür und da ich glaubte, ihn reden zu hören, trat ich ein. Doch Chronicus war nirgends zu sehen. Auf seinem Tisch lag ein altes Buch, daneben brannte eine Kerze. Irgendwie hatte ich das Gefühl, dass Chronicus doch noch im Zimmer war, obwohl es menschenleer war. Da – mit einem Mal setzte ein kurzes Rauschen in der Luft ein, die Kerze begann zu flackern und er stand vor mir. Er hatte mir seinen Rücken zugewandt und prüfte etwas an der Kerze. Als er mich bemerkt hatte, drehte er sich überrascht um und sah mich mit einem Blick an, der mir das Blut in den Adern erstarren ließ. Nach wenigen Augenblicken wischte er mit der Hand über sein Gesicht und war wieder der freundliche Mitbruder, wie ich ihn kannte. Als ich aber einen Blick auf das Buch werfen wollte, nahm er es und klappte es vor meiner Nase zu.

Ich bat ihn, mir den Vorfall zu erklären. Chronicus wand sich, aber schließlich gab er mir mit knappen Worten Auskunft, dass er gerade von einer Zeitreise zurückgekehrt sei. Ich war fasziniert und wollte alle Einzelheiten erfahren. Inständig bat ich ihn darum, mich einmal auf eine solche Zeitreise mitzunehmen. Das sei nicht möglich, erklärte er mir abweisend. Außerdem sei das keine Vergnügungsfahrt. Ich war enttäuscht, denn ich hatte so etwas wie Freundschaft zu Chronicus empfunden. Er war für mich immer der ältere Mitbruder gewesen, der mich förderte und dem ich blind vertrauen konnte. Nun ließ er mich einfach abblitzen. Unser Verhältnis kühlte sich dann merklich ab. Aber ich beobachtete ihn genau und manche Nacht stand ich vor seiner Zellentür, um ihn vielleicht wieder bei einer Zeitreise überraschen zu können.

Eines Abends ist es dann tatsächlich passiert. Ich hörte ihn einen fremden Text rezitieren und wollte eintreten, aber die Tür war fest verschlossen. Dennoch wurde ich vom Zeitsog erfasst. Mit einem Mal wurde mir schwarz vor Augen, ich schwankte und wollte mich gerade am Türpfosten anlehnen, da befand ich mich plötzlich in einer völlig anderen Umgebung. Ich war mit Chronicus in einem fernen Jahrhundert gelandet. Seitdem folge ich ihm, wo es nur geht.«

»Und Chronicus versucht dich abzuschütteln«, fiel ihm Tim ins Wort.

Caspar schwieg einen Augenblick, senkte den Kopf und fuhr fort: »Die Zeitreisen sind so faszinierend. Was man aus Büchern über die Geschichte nie lernen kann, erfährt man in wenigen Tagen. Warum sollte nur der große Meister Chronicus diese Möglichkeiten nutzen dürfen?«

Caspar schien auf eine Antwort zu warten, die seine Meinung bekräftigte.

Tim hatte aufmerksam zugehört. Statt zu antworten fragte er ihn, was er denn mit all dem Wissen anfangen wolle? Chronicus dafür bestrafen, dass er ihm sein Geheimnis nicht preisgebe? Oder wolle er Einfluss auf ihn bekommen?

Caspar wies dies als reine Verdächtigungen empört zurück. Wenn es nur um Macht oder Reichtum ginge, könne man das einfacher, schneller und mit weniger Risiko haben.

Tim sah ihn bestürzt an. »Ich glaube, du willst nur wie dein großes Vorbild Chronicus sein, und es verletzt dich tief, dass er dich zurückweist. Aber kannst du dir im Ernst vorstellen, dass du seine Freundschaft durch dieses Verhalten zurückgewinnen kannst?«

Caspar machte eine verächtliche Handbewegung, doch Tims Einschätzung schien ihn getroffen zu haben.

Trotzig antwortete er: »Er braucht mich, das sehen wir doch eben jetzt. Und außerdem soll er nicht so tun, als würde er die Welt retten können. Die Geschichte verläuft ohne ihn genauso wie mit ihm. Wir können nur mit Interesse den Weg der Geschichte verfolgen, wir können uns das Geschehen früherer Zeiten auf Zeitreisen hautnah vorspielen lassen – mehr nicht. Doch Chronicus will mit seiner Phönixbruderschaft in das Geschehen eingreifen. Das kann nicht gutgehen.«

Nach einer wegwerfenden Geste und mit einem verschlossenen Gesichtsausdruck machte Caspar Tim klar, dass er das Gespräch jetzt beenden wollte. Er trug dünnes Reisig zusammen und entfachte ein kleines Feuer. Tim suchte einige dürre Äste zusammen und sie setzten sich an die Feuerstelle. Caspar achtete darauf, das Feuer klein zu halten, so dass die Flammen nicht weit zu sehen wären.

So gut es ging, hatten sich Chronicus, Tina und Jonas in dem Luftschutzkeller beim Mannheimer Bahnhof eingerichtet. Ein paar leere Kisten dienten ihnen als Hocker und irgendwo hatte Tina ein paar alte Säcke gefunden, die sie darüberlegen konnten. Chronicus hatte aus den Gärten hinter dem Philosophenweg Äpfel, Birnen und Zwetschgen mitgebracht, Jonas hatte einen Laib Brot mitgenommen, als sie nach Mannheim aufgebrochen waren.

Am Abend suchten sie sich ein Plätzchen außerhalb des Kellers in der Ruine an der frischen Luft und erzählten. Tina wollte wissen, wie Chronicus zu den Zeitreisen gekommen sei. Chronicus zögerte etwas, sagte dann aber, dass sie so viel zusammen erlebt hätten, dass Tina und Jonas nun auch seine Geschichte hören sollten.

»Vor langer Zeit fand ich in einem Archiv in Jerusalem, wo ich mich im Auftrag meines Klosters aufhielt, eine alte Schriftrolle. Sie stammte wohl aus der Bibliothek des alten Alexandria. Darin beschrieb ein griechischer Gelehrter, wie man durch eine Meditationsübung zu tiefem Wissen und wahrer Erkenntnis kommen kann. Ich las die Schrift mit wachsendem Interesse, da fiel mir ein Satz ins Auge, der mich stutzig machte. Ich fragte mich, ob ich einer sensationellen Entdeckung auf der Spur war oder ob ich von einem Scharlatan genarrt wurde. Dort stand in großen Lettern der Satz: *Niemals kehrt die Zeit zurück, doch es gibt einen Weg durch die Zeiten*. Atemlos las ich weiter. Bald wurde mir bewusst, dass ich auf einen Text aus den geheimen Schriften des größten Magiers der antiken Welt gestoßen war, des legendären Hermes Trismegistos.

Nach Darstellung des griechischen Gelehrten, der ihn hier in dieser Schriftrolle fein säuberlich überlieferte, stammte dieser Text aus dem alten Ägypten. Der ägyptische Gott Thot selbst soll ihn dem großen ägyptischen Magier diktiert haben. Thot ist der Gott des Mondes, der Herr über die Zeit, der Gott der Wissenschaft und der Magie.

Aufgeregt las ich weiter. Was dort geschrieben stand, sprengte alle Grenzen unseres Verständnisses von der Welt: Beim Wechsel der

Mondphasen könne man mit einer Meditation, die im Folgenden genau beschrieben wurde, die eigene Zeit verlassen und in frühere Epochen eintauchen. Wenn man bei einem weiteren Mondphasenwechsel wieder zurückkehre, sei in der Gegenwart keine Zeit verstrichen.

Das konnte doch nicht sein! Der große Traum der Menschheit sollte im alten Ägypten tatsächlich Wirklichkeit geworden sein? Meine Gefühle schwankten zwischen Enttäuschung und Faszination. Schließlich siegte die Vernunft und ich hielt die Angelegenheit für alberne Augenwischerei. Der griechische Autor wollte sich gewiss nur wichtig machen und hatte die ägyptische Quelle schlichtweg gefälscht. Aber der Text ließ mir in den nächsten Tagen keine Ruhe. Ich studierte ihn erneut. Vielleicht konnte man sich mit dieser Übung in einen hypnoseartigen Zustand versetzen, der einem vorgaukelte, die eigene Zeit zu verlassen und durch die Zeiten zu wandern? Aber auch das schien mir dann doch zu abwegig. Ich legte die Schriftrolle weg und versuchte die ganze Geschichte zu vergessen.

Viel später fiel sie mir eines Tages durch Zufall von Neuem in die Hände und wieder war ich wie elektrisiert. Diesmal wurde ich so neugierig, dass ich mir die Anweisung für dieses Experiment noch einmal genauer durchlas. Zwar war mir bewusst, dass Selbsthypnose eine gefährliche Sache ist, aber ich konnte der Versuchung nicht mehr widerstehen und begann beim nächsten Vollmond diese Meditation zu praktizieren. Ich schloss die Augen, konzentrierte mich auf die Worte des großen Magiers Hermes Trismegistos, ich vernahm ein anschwellendes Tosen in der Atmosphäre und meine Sinne trübten sich. Dann setzte mein Bewusstsein wieder ein. Wie groß war meine Überraschung, als ich mich plötzlich in die Anfangszeit unseres Klosters versetzt sah. Ihr müsst wissen, dass man sich während dieses Vorgangs auf eine bestimmte Zeitepoche mit vollem Willen konzentrieren muss.

Ich hatte also tatsächlich eine Zeitreise angetreten. Ich konnte mich unter meinen Mitbrüdern aus früheren Jahrhunderten ganz zwanglos bewegen, verstand ihre Sprache, gab mich als Bruder eines weit entfernten Klosters aus und prägte mir genau ein, wie mein Kloster ursprünglich ausgesehen hatte, welche Vorstellungen und Pläne die Vorfahren unserer Glaubensgemeinschaft hatten.

Das Bild, das ich nun aus eigener Anschauung von der Geschichte unseres Klosters gewann, unterschied sich beträchtlich von der uns überlieferten Geschichte. Ich war wie gebannt von diesem Erlebnis und vergaß fast die Zeit. Vierzehn Tage später – es war nun Neumond – versuchte ich mit bangem Gefühl und klopfendem Herzen den Rückweg in meine eigene Zeit anzutreten und auch das gelang ohne Mühe. Danach machte ich mir zunächst bittere Vorwürfe, solch Teufelszeug erprobt zu haben, doch es drängte mich wieder und wieder, dieses Geheimnis zu ergründen. Ich ließ eine Kerze brennen und markierte mit einer Kerbe, wann ich mit dem Versuch begonnen hatte. Bei meiner Rückkehr sah ich erstaunt, dass die Kerze nicht über diese Kerbe heruntergebrannt war. Ich konnte also wirklich die Zeit verlassen, ohne dass sie in meiner eigenen Gegenwart verstrichen war.

In den folgenden Wochen dehnte ich die Zeitreisen weiter aus und bekam bald so viel Übung darin, dass ich ohne Weiteres die Zeiten wechseln konnte. Niemand hatte bei meiner Rückkehr bemerkt, dass ich weg gewesen war.

Doch eines Tages klopfte ein Mitbruder an meine Zelle. Ihr kennt ihn. Ich war kurz vor dem Ende meiner Reisevorbereitungen, am Ende der Meditation. Und da geschah das Unfassliche. Als ich in einer fernen Zeit gelandet war, sah ich ihn mit schreckverzerrtem Gesicht neben mir stehen. Ich hatte ihn ohne Absicht mitgenommen. Mit Entsetzen sah ich, dass ich nicht alleine meine Zeit verlassen hatte.

Caspar aber nahm es mir nicht übel, im Gegenteil, er war wie ich fasziniert von diesem Erlebnis und stellte tausend Fragen. Aber mein Ziel war, so schnell wie möglich zurückzukehren, denn ich fühlte mich nun auch für ihn verantwortlich. Zu meiner Erleichterung konnte ich ihn dann auch wieder ohne Schwierigkeiten mit zurücknehmen, aber seit dieser Zeit lässt er mir keine Ruhe.« Nach einer kurzen Pause fuhr Chronicus fort: »Es ist so mitreißend, den Gang der Weltgeschichte unabhängig von zufällig überlieferten Berichten und Zeugnissen aus früheren Zeiten durch die eigene Anschauung vor Ort zu studieren und sich mit den Gedanken auch solcher Gelehrter aus allen Zeiten befassen zu können, die uns nicht nur zufällig überliefert sind. Ebendas war mir jetzt möglich geworden. Ich konnte mich in der Zeit frei bewegen, auch verloren gegangenes Wissen erwerben, Bücher und alte Schriftrollen studieren und wurde dabei nicht einmal älter. Ich konnte mir beliebig Zeit dafür lassen. Bald stellte ich meine Bedenken zurück. Gottes Schöpfung zu erforschen, verbot mir mein Orden nicht. Dennoch blieb ein ungutes Gefühl in meinem Innersten. Wenn ich nicht verhindern konnte, dass mit dieser Möglichkeit, Zeitreisen zu unternehmen, Unheil angerichtet würde, durfte ich sie eigentlich gar nicht durchführen. Das war mir bald klar geworden. Seit ihr drei, Tim, Jonas und du, in die Geschichte verwickelt seid, droht noch ein weiteres Unheil. Ich habe unabsichtlich in euer Leben eingegriffen.«

»Seit wann kennst du eigentlich Holofernes?«, fragte Jonas.

Chronicus schloss für einen kurzen Moment die Augen, dann begann er zögernd: »Er ist mir damals in Jerusalem über den Weg gelaufen. Er war ein junger Wissenschaftler wie ich namens Rolf Hoenes. Wenn du die Buchstaben seines damaligen Namens in eine andere Reihenfolge bringst ...«

»Moment mal«, unterbrach Tina. Sie blickte konzentriert über Jonas hinweg, als ob sie hinter ihm irgendetwas Bemerkenswertes erblicken würde, dann schlug sie sich mit der flachen Hand an die Stirn und begann langsam zu buchstabieren: »H-o-l-o-f-e-r-n-e-s!«, die Buchstaben passen. Holofernes, was bedeutet eigentlich dieser Name?«

Chronicus nickte ihr anerkennend zu und antwortete: »Holofernes war ein Bösewicht aus dem Alten Testament. Ein Fürst, der drauf und dran war, das Volk Israel zu vernichten. Doch zurück zu Rolf Hoenes: Er hat die Schrift von Hermes Trismegistos ebenfalls gelesen, aber einen wichtigen Teil konnte er nicht übersetzen. Er hat mich damals um meine Hilfe gebeten.«

»Und hast du ihm geholfen?«

»Ich gab vor, diese Stelle ebenfalls nicht deuten zu können. Ich wollte das Geheimnis allein für mich bewahren und habe anschließend auch die Schriftrolle verschwinden lassen.«

»Du hast sie gestohlen?«, fragte Jonas vorwurfsvoll.

Chronicus lächelte tiefgründig. »Ich habe sie in Sicherheit gebracht, man könnte auch sagen zurückgegeben. Jahrhundertelang lag sie in einem Kloster am Sinai, von dort kam sie in die Bibliothek nach Jerusalem. Jetzt liegt sie wieder in diesem Sinaikloster. Dort wird sie so schnell niemand finden. Ich denke, das ist besser so. Hoenes oder Holofernes ist mir dann immer wieder auf meinen Zeitreisen begegnet. Er beherrscht die Technik, die Zeitschleusen beim Wechsel der Mondphasen zu nützen, aber er kann nicht frei entscheiden, in welche Zeit er reisen möchte, er scheint irgendwie an mich gebunden zu sein. Beim letzten Mal allerdings hat er meinen Reiseplan gründlich durcheinandergebracht. Ich wollte eigentlich nicht 1946, sondern zehn Jahre später ankommen – und das macht mir ernstlich Kopfzerbrechen.«

Zwei Tage später saßen sie im Luftschutzkeller und warteten auf Tim und Caspar. Die Tür war nur angelehnt und das Tageslicht fiel in einem dünnen Streifen auf den Fußboden.

»Wenn sie jetzt nicht kommen, ist irgendwas passiert«, sagte Jonas nervös, drei Stunden nach dem vereinbarten Zeitpunkt.

Chronicus beschwichtigte ihn. Aber Tina sah ihm an, dass auch er sich Sorgen machte. Heute Abend stand der Mondphasenwechsel an und Chronicus hatte versichert, sie könnten es zurück in die Gegenwart schaffen, wenn Holofernes ihnen nicht wieder dazwischenfunkte.

»Und wenn er das täte?«

Genau in diesem Moment riss Holofernes die Tür des Luftschutzkellers auf und stand mit gezogener Pistole vor ihnen. »Da haben wir ja fast die ganze Reisegesellschaft beisammen«, spottete er. »Eure beiden Freunde sind mir ausgerissen, aber meine Leute werden sie bald haben.« Er lachte dröhnend, dann dirigierte er Chronicus und Tina in eine Ecke des Kellers, packte Jonas grob an den Haaren, zog ihn zu sich heran und setzte ihm die Pistole an die Schläfe. Seine Augen funkelten böse. »Die Formel, wenn dir sein Leben lieb ist«, sagte er zu Chronicus gewandt.

Chronicus blieb ganz ruhig. »Ich spüre, dass es bald Zeit ist für die Reise. Lass Jonas los, über die Formel können wir auch nach der Rückkehr in die Gegenwart sprechen.«

»Das würde dir so passen. Notfalls finde ich auch alleine zurück.«

Jonas stöhnte auf. Holofernes hatte seine Haare fester gepackt und drückte die Pistole in seine Schläfe.

»Die Zeit der Trickserеien ist vorbei. Die Formel – und ich lass dich in Frieden, wenn nicht, kannst du die Rückreise ohne ihn antreten.«

Tina hatte sich ängstlich an die Wand gedrückt. »Gib ihm doch endlich diese blöde Formel!«, schrie sie.

Erneut stöhnte Jonas auf. Holofernes schüttelte Jonas' Kopf hin und her, doch Chronicus blieb unbeweglich.

Feindselig blickte er seinen Widersacher an, dann sagte er zu Tina, ohne seinen Blick von ihm abzuwenden: »Glaub bloß nicht, dass er uns dann in Ruhe lässt.« In gespielter Gelassenheit wandte er sich dann zu Holofernes: »Rolf Hoenes, was ist aus dir geworden!? Wir beide haben als Wissenschaftler an denselben Fragen gearbeitet, dieselben Texte gelesen, dieselben Studien betrieben. Und was bist du jetzt? Ein ganz gemeiner Verbrecher, der nur auf seinen schnöden Gewinn aus ist. Du wirst nie selbstständig Zeitreisen durchführen können, du wirst immer an meine Macht gebunden sein. Die Formel allein wird dir überhaupt nichts nützen, wenn du sie nicht mit der Kraft deiner ganzen Persönlichkeit einsetzen kannst, und die hast du nicht, das spürst du selbst und das macht dich so aggressiv und gleichzeitig so jämmerlich.«

Wütend versetzte Holofernes Jonas einen Tritt in die Kniekehlen, so dass er lautlos in sich zusammensackte. Tina schrie auf und begann zu schluchzen.

Holofernes aber fasste sich und antwortete kühl: »Das lass mal meine Sorge sein. Spiel dich doch nicht so auf. Was tust du denn selbst mit deiner Geheimorganisation? Du und deine Phönixbrüder sind drauf und dran, die Vergangenheit zu verändern und damit die Gegenwart zu gefährden. Ist dir denn klar, was es heißt, das Zeitgefüge durcheinanderzubringen? Ich würde der Menschheit einen großen Dienst erweisen, wenn ich dich hier und jetzt einfach abknalle. Und glaub bloß nicht, dass ich nicht wüsste, wo die Schriftrolle zu finden ist. Ich werde sie mir besorgen, da unten im Sinai, und dann brauche ich deine verdammte Formel nicht.«

Chronicus war blass geworden. Er begann für einen kurzen Moment zu wanken, dann straffte er sich und sah seinen Gegner grimmig an. »Du bist dabei, einen großen Fehler zu machen. Tu's doch, erschieß mich, aber lass wenigstens die beiden jungen Leute aus dem Spiel und bring sie wieder in ihre Zeit zurück.«

»Wie käme ich dazu?«, lachte Holofernes boshaft. »Schau dir an, wie ich sie gleich nacheinander in die Ewigkeit schicken werde! Du allein hast die Macht, ihr Schicksal aufzuhalten!«

Da bemerkte Chronicus hinter Holofernes plötzlich einen Schatten. Holofernes stand immer noch drohend in der Tür, die sich nun lautlos öffnete und das Tageslicht hereindringen ließ. Holofernes zögerte kurz, begann sich umzudrehen, da sauste ein Eisenrohr auf ihn nieder. Im selben Augenblick stürzte sich ein zweiter Schatten auf Jonas und riss ihn zu Boden. Im Niederfallen drückte Holofernes ab, ein ohrenbetäubender Knall erfüllte den Kellerraum und Jonas krümmte sich vor Schmerz auf dem Boden. Holofernes hielt immer noch seine Haare fest im Griff.

Chronicus war sofort bei ihm und löste die verkrampfte Hand des Bewusstlosen. »Schnell, bevor er wieder zu sich kommt«, stieß er hervor.

Tina und Chronicus richteten Holofernes alias Rolf Hoenes auf, während Tim und Caspar ihm einen der alten Säcke über den Kopf zogen. Caspar nahm einen Strick aus der Tasche und band ihm die Hände auf den Rücken.

»Es geht schon wieder«, sagte Jonas, als ihn Chronicus fragend anblickte.

Hinter ihm sah man, wo die Kugel ins Mauerwerk eingeschlagen war.

»Das war knapp«, keuchte Tim, »ich glaube, wir haben euch im letzten Augenblick gefunden.«

»Jetzt aber nichts wie raus!«, schrie Caspar. »Die Soldaten sind uns auf den Fersen, sie können jeden Moment hier sein!«

Chronicus schloss den Luftschutzkeller von außen, verriegelte ihn, dann machten sie sich auf den schnellsten Weg zum Bahnhof.

»Wie viel Zeit haben wir noch?«, fragte Caspar atemlos.

Chronicus wirkte nervös. »Sie wird reichen. Wir dürfen kein Risiko eingehen und sollten die Zeitreise am selben Ort beenden, wo wir sie begonnen hatten.

»Übrigens«, Chronicus schien nach den rechten Worten zu suchen, dann drückte er Caspar kurz entschlossen die Hand und sagte: »Du hast uns wieder aus der Patsche geholfen. Das werde ich dir nie vergessen.«

»Dort drüben steht der Abendzug nach Heidelberg!«, rief Tina.

Zwei Stunden später stand Jonas mit seinen Freunden am Ufer unterhalb der Neckarbrücke. Sie hatten es geschafft. Nachdenklich blickten sie in die Strömung des Flusses. Über der Rheinebene stand die rote Abendsonne.

Tina hatte ihren Arm auf Jonas' Schulter gelegt und flüsterte ihm zu: »Ich hatte solche Angst, als Holofernes auf dich geschossen hat und du am Boden lagst. Jetzt wird alles gut. Ich glaube, das ist der schönste Augenblick in meinem Leben!«

Jonas blickte sie freudig überrascht an, dann nahm er sie fest in die Arme und sagte eine ganze Weile lang nichts mehr. Und es war ihm völlig gleichgültig, dass Tim, Caspar und Chronicus ihnen fröhlich grinsend zusahen.

Vom verborgenen Sinn der Geschichte: Chronicus' Vortrag über die Philosophie der Geschichte

Liebe Zuhörerinnen und Zuhörer,
vielleicht haben Sie sich schn einmal die Frage gestellt, ob die Geschichte einfach zufällig verläuft oder einem verborgenen Sinn folgt? Wenn das der Fall ist, sind Sie nicht allein. Sie sind nämlich dann auf eine Frage gestoßen, welche die Menschheit schon immer beschäftigt hat. Seit die Menschen sich ihrer Geschichte bewusst geworden sind, seit sie begannen, Geschichte aufzuschreiben, stellten sie die Frage nach dem Sinn der Geschichte. Im antiken Griechenland wurde Geschichte als Teil der Philosophie, aber auch als praktisches Bildungsfach gesehen.

Der griechische Flottenkommandant und Historiker **Thukydides**, der im 5. Jahrhundert vor Christus lebte, äußerte sich allerdings eher skeptisch darüber, ob die Geschichte einen bestimmten Sinn hat oder einen besonderen Zweck verfolgt. Er stellte die These auf: *Die Geschichte ist eine ewige Wiederholung.*

Anders sah das **Dionysios von Halikarnassos**, der im 1. Jahrhundert vor Christus lebte und eine römische Frühgeschichte bis zum Beginn des Krieges gegen die Karthager verfasst hat. Er war der Meinung, dass man durchaus aus der Geschichte lernen könnte: *Geschichte ist Philosophie, welche durch Beispiele lehrt, wie wir uns in allen Verhältnissen unseres öffentlichen und häuslichen Lebens benehmen sollen.*

Sein Kollege **Diodor** sah das ähnlich. Für ihn bestand Geschichte vor allem aus der gesammelten Erfahrung von Generationen: *Geschichte erwirbt der Jugend den Verstand der Alten.*

Im christlichen Europa war die Frage nach dem Sinn der Geschichte bis ins 18. und 19. Jahrhundert hinein bestimmt von religiösen, kirchlichen Vorstellungen. **Aurelius Augustinus**, der von 395 bis 430 nach Christus Bischof in der nordafrikanischen Stadt Hippo war, und sein Zeitgenosse, der spanische Kirchenmann **Paulus Orosius**, prägten dieses Geschichtsbild: Geschichte bewegte sich nach ihrer Darstellung von der Schöpfung bis zum Ende aller Tage, dem Jüngsten Gericht. Sie war von Gott und auch ein bisschen vom Teufel bestimmt und orientierte sich an den prophetischen Aussagen des Alten und des Neuen Testamentes. Noch 1681 schrieb der französische Bischof und Historiker Bossuet: *Gott allein weiß, wie er alles nach seinem Willen zuwege bringt; deshalb ist alles, auf Einzelursachen hin betrachtet, überraschend, und hat doch im Ganzen einen geordneten Verlauf.* Geschichtsphilosophie war bis dahin eigentlich eher Geschichtstheologie.

Dies begann sich im 18. Jahrhundert mit der europäischen Aufklärung grundlegend zu ändern. Zwar orientierten sich viele Philosophen der Aufklärung auch am christlichen Denken, doch findet sich ein neuer Zug in ihren Werken. Die Geschichte der Menschheit wurde nun kritisch betrachtet. Dabei wiesen viele Aufklärer zunächst auf die dunklen Seiten der Menschheitsgeschichte hin. So äußerte sich der französische Philosoph **Voltaire** sehr skeptisch: *Geschichte ist wenig mehr als ein Bild der menschlichen Untaten und Unglücke.*

Auch der irische Staatsmann **Edmund Burke** sah das so: *Der größte Teil der Geschichte enthält die Schilderungen des mannigfachen Elends, welches Stolz, Ehrsucht, Geiz, Rachgier, blinde Lust, Empörungsgeist, Heuchelei, ausschweifender Eifer und das ganze Heer der ungezügelten Neigungen über die Welt gebracht haben.* Sein Zeitgenosse, der englische Historiker **Edward Gibbon**, pflichtete ihm bei: *Die Geschichte ist nicht viel mehr als eine Aufzählung der Verbrechen, Narrheiten und Unglücksfälle der Menschheit.*

Anders sahen das die vom Idealismus geprägten Aufklärer in Deutschland. Sie hingen einem Fortschrittsgedanken an und entwickelten die Vorstellung, dass sich die Menschheit auf ein ideales Ziel zu bewege. Der Mensch strebe nach Wahrheit und Vervollkommnung und zwar aus sich selbst heraus, weder geleitet noch fremdgesteuert. So sagte **Gotthold Ephraim Lessing** in seiner Schrift »Die Erziehung des Menschengeschlechtes«: *Sie wird kommen, sie wird gewiss kommen, die Zeit der Vollendung, da der Mensch [...] das Gute tun wird, weil es das Gute ist.* Dabei übersahen die Aufklärer nicht die vielen Grausamkeiten, zu denen sich der Mensch im Laufe seiner Geschichte als fähig erwies. Aber sie glaubten an die Verwirklichung einer Idee, die in der Natur des Menschen angelegt sei. Der Mensch sei im Gegensatz zum Tier ein moralisches Wesen, das heißt, er wisse, was gut ist, er wisse auch, wann er gegen das Gute handle. Das sage ihm eine innere Stimme. Und schließlich müsste sich das Gute durchsetzen.

Johann Gottfried Herder drückte das so aus: *Tausend Schandtaten stehen da mit hässlichem Lobe verschleiert. Tausend andere stehen in ihrer ganzen Hässlichkeit daneben, um allenthalben doch das sparsame wahre Verdienst wirkender Humanität auszuzeichnen, das auf unserer Erde immer still und verborgen ging [...]. Das Samenkorn aus der Asche des Guten ging in der Zukunft desto schöner hervor.*

Sein Zeitgenosse **Immanuel Kant** sah diese Entwicklung in der Geschichte als logisch erwiesen an: *Es ist also ein nicht bloß gut gemeinter und in praktischer Absicht empfehlungswürdiger, sondern allen Ungläubigen zum Trotz auch für die strengste Theorie haltbarer Satz: dass das menschliche Geschlecht im Fortschreiten zum Besseren immer gewesen sei.* Zur Bestätigung dessen zitiert Kant in seiner Schrift »Idee zu einer allgemeinen Geschichte in weltbürgerlicher Absicht« den britischen Philosophen **David Hume**, der sagte: *Wenn ich jetzt die Nationen im Krieg gegeneinander begriffen sehe, so ist es, als ob ich zwei besoffene Kerle sähe, die sich in einem Porzellanladen mit Prügeln herumschlagen. Denn nicht genug, dass sie an den Beulen, die sie sich wechselseitig geben, lange zu heilen haben, so müssen sie hinterher noch allen den Schaden bezahlen, den sie anrichteten.*

Das klingt zunächst negativ, aber aus dem angerichteten Schaden könnten die Völker lernen und wenn man die Geschichte Europas nach dem Zweiten Weltkrieg betrachtet, scheint sich ja einiges in diese Richtung entwickelt zu haben.

Doch gab es auch eine positive Sicht der Geschichte: Der deutsche Philosoph **Immanuel Kant** sagte vor über zweihundert Jahren: *Man kann die Geschichte der Menschengattung im Großen als die Vollziehung eines verborgenen Plans der Natur ansehen.* Damit meint Kant, dass die Geschichte nicht einfach zufällig verläuft, sondern sich nach einem Plan entwickelt, der uns vielleicht verborgen erscheint, aber auf ein bestimmtes Ziel zusteuert.

Ganz ähnlich ist der Naturwissenschaftler **Charles Darwin** vorgegangen. Er hat den *verborgenen Plan der Natur* in der Entwicklung der einzelnen Tierarten vom Einzeller bis zum Menschen gesucht und seine großartige Lehre der Evolution daraus entwickelt. Ein weit verzweigter Stammbaum der heute lebenden Geschöpfe lässt sich aus einer Wurzel bestimmen. Wie wäre es nun, wenn auch der menschliche Geist, der in der Geschichte der Menschheit uns allen sichtbar wird, sich nicht zufällig, sondern planmäßig entwickelte und was stünde dann am Ende dieses Prozesses? Auf welches Ziel liefe die Geschichte der Menschheit dann hinaus? Eine faszinierende Frage – und doch müssen wir kritisch einwenden, dass Kant vielleicht etwas zu optimistisch war. Hat die Geschichte nicht selbst seine Theorie widerlegt? Betrachten wir nur die letzten hundert Jahre: Wie viel Dummheit, wie viel satanische Bosheit haben den Gang der Geschichte bestimmt! Könnte dies tatsächlich einem *verborgenen Plan der Natur* entsprechen?

Kant schlussfolgert aus dem Streben des Menschen, sich immer vollkommener zu verwirklichen, Folgendes: *Der verborgene Plan der Natur* bringe die Menschen dazu, *eine innerlich – und zu diesem Zweck auch äußerlich – vollkommene Staatsverfassung zustande zu bringen.* Als Kant diese Gedanken formulierte, vollzog sich in den englischen Kolonien Nordamerikas etwas Revolutionäres, so noch nie Dagewesenes: Die 13 nordamerikanischen Kolonien sagten sich vom englischen König, vom Mutterland, los, weil es Sinn und Zweck eines Staates sei, die Freiheit seiner Bürger zu verteidigen und es ihnen zu ermöglichen, ihr persönliches Glück anzustreben und zu verfolgen. In Frankreich erhob sich wenige Jahre später das Volk gegen den König und die Adelsherrschaft und begann ebenfalls, seine Angelegenheiten selbständig in die Hand zu nehmen.

Kant verfolgte die Entwicklung in Amerika aus dem preußischen Königsberg, wo er an der Königlichen Universität lehrte, mit großem Interesse, ebenso wie ein anderer Zeitgenosse, **Friedrich Schiller**, den die junge französische Republik wegen seiner revolutionären Theaterstücke *Die Räuber* und *Kabale und Liebe* zum Ehrenbürger gemacht hatte. Schiller lehrte in den Jahren nach der Französischen Revolution Geschichte an der Universität Jena. Seine Antrittsrede hielt der junge Professor zum Thema: *Was heißt und zu welchem Ende studiert man Universalgeschichte?* Schiller wies in dieser Rede seine Studenten darauf hin, dass ihre Gegenwart Ergebnis der Geschichte sei: *Unser menschliches Jahrhundert herbeizuführen haben sich – ohne es zu wissen oder zu erzielen – alle vorhergehenden Zeitalter angestrengt. Unser sind alle Schätze, welche Fleiß und Genie, Vernunft und Erfahrung im langen Alter der Welt endlich heimgebracht haben.*

Die Gegenwart baut also nach Schillers Auffassung auf dem Fundament der Geschichte auf, bevor sie wieder selbst als Geschichte Fundament für die Zukunft wird. Allerdings warnt Schiller, unser Geschichtsbild mit dem tatsächlich in der Vergangenheit Geschehenen zu verwechseln: *Weil die Weltgeschichte von dem Reichtum und der Armut an Quellen abhängig ist, so müssen ebenso viele Lücken in der Weltgeschichte entstehen, als es leere Strecken in der Überlieferung gibt. […] Es ist daher zwischen dem Gange der Welt und dem Gange der Weltgeschichte ein merkliches Missverständnis sichtbar. Jenen möchte man mit einem ununterbrochenen fortfließenden Strom vergleichen, wovon aber in der Weltgeschichte nur hie und da eine Welle beleuchtet wird.*

Schiller spricht hier ein Grundproblem des Historikers an. So sehr dieser sich bemühen mag, das vergangene Geschehen so realistisch wie möglich zu rekonstruieren, das Ergebnis wird nie der vergangenen Wirklichkeit entsprechen. Es bleibt ein Bild, ein Modell des vergangenen Geschehens, vermutlich auch vom persönlichen Interesse und persönlichen Denken des Historikers geprägt.

Schillers Dichterkollege **Johann Wolfgang von Goethe** sah das ähnlich. Er legt seinem »Doktor Faust« die Worte in den Mund:

Was ihr den Geist der Zeiten heißt,
das ist im Grund der Herren eigner Geist,
in dem die Zeiten sich bespiegeln.

Resigniert erkennt Faust: *Die Zeiten der Vergangenheit sind uns ein Buch mit sieben Siegeln.*

Ähnlich sah das **Napoleon Bonaparte**, Kaiser der Franzosen: *Geschichte ist eine Lüge, auf die man sich geeinigt hat.*

Trotz dieser deutlich erkannten Grenzen der Geschichtswissenschaft ist **Goethe** von der Notwendigkeit der Auseinandersetzung mit der Geschichte fest überzeugt:

Wer nicht von dreitausend Jahren
sich weiß Rechenschaft zu geben,
bleib' im Dunkeln unerfahren,
mag von Tag zu Tage leben.

Goethe sieht also die Bedeutung der Geschichtsbetrachtung darin, dass wir uns dabei über uns selbst bewusst werden, frei werden für die Zukunft. Etwas zynisch hat er das so ausgedrückt: *Geschichte schreiben ist eine Art, sich das Vergangene vom Hals zu schaffen.*

Unabhängig von den beschränkten Möglichkeiten des Menschen, das Vergangene zu rekonstruieren, geht aber auch Goethe von einem Weltgeist aus, der die Geschichte durchzieht. Faust zitiert den Erdgeist, der sich ihm folgendermaßen definiert:

So schaff ich am sausenden Webstuhl der Zeit
und wirke der Gottheit lebendiges Kleid.

Hier ist Goethe ein eindrucksvolles Bild gelungen. Der Erdgeist wirkt als Weber am *sausenden Webstuhl der Zeit* das *lebendige Kleid* Gottes, nämlich das Leben, das sich auf unserem Planeten abgespielt hat und abspielt. Gottes Schöpfung ist damit nach Auffassung Goethes nicht ein einmaliger Akt, sondern der andauernde Prozess des Lebens.

Wilhelm von Humboldt, der preußische Universalgelehrte und Zeitgenosse von Goethe, stellt den Menschen und sein eigenständiges Handeln wieder mehr in den Vordergrund. Er sieht den Gang der Weltgeschichte als Zusammenwirken von Naturnotwendigkeit und Entscheidungsfreiheit des Einzelnen und ahnt in diesem Prinzip das Geheimnis der fortdauernden Entwicklung des Lebens auf der Erde:

Zwei ihrem Wesen nach voneinander verschiedene, scheinbar sogar entgegengesetzte Reihen der Dinge sind also die in die Augen fallenden bewegenden Ursachen der Weltgeschichte: die Naturnotwendigkeit, von der sich auch der Mensch nicht ganz losmachen kann, und die Freiheit, die vielleicht auch, nur auf eine uns unbekannte Weise, in den Veränderungen der nicht menschlichen Natur mitwirkt.

Von dieser Handlungsfreiheit des Menschen und ihren praktischen Konsequenzen geht auch der englische Sozialreformer **Arnold Toynbee** aus: *Wir sind nicht dazu verdammt, die Geschichte sich wiederholen zu lassen; es ist uns freigestellt, ihr in unserem Falle eine neue, noch nie dagewesene Wendung zu geben. Als Menschen sind wir mit dieser Freiheit der Wahl begabt, wir können die uns auferlegte Verantwortung nicht auf Gott oder die Natur abwälzen. Wir müssen sie selber auf uns nehmen. Sie will getragen sein.*

Diesen Gedanken griff später der amerikanische Philosoph spanischer Herkunft **George Santayana** auf, als er formulierte: *Wer nicht aus der Geschichte lernen will, ist dazu verdammt, sie zu wiederholen.* Der Mensch kann also aus der Geschichte lernen, weil er sie kritisch betrachten und Schlussfolgerungen daraus ziehen kann.

Hören wir dazu auch den deutschen Philosophen **Friedrich Wilhelm Joseph Schelling**. Er stellt in seiner Schrift »Die Weltalter« die Frage in den Vordergrund, warum der Mensch als einziges Wesen sich selbst in einem historischen Zusammenhang sehen kann. Er geht von der Beobachtung aus, dass der Mensch seine Existenz in der Zeit selbständig begreifen kann: *Dem Menschen muss ein Prinzip zugestanden werden, das außer und über der Welt ist; denn wie könnte er allein von allen Geschöpfen den langen Weg der Entwicklungen, von der Gegenwart an bis in die tiefste Nacht der Vergangenheit, zurückverfolgen, er allein bis zum Anfang der Zeiten aufsteigen, wenn in ihm nicht ein Prinzip vor dem Anfang der Zeiten wäre?*

Um die Welt begreifen zu können, muss der menschliche Geist also eine eigenständige Größe sein – und die stamme von Gott. Schelling verbindet noch einmal Theologie und Geschichtsphilosophie. Die Trennung von Gott ist für Schelling das Ergebnis des Sündenfalls Adams und Evas und die Geschichte führt wieder zur Vereinigung mit Gott in Christus. Doch auch wer diesen theologischen Schwenk nicht mitmachen will oder kann, wird Schellings Ausgangspunkt nicht so leicht widersprechen können. Der menschliche Geist kann sich in Phantasie und Kreativität, aber auch philosophisch über die Welt erheben und sich aus dieser Distanz heraus mit ihr kritisch auseinandersetzen. Schelling weist uns darauf hin, dass nur der menschliche Geist die Fähigkeit hat, sich mit der Vergangenheit auseinanderzusetzen. Er überblickt die Vergangenheit, kann bis zum Anfang der Zeit vordringen, wir würden heute sagen bis zum Urknall, aus dem sich die Welt entwickelt hat und noch weiter entwickelt, bis zu den Grenzen des Universums. Der Mensch hat sozusagen die Mauern der Zeit durchbrochen und kann sich – zumindest in Gedanken und in seiner Phantasie – in allen Zeitepochen der Geschichte frei bewegen. Für Schelling hat er damit etwas von dem göttlichen Geist, der vor dem Anfang der Zeiten war und über den Zeiten schwebt.

Ist das nicht ebenfalls ein faszinierender Gedanke? Und doch ist es alles andere als einfach, sich ein zutreffendes Bild von der Vergangenheit zu machen. Wir müssen uns mit den Spuren, den Überresten, den zufälligen schriftlichen Überlieferungen früherer Zeiten begnügen und mühsam Stein für Stein ein Mosaikbild zusammensetzen, das nie dem Anspruch genügen kann, der vergangenen Wirklichkeit voll zu entsprechen. In diese Richtung äußerte sich auch der französische Philosoph **Théodore Simon Jouffroy**: *Der Schlüssel der Geschichte ist nicht in der Geschichte, er ist im Menschen.*

Während Humboldt und Toynbee also auf die Freiheit des Handelns setzten und Schelling dem menschlichen Geist eine besondere Qualität zumaß, erklärte **Johann Gottlieb Fichte** diese für ihn nur scheinbare Freiheit des Menschen aus einer Art Weltvernunft, die letztlich alles bestimme: *Die Vernunft ist das Grundgesetz des Lebens einer Menschheit, so wie alles geistigen Lebens. […] Ohne die Wirksamkeit dieses Gesetzes kann ein Menschengeschlecht gar nicht zum Dasein kommen, oder, wenn es dazu kommen könnte, es kann ohne diese Wirksamkeit keinen Augenblick im Dasein bestehen. […] Die Vernunft wirkt als dunkler Instinkt, wo sie nicht durch die Freiheit wirken kann.*

Anders gesagt: Die Vernunft schafft sich ihre Wirklichkeit selbst. Der Mensch handelt so nur noch als ihr Werkzeug. Ersetzt man den Begriff Vernunft durch Idee oder Ideologie, wird die Gefährlichkeit dieses Denkens deutlich. Mit diesem Denken ließ sich das Handeln totalitärer Staaten rechtfertigen. Hitlers Deutung der Geschichte als Kampf der Rassen um die Weltherrschaft oder Stalins Auffassung vom sozialistischen Menschen, der durch den Staat erst geschaffen werden müsse, sind deutliche Beispiele dafür.

In ähnlicher Weise wie Fichte ging auch **Georg Wilhelm Friedrich Hegel** in seiner Schrift »Der allgemeine Begriff der philosophischen Weltgeschichte« von einer Weltvernunft aus, welche die Geschichte bestimme. Dabei formulierte er noch radikaler als Fichte: *Die Geschichte [ist] die Gestaltung des Geistes in Form des Geschehens.* Ein Weltgeist, eine Weltvernunft durchziehe die Geschichte und wirke in ihr: *Es wird sich aus der Betrachtung der Weltgeschichte selbst ergeben, dass es vernünftig in ihr zugegangen, dass sie der vernünftige, notwendige Gang des Weltgeistes gewesen, der die Substanz der Geschichte ist, und der in dem Weltdasein diese seine eine Natur expliziert.* Wer sich mit Geschichte befasse, könne diesen Weltgeist in ihr erkennen: *Die Geschichte muss überhaupt mit dem Verstande betrachtet, Ursache und Wirkung müssen uns begreiflich gemacht werden. […] Wer die Welt vernünftig ansieht, den sieht sie auch vernünftig an.* Dieser Weltgeist bzw. diese Vernunft, die Hegel im Gang der Geschichte sah, ist aber seiner Auffassung nach kein Wesen, keine göttliche Kraft wie bei Schelling, sondern ein Prinzip, vergleichbar mit Naturgesetzen, die in der Physik wirken. Hegel führte dazu aus: *Dass Vernunft in der Welt und damit ebenso in der Weltgeschichte geherrscht habe und herrsche, […] dass die Vernunft die Welt regiere. Die Bewegung des Sonnensystems erfolgt nach unveränderlichen Gesetzen; diese Gesetze sind die Vernunft derselben. Aber weder die Sonne noch die Planeten, die in diesen Gesetzen um sie kreisen, haben Bewusstsein darüber.* Da der Mensch Bestandteil des Lebens sei, sei sein Handeln von diesen Gesetzen bestimmt: *Der Mensch hat diese Gesetze aus der Existenz heraus und weiß sie.*

Auf Hegel bauen **Karl Marx** und **Friedrich Engels** auf. Marx sagte, er habe Hegel *vom Kopf auf die Füße gestellt.* Damit brachte er zum Ausdruck, dass Hegels Ansatz zwar richtig sei, er aber zu theoretisch gedacht habe. Marx und Engels gingen von der Analyse der Geschichte aus, glaubten in ihr eine Gesetzmäßigkeit zu erkennen, die auch auf die Zukunft schließen ließe und leiteten daraus Forderungen für politisches Handeln ab. Im »Manifest der kommunistischen Partei«, einem Aufruf zur sozialistischen Revolution, schrieben sie: *Die Geschichte aller bisherigen Gesellschaft ist die Geschichte von Klassenkämpfen. Freier und Sklave, Patrizier und Plebejer, Baron und Leibeigener, Zunftbürger und Gesell, kurz, Unterdrücker und Unterdrückte standen in stetem Gegensatz zueinander, führten einen ununterbrochenen, bald versteckten, bald offenen Kampf, einen Kampf, der jedes Mal mit einer revolutionären Umgestaltung der ganzen Gesellschaft endete, oder mit dem gemeinsamen Untergang der kämpfenden Klassen.*

In ihrer Epoche sahen Marx und Engels den Klassengegensatz zwischen der arbeitenden, keine Reichtümer besitzenden Bevölkerung und dem Kapital besitzenden Bürgertum, das darauf aus sei, die arbeitende Bevölkerung auszubeuten. Am Ende dieser Epoche müsse die sozialistische Weltrevolution kommen, die nach einer kurzen sozialistischen Übergangsphase den Kommunismus begründen würde, in dem jeder nach seinen Fähigkeiten und Bedürfnissen leben und arbeiten könnte. Dann wären alle Menschen gleich, es gäbe keine Klassen und keine Konflikte mehr, das Paradies auf Erden wäre geschaffen, die Geschichte hätte ihr Ziel erreicht.

Eine Vision, wie sie bereits Immanuel Kant hatte. 74 Jahre Sozialismus in Sowjetrussland haben allerdings zu ganz anderen Ergebnissen geführt, zur Diktatur einer herrschenden Schicht von Parteifunktionären, die weit entfernt war von den Vorstellungen von Karl Marx und Friedrich Engels.

Kants Vision eines *Fortschreitens zum Besseren* in der Geschichte, bis ein Zustand erreicht sei, in dem die Menschen alle ihre Anlagen *frei und unbehindert entwickeln* können, bleibt trotzdem gültig – als Zielvorstellung, als konkrete Utopie, an der sich politisches Handeln orientieren sollte. Doch der Optimismus, den die Philosophen der Aufklärung und des Idealismus entwickelt hatten, blieb auf der Strecke.

Wilhelm Dilthey stellte fest, dass sich diese Vorstellungen eines zielgerichteten Verlaufs der Geschichte aufgelöst hätten und dabei die *grenzenlose Vieldeutigkeit des geschichtlichen Stoffes* ins Bewusstsein getreten sei. Jede Epoche bestimme sich neu, jeder Tag gehe von neuen Gegebenheiten aus: *So wenig als der neue Frühling die alten Blätter auf den Bäumen nur wieder sichtbar macht, werden die Vorstellungen des gestrigen Tages am heutigen […] wieder erweckt; vielmehr baut sich die erneuerte Vorstellung von einem bestimmten inneren Gesichtspunkte aus auf, wie die Wahrnehmung von einem äußeren.*

Noch einmal formulierte **Jacob Burckhardt** in seinem Aufsatz »Über Glück und Unglück in der Weltgeschichte« die auch nach seiner Ansicht unerfüllbare Wunschvorstellung, dass ein vernünftiger Geist die Geschichte durchziehe: *Könnten wir […] die Geschichte […] etwa mit ebenso viel Ruhe und Unruhe betrachten, wie wir das Schauspiel der Natur, z. B. einen Seesturm vom festen Lande aus mit ansehen, so würden wir vielleicht eines der größten Kapitel aus der Geschichte des Geistes bewusst miterleben […], würde es ein wunderbares Schauspiel […] sein, dem Geist der Menschheit erkennend nachzugehen, der über all diesen Erscheinungen schwebend und doch mit allen verflochten, sich eine neue Wohnung baut.* Das erinnert an Goethes Bild vom Erdgeist am *sausenden Webstuhl der Zeit.*

Vor allzu viel vergangenheitsbezogener Geschichtsbetrachtung warnte **Friedrich Nietzsche** in seiner Schrift »Vom Nutzen und Nachteil der Historie für das Leben«. Das seien – seiner Meinung nach – nutzlose Überlegungen. Er spricht sogar von der »historischen Krankheit«. Man dürfe nicht auf die Vergangenheit fixiert sein: *Es gibt einen Grad von Schlaflosigkeit, von Wiederkäuen von historischem Sinne, bei dem das Lebendige zu Schaden kommt und zuletzt zugrunde geht. […] das Übermaß von Historie hat die plastische Kraft des Lebens angegriffen, es versteht nicht mehr, sich der Vergangenheit wie einer kräftigen Nahrung zu bedienen.* Geschichte hatte für Nietzsche vor allem den Sinn, das Handeln in der Gegenwart zu stärken: *Nur aus der höchsten Kraft der Gegenwart dürft ihr das Vergangene deuten.*

Eine kritische Auseinandersetzung mit der Geschichte konnte und sollte so nicht stattfinden.

Ganz anders sah das der französische Erzähler **Gustave Flaubert**: *Indem wir die Geschichte ignorieren, verleumden wir gleichzeitig unsere eigene Zeit. Aber die Menschen haben es nie anders vermocht.*

Im Gegensatz zu allen Verurteilungen oder überzogenen Erwartungen an die Geschichte steht **Max Weber**, der zu Beginn des 20. Jahrhunderts eine sachliche, ideologiefreie Geschichtsbetrachtung gefordert hat. Max Weber lehnte es ab, nach einem verborgenen Sinn in der Geschichte zu suchen. Gegenstand der Geschichte war für ihn das universale Feld der Möglichkeiten menschlichen Handelns und Lebens – nicht mehr und nicht weniger. Die »historischen Kulturwissenschaften« sollten nach Max Weber versuchen, *die politischen, künstlerischen, literarischen und sozialen Kulturerscheinungen in den Bedingungen ihres Entstehens zu verstehen. Weder aber geben sie von sich aus Antwort auf die Frage: ob diese Kulturerscheinungen es wert waren und sind, zu bestehen. Noch antworten sie auf die andere Frage: Ob es der Mühe wert ist, sie zu kennen.*

Max Weber forderte also eine wertfreie Betrachtung der Geschichte. Sie sollte analysiert, verstanden, aber nicht philosophisch gedeutet werden.

Auch **Karl Jaspers** sprach sich gegen eine Wissen und Glauben unklar vermischende Sinndeutung von Geschichte aus. Doch verband er die Betrachtung der Vergangenheit mit der Frage um die Existenz des Menschen. So sagte er in seiner Schrift »Vom Sinn der Geschichte« – und damit möchte ich meine Ausführungen schließen: *Wir wollen die Geschichte als ein Ganzes verstehen, um uns selbst zu verstehen. Geschichte ist uns die Erinnerung, um die wir nicht nur wissen, sondern aus der wir leben […]. Das Ganze ist der Gang durch die Zeit. […]*

Warum ist überhaupt Geschichte? Weil der Mensch endlich ist, unvollendet und unvollendbar, muss er in seiner Verwandlung durch die Zeit des Ewigen innewerden, und er kann es nur auf diesem Wege. Die Unvollendung des Menschen und seine Geschichtlichkeit sind dasselbe. Die Grenzen des Menschen schließen gewisse Möglichkeiten aus: Es kann keinen Idealzustand auf Erden geben. Es gibt keine richtige Welteinrichtung. Es gibt keine vollkommenen Menschen. Be-

ständige Endzustände sind nur möglich als Rückfall in bloßes Naturgeschehen. Aus ständiger Unvollendung in der Geschichte muss es ständig anders werden. Die Geschichte ist aus sich selbst heraus nicht abschließbar. Sie kann nur zu Ende gehen durch inneres Versagen oder kosmische Katastrophen. […] Der Mensch geht seinen großen Weg der Geschichte, aber schließt ihn nicht ab in einem verwirklichten Endziel. […] Von der Menschengeschichte führt ein Weg in den Grund, von dem her die gesamte Natur – an sich ungeschichtlich – in das Licht einer Geschichtlichkeit gerückt wird. In diesen Grund der Geschichtlichkeit führt uns die Geschichtlichkeit der eigenen Existenz. […] Es gibt keinen Weg um die Welt herum, sondern nur durch die Welt, keinen Weg um die Geschichte herum, sondern nur durch die Geschichte.

Zweitausend Jahre im Überblick

um 60 v. Chr.	Zahlreiche keltische Helvetier, die bisher zwischen Main und Bodensee lebten, wandern südwärts über die Schweiz nach Gallien und lösen den *Gallischen Krieg* aus, über den Caesar ein Buch verfasst. In diesen Jahren zieht der Swebenfürst Ariovist quer durch Baden-Württemberg ins Elsass, wo ihn Caesar besiegt und über den Rhein zurückwirft.
15 v. Chr.	Die Römer überqueren die Alpen und errichten die Provinzen Rätien und Germanien.
um 50	Die Römer bauen den Donaulimes als Grenze aus.
um 85	Der Neckarlimes entsteht als Grenze zu den Germanen, einzelne Germanenstämme werden aber hinter dem Limes im römischen Gebiet angesiedelt, wie die *Neckarschwaben* bei Heidelberg.
um 150	Der obergermanische Limes zieht sich vom Taunus bis zur Ostalb. Er wird durch den rätischen Limes bis zur Donau fortgesetzt. Hinter dem Limes leben Kelten, Germanen und römische Zuwanderer friedlich zusammen. Es entstehen Fernstraßen, römische Gutshöfe, ländliche Siedlungen als Zentren von Handwerk und Handel und mit Mauern umgebene Städte.
186	*Arae Flaviae* wird in einer in Rottweil gefundenen Schreibtafel als Stadt bezeichnet. Damit ist Rottweil die älteste Stadt Baden-Württembergs.

233	Die Alamannen dringen über den Limes in römisches Gebiet vor. *Alamannen* bedeutet wortwörtlich *alle Mannen*, die sich nach Süden auf den Weg machten. Im Wesentlichen handelt es sich dabei um Sweben aus dem Gebiet zwischen Elbe und Ostsee.
268	Die Alamannen rücken über die Alpen nach Italien vor.
271	Kaiser Aurelian besiegt die Alamannen bei Pavia. In Rom baut man die *Aurelianische Mauer*, aus Furcht vor weiteren Alamanneneinfällen.
291	Die Römer geben das Land hinter dem Limes auf. Rhein, Donau und Iller bilden nun die Grenze zu den Alamannen.
496/97	Die Franken besiegen bei Worms die Alamannen, die anschließend christianisiert werden.
536/37	Alamannien wird in das fränkische Reich einverleibt. Der alte Name »Sweben« bzw. »Schwaben« setzt sich wieder durch.
917	Das Herzogtum Schwaben ist neben dem Herzogtum Franken und weiteren Stammesherzogtümern Teil des ostfränkischen Reiches. Es reicht von den Vogesen im Westen bis zum Lech im Osten, im Süden bis zum Vinschgau in Südtirol und über das Engadin, quer durch die Schweiz bis nach Basel. Der Norden des heutigen Baden-Württemberg, oberhalb einer Linie von Karlsruhe über Bietigheim bis Ellwangen, gehört zum Herzogtum Franken.
11. Jh.	Staufer und Zähringer sind Herzöge in Schwaben. In südwestdeutschen Städten (z.B. in Heilbronn) sind jüdische Gemeinden nachgewiesen.

1137	Der Staufer Konrad wird deutscher König. Das erkennen allerdings die mächtigsten Reichsfürsten, die Welfen, nicht an. Ihre Familie stammt ursprünglich aus Weingarten bei Ravensburg in Oberschwaben.
1140	Konrad besiegt den Führer der Welfen bei Weinsberg und setzt sich als staufischer König endgültig durch.
1268	Ende der Staufer und Zerschlagung des Herzogtums Schwaben.
1348/49	Erste große Pestepidemie und schlimme Judenverfolgungen.
1380–1530	Die *Große Ravensburger Handelsgesellschaft* baut ein Fernhandelsnetz auf, das sich von Italien über Frankreich, Spanien, Portugal, Belgien und England zieht.
1386	Gründung der Universität Heidelberg. Heidelberg ist in dieser Zeit die Hauptstadt des Kurfürstentums Pfalz, zu dem der Nordwesten des heutigen Baden-Württemberg gehört. Am Oberrhein dehnt sich die Markgrafschaft Baden aus, am mittleren Neckar die Grafschaft Württemberg. Am Bodensee, der oberen Donau und im Breisgau herrschen die Habsburger. Die Reichsstädte wie z.B. Schwäbisch Hall, Ulm, Heilbronn, Esslingen, Schwäbisch Gmünd und Reutlingen sind ebenfalls selbständige Staaten und nur dem Kaiser verpflichtet. Daneben gibt es auf dem Gebiet des heutigen Baden-Württemberg geistliche Fürstentümer wie die Probstei Ellwangen, die Bistümer Konstanz, Speyer, Mainz und Würzburg und viele Reichsritterschaften.
1477	Gründung der Universität Tübingen.
1495	Erhebung Württembergs zum Herzogtum.

1498 Ausschließung der Juden aus Württemberg, die teilweise in geistlichen und ritterschaftlichen Kleinstaaten in Südwestdeutschland angesiedelt werden.

1514 Tübinger Vertrag. Die württembergischen Landstände, Vertreter der Geistlichkeit, des Adels und der Städte, trotzen Herzog Ulrich politische Mitspracherechte ab. Der Tübinger Vertrag gilt als Vorform einer ersten Verfassung für Württemberg.

1525 Bauernkrieg. In Württemberg, Oberschwaben und im Hegau bilden sich Bauernheere, die gegen die Fürsten vorgehen. Das von den Augsburgern Bankiers Fugger bezahlte Söldnerheer des Schwäbischen Bundes besiegt die aufständischen Bauern und nimmt grausam Rache.

1534 In Württemberg wird die Reformation eingeführt.

1556 Die Kurpfalz und Baden-Durlach werden evangelisch.

1618–1648 In weiten Teilen des Landes dezimiert der Dreißigjährige Krieg die Bevölkerung. Weitere Kriege wie der Pfälzische Erbfolgekrieg (1688–1697) belasten das Land.

1709 Erste große Massenauswanderung aus dem nordwestlichen Baden-Württemberg nach Amerika.

1715 Gründung der Stadt Karlsruhe. Markgraf Karl Wilhelm von Baden-Durlach baut sein Residenzschloss mitten in den Hardtwald und fächerförmig dazu die Stadt. Ganz ähnlich verfährt Herzog Eberhard Ludwig von Württemberg mit Ludwigsburg (1718). Ihr Vorbild war Ludwig XIV. mit seinem Schloss Versailles.

1803–1806	Napoleon ordnet Deutschland neu. Er hebt geistliche Fürstentümer, kleine Adelsherrschaften und Reichsstädte auf. Übrig bleiben in unserem Land das Großherzogtum Baden, das Königreich Württemberg und das Fürstentum Hohenzollern.
1818	Der badische Großherzog erlässt eine Verfassung. Aufhebung der Leibeigenschaft in Württemberg.
1819	In Württemberg handeln die Stände mit dem König eine Verfassung aus.
1840	Erste Eisenbahn in Baden.
1843	Erste Eisenbahn in Württemberg.
1848/49	Revolution in Baden und Württemberg.
1849	Preußische Truppen marschieren in Baden ein, setzen den geflüchteten Großherzog wieder auf seinen Thron und besetzen die nächsten Jahre das Land.
1850	Das Fürstentum Hohenzollern wird preußisch.
1863	Erste Gewerkschaft in Baden.
1866	Im Krieg des Deutschen Bundes gegen Preußen kämpfen Baden und Württemberg gemeinsam gegen Preußen, schließen nach dem preußischen Sieg jedoch geheime Bündnisse mit Preußen.
1871	Baden und Württemberg treten dem neu geschaffenen deutschen Kaiserreich bei.
1918	Revolution in Baden und Württemberg, Sturz der Monarchie.

1919	Republikanische Verfassungen in Baden und Württemberg.
1933	Nationalsozialistische Machtergreifung in Baden und Württemberg.
1934	Aufhebung der Länder durch Reichsgesetz.
1938	Jüdische Synagogen werden überall niedergebrannt.
1940	Deportation der badischen Juden nach Gurs in Südfrankreich.
1941	Deportation der württembergischen Juden nach Riga.
1945	Nach Kriegsende schließt die amerikanische Besatzungsmacht Nordwürttemberg und Nordbaden zum Land Württemberg-Baden zusammen.
1946	Verfassung von Württemberg-Baden.
1947	Verfassungen in den Ländern Baden (Südbaden) und Württemberg-Hohenzollern.
1949	Württemberg-Baden, Baden und Württemberg-Hohenzollern werden Bundesländer der Bundesrepublik Deutschland.
1952	Zusammenschluss der drei Länder nach einer Volksabstimmung zum neuen Bundesland Baden-Württemberg.
1953	Die neue Landesverfassung tritt in Kraft.
1970	Die Gegner des Zusammenschlusses und Befürworter der Wiederherstellung des alten Landes Baden erwirken nach jahrelangem Streit eine Volksabstimmung in

Baden, die sich jedoch für die Beibehaltung des Bundeslandes Baden-Württemberg ausspricht.

1975 Kreisreform und Aufteilung des Landes in vier Regierungspräsidien (Karlsruhe, Stuttgart, Freiburg und Tübingen). Dabei werden die ehemaligen Landesgrenzen zwischen Baden und Württemberg nicht mehr berücksichtigt.

Nachwort

Jedes Buch hat seine eigene Geschichte. Am Anfang dieses Buches stand ein Gespräch mit Herrn Dr. Hölz vom Kompetenzzentrum für geschichtliche Landeskunde beim Haus der Geschichte Baden-Württemberg. Zum Landesjubiläum 2012 sollte ein Jugendbuch zur baden-württembergischen Landesgeschichte entstehen. Die Idee faszinierte mich und ich machte mich gleich an die Arbeit. Ganz herzlich möchte ich mich bei Herrn Dr. Hölz für diese Anregung bedanken.

Jedes Buch braucht Unterstützung und Helfer. Bedanken möchte ich mich bei Herrn Dr. Clemens Rehm vom Landesarchiv Baden-Württemberg für wertvolle Hinweise. Besonders bedanken möchte ich mich aber bei meinen jungen Probelesern vom Justinus-Kerner-Gymnasium Weinsberg, Elisabeth Birglechner aus der Klasse 8a und Sebastian Herrmann aus der Klasse 9b sowie Judith Gold aus der Klasse 7 der Realschule Weinsberg sowie Alena Schumacher aus der Klasse 8b der Geschwister-Scholl-Schule Tübingen.

Ganz herzlich möchte ich auch dem Silberburg-Verlag danken, der für die Verwirklichung und Gestaltung des Buches gesorgt hat, und meiner Lektorin Bettina Kimpel für das sorgfältige Lektorat und manche Verbesserungsvorschläge.